21 世纪高职高专教育规划教材

计算机文化基础教程

（修订版）

主　编　魏志明　王朝晖

副主编　李莲英　赵　慧　吴海殷

编　委　（按姓氏笔画排序）

万　钦　支卫兵　王朝晖　寿　兵

杨子燕　李　浩　李志群　李莲英

吴海殷　张　平　胡文利　赵　慧

鲁震霆　薛桂林　魏志明

吉林大学出版社

内容简介

　　本书根据新版国家计算机考试大纲编写，是一本实用性很强、讲述计算机基础知识及应用的教材。全书共分九章，其主要内容：计算机基础知识、键盘操作与汉字录入、Windows 2000 操作系统、文字处理软件 Word 2000、电子表格软件 Excel 2000、PowerPoint 2000、计算机网络、多媒体技术基础、常用工具软件。

　　本书在选材上力求精练，阐述内容直观明了，循序渐进，文字简练，通俗易懂，重点突出，实际操作及应用性强。适合于大中专院校、职业高中、技校、计算机等级考试与自学考试者，可作为各类培训班以及初学者使用。

图书在版编目(CIP)数据

　　计算机文化基础教程/魏志明,王朝晖主编. —长春:吉林大
学出版社,2008.1
　　ISBN 978-7-5601-3785-8

　　Ⅰ.计… Ⅱ.①魏…②王… Ⅲ.电子计算机—基本知识
Ⅳ.TP3

　　中国版本图书馆 CIP 数据核字(2008)第 011578 号

书　　名:计算机文化基础教程(修订版)
作　　者:魏志明 王朝晖　主编

责任编辑、责任校对:魏丹丹　　　　　　　　　封面设计:水木时代(北京)图书中心
吉林大学出版社出版、发行　　　　　　　　　北京广达印刷有限公司　印刷
开本:787×1092 毫米　1/16
印张:23　　　字数:574 千字　　　　　　　　2008 年 8 月　第 2 次印刷
ISBN 978-7-5601-3785-8　　　　　　　　　　　　　　　　定价:31.00 元

社址:长春市明德路 421 号　邮编:130021
发行部电话:0431-88499826
网址:http://www.jlup.com.cn
E-mail:jlup@mail.jlu.edu.cn

编审说明

随着计算机技术的飞速发展和普及,计算机不仅仅用于科研、工程等高端领域,它已经深入到我们的经济生活、日常工作中,渗透到各行各业,计算机已成为信息化社会中必备的工具。这就要求我们必须具备计算机技术方面的基本知识和基本技能,以提高工作和学习效率。

在各职业技术院校的培养目标中,都将计算机基础知识和应用能力作为其重要部分,尤其强调操作技能,本书就是根据这一要求而编写的,由于计算机技术和软件发展更新很快,因此在教材编写上我们进行了综合考虑。一方面要求读者通过学习掌握计算机基础知识,另一方面考虑读者通过学习实用技术,提高使用计算机和软件操作能力,以适应工作需求。

全书共九章分为六个部分,第一部分包括第一、二章,主要介绍计算机基础知识及汉字输入法等,学习这部分后可使读者了解计算机知识及正确使用计算机,并能掌握汉字录入法,提高录入速度。

第二部分包括第三章,主要介绍 Windows 操作系统的功能和操作方法,它是运行各种应用软件的主要支持环境,这些内容是学习其他应用软件的基础。

第三部分包括四、五、六章;主要讲解 Office 2000 的操作和应用,介绍了 Word 2000 文字处理软件、Excel 2000 电子表格、PowerPoint 2000 幻灯片制作的应用,通过学习使读者掌握办公自动化的操作,提高信息处理能力。

第四部分包括第七、八章,主要包括网络和多媒体技术的基础知识及应用,重点介绍了 Internet 的上网方法,电子邮件及搜索引擎的使用方法;多媒体数据的文件格式及相关音频和视频软件工具的应用;通过学习使读者掌握更多的网络知识和多媒体处理技术,并能熟练地通过 Internet 和多媒体技术进行信息化服务,满足信息时代的需求。

第五部分包括第九章,主要包括网络工具软件、系统优化工具、文件压缩和解压缩软件。通过学习使读者掌握常用软件的使用,提高计算机综合应用能力。

第六部分包括附录,主要介绍全国高等学校计算机等级考试一级笔试试卷及上机操作测试要求。

本书由从事职业技术教育二十余年,具有丰富教学经验和实践能力的江西外语外贸职业学院副教授魏志明、江西工业职业技术学院副教授王朝晖担任主编,李莲英教授、赵慧、吴海殷副教授担任副主编,江西外语外贸职业学院、江西工业职业技术学院部分教师参与了编写工作。本书由李莲英教授主审,在编写过程中还得到了有关高校、科研院所的计算机专家以及出版社的大力支持与鼓励。同时,还参阅了同行的有关著作,在此一并致谢!

由于时间仓促及编者水平有限,书中难免有不妥之处,敬请广大读者批评指正。

21 世纪高职高专教育规划教材编审指导委员会

目　录

第一章 计算机基础知识

计算机是一种能够自动、高速地进行算术和逻辑运算的电子设备。它是20世纪科学技术发展最伟大的发明创造之一,是第三次工业革命中出现的最辉煌成就。目前,随着计算机技术的飞速发展,计算机已被广泛地应用于科学技术、国防建设、工农业生产及人民生活等各个领域,对国民经济、国防建设和科学文化事业的发展产生了巨大的推动作用。今天,计算机的应用水平已成为各行各业步入现代化的重要标志之一,计算机应用能力也成为现代人才的基本素质之一。因此,掌握计算机知识和计算机技术已经成为当代大学生的重要组成部分。

1.1 计算机概述

1.1.1 计算机的发展阶段与发展趋势

1.计算机的发展阶段

第一台电子计算机"ENIAC"(Electronic Numerical Integrator and Computer,电子数字积分计算机)于1946年在美国宾夕法尼亚大学研制成功。它是当时数学、物理等理论研究成果和电子管等电子器件产生相结合的结果。这台电子计算机由1.8万多支电子管、1 500个继电器、1万多只电容和7万多只电阻构成,占地167平方米,功耗为150千瓦,重量约30吨,采用电子管作为计算机的逻辑元件,存储容量为1.7万多个单元,运算速度为5 000次/秒。这台计算机的功能虽然无法与今天的计算机相比,但它的诞生却是科学技术发展史上的一次意义重大的事件,展示了新技术革命的曙光。

根据电子计算机所采用的物理器件,一般将电子计算机的发展分成四个阶段,也称为四代,如表1-1所示。

表 1-1 电子计算机发展过程简表

计算机时代	起讫年份	物理器件	主存储器	软件	应用范围
第一代	1946—1957	电子管	磁芯、磁鼓	汇编语言	科学计算
第二代	1958—1964	晶体管	磁芯、磁带	程序设计语言 管理程序	科学计算 数据处理
第三代	1965—1970	中、小规模 集成电路	磁芯、磁盘	操作系统 高级语言	逐步广泛 应用
第四代	1971—至今	超大、大规模 集成电路	半导体、磁盘	数据库 网络软件	普及到社会 生活各方面

50多年来,随着技术的更新和应用的推动,计算机有了飞速的发展。今天,集处理文字、图形、图像、声音为一体的多媒体计算机方兴未艾,计算机又进入到了以计算机网络为特征的时代。

2.计算机的发展趋势

电子计算机的奠基人是美籍匈牙利科学家冯·诺依曼。他首先提出了在电子计算机中有存储程序的概念,并确立了存储程序计算机的硬件基本结构,即电子计算机是由运算器、控制器、存储器、输入和输出设备五部分组成。此结构一直沿用至今,未来的计算机的发展趋势,可以概括为"巨"、"微"、"网"、"智"四个字。

"巨":指速度快、容量大、计算处理功能强的巨型计算机系统。主要用于像宇宙飞行、卫星图像及军事项目等有特殊需要的领域。

"微":指价格低、体积小、可靠性高、使用灵活方便、用途广泛的微型计算机系统。计算机的微型化是当前研究计算机最明显、最广泛的发展趋向。目前,便携式计算机、笔记本计算机都已逐步普及。

"网":指把多个分布在不同地点的计算机通过通信线路连接起来,使用户共享硬件、软件和数据等资源的计算机网络。目前全球范围的电子邮件传递和电子数据交换系统都已形成。

"智":指具有"听觉"、"视觉"、"嗅觉"和"触觉",甚至具有"情感"等感知能力和推理、联想、学习等思维功能的计算机系统。

目前,正处于超大规模集成电路全面发展和计算机广泛应用阶段。据专家预计,新一代的计算机应是"智能"计算机,它应当具有像人一样的能看、能听、能思考的能力。

1.1.2　计算机的应用范围

计算机的应用十分广泛,目前已渗透到人类活动的各个领域,国防、科技、工业、农业、商业、交通运输、文化教育、政府部门、服务行业等各行各业都在广泛地应用计算机解决各种实际问题。归纳起来,目前计算机主要应用在以下几个方面:

1.数值计算(科学计算)

科学研究、工程技术的计算是计算机应用的一个基本方面,也是计算机最早应用的领域。数值计算所解决的大多是一些十分复杂的数学问题。数值计算的特点是计算公式复杂、计算量大、数值变化范围大、原始数据相应较少。这类问题只有具有高速运算、信息存储能力和高精度的计算机系统才能完成。例如,数学、物理、化学、天文学、地学、生物学等基础科学的研究,以及航天飞船、飞机设计、船舶设计、建筑设计、水利发电、天气预报、地质探矿等方面的大量计算都可以使用计算机来完成。

2.数据处理(信息处理)

数据处理是对数值、文字、图表等信息数据及时地加以记录、整理、检索、分类、统计、综合和传递,得出人们所要求的有关信息。它是目前计算机最广泛的应用领域。数据处理的特点是原始数据多、时间性强、计算公式相应比较简单。例如,财贸、交通运输、石油勘探、电报电话、医疗卫生等方面的计划统计、财务管理、物资管理、人事管理、行政管理、项目管理、购销管理、情况分析、市场预测等工作。目前,在数据处理方面已进一步形成事务处理系统(TPS)、办公自动化系统(OAS)、电子数据交换系统(EDI)、管理信息系统(MIS)、决策支持系统(DSS)等应用系统。

3.过程控制(实时控制)

过程控制是指利用计算机进行生产过程、实时过程的控制,它要求很快的反应速度和很高的可靠性,以提高产量、质量和生产率,改善劳动条件,节约原料消耗,降低成本,达到过程的最优控制。例如,计算机广泛应用于石油化工、水电、冶金、机械加工、交通运输及其他国民经济部门中生产过程的控制,以及导弹、火箭和航天飞船等的自动控制。

4.计算机辅助设计(Computer Aided Design,CAD)

利用计算机进行辅助设计,可以提高设计质量和自动化程度,大大缩短设计周期、降低生产成本、节省人力物力。由于计算机有快速数值计算、较强的数据处理及模拟的能力,目前,计算机辅助设计已被广泛应用在大规模集成电路、计算机、建筑、船舶、飞机、机床、机械,甚至服装的设计上。除计算机辅助设计外,还有计算机辅助制造(CAM)、计算机辅助测试(CAT)和计算机辅助教学(CAI)等。

5.人工智能(Artificial Intelligence,AI)

人工智能是使计算机能模拟人类的感知、推理、学习和理解等某些智能行为,实现自然语言理解与生成、定理机器证明、自动程序设计、自动翻译、图像识别、声音识别、疾病诊断,并能用于各种专家系统和机器人构造等。近年来,人工智能的研究开始走向实用化。人工智能是计算机应用研究的前沿学科。

6.计算机网络

计算机网络是利用通信设备和线路将地理位置不同的、功能独立的多个计算机系统连接起来所形成的"网"。利用计算机网络,可以使一个地区、一个国家,甚至在世界范围内计算机与计算机之间实现软件、硬件和信息资源共享,这样可以大大促进地区间、国家间的通信与各种数据的传递与处理,同时也改变了人们的时空概念。计算机网络的应用已渗透到社会生活的各个方面。目前,Internet 已成为全球性的互联网络。

7.多媒体技术

这里的多媒体是指表示和传播信息的载体,如文字、声音、图像等。随着 20 世纪 80 年代以来数字化音频和视频技术的发展,逐步形成了集声、文、图、像一体化的多媒体计算机系统。这不仅使计算机应用更接近人类习惯的信息交流方式,而且将开拓许多新的应用领域。

1.2 计算机系统的组成结构

一个计算机系统由硬件系统和软件系统两大部分组成,其基本结构如图 1-1 所示。

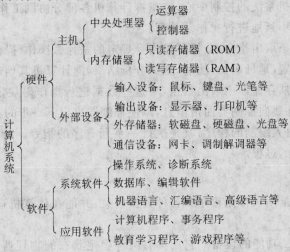

图 1-1 计算机系统示意图

　　硬件系统(简称硬件)是微机进行工作的物质基础,软件系统(简称软件)是建立在硬件基础之上,并能充分发挥硬件各部件的功能和方便用户使用而编制的各种程序。离开了硬件,软件一事无成。如果把硬件系统比做微机的躯体,那么软件就是微机的灵魂。这两者互相依存、相互渗透才是一个完整的计算机系统。

1.2.1　计算机硬件系统

　　计算机硬件系统是指计算机系统中由电子、机械、磁性和光电元件组成的各种计算机部件和设备。虽然目前计算机的种类很多,但从功能上都可以划分为五大基本组成部分,它们是运算器、控制器、存储器、输入设备和输出设备。

　　它们之间的关系如图 1-2 所示。其中细线箭头表示由控制器发出的控制信息流向,粗线箭头为数据信息流向。

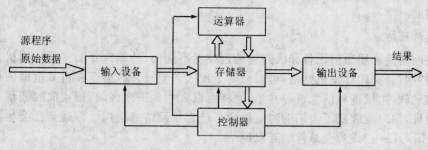

图 1-2　计算机硬件组成

　　计算机五大硬件部件的基本功能为:

　　1.运算器

　　运算器是执行算术运算和逻辑运算的功能部件,算术、逻辑运算包括加、减、乘、除四则运算及与、或、非等逻辑运算,以及数据的传送、移位等操作。

　　2.控制器

　　控制器是整个计算机系统的控制中心,它指挥计算机各部分协调工作,保证计算机按照预先规定的目标和步骤有条不紊地进行操作及处理。

　　控制器从内存中逐条取出指令,分析每条指令规定的是什么操作(操作码),以及进行该操作的数据在存储器中的位置(地址码)。然后,根据分析结果,向计算机其他部分发出控制信号。控制过程是指根据地址码从存储器中取出数据,对这些数据进行操作码规定的操作。根据操作的结果,运算器及其他部件要向控制器回报信息,以便控制器决定下一步的工作。

　　因此,计算机执行由人编制的程序,就是执行一系列有序的指令。计算机自动工作的过程,实质上是自动执行程序的过程。

　　3.存储器

　　存储器的主要功能是用来存储程序和各种数据信息,并能在计算机运行中高速自动完成指令和数据的存取。

　　存储器是具有"记忆"功能的设备。它用具有两种稳定状态的物理器件来存放数据,这些器件也被称为记忆元件。

存储器按其在计算机中的作用可分为主存储器(Main Memory,简称主存)、高速缓冲存储器(Cache,简称快存)和辅助存储器(Auxiliary Memory,Secondary Memory,简称辅存,由于辅存设置在主机外部,故又称为外存储器)。中央处理器能直接访问的存储器称为内存储器(Internal Memory,简称内存),它包括主存储器和高速缓冲存储器。中央处理器不能直接访问外存储器(External Memory,简称外存),外存储器的信息必须调入内存储器后才能为中央处理器进行处理。所以,相对于外存而言,内存的存取速度快,但容量较小,且价格较高;外存的特点是存储容量大,价格低,但存取速度较慢。

高速缓冲存储器简称快存,是为了解决 CPU 和主存之间速度匹配问题而设置的。如图 1-3 所示,它是介于 CPU 与主存之间的小容量存储器,但存取速度比主存快。有了快存,就能高速地向 CPU 提供指令和数据,从而加快了程序执行的速度。由于能够提供廉价的半导体存储器,所以快存不仅在大型计算机中使用,而且也进入微型计算机的存储系统。快存可以看做为主存的缓冲存储器,它通常由高速的双极型半导体存储器或 SRAM 组成。即快存的功能全部由硬件实现,并对用户是全透明的。

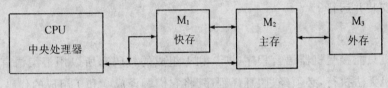

图 1-3　CPU 与存储器系统的关系

主存可分为两类:一类是随机存取存储器(Random Access Memory,RAM),其特点是存储器中的信息能读能写。RAM 中信息在关机后即消失,因此,用户在退出计算机系统前,应把当前内存中产生的有用数据转存到可永久性保存数据的外存中去,以便以后再次使用。RAM 又可称为读写存储器。另一类是只读存储器(Read Only Memory,ROM),其特点是用户在使用时只能进行读操作,不能进行写操作,存储单元中的信息由 ROM 制造厂在生产时或用户根据需要一次性写入。ROM 中的信息关机后不会消失。

外存由磁表面存储器构成,目前主要使用外存存储器有顺序存取存储器(Sequential Access Memory,SAM,如磁带存储器)和直接存取存储器(Direct Access Memory,DAM,如磁盘存储器)两类。外存存储器也称为输入/输出设备。

4.输入设备

输入设备是用来输入计算程序和原始数据的设备。常见的输入设备有键盘、图形扫描仪、鼠标器、摄像头,以及模/数转换器等等。

5.输出设备

输出设备是用来输出计算结果的设备。常见的输出设备有显示器、打印机、激光印字机、数字绘图仪等等。

计算机硬件系统的五个组成部分中,通常将运算器、控制器和内部存储器合称为主机,而把运算器和控制器合称为中央处理器(Central Processing Unit,CPU),把输入/输出设备及外部存储器合称为外部设备。

1.2.2　计算机软件系统

软件系统是为了方便用户操作使用计算机和充分发挥计算机效率,以及为解决各类具体应用问题的各种程序的总称。

软件系统分为系统软件和应用软件两大类。

1. 系统软件

系统软件是为提高计算机效率和方便用户使用计算机而设计的各种软件的总称,一般是由计算机厂家或专业软件公司研制。系统软件又分为操作系统、编译系统和数据库管理系统等。

(1)操作系统

操作系统是对微机系统的硬件资源和软件资源进行统一管理、统一调度及统一分配的系统软件。操作系统是系统软件中的核心,它把硬件资源潜在的功能用一系列命令的形式提供给用户,成为用户与计算机硬件的接口,同时又是其他软件开发的基础。其他软件都必须在操作系统的支持下才能安装并运行。

(2)编译系统

由于计算机只能接受机器语言程序(即 0 和 1 组成的代码),所以用汇编语言和高级语言编写的程序计算机无法执行,必须经过"翻译程序"将它们翻译成 0 和 1 组成的代码,计算机才能执行。这种计算机所能接受的代码,称为机器指令。一条机器指令用来控制计算机进行一个具体的操作内容,一般包括操作码和地址码(操作数)两部分,它告诉计算机应进行什么运算,哪些数参加运算,这些数存放在哪里,计算结果将送到哪里去等等。操作码和地址码各由二进制代码组成,它们的结构与组合形式构成了指令格式,最基本的形态可表示为:

操作码 OP	地址码 AD

指挥计算机完成具体处理任务的计算操作序列叫做计算机程序,编写程序的过程叫做程序设计。编译系统就是将非机器语言编写的程序翻译成一条条指令的一个平台,所以有人也将编译系统成为程序"翻译"软件。

(3)数据库管理系统

数据库是以一定组织方式存储起来且具有相关性数据的集合,它的数据具有冗余度小,而且独立于任何应用程序而存在,可以为多种不同的应用程序共享。也就是说,数据库的数据是结构化了的,对数据库输入、输出及修改均可按一种公用的可控制的方式进行,使用十分方便,大大提高了数据的利用率和灵活性。数据库管理系统(Data Base Management System,DBMS)是对数据库中的资源进行统一管理和控制的软件,数据库管理系统是数据库系统的核心,是进行数据处理的有利工具。目前,被广泛使用的数据库管理系统有 FoxBase、FoxPro、SQL Server、Visual FoxPro 等。

2. 应用软件

应用软件是指专业人员和用户自己开发或外购的满足用户各种专门需要的程序。例如,图形处理软件 Photoshop、文字处理软件 Word 2000、表格处理软件 Excel 2000、财会软件、计划报表软件、辅助教学软件 CAI、杀毒软件和游戏软件等都是应用软件。

计算机系统的硬件和软件是相辅相成的两个部分。硬件是组成计算机系统的基础，而软件是硬件功能的扩充与完善。离开硬件，软件无处栖身，也无法工作。没有软件的支持，硬件仅是一堆废铁。如果把硬件比做是计算机系统的躯体，那么软件就是计算机系统的灵魂；有躯体而无灵魂是僵尸，有灵魂而无躯体则是幽灵。

微机的硬件、操作系统、系统软件和应用软件的关系如图 1-4 所示。

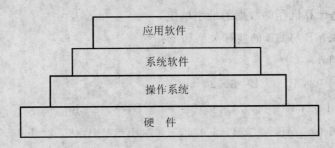

图 1-4 微机的硬件、操作系统、系统软件和应用软件的关系图

1.2.3 计算机系统的主要技术指标

一台计算机的性能是由多方面的指标决定的，不同的计算机其侧重面不同。基本性能指标包括以下几个方面：

1.字长

字长是计算机运算部件一次能处理的二进制数据的位数。字长越长，计算机的处理能力就越强，但价格也越高。当前微型计算机的字长为 16 位、32 位、64 位，如 80286 为 16 位；80386、80486 为 32 位；Pentium、Pentium Ⅱ、Pentium Ⅲ、Pentium4 为 64 位。

对于数据，字长越长，运算精度越高。对于指令，字长越长，则功能越强，而寻址的存储空间也越大。

2.速度

不同配置的微型计算机按相同的算法执行相同的任务所需要的时间可能是不同的，这和微型计算机的速度有关。微型计算机的速度指标可以用主频和运算速度来评价。

主频也称时钟频率，是指 CPU 工作时的频率。主频是衡量微型机运行速度的主要参数，主频越高，执行一条指令的时间就越短，因而速度就越快。

主频一般以兆赫兹（MHz）为单位。目前的微机的主频在 2 000 MHz 左右，高的可达 3 000 MHz 左右，甚至更高。

运算速度是以每秒百万指令数（MIPS）为单位。这个指标较主频更能直观地反映微型计算机的运算速度。

速度是一个综合指标，影响微型计算机速度的因素还有许多，如存储器的存取时间系统总线的时钟频率等。

3. 存储系统容量

存储系统主要包括主存储器(也称内存)和辅助存储器(也称外存)。内存储器容量是指为计算机系统所配置的内存总字节数,CPU 可直接访问的大部分存储空间。

存储容量以字节(B)为单位,一个字节由 8 位二进制位组成,大部分都用 KB,MB,GB,TB 等表示。在计算机中,通常用 B(字节)、KB(千字节)、MB(兆字节)或 GB(吉字节)为单位来表示存储器(内存、硬盘、软盘等)的存储容量或文件的大小。所谓存储容量,指的是存储器中能够包含的字节数。一个字节(Byte)包含 8 个二进制位,即 1 Byte=8 bit。这里的 bit 指的是二进制数的一位,又称比特,是计算机存储数据的最小单位。

存储单位 B、KB、MB 与 GB 的换算关系如下:

$1\ B = 8\ bit$

$1\ KB = 1\ 024\ B = 2^{10}\ B = 8 \times 2^{10}\ bit$

$1\ MB = 1\ 024\ KB = 1\ 024 \times 1\ 024\ B = 2^{20}\ B = 8 \times 2^{20}\ bit$

$1\ GB = 1\ 024\ MB = 1\ 024 \times 1\ 024 \times 1\ 024\ B = 2^{30}\ B = 8 \times 2^{30}\ bit$

$1\ TB = 1\ 024\ GB = 1\ 024 \times 1\ 024 \times 1\ 024 \times 1\ 024\ B = 2^{40}\ B = 8 \times 2^{40}\ bit$

表 1-2 列出了存储容量单位及其相关值。

表 1-2　容量单位及其相关值

单位名称	表示符号	值
位	b	0 或者 1
字节	B	8 个二进制位
千位	Kb	1 024 个位
千字节	KB	1 024 个字节
兆位	Mb	1 048 576 个位
兆字节	MB	1 048 576 个字节
千兆位	Gb	1 073 741 824 个位
千兆字节	GB	1 073 741 824 个字节
兆兆位	Tb	1 099 511 627 776 个位
兆兆字节	TB	1 099 511 627 776 个字节

目前,软件系统的体积越来越大,对存储空间要求也越来越高,很多复杂的软件要有足够大的硬盘空间才能装得下,要有足够大的内存空间才能运行。

除了以上几个指标外,计算机经常考虑的还有机器的兼容性(兼容性有利于计算机的推广)、系统的可靠性(也是一项重要的性能指标,它是指平均无故障工作时间)、系统的可维护性(指故障的平均排除时间)、机器允许的外部设备的最大数目等。性能/价格比例是一项综合评价计算机系统性能的指标,包括硬件、软件的综合性能。总之,要尽量购置性能/价格比高的计算机。

1.3 计算机中的数制与编码

计算机的基本功能是对数据进行计算和加工处理。数据在机器中是以器件的物理状态来表示的,而组成计算机的基本逻辑电路通常有两个不同的稳定状态,即低电平和高电平。为了使表示方便和可靠,在计算机中主要采用二进制数字系统。存储在计算机中的字母、符号、图形、声音等都使用二进制数编码表示的。

1.3.1 进位计数制

进位计数制是一种数的表示方法,它按进位的方法来计数,简称为进位制。所谓进位制基数,就是在该进位计数制中可以使用的数字符号个数。R 进制数的基数为 R,能用到的数字符号个数为 R 个,即 $0,1,2,\cdots,R-1$。R 进制数中能使用的最小数字符号是 0。表 1-3 中列出了几种进位数制。

表 1-3　几种进位数制

进　制	计数原则	基本符号
二进制	逢二进一	0,1
八进制	逢八进一	0,1,2,3,4,5,6,7
十进制	逢十进一	0,1,2,3,4,5,6,7,8,9
十六进制	逢十六进一	0,1,2,3,4,5,6,7,8,9,A,B,C,D,E,F

注:十六进制的字符 A~F 分别对应十进制的 10~15。

1. 十进制数(Decimal)

十进制数是人们十分熟悉的计数体制。它用 0,1,2,3,4,5,6,7,8,9 十个数字符号表示,按照一定规律排列起来表示数值的大小。

任意一个十进制数,如 527 可表示为 $(527)_{10}$、$[527]_{10}$ 或 527D。有时表示十进制数后的下标 10 或 D 也可以省略。

【例1】　四位数 6 486,可以写成:

$$6\ 486=6\times10^3+4\times10^2+8\times10^1+6\times10^0$$

从这个十进制数的表达式中,可以得到十进制数的特点:

①每一个位置(数位)只能出现十个数字符号 0~9 中的其中一个。通常把这些符号的个数称为基数,十进制数的基数为 10。

②同一个数字符号在不同的位置代表的数值是不同的。例 1 中左右两边的数字都是 6,但右边第一位数的数值为 6,而左边第一位数的数值为 6 000。

③十进制的基本运算规则是"逢十进一"的。例 1 中右边第一位为个位,记作 10^0;第二位为十位,记作 10^1;第三、四位为百位和千位,分别记作 10^2 和 10^3。通常把 $10^0,10^1,10^2,10^3$ 等称为是对应数位的权,各数位的权都是基数的幂。每个数位对应的数字符号称为系数。显然,某数位的数值等于该位的系数和权的乘积。

　　一般地说，n 位十进制正整数 $[X]_{10}=D_{n-1}D_{n-2}\cdots D_1D_0$ 可表达为以下形式：

$$[X]_{10}=D_{n-1}\times10^{n-1}+D_{n-2}\times10^{n-2}+\cdots+D_1\times10^1+D_0\times10^0$$

式中：$D_0,D_1,\cdots,D_{n-1}$ 为各数位的系数（D_i 是第 i 位的系数），它可以取 0~9 十个数字符号中任意一个；$10^0,10^1,\cdots,10^{n-1}$ 为各数位的权；$[X]_{10}$ 中下标 10 表示 X 是十进制数，十进制数的括号也经常被省略。

　　2. 二进制数（Binary）

　　与十进制类似，二进制的基数为 2，即二进制中只有两个数字符号（0 和 1）。二进制的基本运算规则是"逢二进一"，各位的权为 2 的幂。

　　任意一个二进制数，如 110 可表示为 $(110)_2$、$[110]_2$ 或 110 B。

　　一般地说，n 位二进制正整数 $[X]_2$ 表达式可以写成：

$$[X]_2=D_{n-1}\times2^{n-1}+D_{n-2}\times2^{n-2}+\cdots+D_1\times2^1+D_0\times2^0$$

式中：$D_0,D_1,\cdots,D_{n-1}$ 为系数，可取 0 或 1 两种值；$2^0,2^1,\cdots,2^{n-1}$ 为各数位的权。

　　【例 2】　$[X]_2=00101001$，写出各位权的表达式及对应的十进制数值。

　　解：$[X]_2=[00101001]_2$

$$=[0\times2^7+0\times2^6+1\times2^5+0\times2^4+1\times2^3+0\times2^2+0\times2^1+1\times2^0]_{10}$$
$$=[0\times128+0\times64+1\times32+0\times16+1\times8+0\times4+0\times2+1\times1]_{10}$$
$$=[41]_{10}$$

即 $[00101001]_2=[41]_{10}$

　　从例 2 可以看出，二进制数进行算术运算简单。但也可以看到，两位十进制数 41，就用了六位二进制数表示。如果数值再大，位数会更多，既难记忆，又不便读写，还容易出错。为此，在计算机的应用中，又经常使用八进制数和十六进制数表示。

　　3. 八进制数（Octal）

　　在八进制中，基数为 8，它有 0,1,2,3,4,5,6,7 八个数字符号。八进制的基本运算规则是"逢八进一"，各数位的权为 8 的幂。

　　任意一个八进制数，如 425 可表示为 $[425]_8$、$(425)_8$ 或 425Q（注：为了区分 O 与 0，把 O 用 Q 来表示）。

　　n 位八进制正整数的表达式可以写成：

$$[X]_8=D_{n-1}\times8^{n-1}+D_{n-2}\times8^{n-2}+\cdots+D_1\times8^1+D_0\times8^0$$

　　【例 3】　求三位八进制数 $[X]_8=[212]_8$ 所对应的十进制数的值。

　　解：$[X]_8=[212]_8=[2\times8^2+1\times8^1+2\times8^0]_{10}$

$$=[128+8+2]_{10}=[138]_{10}$$

即 $[212]_8=[138]_{10}$

　　4. 十六进制数（Hexadecimal）

　　在十六进制中，基数为 16。它有 0,1,2,3,4,5,6,7,8,9,A,B,C,D,E,F 十六个数字符号。十六进制的基本运算规则是"逢十六进一"，各数位的权为 16 的幂。

　　任意一个十六进制数，如 7B5 可表示为 $(7B5)_{16}$，或 $[7B5]_{16}$，或 7B5H。

n 位十六进制正整数的一般表达式可以写成:

$$[X]_{16}=D_{n-1}\times16^{n-1}+D_{n-2}\times16^{n-2}+\cdots+D_1\times16^1+D_0\times16^0$$

【例 4】 求十六进制正整数 $[2BF]_{16}$ 所对应的十进制数的值。

解: $[2BF]_{16}=[2\times16^2+11\times16^1+15\times16^0]_{10}=[703]_{10}$

1.3.2 数制之间的转换

1. 二进制数、八进制数和十六进制数之间的转换

由于二进制的基数与八进制、十六进制的基数有着整数幂关系,每三位二进制数可对应一位八进制数,每四位二进制数可对应一位十六进制数。在转换时,要注意小数和整数要分别对应转换。

【例 5】 $(1101011.11001)_2=(?)_8$

解:　　　001　101　011.110　010

　　　　　↓　　↓　　↓　　↓　　↓

　　　　　1　　5　　3 . 6　　2

即 $(1101011.11001)_2=(153.62)_8$

【例 6】 $(1101011.11001)_2=(?)_{16}$

解:　　　0110　1011.1100　1000

　　　　　　↓　　　↓　　　↓　　　↓

　　　　　　6　　　B . C　　　8

即 $(1101011.1101)_2=(6B.C8)_{16}$

【例 7】 $(345.67)_8=(?)_{16}$

解:　　　3　　4　　5 . 6　　7

　　　　　↓　　↓　　↓　　↓　　↓

　　　011　100　101 . 110　111

　　　1110　　0101 . 1101　1100

　　　　↓　　　↓　　　↓　　　↓

　　　　E　　　5 . D　　　C

即 $(345.67)_8=(E5.DC)_{16}$

二进制数转换成八进制数时,以小数点为界向两边每三位为一组,然后计算出每组对应的八进制的值;二进制数转换成十六进制数与此类似,只是按四位二进制数为一组求出对应的十六进制数。八进制数和十六进制数之间的转换可以借助二进制数为桥梁来转换,表 1-4 是不同数制之间的一个对照表。

表 1-4　不同数制对照表

十进制数	二进制数	八进制数	十六进制
0	0	0	0
1	1	1	1
2	10	2	2
3	11	3	3
4	100	4	4
5	101	5	5
6	110	6	6
7	111	7	7
8	1000	10	8
9	1001	11	9
10	1010	12	A
11	1011	13	B
12	1100	14	C
13	1101	15	D
14	1110	16	E
15	1111	17	F
16	10000	20	10

2. 二进制数和十进制数之间的转换

(1) 十进制数转换为二进制数

十进制数转换为二进制数，整数转换与小数转换方法不同，需要分别转换。十进制整数转换为二进制整数，采用除 2 取余法。即将十进制数的商反复整除以 2，直到商为零为止，再把各次整除所得的余数从后到前连接起来，就可得到相应的二进制整数。

【例 8】　$(241)_{10} = (?)_2$

解：

```
 2 | 241        ..................  余数=1
    2 | 120      ..................  余数=0
       2 | 60    ..................  余数=0
          2 | 30 ..................  余数=0
             2 | 15 ...........  余数=1
                2 | 7  .......  余数=1
                   2 | 3  .....  余数=1
                      2 | 1  ....  余数=1
                         0
```

即 $(241)_{10} = (11110001)_2$

十进制小数转换为二进制小数，采用乘 2 取整法。即将十进制数的小数部分反复乘以 2，直到没有小数或达到指定的精度为止。再把各次乘 2 得到的整数（包含 0）从前到后连接起来，就可得到相应的二进制整数。

【例 9】　$(0.7451)_{10}=(?)_2$（要求精确到小数点后第五位）

解：

$$
\begin{array}{rl}
0.7451 & \\
\underline{\times\quad 2} & \\
1.4902 & \cdots\cdots\ \text{整数部分}=1 \\
\underline{\times\quad 2} & \\
0.9804 & \cdots\cdots\ \text{整数部分}=0 \\
\underline{\times\quad 2} & \\
1.9608 & \cdots\cdots\ \text{整数部分}=1 \\
\underline{\times\quad 2} & \\
1.9216 & \cdots\cdots\ \text{整数部分}=1 \\
0.9216 & \\
\underline{\times\quad 2} & \\
1.8432 & \cdots\cdots\ \text{整数部分}=1
\end{array}
$$

即$(0.7451)_{10}=(10111)_2$

如果某个十进制数既有整数又有小数，可分别按上面介绍的方法将整数和小数部分分别转换后再合并起来。

十进制数转换为二进制数，整数转换与小数转换方法不同，需要分别转换。十进制整数转换为二进制整数，采用除 2 取余法。十进制小数转换为二进制小数，采用乘 2 取整法。

（2）二进制数转换为十进制数

二进制数转换为十进制数十分简单，可以采用按权相加法。

【例 10】　$(10111.11)_2=(?)_{10}$

解：
$$
\begin{aligned}
(10111.11)_2 &= 1\times 2^4+1\times 2^2+1\times 2+1+1\times 2^{-1}+1\times 2^{-2} \\
&= 16+4+2+1+0.5+0.25 \\
&= 23.75
\end{aligned}
$$

即$(10111.11)_2=(23.75)_{10}$

八进制数或十六进制数转换为十进制数，也可以采用按权相加法。

1.3.3　计算机的信息编码

1. ASCII 码

由于计算机只能直接接受、存储和处理二进制数，对于数值信息可以采用二进制数码表示，对于非数值信息可以采用二进制代码编码表示。编码是指用少量基本符号根据一定规则组合起来以表示大量复杂多样的信息。一般来说，需要用二进制代码表示哪些文字、符号取决于我们要求计算机能够"识别"哪些文字、符号。为了能将文字、符号也存储在计算机里，必须将文字、符号按照规定的编码转换成二进制数代码。目前，计算机中一般都采用国际标准化组织规定的 ASCII 码（美国标准信息交换码）来表示英文字母和符号。

ASCII 码的最高位为 0，其范围用二进制表示为 00000000～01111111，用十进制表示为 0～127，共 128 种。基本 ASCII 字符表如表 1-5 所示。

表 1-5　常用 ASCII 字符表

代码	字符	代码	字符	代码	字符	代码	字符	代码	字符
32		52	4	72	H	92	\	112	p
33	!	53	5	73	I	93	]	113	q
34	”	54	6	74	J	94	^	114	r
35	#	55	7	75	K	95	_	115	s
36	$	56	8	76	L	96	`	116	t
37	%	57	9	77	M	97	a	117	u
38	&	58	:	78	N	98	b	118	v
39		59	;	79	O	99	c	119	w
40	(	60	<	80	P	100	d	120	x
41	)	61	=	81	Q	101	e	121	y
42	*	62	>	82	R	102	f	122	z
43	+	63	?	83	S	103	g	123	{
44	,	64	@	84	T	104	h	124		
45	—	65	A	85	U	105	i	125	}
46	.	66	B	86	V	106	j	126	~
47	/	67	C	87	W	107	k		
48	0	68	D	88	X	108	l		
49	1	69	E	89	Y	109	m		
50	2	70	F	90	Z	110	n		
51	3	71	G	91	[	111	o		

　　ASCII 码大小规律一般是：由于基本 ASCII 字符表按代码值的大小排列，数字的代码小于字母；在数字的代码中，0 的代码最小，9 的代码最大；大写字母的代码比小写字母小；在字母中，代码的大小按字母顺序递增；A 的代码最小，z 的代码最大。其中，0 的代码为 00110000，转换成十进制数为 48；A 的代码为 01000001，转换成十进制数为 65；a 的代码为 01100001，转换成十进制数为 97；其他数字和字母的代码可以依次推算出来。

　　扩充 ASCII 码的最高位为 1，其范围用二进制表示为 10000000～11111111，用十进制表示为 128～255，也共有 128 种。ASCII 码目前以为国际标准化组织 ISO 和国际电报电话咨询委员会 CCITT 采纳而为一种国际通用的信息交换标准代码。

　　2. 汉字编码

　　对于英文，大小写字母总计只有 52 个，加上数字、标点符号和其他常用符号，128 个编码基本够用，所以 ASCII 码基本上满足了英语信息处理的需要。我国使用汉字不是拼音文字，而是象形文字，由于常用的汉字也有 6 000 多个，因此使用 7 位二进制编码是不够的，必须使用更多的二进制位。

　　1981 年我国国家标准局颁布的《信息交换用汉字编码字符集·基本集》收录了 6 763 个汉字和 619 个图形符号。在 GB2312—80 中规定用 2 个连续字节，即 16 位二进制代码表示一个汉字。由于每个字节的高位规定为 1，这样就可以表示 128×128＝16 384 个汉字。在 GB2312—80 中，根据汉字使用频率分为两级，第一级有 3 755 个，按汉语拼音字母的顺序排列；第二级有 3 008 个，按部首排列。

英文是拼音文字,基本符号比较少,编码比较容易,而且在计算机系统中,输入、内部处理、存储和输出都可以使用同一代码。汉字种类繁多,编码比西文要困难得多,而且在一个汉字处理系统中,输入、内部处理、输出对汉字代码要求不尽相同,所以用的代码也不尽相同。汉字信息处理系统在处理汉字和词语时,要进行一系列的汉字代码转换。下面介绍主要的汉字代码:

(1)汉字输入码(外码)

汉字的字数繁多,字形复杂,字音多变,常用汉字就有 6 000 多个。在计算机系统中使用汉字,首先遇到的问题就是如何把汉字输入到计算机内。为了能直接使用西文标准键盘进行输入,必须为汉字设计相应的编码方法。汉字编码方法主要有:拼音输入、数字输入、字形输入、音形输入等方法。

(2)汉字内部码(内码)

汉字内部码是汉字在设备和信息处理系统内部最基本的表达形式,是在设备和信息处理系统内部存贮、处理和传输汉字用的代码。目前,世界各大计算机公司一般均以 ASCII 码为内部码来设计计算机系统。汉字数量多,用一个字节无法区分,一般用两个字节来存放汉字的内码,两个字节共有 16 位,可以表示 65 536 个可区别的码,如果两个字节各用 7 位,则可表示 16 384 个可区别的码,这已经够用了。另外,汉字字符必须和英文字符能相互区别开,以免造成混淆。英文字符的机内代码是 7 位 ASCII 码,最高位为“0”;汉字机内代码中两个字节的最高位均为“1”。不同的计算机系统所采用的汉字内部码有可能不同。

(3)汉字字形码(输出码)

汉字字形码是汉字字库中存储的汉字字形的数字化信息,用于汉字的显示和打印。字形码也称字模码,是用点阵表示的汉字字形代码,它是汉字的输出形式,根据输出汉字的要求不同,点阵的多少也不同。简易型汉字为 16×16 点阵,提高型汉字为 24×24 点阵、32×32 点阵、48×48 点阵等等。

字模点阵的信息量是很大的,所占存贮空间也很大。

例如,用 16×16 点阵表示一个汉字,就是将每个汉字用 16 行,每行 16 个点表示,一个点需要 1 位二进制代码,16 个点需用 16 位二进制代码(即 2 个字节),共 16 行,所以需要 16 行×2 字节/行＝32 字节,即 16×16 点阵表示一个汉字,字形码需用 32 字节。即

$$字节数＝点阵行数×(点阵列数/8)$$

一个完整的汉字信息处理都离不开从输入码到机内码,由机内码到字形码的转换。虽然汉字输入码、机内码、字形码目前并不统一,但是只要在信息交换时,使用统一的国家标准,就可以达到信息交换的目的。

我国国家标准局于 2000 年 3 月颁布的国家标准 GB8030—2000《信息技术和信息交换用汉字编码字符集・基本集的扩充》,收录了 2.7 万多个汉字。它彻底解决了邮政、户政、金融、地理信息系统等迫切需要人名、地名所用的汉字,也为汉字研究、古籍整理等领域提供了统一的信息平台基础。

3.图形、图像、声音编码的概念

对于文字可以使用二进制代码编码,对于图形、图像和声音也可以使用二进制代码编码。一幅图像是由像素阵列构成的。

1.4　计算机病毒及其防治方法

　　计算机病毒是一种人为编制的,具有干扰和破坏计算机正常工作的小程序,它通过非授权入侵计算机而隐藏在系统程序和应用程序中。当计算机系统运行时,病毒通过磁盘、网络等计算机存储媒介传播,对计算机系统和程序进行修改、破坏,并能自身繁殖和生存。它进入计算机系统内部后,干扰计算机正常工作,更改、删除其他应用程序,占用计算机资源,使计算机系统发生故障,甚至导致整个系统瘫痪。由于其活动方式类似生物学中的病毒,故将这种程序称为计算机病毒。

1.4.1　病毒的分类

1. 按照计算机病毒的破坏情况分类

（1）良性计算机病毒

　　良性计算机病毒是指其不包含有立即对计算机系统产生直接破坏作用的代码。这类病毒为了表现其存在,只是不停地进行扩散,从一台计算机传染到另一台,并不破坏计算机内的数据。有些人对这类计算机病毒的传染不以为然,认为这只是恶作剧,没什么关系。其实良性、恶性都是相对而言的。良性病毒取得系统控制权后,会导致整个系统运行效率降低,系统可用内存总数减少,使某些应用程序不能运行。它还与操作系统和应用程序争抢 CPU 的控制权,时时导致整个系统死锁,给正常操作带来麻烦。有时系统内还会出现几种病毒交叉感染的现象,一个文件不停地反复被几种病毒所感染。例如,原来只有 10 KB 的文件变成约 90 KB,就是被几种病毒反复感染了数十次。这不仅消耗掉大量宝贵的磁盘存储空间,而且整个计算机系统也由于多种病毒寄生于其中而无法正常工作。因此,也不能轻视所谓良性病毒对计算机系统造成的损害。

（2）恶性计算机病毒

　　恶性计算机病毒就是指在其代码中包含有损伤和破坏计算机系统的操作,在其传染或发作时会对系统产生直接的破坏作用。这类病毒是很多的,如米开朗基罗病毒。当米氏病毒发作时,硬盘的前 17 个扇区将被彻底破坏,使整个硬盘上的数据无法被恢复,造成的损失是无法挽回的。有的病毒还会对硬盘做格式化等破坏。这些操作代码都是刻意编写进病毒的,这是其本性之一。因此,这类恶性病毒是很危险的,应当注意防范。所幸防病毒系统可以通过监控系统内的这类异常动作识别出计算机病毒的存在与否,或至少发出警报提醒用户注意。

2. 按照计算机病毒的入侵方式分类

（1）源码型计算机病毒

　　源码型计算机病毒攻击高级语言编写的程序,该病毒在高级语言所编写的程序编译前插入到原程序中,经编译成为合法程序的一部分。

（2）嵌入型计算机病毒

　　嵌入型计算机病毒是将自身嵌入到现有程序中,把计算机病毒的主体程序与其攻击的对象以插入的方式链接。这种计算机病毒是难以编写的,一旦侵入程序体后也较难消除。如果同时采用多态性病毒技术、超级病毒技术和隐蔽性病毒技术,将给当前的反病毒技术带来严峻的挑战。

（3）外壳型计算机病毒

外壳型计算机病毒将其自身包围在主程序的四周,对原来的程序不作修改。这种病毒最为常见,易于编写,也易于发现,一般测试文件的大小即可得知。

（4）操作系统型计算机病毒

操作系统型计算机病毒用它自己的程序意图加入或取代部分操作系统进行工作,具有很强的破坏力,可以导致整个系统的瘫痪。圆点病毒和大麻病毒就是典型的操作系统型病毒。这种病毒在运行时,用自己的逻辑部分取代操作系统的合法程序模块,根据病毒自身的特点和被替代的操作系统中合法程序模块在操作系统中运行的地位与作用以及病毒取代操作系统的取代方式等,对操作系统进行破坏。

3. 按照计算机病毒的寄生部位或传染对象分类

（1）磁盘引导区传染的计算机病毒

磁盘引导区传染的计算机病毒主要是用病毒的全部或部分逻辑取代正常的引导记录,而将正常的引导记录隐藏在磁盘的其他地方。由于引导区是磁盘能正常使用的先决条件,因此,这种病毒在运行的一开始（如系统启动）就能获得控制权,其传染性较大。由于在磁盘的引导区内存储着需要使用的重要信息,如果对磁盘上被移走的正常引导记录不进行保护,则在运行过程中就会导致引导记录的破坏。磁盘引导区传染的计算机病毒较多,例如"大麻"和"小球"病毒就是这类病毒。

（2）操作系统传染的计算机病毒

操作系统是一个计算机系统得以运行的支持环境,它包括.COM、.EXE等许多可执行程序及程序模块。操作系统传染的计算机病毒就是利用操作系统中所提供的一些程序及程序模块寄生并传染的。通常,这类病毒作为操作系统的一部分,只要计算机开始工作,病毒就处在随时被触发的状态。而操作系统的开放性和不绝对完善性给这类病毒出现的可能性与传染性提供了方便。操作系统传染的计算机病毒目前已广泛存在,"黑色星期五"即为此类病毒。

（3）可执行程序传染的计算机病毒

可执行程序传染的计算机病毒通常寄生在可执行程序中,一旦程序被执行,病毒也就被激活,病毒程序首先被执行,并将自身驻留内存,然后设置触发条件,进行传染。

对于以上三种病毒的分类,实际上可以归纳为两大类:一类是引导扇区型传染的计算机病毒;另一类是可执行文件型传染的计算机病毒。

4. 按照传播媒介分类

（1）单机病毒

单机病毒的载体是磁盘,常见的是病毒从软盘传入硬盘,感染系统,然后再传染其他软盘,软盘又传染其他系统。

（2）网络病毒

网络病毒的传播媒介不再是移动式载体,而是网络通道,这种病毒的传染能力更强,破坏力更大。

1.4.2　计算机病毒的主要症状

计算机病毒侵入计算机系统时,症状有很多,可归纳为以下 8 种:

①屏幕上经常出现异常画面。如雪花点、闪烁、异常流动、奇怪的信息和提示等。

②系统运行异常,程序装入的时间比平时长,运行速度明显减慢。

③程序或数据丢失,文件名不能辨认,文件的长度增加。

④访问设备时发现异常情况。如打印机不能打印等。

⑤磁盘容量变小,区域破坏及其他异常信息。

⑥内存空间变小,经常出现死机或突然死机。

⑦主机喇叭出现异常声响。

⑧非法加密或解密文件。

1.4.3　病毒的防治

病毒的侵入必将对系统资源构成威胁,即使是良性病毒,至少也要占用少量的系统空间,影响系统的正常运行。特别是通过网络传播的计算机病毒,能在很短的时间内使整个计算机网络处于瘫痪状态,从而造成巨大的损失。因此,防止病毒的侵入要比病毒入侵后再去发现和消除它更重要。因为没有病毒的入侵,也就没有病毒的传播,更不需要消除病毒。另一方面,现有病毒已有万种,并且还在不断增多。而消毒是被动的,只有在发现病毒后,对其剖析、选取特征串,才能设计出该"已知"病毒的杀毒软件。但杀毒软件不能检测和消除研制者未曾见过的"未知"病毒。

防毒应该是主动的,而杀毒是被动的,被动杀病毒只能治标,只有主动预防病毒才是防治病毒的根本,所以,我们在处理计算机病毒时应该做到以下几点:

①定期使用正版杀毒软件对系统进行检查和清除病毒,并且要及时更新病毒特征库。

②运行病毒防火墙,实时监视病毒的入侵和感染。

③不使用来历不明的软件,不使用非法复制或解密的软件,特别要警惕各种游戏软件。对外来的软件、数据文件以及在其他机器使用过的软盘都要进行必要的病毒检测。

④不要打开来历不明的邮件。

⑤定期备份重要的系统数据和用户数据,一旦被病毒破坏,可以迅速恢复,将损失减小到最小。

⑥对于带有硬盘的计算机最好专机专用或专人专机。

1.4.4　常用杀毒软件介绍

检查和清除病毒的一种有效方法是使用各种杀毒软件,一般来说,无论是国内的还是国外的都能够不同程度地解决一定的问题,但任何一种杀毒软件都不可能解决所有问题。我国的病毒清除技术已成熟,常见的国产杀毒软件有 KV 3000、瑞星杀毒软件、金山毒霸等;常见的国外杀毒软件有 Norton Antivirus、卡巴斯基等。这些杀毒软件都具有以下的基本功能:

①检查和清除被感染文件里的病毒。

②可实时监控数据来源,如软盘、本地硬盘、光盘、网络邻居、互联网和所在局域网服务器,提

供防火墙的功能。

　　③可对压缩和自解压缩格式文件进行检测,如 Zip、ARJ 等。

　　④能清除目前流行的"黑客程序",如特洛伊木马程序。

　　⑤可较准确地查杀 Word、Excel 等软件的宏病毒。

　　⑥能保存和恢复用户计算机硬盘引导扇区信息。

　　⑦能方便地通过互联网更新病毒特征库。

习题一

选择题

1. 世界上第一台电子数字计算机取名为(　　　)。

　　A. UNIVAC　　　　　　B. EDSAC　　　　　　C. ENIAC　　　　　　D. EDVAC

2. 世界上第一台电子数字计算机研制成功的时间是(　　　)。

　　A. 1936 年　　　　　　B. 1946 年　　　　　　C. 1956 年　　　　　　D. 1975 年

3. 就工作原理而言,目前大多数计算机采用的是科学家(　　　)提出的"存储程序和程序控制"原理。

　　A. 艾仑·图灵　　　　　B. 冯·诺依曼　　　　C. 乔治·布尔　　　　D. 比尔·盖茨

4. 计算机的发展阶段通常是按照计算机采用的(　　　)来划分的。

　　A. 内在容量　　　　　B. 电子器件　　　　　C. 程序设计语言　　　D. 操作系统

5. 目前制造计算机所采用的电子器件是(　　　)。

　　A. 晶体管　　　　　　B. 超导体　　　　　　C. 中小规模集成电路　D. 超大规模集成电路

6. 我国自行设计研制的曙光型计算机是(　　　)。

　　A. 微型计算机　　　　B. 小型计算机　　　　C. 中型计算机　　　　D. 巨型计算机

7. 办公自动化(OA)是计算机的一项应用,按计算机应用的分类,它属于(　　　)。

　　A. 数据处理　　　　　B. 科学计算　　　　　C. 实时控制　　　　　D. 辅助设计

8. 用计算机进行服装设计,属于计算机应用中的(　　　)。

　　A. 科学计算　　　　　B. 实时控制　　　　　C. 信息处理　　　　　D. 计算机辅助设计

9. 计算机辅助教学的英文缩写是(　　　)。

　　A. CAD　　　　　　　B. CAI　　　　　　　C. CAM　　　　　　　D. CAT

10. CAD 和 CAM 是当今计算机的主要应用领域,其具体的含义是下列选项的(　　　)。

　　A. 计算机辅助设计和计算机辅助测试　　B. 计算机辅助设计和计算机辅助教学

　　C. 计算机辅助设计和计算机辅助制造　　D. 计算机辅助制造和计算机辅助教学

11. 目前,计算机的应用领域不包括(　　　)。

　　A. 铅字排版　　　　　B. 科学计算　　　　　C. 实时控制　　　　　D. 数据处理

12. CPU 中控制器的作用是(　　　)。

　　A. 进行逻辑运算　　　　　　　　　　　　B. 进行算术运算

　　C. 得出运算的结果　　　　　　　　　　　D. 分析和处理指令的控制信息

13. 计算机内存储器是指(　　　)。

A. RAM   B. ROM   C. RAM 和 ROM   D. 硬盘和控制器

14. 下列各类存储器中,断电后其中信息会丢失的是( )。

     A. RAM   B. ROM   C. 硬盘   D. 软盘

15. 下列 4 种存储器中,存取速度最快的是( )。

     A. 内存储器   B. 软盘   C. 硬盘   D. 磁带

16. 微型计算机外(辅)存储器是指( )。

     A. RAM   B. ROM   C. 磁盘   D. 虚拟盘

17. 内存和外存相比较具有( )的特点。

     A. 存储容量大   B. 价格低   C. 存取速度快   D. 盘上信息可以长期保存

18. 配置高速缓冲存储器(Cache)是为了解决( )。

     A. 内存与辅助存储器之间速度不匹配问题

     B. CPU 与辅助存储器之间速度不匹配问题

     C. CPU 与主存储器之间速度不匹配问题

     D. 主机与外设之间速度不匹配问题

19. 硬盘工作时应特别注意避免( )。

     A. 噪声   B. 潮湿   C. 振动   D. 日光

20. U 盘属于( )。

     A. 内存储器   B. 外存储器   C. 输入设备   D. 输出设备

21. 下列术语中,属于显示器性能指标的是( )。

     A. 速度   B. 可靠性   C. 分辨率   D. 精度

22. 一个完整的计算机系统通常应包括( )。

     A. 系统软件和应用软件包   B. 计算机及其外部设备

     C. 硬件系统和软件系统   D. 系统硬件和系统软件

23. 人们通常所说的"裸机"指的是( )。

     A. 只装备有操作系统的计算机   B. 不带输入输出设备的计算机

     C. 未装备任何软件的计算机   D. 计算机主机暴露在外

24. 计算机能直接识别和执行的语言是( )。

     A. 汇编语言   B. 自然程序   C. 机器语言   D. 高级语言

25. 高级语言源程序必须翻译成目标程序后才能执行,完成这种翻译过程的程序是( )。

     A. 汇编程序   B. 编辑程序   C. 解释程序   D. 编译程序

26. 在计算机中,一条指令代码由操作码和( )两部分组成。

     A. 指令码   B. 地址码   C. 控制符   D. 运算符

27. 下列四种软件中不属于应用软件的是( )。

     A. Photoshop   B. Windows 2000   C. Word 2000   D. CAI

28. 用( )来衡量计算机的运行速度。

     A. 字长   B. 存储容量   C. 可靠性   D. 主频

29. 计算机字长是在( )时规定的。

     A. 销售   B. 出厂   C. 使用   D. 设计机器

30. "32 位微型计算机"中的"32"指的是( )。

A. 微机型号   B. 机器字长   C. 内存容量   D. 显示器规格

31. 在购买机器时,所谓 PⅡ350 中的 350 是指(   )。

A. CPU 的主频为 350 MHz   B. 电压的频率为 350 MHz

C. 计数器的速度为 350 MHz   D. CPU 的外频为 350 MHz

32. 微型计算机中存储数据的最小单位是(   )。

A. 字节   B. 字   C. 位   D. KB

33. 微机中 1 K 字节等于(   )位的二进制位。

A. 1 000   B. 8x1 000   C. 1 024   D. 8x1 024

34. 在表示存储器的容量时,1MB 的准确含义是(   )。

A. 1 024 KB   B. 1 024 B   C. 1 000 KB   D. 1 000 B

35. 下列不能用作存储容量单位的是(   )。

A. Byte   B. MIPS   C. KB   D. GB

36. 计算机内部信息的表示及存储采用二进制形式的最主要原因有(   )。

A. 产品的成本低落   B. 避免与十进制混淆

C. 与逻辑电路的硬件相适应   D. 容易记忆和计算

37. 与十进制数 525 相等的二进制数是(   )。

A. 1001001001   B. 1010011001

C. 1000001101   D. 1001000001

38. 在计算机中,一个字节最大容纳的二进制数换算为十进制整数是(   )。

A. 3   B. 15   C. 63   D. 255

39. 下列四个不同数制表示的数中,数值最大的是(   )。

A. 二进制数 11011101   B. 八进制数 334

C. 十进制数 219   D. 十六进制数 D

40. 下列不同进制数中,最大的数是(   )。

A. 15D   B. 1011000B   C. D3H   D. 330Q

41. 在计算机中,应用最普遍的字符编码是(   )。

A. BCD 码   B. 汉字编码   C. 机器码   D. ASCII 码

42. 数字字符"1"的 ASCII 码的十进制表示为 49,那么数字字符"8"的 ASCII 码的十进制表示为(   )。

A. 56   B. 58   C. 60   D. 54

43. 下列字符中,ASCII 码值最小的是(   )。

A. a   B. A   C. x   D. Y

44. 我国国家标准局于(   )年颁布了"中华人民共和国国家标准信息交换汉字编码字集基本集",即《信息交换用汉字编码字符集·基本集》。

A. 1979   B. 1980   C. 1981   D. 1985

45. 在计算机中的汉字系统中,一个汉字的内码占(   )个字节。

A. 1   B. 2   C. 3   D. 4

46. 在存储一个汉字内码的两个字节中,每个字节的最高位是(   )。

A. 1 和 1   B. 1 和 0   C. 0 和 1   D. 0 和 0

47. 1 个汉字的 16×16 点阵代码占用(　　)个字节。

　　A. 16 k　　　　　　　B. 32 k　　　　　　　C. 16　　　　　　　　D. 32

48. 关于计算机病毒,正确的说法是(　　)。

　　A. 计算机病毒可以烧毁计算机的电子器件

　　B. 计算机病毒是一种传染力极强的生物细菌

　　C. 计算机病毒是一种人为特制的具有破坏性的程序

　　D. 计算机病毒一旦产生,便无法清除

49. 下列四项中,不属于计算机病毒特征的是(　　)。

　　A. 潜伏性　　　　　　B. 传染性　　　　　　C. 激发性　　　　　　D. 免疫性

50. 计算机病毒会造成(　　)。

　　A. CPU 的烧毁　　　　　　　　　　　B. 磁盘驱动器的损坏

　　C. 程序和数据的破坏　　　　　　　　D. 磁盘的物理损坏

第二章　键盘操作与汉字录入

用户在使用电脑时,经常要在电脑中输入文字。目前大多数用户都采用键盘输入,采用的汉字输入法有全拼音、智能 ABC、五笔字型等。熟练地掌握键盘操作与汉字录入技能,是进一步掌握电脑知识的基础。

2.1　键盘组成及使用

键盘是电脑基本的输入设备。程序、数据和指令都可以通过键盘输入电脑中,掌握键盘的操作是学习电脑的前提。键盘由英文字母键及符号键、数字键、功能键、控制键组成。常见的电脑键盘有 101 键盘、104 键盘和 108 键盘等。目前以 104 键盘最为常见,本节仅以 104 键为例,介绍键盘分布及使用方法,如图 2-1 所示。

2.1.1　键盘的组成

目前常用的键盘通常分为 4 个区:主键盘区、功能键区、光标控制区和小键盘区,如图 2-1 所示。

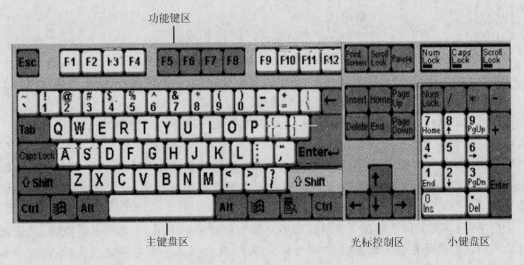

图 2-1　键盘

键盘上方为功能键区,包括 Esc 及 F1～F12 键,共 13 个。其中 Esc 键一般表示退出某程序或放弃某操作,而 F1～F12 则在不同的软件中有不同的意义。功能键区的下边为主键盘区,是输入信息最常用的区域;主键盘区右侧为光标控制区,主要用来移动光标和翻页等;小键盘区上部是键盘提示灯,主要用来提示键盘的工作状态、大小写状态及小键盘下标切换状态。

1.主键盘区

主键盘区(如图 2-1 所示)主要用于输入英文字母、数字和符号。常用键的用法及意义说明如下:

(1)字母键

每个字母键的键面上都有一个大写字母,从 A~Z,共 26 个,键位安排与英文字母的使用频率及手指击键的灵活程度有关,且与英文打字机的字母键完全相同,每个键可输入大小写两种字母。大小写的转换可通过按 Caps Lock 键来实现。

(2)数字与符号键

数字与符号键位于字母键盘的上方一排,每个键面上都有上下两种符号,也称双字符键。上面的符号称为上档符号,其输入方法为按住 Shift 键的同时,再按相应有上档符号的键;下面的符号称为下档符号,包括数字、运算符号、标点符号和其他符号。

(3)控制键

①Shift(上档键):该键有两个作用:①输入双字符键的上面一个字符,即按住此键不松手,再击键盘上的双字符键,则输入双字符键的一个字符。如果输入问号"?",则应先按住 Shift 键不松手,再按"?"键。②临时改变英文字母的大小写,即按住 Shift 键,然后敲一个英文字母,则在小写字母方式下输入一个大写英文字母。

②Ctrl 键:该键通常与其他键结合使用。下面是 DOS 环境下的常用控制键及其功能:

Ctrl+Alt+Del	热启动微机
Ctrl+Break	控制中断或中断运行
Ctrl+C	中断操作
Ctrl+S	暂停屏幕显示的卷动

③Alt 键:该键主要是与 F1~F12 的 12 个功能键配合使用,设置电脑的输入状态。

④Enter 回车键:该键有两大作用,一是输入完指令后,按一下该键,电脑才会执行用户的指令;二是输入文字时若要换行,则敲一下回车键,就会转到新的一行。

⑤Backspace(←)退格键:按一下该键,光标向左倒退一格,同时会将此位置的内容删去。用户可以用它来删除光标前的内容。

⑥Caps Lock 大写锁定键:位于键盘左边中部,开机时系统处于小写字母输入状态。按下"Caps Lock",Caps Lock 指示灯亮,此时系统处于大写字母输入状态,反复按此键,大小写状态交替变换。

⑦空格键:该键是位于键盘下方最长的那个键。它有两个作用:一是按下空格键,光标就向右移动一格。如果处在插入状态时,如果光标上有字,就会插入一个空格或字符,不管是一个还是一串,都一起向右移,如果处于改写状态,就会删除该光标后的字符或被所输入的空格代替,可以用它来调动那行字往右移动。二是如果在输入中文时,屏幕下方的提示出现了多个字或词,按一下该键,就表示选用的是提示行的第一个字或词,那个字或词就进入中文去了。一般情况下,可以按键盘上的 Insert 键在改写和插入之间切换。

2.功能键区

功能键区有 F1~F12 的 12 个功能键,各键的功能由不同的软件而定,且可由用户自定义。

功能键的作用是在相应软件中完成某些特殊的功能操作,它可简化操作,节省时间,如在 Word 中的默认方式下按 F2 表示保存。退出键(Esc)作用视不同的软件环境而定,在许多软件系统中,此键往往具有取消当前操作功能。

3.光标控制键区

光标控制键区共有 13 个键。其中,Print Screen 为屏幕打印键。同时按下 Shift＋Print Screen 键,可将屏幕上显示的内容照原样打印出来。同时按下 Ctrl＋Print Screen 键,可打印所有从键盘输入及屏幕上显示的内容,直到再次同时按这两个键为止。PageUp、PageDown、Home、End 等快速移动光标键,常用于在行内或页内快速移动光标,其作用在不同的应用软件中有不同的含义。

常用键的用法及意义如下:

①Scroll Lock 屏幕锁定键:按下此键则屏幕停止滚动,再次按下此键则恢复原操作。

②Insert 键:插入与改写的转换键。当设置为插入状态时,打入的字符就插入在光标出现的位置上;当设置为改写状态时,则改写光标处字符。

③Delete 键:按此键,可以删除紧跟光标后的文字或段落标记。

④Home 键(归位键):按此键,可以使光标回到本行最左边开头的位置。它只移动光标,不移动文字。

⑤End 键:按此键,光标移到本行最右边文字结束的位置。它也是只移动光标,不移动文字。Home 键或 End 键与 Ctrl 键结合,在 Word 中可将光标移至文章的开头或结尾。

⑥Page Up 键(向前翻页键):按此键,可以使屏幕翻回到前一个画面。用户在写文章的中途,想查看前面的内容,直接按住该键即可。

⑦Page Down 键(向后翻页键):按此键,屏幕上的内容就翻到后一个画面。翻动屏幕内容的方向与上面 Page Up 键相反。

⑧←↑↓→(光标移动键):分别将光标往 4 个不同的方向移动。它也只移动光标,不移动文字。

⑨Pause 键:显示暂停,同时按下 Ctrl＋Pause 键,被作为强行中止键(Break),常用为中止程序的运行。

4.小键盘区

小键盘区位于键盘的右下角,又叫数字键区,如图 2-1 所示。它主要用于快速输入数字(如银行系统、会计、财务等常用此键区输入数字)。其中左下角 10 个是双字键,上档键是数字,下档键具有编辑和光标控制功能,与光标控制键功能完全一样。上下档的切换由 Num Lock 键来实现,"Num Lock"灯亮时只能使用上标数字,否则,只能使用下标控制键。小键盘区上面是键盘提示区,主要用来提示键盘工作状态、大小写状态及小键盘上下标切换状态。小键盘区双字键也可由 Shift 键控制,按住 Shift 键时下档键起作用,这与主键盘刚好相反。

2.1.2　基准键位和指法分区

要想提高汉字输入的速度,必须掌握正确的指法。手指应与相应的键盘对应,且按键的方法也要正确。基准键位手指分工如图 2-2 所示。

图 2-2　十指击键的指法表

　　打字时,左手放在 A,S,D 键及 F 键上,右手放在 J,K,L 及;键上,这 8 个键称为基准键位。凡两斜线范围内的字键,都必须用规定的手指敲击。这样,既便于操作,又便于记忆。

　　其中,F,J 键称为定位键(键上有一凸起的小横杠),其作用是方便用户在不看键盘的情况下能将左右食指分别放在 F 和 J 键上,其余三指依次放下就能找准基准键位。

　　十个手指微微弯曲,第一关节微成弧形,手腕悬空,不要紧张,轻松地把手放在键盘上。各个手指必须严格遵守"包产到户"的规定,分工明确,各守岗位。

　　击键要求:

　　①击键时用各手指第一指关节肚击键。

　　②击键时第一指关节应与键面垂直。

　　③击键时应由手指发力击下。

　　④击键时先使手指离键面 2～3 厘米,然后击下。

　　⑤击键完毕,应使手指立即归位到基本键位上(基准键为 A,S,D,F,J,K,L,;)。

　　⑥不击键的手指不要离开其基本键位乱动。

　　⑦当需要同时按下两个键时,若这两个键分别位于左右手区,则左右手各击其键。

2.1.3　基本指法训练

1. 中排字键的练习

　　从左手小指至右手小指,每个指头连击 3 次,然后用拇指击 1 次空格键,这样,在屏幕上就可以看到 AAA　SSS　DDD　FFF 等字母,然后,按照屏幕上的提示,盲打字母键,直到能够正确输入为止。用相反的次序,从右手小指至左手小指用上述的方法击键,也要达到能正确输入为止。上述两种练习熟练之后,采用一个手指同其他指逐一结合的方式,依次击键练习。注意此时的练习目的不是高速,而是正确的手势和用手指击键,不可窜键乱打,力求准确无误,击键后,手指要回到基准键位置。

2. 上排字键的练习

　　练习时要严格按规定的手指指法击键,上排字键的练习首先应该使用中排字键的三种练习方式进行,熟练后增加第四节练习、中排字键与上排字键的交叉击键练习,即中排键与上排字键的合并练习。

中排的合并练习主要是练习手指的姿势和动作，一定要注意手指的位置和击键后的手指复位动作，而速度却是次要的。

3. 下排字键的练习

下排字键的练习首先应该按照规定的手指分布去击键，下排字键的训练方法也与上排的练习相同。即首先是使用中排 3 个字键的练习，然后增加 3 排手指的混合练习。当然，混合练习时更应该注意姿势和手指的复位。

在指法训练中，基本手形、手指的姿势是最重要的，速度是其次的。此外，一开始就要养成良好的习惯，比如养成盲打的好习惯。

此外，在输入中要经常使用上档键，在输入大写字母、汉字某些标点，加入排版命令，输入数字符号、公式时也要使用上档键。

上档键只需用小手指负责，若要输入的字符键在左半部分，用右手小指按上档键；如果输入的字符键在右半部分，则用左手小指按上档键。

2.1.4　键盘数字键训练

键盘上有两排数字键，主键盘上的数字键用双手输入方式，而副键盘上数字键要使用单手输入方式。

1. 主键盘数字键的双手输入训练

左手食指管 4,5 两键，右手食指管 6,7 键，其余的手指依次对应其键位。

数字键的训练要注意的是，手指也要在击键之后回到基准键位——中排字键。

2. 副键盘数字的单手输入训练

先击副键盘的 Num Lock 键，指示灯亮，这时才可使用副键盘上的数字键，否则副键盘只起编辑作用。

副键盘数字键共有 11 个键位，0~9 再加上一个小数点"."，具体手指和键位的分工如下：大拇指负责 0 键，食指负责 1,4,7 键，中指负责 2,5,8 键，无名指负责 3,6,9 键。

单手击键的具体训练可以按以下方式进行：首先从 0101,0102 开始，按顺序输入，直到 0194，然后再从 0201 直到 0294，连打数遍，直到熟练为止。

2.1.5　击键姿势

初学者要注意击键的正确姿势。如果姿势不当，不但会影响击键速度，而且容易产生疲劳。正确的击键姿势为：

①身体端正，两脚放平，身体稍倾向键盘方向。

②椅子高度以双手可平放在桌上为准，桌、椅间距以手指能轻放基本键为准。

③两臂自然下垂，两肘轻贴于腋边，肘关节垂直变曲，手腕平直，身体与电脑桌保持一定的距离。

④打字文稿应放在键盘左边，手指弯曲并放在键盘的基本键位上，击键的力量来自手腕，力求实现"盲打"。

2.2　汉字输入法概述

在我国,汉字编码方案较多,但归纳起来一般可分为流水码、音码、形码、音形结合码这四大类。

2.2.1　流水码

流水码采用的是一个汉字对应一个代码的编码方式。按这种方式给汉字编码后,只有一个唯一的代码。当输入某个汉字时,只要输入其代码即可。采用这种编码方案的有区位码、电报码等。区位码属于流水码方式,一个汉字有一个唯一的代码(通常用阿拉伯数字组成)。用区位码输入汉字时,不存在重码问题,但记忆十分困难。

2.2.2　音码

音码采用汉语拼音方案,即用汉字的拼音作为汉字编码。当输入汉字时,只要输入它的拼音字母即可。目前常见的拼音输入法有全拼、简拼(又称为缩拼音)、双拼等。

2.2.3　形码

形码是基于汉字字形结构分解的一种编码方案。具体方法是:按偏旁、部首、字根、笔画等对汉字进行分解,使汉字的偏旁、部首、字根或笔画与键对应编码。形码中目前影响最大的是五笔字型输入法。

2.2.4　音形结合码

音形结合码是拼音和字形方法相结合的一种编码方案,或以音为主形为辅,或以形为主音为辅。例如自然码、智能 ABC 等都属于这种编码方案。音形结合码吸收了音码和形码的长处,既降低了重码率,又容易为人们所掌握。

2.3　汉字输入法的启动与选择

安装 Windows 操作系统软件后,安装程序会自动将常用的输入法安装好。用户可根据自己的习惯选择使用。

2.3.1　启动汉字输入法

Windows 操作系统提供了多种汉字输入法,当启动 Window 操作系统后,系统当前的输入状态通常是英文,即只能输入英文信息。

用鼠标单击 Windows 桌面上右下角任务栏中的输入法按钮,如图 2-3 所示。

图 2-3　任务栏中的输入法指示器

这时,在屏幕上弹出输入法选择菜单,如图 2-4 所示。在输入法菜单中显示了多种输入法,可根据需要选择一种汉字输入法。例如,若要使用智能 ABC 输入法,单击输入法菜单中的"智能 ABC 输入法"选项,屏幕上立即出现该汉字输入法状态条,如图 2-5 所示。接着就可输入汉字了。

图 2-4　输入法菜单

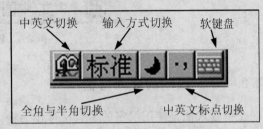

图 2-5　汉字输入法状态条

2.3.2　输入法间的切换

用户可利用快捷键来进行中英文输入法的切换:

①中英文输入切换:Ctrl＋Space(空格键);

②中文输入法切换:Ctrl＋Shift;

③全角与半角切换:Shift＋Space;

④中英文标点符号切换:Ctrl＋・。

2.4　全拼汉字输入法

全拼输入法是汉字拼音输入方式中最早、最基础的输入方式,大多数汉字操作系统中都有这种输入方法。这种输入法的特点是无需使用者学习繁杂的输入方法,会拼音即能输入汉字。但这种输入法也有缺点,即重码较多,很多时候要用户选择汉字,从而影响了输入的速度,并且对拼音读不准的用户,输入时也显得较为困难。

2.4.1　全拼输入法的进入

在 Window 操作系统下,用鼠标单击 Windows 桌面上右下角任务栏中的输入法按钮CH,在弹出的输入法菜单中选择全拼输入法,如图 2-6 所示。或按几次组合键 Ctrl＋Shift,也可将输入法状态转换至全拼输入法,于是屏幕上就会出现全拼输入法的状态条全拼,接着就可以利用全拼输入法输入汉字了。

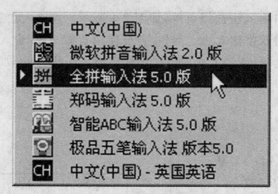

图 2-6　输入法菜单

2.4.2　汉字的输入与选择

全拼输入法是使用汉字的拼音字母作为输入编码,在输入一个汉字时,要求逐个输入完该汉字的所有拼音字母。下面举例说明汉字的输入与选择。为了学习和练习输入汉字,请你先把写字板或其他字处理软件启动起来。例如,要输入"学"这个字,"学"的汉语拼音字母是"xue",下面我们来输入"学"这个字:

从键盘上依次输入"学"的 3 个拼音字母"xue",在屏幕上出现如图 2-7 所示的信息。

在图 2-7 中,左边是汉字拼音字母输入框,右边是汉字候选框。从汉字候选框中可以看到,与"学"字同音的汉字很多。在汉字输入法中,我们把同音字叫做"重码"。每个同音汉字前都有一个序号,例如"学"字的序号为 1,"雪"字的序号为 2,"薛"字的序号为 7。这时,你只要键入数字序号 1 即可选择并输入汉字"学"。

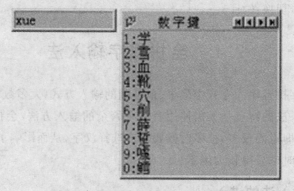

图 2-7　输入汉字

当汉字候选框中的同音字很多时,可按减号"一"键或加号"＋"键来向前、向后翻页查找。一旦找到了需要输入的汉字时,即可键入相应的数字序号来选中该汉字。

2.4.3　韵母 ü 的处理

键盘上没有字母,如何处理它呢? 全拼输入法规定,在拼音中需要用韵母 ü 时,用小写英文字母"v"代替。例如,要输入"女"这个字,应该输入"nv",如图 2-8 所示。

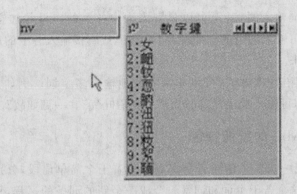

图 2-8 输入汉字"女"

2.4.4 词组的输入

在全拼输入法方式下,除了可输入单个汉字外,还可输入词组。利用全拼输入法输词组时,应依次连续地输入完整的词组中每个汉字的全部拼音字母,然后在词组候选框中选择所需要的词组。

例如,输入词组"学生"。在词组"学生"中,"学"的拼音字母是"xue","生"的拼音字母是"sheng"。因此,该词组的全部拼音字母是"xuesheng",从键盘上依次且连续地输入拼音字母"xuesheng",在屏幕上出现如图 2-9 所示的信息,从汉字候选框中可以看到词组"学生"的数字序号为 1,键入数字 1,选择词组"学生",完成词组输入。

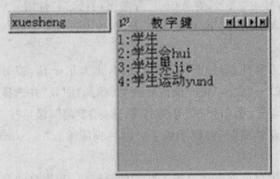

图 2-9 输入词组"学生"

2.5 智能 ABC 输入法

2.5.1 智能 ABC 基本输入法

当连续按组合键 Ctrl+Shift 将输入法切换到"智能 ABC 输入法"状态时,输入状态框上显示"标准"二字,即是智能全拼状态 。

智能 ABC 全拼输入法拼音规则与前面介绍的全拼完全一致,只是它在全拼输入法的基础上做了进一步的改进。它更加充分地利用了词的输入,其自带的词库非常大,几乎囊括了日常所有的词汇。而且在进行词输入时,甚至可以只键入词中各字的声母并加空格键。例如,输入"计(ji)算(suan)机(ji)",可输入词组的全部拼音 jisuanji,或直接输入各字的声母 jsj 后按空格键,就可查到"计算机"字样来。

采用智能 ABC 词语输入方式,可以非常方便地输入多字词。例如,分别键入 ztdh、ymtq、yjrg,然后按空格键,即可输入成语"志同道合"、"扬眉吐气"、"一见如故"。

2.5.2　智能 ABC 的智能特色

依照语法规则,把一次输入的拼音字串划分成若干个简单语段,分别转换成汉字词语的过程,称为自动分词;把这个若干个词和词素组合成一个新的词条的过程,称为构词。用户构词通常用来建立词库中没有的新词,如人名、地名等。它的特点是自动进行,或者略加人为干预。用户建立的词都是标准的拼音词,可以和基本词汇库中的词条一样使用。

允许建立的标准拼音词最大长度为 9 个汉字,最大词条容量为 17 000 条。

刚被建立的词并不立即存入用户词库中,至少要使用 3 次后,才有资格长期保存。新词保存在临时记忆之中,如果"满",而当它还不具备长期保存资格的时候,就会被后来者挤出。刚被记忆的词具有高于普通词语,但低于最常用词的优先级。

【例 1】　若想建立"外语外贸职业学院"词组,操作步骤如下:

①输入简拼:wywmzhyxy。

②按空格键后,系统自动分词,出现"文言文"3 字词。

③按 Backspace 键,显示"文艺、委员……"等两字词,选择"外语"。

④继续分词,显示"无名指"三字词,再人工干预,按 Backspace 键,显示"我们、外面……"等两字词,选择"外贸"。

⑤继续分词,显示"重要性、这一下……"三字词,再人工干预,按 Backspace 键,显示"这样、重要、……"等两字词,按"-"、"="键向前向后翻页,找到"职业"并选择它。

⑥继续分词,显示"需要、吸引……"等两字词,选择"学院",最后按空格键。

至此,"外语外贸职业学院"一词就形成了。以后只需输入"wywmzhyxy",就可以获得此词条。

总之,智能 ABC 的用户造词方法是输入新词的编码后,利用自动分词和构词功能,并适当人工干预,将新词语的形式输入一次,系统便可以自动记忆该词。

2.5.3　智能 ABC 的其他使用技巧

1. 中文数量词简化输入——i,I

智能 ABC 提供阿拉伯数字和中文大小写数字的转换能力,对一些常用词也可简化输入。"i"为输入小写中文数字的前导字符。"I"为输入大写中文数字的前导字符,输入时先按 Shift键,再按"i"键。如要输入"二",可输入"i2"后按空格键;要输入"贰",可输入"I2"后按空格键;要输入"年",可键入"in"后按空格键。

用"I"与字母键输入大写数字和量词的含义如下:

G(个)　　S(拾)　　B(佰)　　Q(仟)　　W(万)　　E(亿)　　Z(兆)　　D(第)

N(年)　　Y(月)　　R(日)　　T(吨)　　K(克)　　$(元)　　F(分)　　L(里)　　M(米)

J(斤)　　O(度)　　P(磅)　　U(微)　　I(毫)　　A(秒)　　C(厘)　　X(升)

2.图形符号输入——v

输入 GB2312 字符集中 1～9 区的各种符号,可使用简便方法:在标准状态下,按字母 v＋数字(1～9),即可获得该区的符号。

3.中文输入过程中的英文输入——v

在输入拼音过程中,如果需要输入英文,可以不必切换到英文方式,只要键入"v"作为标志符,后面跟随要输入的英文,按空格键即可。

2.6　微软拼音输入法

微软拼音输入法可以说是一种新的拼音输入法,它也包含了全拼和双拼两种选择。微软全拼及双拼输入法与智能全拼输入非常类似。

在微软拼音输入状态中,首先需要进行状态设置,即选择的是采用全拼输入还是双拼输入。操作如下:

①在 Window 操作系统下,用鼠标单击 Windows 桌面上右下角任务栏中的输入法按钮 CH,在弹出的输入法菜单中选择全拼输入法,或按几次组合键 Ctrl＋Shift,都可将输入法状态转换至微软拼音输入状态 中✍°,▦简⍽ 。

②在"微软拼音输入法"状态条上单击鼠标右键,弹出如图 2-10 所示的功能菜单。

图 2-10　功能菜单

③功能菜单中,单击"属性",将出现"微软拼音输入法属性"对话框,如图 2-11 所示。

在图 2-11 对话框中,可进行如下选择:

a.输入设置。在该项中,你可根据自己的情况选择"全拼输入"或"双拼输入",你还可以选择拼音时是否利用"不完整拼音"、"南方模糊音"。

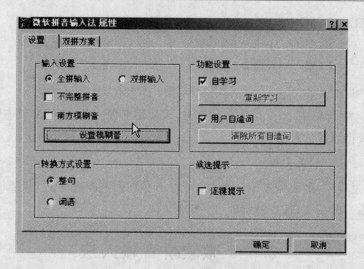

图 2-11　微软拼音输入法属性

b.不完整拼音。在"全拼输入"时,可选择该项。系统默认不选该项,此时全拼必须将整个汉字的拼音字母键入,同全拼输入法一样。若选此项,则拼音就不受太大限制,可采用相当简捷的方法,输入方法同智能 ABC 的输入方法一致。

c.南方模糊音。可以帮助南方的用户不必区分卷舌音,例如,zh 与 z、ch 与 c、sh 与 s、n 与 1、1 与 r、f 与 h 、f 与 hu、wang 与 huang、an 与 ang、en 与 eng、in 与 ing 等。

微软双拼要记住相应编码,较烦琐,这里不多介绍。

在微软拼音输入法状态下,系统支持整句转换和词语转换两种方式。在整句转换方式时,用户的输入单位为一个句子,即用户可以连续输入一个句子,在该句子确认前(按 Enter 键)进行错误修改。

2.7　中文标点符号和数字的输入

2.7.1　数字的输入

用户在中文输入法状态下输入数字时,如果汉字编码输入框中有编码(不空)时,不能输入数字。这时需要按一下退格键,或者按 Esc 键清除编码框,清除后即可输入数字。当然,如果汉字编码输入框为空时,可直接按数字键输入数字。

2.7.2　中文标点符号的输入

计算机键盘上有一些常用的标点符号,如逗号、句号、问号等,用户可以方便地使用中文标点符号,只需在输入法中"中英文切换按钮"设置为"中文标点符号",即可用英文键直接输入中文标点符号。中文标点符号对应的英文按键如表 2-1 所示。

表 2-1　中文标点符号对应的英文按键

中文标点符号	对应按键	中文标点符号	对应按键
、顿号	\	》右书名号	Shift＋.
。句号	.	！感叹号	Shift＋1
· 居中实心点	@	（左小括号	Shift＋9
— 破折号	Shift＋－	）右小括号	Shift＋0
……省略号	Shift＋6	，逗号	,
‘左单引号	‘（第一次）	：冒号	Shift＋;
’右单引号	‘（第二次）	；分号	;
"左双引号	Shift＋‘（第一次）	？问号	Shift＋/
"右双引号	Shift＋‘（第二次）	. 小数点	（数字小键盘区）.
《 左书名号	Shift＋,		

注：若表中按键使用的是上档符号，均在其前标有“Shift＋”。

输入时要注意中英文标点符号输入的差别，有些英文标点与中文标点很相似，如英文逗号“,”和中文逗号“，”，但它们实际上是有区别的。英文符号只占用一个字节的空间，而中文符号要占用两个字节的空间。一般英文符号在英语文章中使用，而中文符号则在汉语文章中使用。

2.8　五笔字型输入法

五笔字型汉字输入法是把汉字的笔画概括为“横、竖、撇、捺、折”五种基本笔画（即五笔），并结合汉字的三种（左右型、上下型、杂合型）基本字型进行编码的一种输入法，故取名为“五笔字型”。五笔字型编码是一种形码，在国内非常普及。

2.8.1　汉字的结构分析

1. 汉字 5 种基本笔画

我们都知道，汉字是由笔画构成的，一般从书写形态上认为汉字的笔形有点、横、竖、撇、捺、挑（提）、钩、（左右）折等 8 种。

在五笔字型方法中，把汉字的笔画只归结为横、竖、撇、捺（点）、折五种，将这五种基本的笔画按照顺序、汉字使用频度的高低进行排列，用数字 1，2，3，4，5 编码，见表 2-2。

表 2-2　五笔字型的 5 种基本笔画

笔画名称	编　码	运笔方向	笔画及变形
横	1	从左至右	一 一 ㇀
竖	2	从上至下	丨 丨 亅
撇	3	从右上至左下	丿 ，
捺	4	从左上至右下	㇏ ‘
折	5	带转弯的笔画	乙 ㇆ ㇄ ㇇

上表中,把"点"归结为"捺"类,是因为两者运笔方向基本一致;把挑(提)归结于"横"类;除竖能代替左钩以外,其他带转折的笔画都归结为"折"类。

汉字的 5 种基本笔画不是五笔字型编码的基本单位,但在编码中起着重要的辅助作用(因为笔画既是识别码的依据,有时本身也可以作为汉字编码的单位构成汉字,比如在输入键盘字根时,笔画就是一个独立的编码单位),字根才是汉字编码的基本单位。

2.笔画的书写顺序

在书写汉字时,应该按照如下规则:先左后右,先上后下,先横后竖,先撇后捺,先内后外,先中间后两边,先进门后关门等。

3.汉字的基本字根

汉字是由若干笔画复合连接所形成的相对不变的结构。五笔字型输入法是以汉字由字根构成为基本思想,如我们常见的"汪"是由"氵"和"王"组成,"李"是由"木"和"子"组成。"氵、王、木、子"就是五笔字型的字根。一般来说,汉字是由笔画组成的,而字根是构成汉字的基本单位,字根组合成汉字,它是汉字的灵魂。

我们不难看出,汉字可以划分为 3 个层次:笔画、字根和单字。五笔字型就是以字根来组字、进行编码,用于汉字输入的一种手段。这里我们已不难理解字根的真正意义了,由若干笔画交叉连接而形成的相对不变的结构叫做字根。五笔字型共优选了 130 多个基本字根,这样所有的简体汉字都由这 130 多个基本字根组成。"一"、"丨"、"丿"、"丶"、"乙"这 5 种基本笔画,也是作为 130 多个基本字根中 5 个字根来处理的。

4.汉字的 3 种字型结构

根据构成汉字的各字根之间的位置关系,五笔字型编码将汉字分为左右型、上下型、杂合型3 种字型。

(1)左右型汉字(字型代号为 1)

如果一个汉字能分成有一定距离的左右两部分或左、中、右三部分,则这个汉字就被称为左右型汉字。如汉、距、部、你、则等。

(2)上下型汉字(字型代号为 2)

如果一个汉字能分成有一定距离的上下两部分或上、中、下三部分,则这个汉字就被称为上下型汉字。如李、吴、分、意、花、想等。

(3)杂合型汉字(字型代号为 3)

如果组成一个汉字的各部分之间没有简单明确的左右型或上下型关系,则这个汉字就被称为杂合型汉字。

(4)关于字型的其他规定

内外型汉字一律视为杂合型。如团、同、这、边等汉字,各部分之间的关系是包围与半包围的关系,一律视为杂合型。

一个基本字根连一个单笔画的汉字视为杂合型。如上所述的自、生等。

一个基本字根之前或之后的孤立点视为杂合型汉字。如勺、术、太、主等。

几个基本字根交叉套叠之后构成的汉字视为杂合型。如我、申、里、半等。

在向计算机输入汉字时,只靠告诉计算机该字是由哪几个字根组成的往往还不够,例如"叭"

和"只"字,都是由"口"和"八"两个字根组成的,为了区别究竟是哪一个字,还必须把字型信息告诉计算机。

5.字根组成汉字的 4 种方式

字根在组成汉字时,按照它们间的位置关系可分为单、散、连、交 4 种类型。

(1)单

单指基本字根本身单独构成一个汉字。在五笔字型输入法中的键名汉字和成字字根都属此类。如口、木、力、王、力、立等。

(2)散

散指构成汉字的基本字根之间有一定的距离。如吕、枯、字、刘等。

(3)连

连指组成汉字的字根之间是相连接的。在五笔字型中规定,以带点的汉字及单笔画与一个字根构成的汉字,一律视为"连"的结构,如"千"是由"丿"下连"十"构成的汉字,"术"是由"木"连"、"构成的汉字,还有如"且、开、自、卫、太、尺"等。这类汉字的字型,五笔字型规定为杂合型。

(4)交

交指几个基本字根交叉套叠之后的汉字。如申、重、果、内等,这类汉字的字型都为杂合型汉字。

2.8.2 五笔字型字根键盘分布

在五笔字型编码输入法中,选取了组字能力强、出现次数多的 130 个左右的部件作为基本字根,其余所有的字,包括那些虽然也能作为字根,但在五笔字型中没有被选为基本字根的部件,在输入时都要被拆分成基本字根的组合。

对选出的 130 多个基本字根,按照其起笔笔画,分成 5 个区,其区号分别为 1～5 区,以字根首笔画代号作区号,第一笔画代号就确定了它在键盘上的区号。以横起笔的为第一区,以竖起笔的为第二区,以撇起笔的为第三区,以捺(点)起笔的为第四区,以折起笔的为第五区,如图 2-12 所示。

五笔字型基本字根排列

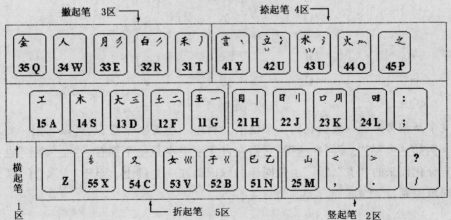

图 2-12 字根分区图

　　每一区内的基本字根又分成 5 个位置,也以 1,2,3,4,5 表示,部分字根的第二笔笔画代号与位号一致。将每个键的区号作为第一个数字,位号作为第二个数字,将这两个数字组合起来就表示一个键,这样 130 多个基本字根就被安排在除 Z 键以外的 A～Y 的 25 个英文字母键上,每个键平均 5～6 个基本字根。五笔字型字根总表及五笔字型键盘字根排列如图 2-13 所示。

　　如何快速记忆这些字根在键盘上的分布呢?口诀有助于背诵和记忆,反复背记这首"字根助记词",直到能下意识地脱口而出为止,而不能只是看上几遍,觉得懂了就行。用户除了利用"字根助记词"来记忆基本字根外,还可以利用键位特征帮助记忆。五笔字型的字根键盘设计得很有规律,并且在同一键上的字根可以在形、音、义上产生联想,因此,可以在比较短的时间内熟练掌握。此外,不少字根缺乏规律性,需要特别用心去记忆,如车、力等。

　　还有些字根间容易混淆,记忆时要特别注意区别。可利用键位特征和笔画特征来巧记字根。

　　①大部分字根的首笔画与所在区号一致。如五、十、石、七、上、早、田等。

　　②相当一部分字根的首笔笔画与区号一致,并且次笔画与位号一致。如王、青、戋首笔为横,次笔也为横,故在 11(G)键;禾、竹首笔为撇,次笔为横,故在 31(T)键;言、立、方、广首笔为捺(点),次笔为横,故在 41(y)键。

　　③首笔与区号相同,并且相同笔画的个数与位号相同。一、二、三为 11,12,13,即 G,F,D;丨、刂、川为 21,22,23,即 H,J,K;丿、彡、乡为 31,32,33,即 T,R,E;丶、冫、氵、灬为 41,42,43,44,即 Y,U,I,O;乙、巜、巛为 51,52,53,即 N,B,V。

　　④运用文字常识来巧记键盘字根。一是字形相近的字根在同一个键上。如"土"(F 键)与"士、干"在一个键上,"已"(N 键)与"己"、"巳"、"己"、"尸"近似,也在同一个键上。又如:

键名	键名字	近似字
G	王	五戋
D	大	犬
J	日	曰早
L	田	甲四皿
T	禾	禾竹
E	月	丹用
U	立	六辛
I	水	水小
B	子	子了
C	又	厶

　　二是文字及偏旁来源一致的在同一个键上。利用一些文字学常识,可以巧记一些看似不规则的字根。例如,"火"与"灬"同在一键,它们在古文字中本是一个部首。"心"、"忄"也是古文字的一个部首分化而来的,"阝"、"耳"也是同样的原因而在一个键上。至于"人"、"亻","水"、"氵"之间也属同源关系。

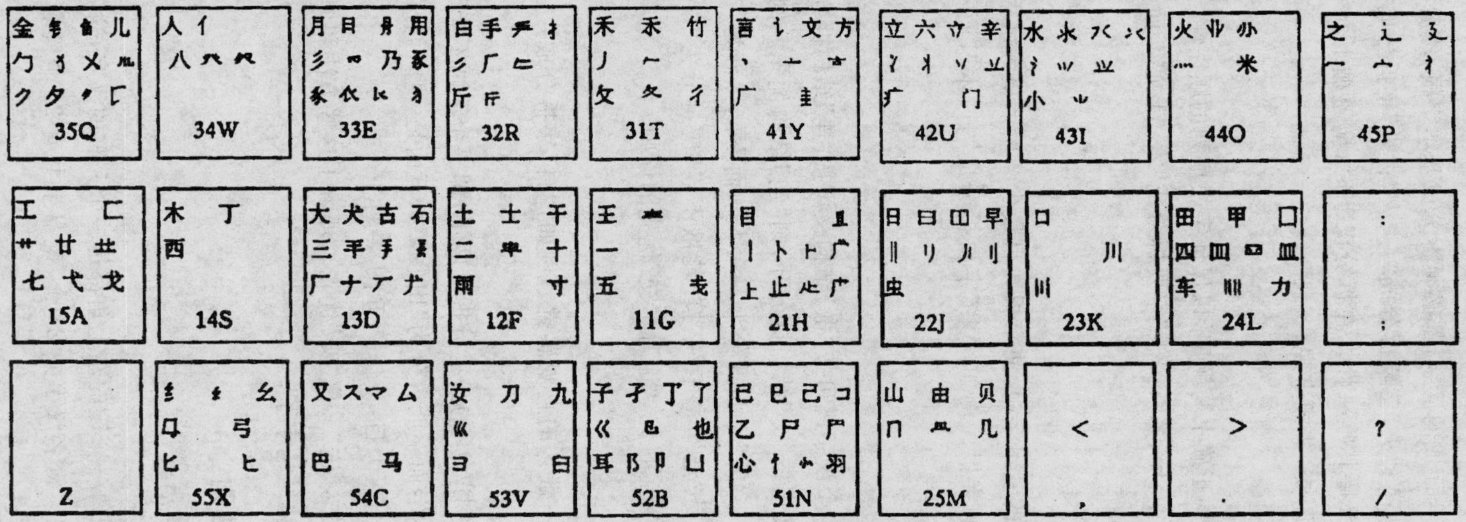

35Q 金钅鱼儿 ク夊夕 丿⺈	34W 人亻 八 v 癶	33E 月日彐用 彡乃豸 衤⺺⺆	32R 白手扌手⺗ ノ厂 斤斤	31T 禾禾竹 丿夂 彳	41Y 言讠文方 一、二丶 广主	42U 立六辛 ⻊氵丷 门疒	43I 水氺⺕冫 氵⺍⺍ 小	44O 火⺌业 灬 米	45P 之辶 宀冖 礻衤
15A 工⺾廿弋 匚 七戈	14S 木丁 西	13D 大犬古石厂 三手 ⺤ナナ	12F 土士 二⺲干十寸 雨	11G 王⺩ 一 五	21H 目⼘卜⻘ 止⼷ 上	22J 日曰四早 刂川 虫	23K 口 川	24L 田甲囗皿 四⺧ 车 力	25M 山由贝 冂几 儿
55X 纟幺 母弓 匕ヒ	54C 又厶マ 巴 马	53V 女刀九 彐 巛	52B 子孑了丁 ⟪⺆也 耳阝卩凵	51N 已巳己 乙尸尸 心忄羽					

五笔字型字根助记词

11. 王旁青头戋（兼）五一，
12. 土士二干十寸雨。
13. 大犬三羊（羊）古石厂，
14. 木丁西。
15. 工戈草头右框七。

21. 目具上止卜虎皮，
22. 日早两竖与虫依。
23. 口与川，字根稀，
24. 田甲方框四车力。
25. 山由贝，下框几。

31. 禾竹一撇双人立，
反文条头共三一。
32. 白手看头三二斤。
33. 月彡（衫）乃用家衣底。
34. 人和八，三四里。
35. 金勺缺点无尾鱼，
犬旁留乂儿一点夕，
氏无七（妻）。

41. 言文方广在四一，
高头一捺谁人去。
42. 立辛两点六门疒。
43. 水旁兴头小倒立。
44. 火业头，四点米，
45. 之字军盖建道底，
摘礻（示）衤（衣）。

51. 已半巳满不出己，
左框折尸心和羽。
52. 子耳了也框向上。
53. 女刀九臼山朝西。
54. 又巴马，丢矢矣，
55. 慈母无心弓和匕，
幼无力。

图2-13 五笔字型键盘字根排列总表

2.8.3　汉字拆分原则

凡是由基本字根(包括笔画字根)组合而成的汉字,都必须拆分成基本字根,然后再依次键入计算机。例如,"新"字要拆分成"立、木、斤";"灭"字要拆分成"一、火";"未"字拆分成"二、小"等。拆分要有一定的规则,才能最大限度地保持其唯一性。在拆分汉字时,应遵循下面一些拆分原则:书写顺序,取大优先,能散不连、能连不交,兼顾直观。

1. 书写顺序

依照先左后右、先上后下、先外后内的正确书写顺序,以保证字根序列的顺序性。例如,"新"字要拆分成"立、木、斤",而不能拆分成"立、斤、木";"想"字要拆分成"木、目、心",而不能拆分成"木、心、目"等。

2. 取大优先

保证在书写顺序下拆分成尽可能大的基本字根,使字根数目最少。所谓最大字根,是指如果增加一个笔画,则不构成其他基本字根的字根。例如,"果"字要拆分成"日、木",而不能拆分成"日、一、小"。

3. 能散不连、能连不交

在保证"取大优先"的前提下,如果一个汉字既可按"散"结构又可按"连"结构拆分,则"散"结构优先;如果一个汉字既可按"连"结构又可按"交"结构拆分开,则"连"结构优先。例如,"于"字要拆分为"一、十",而不能拆分为"二、丨";"天"字要拆分为"一、大",而不能拆分为"二、人"。因为后者两个字根之间的关系为交而前者是"连"。"午"字按"能散不连"应拆分为"丆、十",若为"二、丨",则相交。拆分时应遵守"散"比"连"优先、"连"比"交"优先的原则。

4. 兼顾直观

兼顾直观指拆分出来的字根要符合一般人的直观感觉。例如,"自"字拆分成"丿、目",而不拆分为"白、一"等,后者欠直观。

在拆分时还应注意一点,就是不能将书写中的一笔分拆成两半,即一个笔画不能割断用在两个字根中。例如,"果"字应拆分为"日、木",而不能拆分为"田、木"。下面是一些拆分的实例:

无:二儿　　　　夷:一弓人　　　　自:丿目　　　　重:丿一日土

总之,"取大"最重要,"散"比"连"优先,"连"又比"交"优先。理解了这些方法和原则,就可以在实际操作中处理任何非基本字根的单体结构字了。

2.8.4　五笔字型单字的输入法则

1. 键名汉字输入法

在五笔字型键盘字根表中,可以发现每一个键的左上角都是一个完整的汉字,这就是键名汉字,它是所有字根中最具有代表性的字根。键名汉字共 25 个,键盘上共有 25 个键名汉字,它们是:

1 区:王(G)　　土(F)　　大(D)　　　木(S)　　　工(A)

2 区:目(H)　　日(J)　　口(K)　　　田(L)　　　山(M)

3 区：禾（T）　　白（R）　　月（E）　　人（W）　　金（Q）

4 区：言（Y）　　立（U）　　水（I）　　火（O）　　之（P）

5 区：已（N）　　子（B）　　女（V）　　又（C）　　纟（X）

键名汉字须特别记忆，因为键名汉字的编码规则同其他汉字的编码规则不一样。键名汉字的输入方法是：连击四次键名汉字所在的键。例如，"王"字在 G 键上，要把"王"输入计算机内，需连击四下"G"，即王的五笔字型编码为"GGGG"。其他又如，大：DDDD；之：PPPP；言：YYYY；月：EEEE；又：CCCC；山：MMMM。

2. 成字字根输入法

每个键上除了键名汉字外，还有一些完整的汉字，习惯上称之为成字字根。130 个基本字根中，有几十个成字字根。其输入方法是：先报到，再输入成字字根的一、二、末，不足三画补空格。

先报到是指先击一下该成字字根所在键，一、二、末是指依次输入该成字字根的第一个笔画、第二个笔画和最末一个笔画的编码。5 种笔画的编码分别为：横为 G、竖为 H、撇为 T、捺为 Y、折为 N。例如，"五"字，先报到为 G，第一笔为横（G），第二笔为竖（H），末笔为横（G），因此其编码为 GGHG。以此类推，其他的成字字根编码如，早：JHNH；用：ETNH；六：UYGY；由：MHNG。

不足三画补空格是指，连同报到和笔画在内都输入不足 4 次，则加击一次空格键，比如"十"的输入连同报到和笔画在内只有 3 次 FGH，所以应该加上一次空格键。

以下成字字根输入时容易出错：

力　LTN	匕　XTN	门　UYHN
刀　VNT	车　LGNH	心　NYNY	米　OYTY
九　VTN	乃　ETN	羽　NNYG	小　IHTY

3. 笔画输入法

笔画即指横（G 键上）、竖（H 键上）、撇（T 键上）、捺（Y 键上）、折（N 键上）5 种基本笔画，笔画输入法是击打笔画对应的键两下，再击打两下键 L。即横：（一）GGLL；竖：（丨）HHLL；撇：（丿）TTLL；捺：（丶）YYLL（捺与点在同一区）；折：（乙）NNLL。

4. 键外字的输入法

在国标 GB2312—80 中，上述的键名字和成字字根这样的键面字总共才 100 多个。键面字以外的汉字都是键外字，键外字才是大量的，才是我们在使用当中用得最多的。键外字的输入，可分为以下两种类型：

（1）可拆分为 4 个以上（包含 4 个）字根的键外字

其输入原则为：按照书写顺序，以基本字根为单位，取这个汉字的第一、二、三、末 4 个字根，即取 4 个字根组成的编码。例如，"微"由"彳、山、一、几、攵"等 5 个字根组成，我们只取第一、二、三及最末一个字根，即"彳、山、一、攵"，对应编码为 TMGT。

（2）不足 4 个字根的键外字

不足 4 个字根，依次输入字根后，加上一个末笔字型交叉识别码，若仍不足四码，则加一空格键。例如，"住"依次拆分为"亻"、"丶"和"王"，不足 4 个字根，这就要利用识别码了。"住"字的最末笔画是一横,说明是在第一区,"住"字属于汉字的左右型结构,其字型代号为 1,则"住"的识别码为最末笔画与字型代号的组合,为"11",而编码为"11"所对应的键位为"G"键,所以输入"住"字应打"WYGG"。

5.末笔字型交叉识别码

我们举个例子来说明它的必需性。例如,"汀"字拆分成"氵"、"丁",编码为 IS;"沐"字拆分成"氵"、"木",编码也为 IS;"洒"字拆分成"氵"、"西",编码也为 IS。这是因为"木"、"丁"、"西"三个字根都是在 S 键上。就这样输入,计算机无法区分它们。

为了进一步区分这些字,五笔字型编码输入法中引入一个末笔字型交叉识别码,它是由字的末笔笔画和字型结构共同构成的,其作用是离散汉字的重码,它能基本上消除重码,实现高速盲打。末笔交叉识别码由两个数字组成,第一个数字代表汉字最后一笔的笔画编码,第二个数字代表汉字的字型编码。末笔笔画只有 5 种,字型结构只有 3 种,因此,末笔字型交叉识别码只有 15 种,如表 2-3 所示。

表 2-3　末笔字型交叉识别码

末笔 ＼ 字型		左右型 1	上下型 2	杂合型 3
横	1	11(G)	12(F)	13(D)
竖	2	21(H)	22(J)	23(K)
撇	3	31(T)	32(R)	33(E)
捺	4	41(Y)	42(U)	43(I)
折	5	51(N)	52(B)	53(V)

关于识别码,许多人望而生畏,因此,再介绍一种使用识别码的简单方法。

①对于 1 型(左右型)字,字根打完之后,补打 1 个末笔笔画,即等同于加了"识别码"。例如:

沐:氵木(末笔为"、",1 型,补打"、"),编码为 ISY。

汀:氵丁(末笔为"丨",1 型,补打"丨"),编码为 ISH。

洒:氵西(末笔为"一",1 型,补打"一"),编码为 ISG。

②对于 2 型(上下型)字,字根打完之后,补打由两个末笔画复合构成的"字根",即等同于加了"识别码"。例如:

华:亻匕 十(末笔为"丨",2 型,补打"刂"),编码为 WXFJ。

字:宀子(末笔为"一",2 型,补打"二"),编码为 PBF。

参:厶大彡(末笔为"丿",2 型,补打"刂"),编码为 CDER。

③对于 3 型(杂合型)字,字根打完后,补打由 3 个末笔画复合而成的"字根",即等同于加了"识别码"。例如:

同:冂 一 口(末笔为"一",3 型,补打"三"),编码为 MGKD。

串:口 口 丨(末笔为"丨",3 型,补打"川"),编码为 KKHK。

国:囗 王 、(末笔为"、",3 型,补打"氵"),编码为 LGYI。

关于"末笔"的几项说明：

①关于"力、刀、九、匕"，一律取折笔作为其末笔画。例如：

男：田 力（末笔为"乙"，2 型，加"巜"为识别码），编码为 LLB。

花：艹 亻匕（末笔为"乙"，2 型，加"巜"为识别码），编码为 AWXB。

②带"框框"的"国、团"与带"走、之"的"进、远、延"等，所有包围型和半包围汉字中的末笔，应取被包围的那部分结构的末笔，并且一律视为杂合型结构。例如：

进：二 刂 辶（末笔为"丨"，3 型，加"川"作为识别码），编码为 FJPK。

团：口 十 丿（末笔为"丿"，3 型，加"彡"作为识别码），编码为 LFTE。

哉：十 戈 口（末笔为"一"，3 型，加"三"作为识别码），编码为 FAKD。

③"我"、"成"等字的"末笔"，由于因人而异，故按照"从上到下"的原则，一律规定撇为其"末笔"。例如：

我：丿 扌乙 丿（取一、二、三、末，只取 4 码），编码为 TRNT。

成：厂 乙 乙 丿（取一、二、三、末，只取 4 码），编码为 DNNT。

④对于"义、太、勺"等字中的"单独点"，属于杂合型（3 型）。其中"义"的笔顺，还需按上述"从上到下"的原则，认为是"先点后撇"。例如：

义：丶 乂（末笔为"丶"，3 型，"氵"即为识别码），编码为 YQI。

太：大 丶（末笔为"丶"，3 型，"氵"即为识别码），编码为 DYI。

再看表 2-4 中几个汉字编码分析：

表 2-4 汉字编码分析

字	字根	末笔代号	字型	识别码	编码
苗	艹田	1（横）	2（上下型）	12（F）	ALF
析	木斤	2（竖）	1（左右型）	21（H）	SRH
灭	一火	4（捺）	3（杂合型）	43（I）	GOI
未	二小	4（捺）	3（杂合型）	43（I）	FII

2.8.5 简码输入

为了减少击键次数，提高输入速度，一些字除按其全码输入外，多数汉字只要键入该汉字的前一个字根码、前两个字根码或前三个字根码，再加空格键即可输入，分别形成一、二、三级简码。这样，不仅减少了击键次数，也减少了部分汉字的字根编码和识别码的判断，给用户带来了很大的方便。

1. 一级简码输入法

一级简码又称高频字码，在五笔字型的 25 个字母键上设置了 25 个高频字，输入方法是击一次字母键再加击一次空格键。这 25 个一级简码字在字母键上的分布是：

一区：一（G）　　地（F）　　在（D）　　要（S）　　工（A）

二区：上（H）　　是（J）　　中（K）　　国（L）　　同（M）

三区：和（T）　　的（R）　　有（E）　　人（W）　　我（Q）

四区：主（Y）　　产（U）　　不（I）　　为（O）　　这（P）

五区：民（N）　　了（B）　　发（V）　　以（C）　　经（X）

2.二级简码输入法

二级简码是由汉字全码中的前两个字根的代码来作为该字的代码。二级简码共有 588 个二级简码字（理论上有 625 个二级简码），其输入方法为：在全码的基础上只取其前两码，再击一次空格键，例如：

天：一 大（GD ⌴）　　丰：三丨（DH ⌴）　　主：丶王（YG ⌴）　　打：扌丁（RS ⌴）

化：亻匕（WX ⌴）　　信：亻言（WY ⌴）　　李：木子（SB ⌴）　　张：弓丿（XT ⌴）

二级简码字都是汉语中的常用字，出现频率极高，只需熟练掌握，就可以大大提高输入速度。

下面是五笔字型的二级简码表（见表 2-5）：

表 2-5　五笔字型二级简码表

	G F D S A 11—15	H J K L M 21—25	T R E W Q 31—35	Y U I O P 41—45	N B V C X 51—55
G 11	五于天末开	下理事画现	玫珠表珍列	玉平不来	与屯妻到互
F 12	二寺城霜载	直进吉协南	才垢圾夫无	坟增示赤过	志地雪支
D 13	三夺大厅左	丰百右历面	帮原胡春克	太磁砂灰达	成顾肆友龙
S 14	本村枯林械	相查可楞机	格析极检构	术样档杰棕	杨李要权楷
A 15	七革基苛式	牙划或功贡	攻匠菜共区	芳燕东 芝	世节切芭药
H 21	睛睦睚盯虎	止旧占卤贞	睡睥肯具餐	眩瞳步眯瞎	卢 眼皮此
J 22	量时晨果虹	早昌蝇曙遇	昨蝗明蛤晚	景暗晃显晕	电最归紧昆
K 23	呈叶顺呆呀	中虽吕另员	呼听吸只史	嘛啼吵噗喧	叫啊哪吧哟
L 24	车轩因困轼	四辊加男轴	力斩胃办罗	罚较 边	思团轨轻累
M 25	同财央朵曲	由则 崭册	几贩骨内风	凡赠峭赕迪	岂邮 凤嶷
T 31	生行知条长	处是各务向	笔物秀答称	入科秒秋管	秘季委么第
R 32	后持拓打找	年提扣押抽	手折扔失换	扩拉朱搂近	所报扫反批
E 33	且肝须采肛	胩胆肿胁肌	用遥朋脸胸	及胶腔膁爱	甩服妥肥脂
W 34	全会估休代	个介保佃仙	作伯仍从你	信们偿伙	亿他分公化
Q 35	钱针然钉氏	外旬名甸负	儿铁角欠多	久匀乐炙锭	包凶争色
Y 41	主计庆订度	让刘训为高	放诉衣认义	方说就变这	记离良充率
U 42	闰半关亲并	站间部曾商	产瓣前闪交	六立冰普帝	决闻妆冯北
I 43	汪法尖洒江	小浊澡渐没	少泊肖兴光	注洋水淡学	沁池当汉涨
O 44	业灶类灯煤	粘烛炽烟灿	烽煌粗粉炮	米料炒炎迷	断籽娄烃糯
P 45	定守害宁宽	寂审宫军宙	客宾家空宛	社实宵灾之	官字安 它
N 51	怀导居 民	收慢避惭届	必怕 愉懈	心习悄屡忧	忆敢恨怪尼
B 52	卫际承阿陈	耻阳职阵出	降孤阴队隐	防联孙耿辽	也子限取陛
V 53	姨寻姑杂毁	叟旭如舅妯	九 奶 婚	妨嫌录灵巡	刀好妇妈姆
C 54	骊对参骠戏	台劝观	矣牟能难允	驻骈 驼	马邓艰双
X 55	线结顷 红	引旨强细纲	张绵级给约	纺弱纱继综	纪弛绿经比

3. 三级简码输入法

五笔字型设计了 4 400 多个三级简码字,其输入方法为:在全码的基础上,击前三码,然后再击一次空格键。从理论上说,三级简码的击键次数与全码相同,但三级简码用空格键代替了末笔字根码或末笔识别码,可以提高输入速度。

三级简码输入举例:

华:亻匕 十(WXF ⏗)　　　　　想:木 目 心(SHN ⏗)

陈:阝七 小(BAI ⏗)　　　　　态:大 丶 心(DYN ⏗)

应该说明的是,在三类简码中,一级简码是必须熟记的,二级简码是应该掌握的,至于三级简码,同样是需击 4 下键,击键次数没有省略,因为三级简码太多,一一记忆比较困难,我们认为对三级简码只要了解即可。

2.8.6　词组输入

为了提高录入速度,五笔字型输入法里还可采用词组来进行录入。词组是指由两个及两个以上汉字构成的汉字串,包括二字词组、三字词组、四字词组和多字词组。

1. 二字词组

输入方法:取第一个字的第一、二字根和第二个字的第一、二字根,组合成四码。例如:

经济:编码为 XCIY　　　　生活:编码为 TGIT　　　　社会:编码为 PYWF

自然:编码为 THQD　　　　快乐:编码为 NNQI　　　　节奏:编码为 ABDW

2. 三字词组

输入方法:前两个字各取其第一字根,最后一个字取其前两个字根,组合成四码。例如:

计算机:编码为 YTSM　　　　　解放军:编码为 QYPL

办公室:编码为 LWPG　　　　　科学院:编码为 TIBP

3. 四字词组

输入方法:取每个字的第一个字根,组合成四码。例如:

社会主义:编码为 PWYY　　　　　一帆风顺:编码为 GMMK

互相合作:编码为 GSWW　　　　　步步高升:编码为 HHYT

4. 多字词组

输入方法:取第一、二、三和最末汉字的第一个字根,组合成四码。例如:

中华人民共和国:编码为 KWWL　　　　　中国人民解放军:编码为 KLWP

2.8.7　重码、容错码和 Z 键

1. 重码与容错码

如果一个编码对应着几个汉字,这几个字则被称为重码字;几个编码对应一个汉字,这几个编码则被称为汉字的容错码。在五笔字型中,当输入重码时,重码字显示在提示行中,较常用的字排在第一个位置上,并用数字指出重码字的序号,如果你要的就是第一个字,可继续输入下一个字,该字会自动跳到当前光标位置,其他重码字,则要用数字键加以选择。例如,"嘉"字和"喜"字,都分解为"FKUK",因"喜"字较常用,它排在第一位,"嘉"字,排在第二位。若你需要"嘉"字,

则要用数字键 2 来选择。

为了减少重码字,把不太常用的重码字设计成容错码字,即把它的最后一码修改为 L。例如,把"嘉"字的码定义为 FKUL,这样用 FKUL 输入,则获得唯一的"嘉"字。

在汉字中有些字的书写顺序往往因人而异,为了能适应这种情况,允许一个字有多种输入码,这些字就称为容错字。在五笔字型编码输入方案中,容错字有 500 多种。

2. Z 键的应用

Z 键为万能学习键,是专门为初学者而设计的。五笔字型汉字输入法中,可用 Z 键来代替任何一个键。初学的时候,最大的困难是不能在短时间内把所有字根分布都记住。在输入时去查字根的分布图比较麻烦,加入学习键 Z 键,便可以方便地解决这一问题。

例如,在输入"忘"字时,在记不清它的识别码时,只需按下它的前三码 YNN 键后,再按下 Z 键,这样便可以在出现的选择框中选择"忘"字,同时系统还将"忘"字的编码提示出来。

习题二

选择题

1. 上档键是指(　　)键。

A. Enter　　　　　　　　B. Shift　　　　　　　C. Alt　　　　　　　D. Ctrl

2. 101 键盘上 Ctrl 键是控制键,它的使用是(　　)。

A. 总是与其他键配合使用　　　　　　　　B. 不需要与其他键配合使用

C. 有时与其他键配合使用　　　　　　　　D. 和 Alt 键一起使用

3. 微型计算机键盘上的 Tab 键是(　　)。

A. 退格键　　　　　　　　　　　　　　　B. 控制键

C. 交替换档键　　　　　　　　　　　　　D. 制表定位键

4. 大小写字母转换键是指(　　)键。

A. Tab　　　　　　B. Caps Lock　　　　　C. Shift　　　　　　D. Enter

5. Enter 键是(　　)。

A. 输入键　　　　　B. 回车换行键　　　　　C. 空格键　　　　　D. 换档键

6. 要输入符号"<"的操作为(　　)。

A. Shift+,　　　　B. Ctrl+,　　　　　　C. Alt+,　　　　　　D. Enter+,

7. 按(　　)键可以使光标移动到本行的最左边开头的位置。

A. Home　　　　　B. Insert　　　　　　　C. End　　　　　　　D. PageDown

8. 按(　　)键可以切换改写和插入。

A. Insert　　　　　B. Home　　　　　　　C. End　　　　　　　D. PageDown

9. 在进行汉字输入时,显示屏下方显示"国标区位"、"全拼双间"、"五笔字型"等,其指示了当前使用的(　　)。

A. 汉字代码　　　　B. 汉字库　　　　　　C. 汉字程序　　　　　D. 汉字输入法

10. 在下列输入法中,(　　)不属于音码方式。

A. 五笔字型　　　　B. 全拼　　　　　　　C. 双拼　　　　　　　D. 智能拼音

11. 五笔字型是一种(　　)汉字输入方法。

　　A. 音码　　　　　　　　B. 形码　　　　　　　　C. 音形结合码　　　D. 流水

12. 在电脑中输入汉字(　　)。

　　A. 必须先进入汉字输入法状态,然后选择一种汉字输入法

　　B. 进入全角状态,然后选择一种汉字输入法

　　C. 必须首先启动 Microsoft Word,然后选择一种汉字输入法

　　D. 必须先选择"中文/英文"标点切换图标,然后选择一种汉字输入法

13. 切换汉字输入法所用的键盘命令是(　　)。

　　A. Shift+空格键　　　　B. Ctrl+Shift　　　　C. Ctrl+空格键　　D. Enter+Shift

14. 中英文标点符号的切换应该使用(　　)快捷键。

　　A. Shift+.　　　　　　B. Ctrl+.　　　　　　C. Alt+.　　　　　　D. Enter+.

15. 在全角输入方式下(　　)。

　　A. 在英文输入法下输入的标点符号为英文标点符号

　　B. 输入的字符占半个汉字的位置

　　C. 输入的字符占一个汉字的位置

　　D. 不能输入英文字符

16. 全角字符要用(　　)个字符来表示。

　　A. 2　　　　　　　　　B. 3　　　　　　　　　C. 4　　　　　　　　D. 1

17. 下列描述正确的是(　　)。

　　A. 中文标点符号只能在汉语文章中使用　　　　B. 英文标点符号只能在英语文章中使用

　　C. 中文标点符号占用两个字节　　　　　　　　D. 英文标点符号占用一个汉字的位置

18. 在全拼汉字输入法中,"女"字的输入,下列描述正确的是(　　)。

　　A. 用"nu"键　　　　　B. 用"nv"键　　　　　C. 用"nui"键 4　　D. 用"nvi"键

19. 智能 ABC 输入法是一种常用的输入法,它是(　　)。

　　A. 将两个声母和两个以上的韵母用一个字母进行编码

　　B. 具有全拼、双拼和笔形 3 种输入模式

　　C. 具有全拼和双拼 2 种输入模式

　　D. 可以带声调输入和不带声调输入或两者的混合输入

20. 使用智能全拼汉字输入法输入汉字时,汉字的编码应该是(　　)输入。

　　A. 大写英文字母　　　　　　　　　　　　B. 数字或字母

　　C. 小写英文字母　　　　　　　　　　　　D. 大小写英文字母均可

21. 在智能 ABC 输入法中,得到各种标点符号按(　　)组合键。

　　A. v+1　　　　　　　B. v+3　　　　　　　C. v+6　　　　　　D. v+9

22. 在智能 ABC 输入法中,在输入拼音过程中,如果需要输入英文,可以不必切换到英文方式下,只需输入字母(　　)为标志符,后面跟随要输入的英文。

　　A. u　　　　　　　　B. w　　　　　　　　C. v　　　　　　　D. m

23. 在五笔字型输入法中,把汉字的笔画归结为(　　)种基本笔画。

　　A. 2　　　　　　　　　B. 3　　　　　　　　　C. 4　　　　　　　　D. 5

24. 在五笔字型输入法中,组成汉字的最基本成分是(　　)。

　　A. 笔画　　　　　　　　B. 字根　　　　　　　　C. 偏旁　　　　　　　　D. 单字

25. 五笔字型输入法采用汉字的字型结构特征来编码,使用(　　　)个基本字根来组成成千上万个汉字。

　　A. 80　　　　　　　　　B. 90　　　　　　　　　C. 120　　　　　　　　　D. 130

26. 在五笔字型输入法中,把 130 个字根按照一定的规律排列在(　　　)个字母键盘上。

　　A. 26　　　　　　　　　B. 25　　　　　　　　　C. 13　　　　　　　　　D. 20

27. 汉字的字型结构有(　　　)种类型。

　　A. 2　　　　　　　　　　B. 3　　　　　　　　　C. 4　　　　　　　　　　D. 5

28. 下列(　　　)不属于汉字的字型结构。

　　A. 上中下型　　　　　　B. 左右型　　　　　　　C. 上下型　　　　　　　D. 杂合型

29. 下列各项中的汉字,属于杂合型结构的有(　　　)。

　　A. 柳　　　　　　　　　B. 历　　　　　　　　　C. 涨　　　　　　　　　D. 单

30. 在五笔字型输入法中,"堑"字是一个"三合字",属于(　　　)。

　　A. 左右型结构　　　　　B. 上下型结构　　　　　C. 杂合型结构　　　　　D. 混合型结构

31. 在五笔字型的字根键盘中,不分左右、上下的汉字一律属于(　　　)。

　　A. 左右型结构　　　　　　　　　　　　　　　　B. 上下型结构

　　C. 杂合型结构　　　　　　　　　　　　　　　　D. 左右型结构或上下型结构

32. 在五笔字型的字根键盘中,属于"连"、"散"和"混合"的汉字一律属于(　　　)。

　　A. 左右型结构　　　　　B. 上下型结构　　　　　C. 杂合型结构　　　　　D. 混合型结构

33. 在五笔字型输入法中,属于交字根结构的是(　　　)。

　　A. "汉"字　　　　　　　B. "自"字　　　　　　　C. "专"字　　　　　　　D. "不"字

34. 在五笔字型输入法中,将键盘上的 25 个字母分为横、竖、撇、捺和折 5 个区,其中第 5 区(　　　)安排以折起笔的基本字根。

　　A. H,J,K,L,M 键　　　　　　　　　　　　　　B. G,F,D,S,A 键

　　C. T,R,E,W,Q 键　　　　　　　　　　　　　　D. N,B,V,C,X 键

35. 下列五笔字型字根助记词中,(　　　)对应 V 键。

　　A. 口与川,字根稀　　　B. 女刀九臼山朝西　　　C. 木丁西　　　　　　　D. 火业头,四点米

36. 五笔字型有(　　　)种拆分原则。

　　A. 2　　　　　　　　　　B. 3　　　　　　　　　C. 4　　　　　　　　　　D. 5

37. 五笔字型输入法最多输入(　　　)字根就能输入一个汉字。

　　A. 2 个　　　　　　　　B. 4 个　　　　　　　　C. 6 个　　　　　　　　D. 5 个

38. 在五笔字型输入法中所有汉字无论是表内字还是表外字,它们的编码都是(　　　)位,称为全码。

　　A. 2　　　　　　　　　　B. 3　　　　　　　　　C. 4　　　　　　　　　　D. 5

39. 五笔字型中末笔笔画有 5 种,字型结构有 3 种,末笔字型交叉识别码有(　　　)种。

　　A. 4　　　　　　　　　　B. 8　　　　　　　　　C. 15　　　　　　　　　D. 130

40. 汉字"已"属于(　　　)。

　　A. 成字字根　　　　　　B. 键外字　　　　　　　C. 键名字　　　　　　　D. 一级简码

41. 下列(　　　)汉字属于成字字根汉字。

A. 土   B. 森   C. 七   D. 田

42. 汉字"攀"的五笔字型输入法编码是( )。

    A. SQQS   B. SQSD   C. SQQR   D. SQSR

43. 汉字"凹"的五笔字型输入码是( )。

    A. mmgd   B. mmgg   C. mmga   D. mmdd

44. 汉字"凸"的五笔字型输入码是( )。

    A. hgm   B. hgg   C. hhg   D. hmm

45. 汉字"拜"的输入法是( )。

    A. RDFH   B. RDGH   C. RGDH   D. RDHG

46. 在用五笔字型输入汉字时,双字词的取码规则是取( )。

    A. 每个汉字取其前面第 1 个字根编码

    B. 每个汉字取其前面 2 个字根编码

    C. 每个汉字取其前面第 1 个字根编码再加空格键

    D. 每个汉字取其前面第 1 个字根编码再加第 2 个字的末根编码

47. 国标 GB2312 将常用汉字进行分级,分为( )。

    A. 一级汉字和二级汉字   B. 简体字和繁体字

    C. 常用字、次常用字和罕见字   D. 一级汉字、二级汉字和三级汉字

48. 在五笔字型输入法中"地"的输入码为( )。

    A. F   B. T   C. Y   D. U

49. 通过( )可以找出一个汉字的五笔输入编码。

    A. 在全拼输入法中设置编码查询

    B. 在智能输入法中设置编码查询

    C. 在五笔输入法中设置编码查询

    D. 在双拼输入法中设置编码查询

50. 五笔输入法中按键( )可以取代任何一个键。

    A. Z   B. X   C. V   D. B

第三章 中文 Windows 2000

Windows 2000 是 Microsoft 公司开发的新一代操作系统。Windows 2000 是基于 Windows NT 操作系统的基础上开发的，Windows 2000 系列包括 Windows 2000 Professional，Windows 2000 Server，Windows 2000 Advanced Server，Windows 2000 Datacenter Server。其中的 Windows 2000 Professional 是为各种桌面计算机和便携计算机开发的新一代操作系统，它继承了 Windows NT 的先进技术，集 Windows 98 和 Windows NT 4.0 的优良特性和功能于一身，提供了更快的性能、更高的可靠性，更加易于管理。它除了具有 Windows 98 界面友好直观、操作简便易行的特点之外，还具有强大的网络功能，可以进行上网浏览、收发电子邮件等网络功能。本章将介绍 Windows 2000 Professional 的基本操作和使用技巧。

3.1 安装 Windows 2000 操作系统

Windows 2000 为用户提供了方便快捷的安装方式：升级安装和全新安装。在此我们介绍 Windows 2000 的安装过程。

操作步骤如下：

①将 Windows 2000 Professional 光盘放入光驱中。

②重新启动计算机，设置计算机从光驱引导后，出现欢迎使用安装程序菜单，如图 3-1 所示。

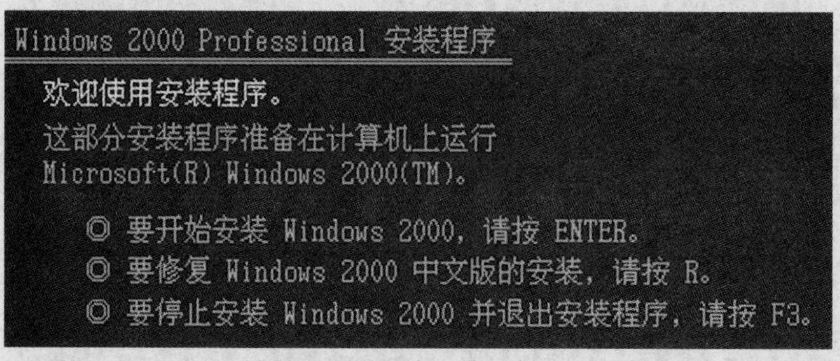

图 3-1 "安装程序"菜单

③点击"要开始安装 Windows 2000，请按 ENTER"，出现 Windows 2000 许可协议，如图 3-2 所示。

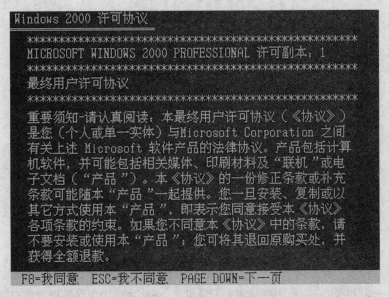

图 3-2　Windows 2000 许可协议

　　a. 请仔细阅读 Windows 2000 许可协议（注：按 PageDown 键可往下翻页，按 PageUp 键可往上翻页）。如果用户不同意该协议，请按 Esc 键退出安装。如果用户同意该协议，请按 F8 键继续，出现显示硬盘分区信息的界面，如图 3-3 所示。

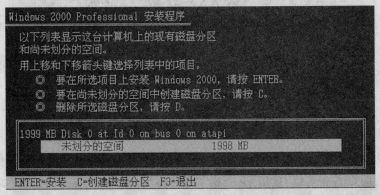

图 3-3　硬盘分区信息的界面

　　b. 请按上移或下移箭头键选择一个现有的磁盘分区，按回车键继续，出现 4 个选项，依次是"用 NTFS 文件系统格式化磁盘分区"，"用 FAT 文件系统格式化磁盘分区"，"将磁盘分区转换为 NFTS"，"保持现有文件系统（无变化）"。请按上移或下移箭头键选择一个选项，并按回车键继续。

　　c. 安装程序将检测硬盘，如果硬盘通过检测，安装程序将从安装光盘复制文件到硬盘上，此过程大概持续 10～20 分钟。复制文件后，出现重新启动计算机的提示。

　　d. 重新启动计算机后，出现欢迎使用 Windows 2000 安装向导窗口，如图 3-4 所示。

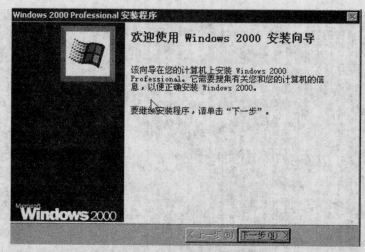

图 3-4　Windows 2000 安装向导窗口

e. 单击"下一步"继续,安装程序将检测和安装设备,在此之后出现区域设置窗口,如图 3-5 所示。

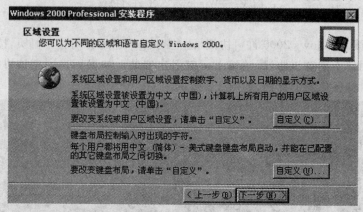

图 3-5　区域设置窗口

f. 我们建议用户使用默认的区域设置,单击"下一步"继续,出现自定义软件窗口。

g. 输入用户的姓名和单位,单击"下一步"继续,出现用户的产品密钥窗口,如图 3-6 所示。

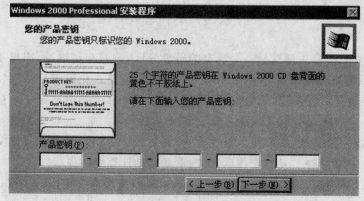

图 3-6　产品密钥窗口

h. 输入产品密钥,单击"下一步"继续,出现计算机名和系统管理员密码窗口。

i. 输入计算机名和系统管理员密码(如果用户在此输入了密码,则一定妥善保管好密码),单击"下一步"继续,出现日期和时间设置窗口。

j. 请选择正确的日期/时间/时区,单击"下一步"继续,安装程序将进行网络设置,安装 Windows 2000 组件,此过程将持续 10～30 分钟,在此之后出现正在完成 Windows 2000 安装向导窗口。

k. 从光驱中取出光盘,单击"完成"。计算机将重新启动,出现欢迎使用网络标识向导窗口。单击"下一步",出现本机用户窗口,如图 3-7 所示。

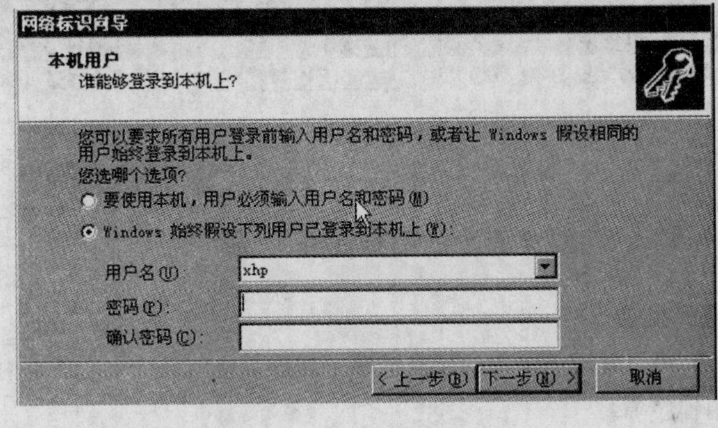

图 3-7 网络标识向导

l. 如果用户选择要使用本机,必须输入用户名和密码(如果用户在此输入了密码,则一定妥善保管好密码),每次启动 Windows 2000 时,必须输入用户名和密码才能登录。如果用户选择 Windows 始终假设下列用户已登录到本机上,并选择用户名,输入相应的密码,则每次 Windows 启动时将使用默认的用户名和密码登录。选择后,单击"下一步"后,出现网络访问标识完成窗口,再单击"完成"。至此,Windows 2000 安装完毕。

m. 在安装 Windows 2000 操作系统后,可能需要重新安装硬件驱动程序及相关应用程序,以使计算机能正常地运行。更详细的信息,请参考相关技术文档。

3.2 Windows 2000 的桌面简介

打开电脑开关后,Windows 2000 会自动启动,电脑屏幕上会出现如图 3-8 所示的界面,我们称为 Windows 2000 的桌面。一些常用的应用程序放在桌面上,以方便使用,简化操作。一般情况下,Windows 2000 的桌面上主要包括我的电脑、我的文档、网上邻居、回收站、Internet Explorer 等应用程序的图标,在屏幕的最下方是由开始按钮、"快速启动"工具栏和系统时钟等组成的任务栏。

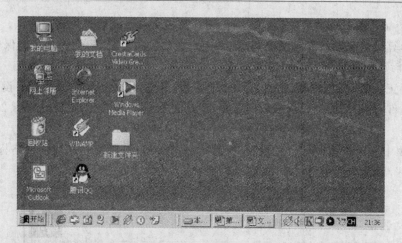

图 3-8　Windows 2000 的桌面

3.2.1　Windows 2000 桌面上的图标简介

1. 我的电脑

通过"我的电脑"可以管理电脑中的所有资源。如查看电脑系统中的所有内容、管理文档、安装硬件及启动应用程序等。

2. 我的文档

"我的文档"是一个便于存取的、放在桌面上的文件夹,其中保存的文档、图形或其他文件可以得到快速访问,它是用来保存用户的个人文档的。该文件夹还有 My Pictures 子文件夹和 My Web 子文件夹。在 Windows 2000 中,系统除了提供一个供所有用户公用的 My Documents 文件夹外,还为每一个用户分配了一个 My Documents 文件夹,该文件夹的内容只有用户自己能看到。

3. 网上邻居

随着计算机网络的飞速发展,网络的使用也越来越频繁,在网络中寻找资源也就变得复杂起来。为了帮助用户轻松快速地查找资源,Windows 2000 增强了"网上邻居"的功能。在网上邻居窗口中,显示所有工作组中的计算机。用户还可以在网上邻居窗口中建立指向网络上的共享资源的链接。

4. 回收站

"回收站"是被用户删除的文件临时存放处。一般情况下,用户删除的文件并没有从硬盘上清除,而是暂时放在回收站里,你可以把你不小心删除的有用的文件恢复原状。在使用清空回收站的命令后,回收站里的文件将被彻底删除。

5. Internet Explorer

Internet Explorer(简称 IE)是 Windows 2000 自带的一个常用的网络浏览器,使用它可以将联入互联网的电脑在网上进行浏览信息、下载文件等操作。

6. Outlook Express

Outlook Express 是 Windows 2000 自带的电子邮件和新闻阅读程序,使用它可以收发电子邮件,并可以通过新闻组进行订阅和交换信息等操作。

3.2.2 任务栏

"任务栏"位于桌面最下方,如图 3-9 所示,它是 Windows 2000 的重要组成部分。"任务栏"内显示所有运行的应用程序的按钮。在 Windows 中,如果同时打开了多个应用程序,那么每个程序都用一个按钮在"任务栏"中显示,其中有一个按钮呈现被压下的状态,就表明这个窗口是当前窗口。通过单击"任务栏"中的按钮可以在各个应用程序窗口之间进行切换。

图 3-9　任务栏

3.2.3 "开始"菜单

"开始"菜单是 Windows 2000 Professional 操作的重要组成部分,也是启动应用程序最直接的工具。Windows 2000 Professional 有功能设置项,都可以在"开始"菜单中找到。利用任务栏中的"开始"菜单几乎可以完成 Windows 2000 的所有操作,如查找文件、启动应用程序、寻求帮助等,如图3-10所示。

图 3-10　打开"开始"菜单

下面对"开始"菜单进行简单的介绍。

1. Windows Update

Windows Update 是 Windows2000 的联机扩展,用户连入到 Internet 之后就能使用该功能,它能帮助用户从计算机上获得大量有用的信息。使用 Windows Update 中的"产品更新"部分,您可以扫描过期的系统文件并自动以最新版本代替它们。

2.程序

"程序"菜单的内容非常丰富,在"程序"菜单中进行选择,就可以运行相应的程序,如图 3-10 所示。可以通过添加或删除项目的操作对"程序"菜单内容进行增减。

3.文档

"文档"用于显示用户最近打开过的文档,它是为了方便用户能够快速找到最近处理过的文件,以提高效率和节省时间。

用户也可以将"文档"文件夹中的内容全部清除掉。在"开始"菜单中选"设置"子菜单中的"任务栏和开始菜单"选项,在弹出的对话框中,选"高级"选项卡,单击"清除"按钮即可,如图3-11 所示。

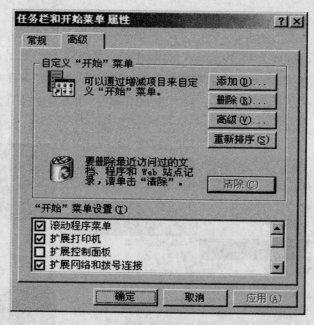

图 3-11　任务栏和开始菜单属性

4.设置

"设置"栏的内容共有 4 项,包括"控制面板"、"网络和拨号连接"、"打印机"和"任务栏和开始菜单",如图 3-12 所示。

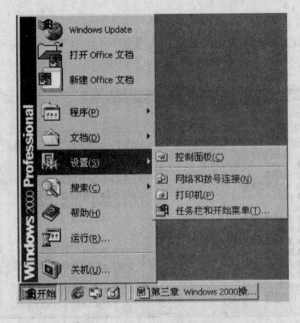

图 3-12　"设置"菜单

5.搜索

　　"开始"菜单上的"搜索"菜单,包括"文件或文件夹"、"在 Internet 上"、"用户"等。其中"文件或文件夹"是用来进行文件或文件夹查找,"在 Internet 上"命令用于访问经常要去的站点,如图3-13 所示。

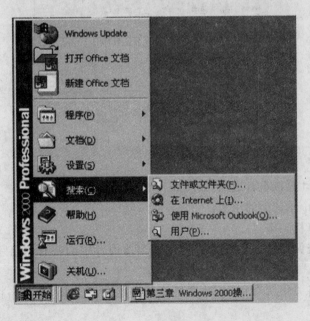

图 3-13　"搜索"菜单

6.帮助

Windows 2000 Professional 帮助系统可以方便地从"开始"菜单上访问它。这种新格式包括了一些链接,也可以通过 Internet 获得帮助,如图 3-14 所示。

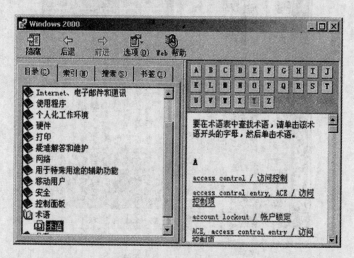

图 3-14　"帮助"菜单

7.运行

"运行"项是通过输入程序名直接启动应用程序,如图 3-15 所示。

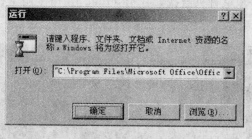

图 3-15　"运行"对话框

8.关机

关闭计算机或将计算机重新启动,如图 3-16 所示。

对话框中另外 3 个单选项的用法:

①关机:结束计算机工作。

②重新启动:系统保存已更改的设置,同时将当前内存中的所有信息写到硬盘上,并自动将机器重新启动。

③注销:该操作将关闭所有程序,计算机将与网络断开连接,并准备由其他用户进入该计算机。

图 3-16 "关机"对话框

Windows 2000 简化了"开始"菜单,使其更加简洁而且更具效率,它的主要做法是引入了"个性化菜单"的特性。所谓"个性化菜单",就是将菜单中一些不常使用的菜单项隐藏起来,在使用时只需单击菜单下的扩展箭头,即可使用菜单中的全部内容。这样不仅可以使菜单显得更简洁明快,还能使得菜单更具有新的智能特性,体现了 Microsoft 公司追求完美的工作作风。

3.3 Windows 2000 操作的基本知识

Windows 2000 是一种图形界面操作系统,其界面直观,操作简单,用户可利用鼠标和键盘操作来控制计算机。下面我们来学习 Windows 操作的一些基本知识。

3.3.1 鼠标

鼠标和键盘是使用电脑时不可缺少的输入工具。鼠标在屏幕上的标识就是鼠标指针。鼠标控制着指针,鼠标指针标识其在屏幕上的位置。当我们在鼠标垫上或桌子上移动鼠标时,鼠标指针也跟着移动。

鼠标主要有左右两个键(主键/副键),每个键又有着不同的动作。这些不同键的不同动作是操作 Windows 2000 的重要手段,下面分别介绍。

1. 左键(主键)

左键用得较多,因为它能完成很多功能。

(1)单击

"单击"的作用就是选中对象。比如,在 Windows 2000 开机后的桌面上,有"我的电脑"、"我的文档"等。如果用户想选中"我的文档",只要先把鼠标移动到"我的文档"图标上,轻轻按一下鼠标的左键,这时图标的颜色会发生变化,表示"我的文档"已被选中。这时如果按一下键盘上的"Enter"就能打开"我的文档"了。

(2)双击

"双击"就是连续点两下鼠标的左键,而且这两下必须稍微快一点,才能称为双击,否则只相当于两个单击。

"双击"的作用是激活对象。若是程序则运行,若是文档则打开。例如,把鼠标移到桌面上的"我的电脑"图标处,双击鼠标左键,就能打开"我的电脑"窗口。

（3）拖放

"拖放"操作是由"拖"和"放"两个动作组成的。先把鼠标移到用户要移动的对象上，按着鼠标的左键不放，移动鼠标到你满意的位置，放开鼠标左键即可，则使对象停在新位置。

"拖放"作用是可以移动对象的位置。

2. 右键

单击鼠标右键不但能选中目标，而且还可以弹出一个"快捷菜单"，快捷菜单能帮助用户快速完成某些操作。在不同的地方单击右键，会弹出功能不同的"快捷菜单"。

3.3.2 键盘

键盘也是重要的操作手段，适当地使用键盘可以提高操作速度。

中文 Windows 2000 键盘操作见表 3-1。

表 3-1   **中文** Windows 2000 **键盘操作**

快捷键	描　述
Alt＋Tab	在最近打开的两个程序窗口之间进行切换
Alt＋Esc	按照打开的时间顺序，在窗口对话框之间循环切换
Ctrl＋Esc	打开"开始"菜单
Alt＋Space	打开控制菜单
Alt＋F4	退出程序
Ctrl＋Alt＋Del	打开任务管理器
F1	获取被选对象的帮助信息
Shift＋F10	打开被选对象的快捷菜单
Ctrl＋A	全部选定
Ctrl＋X	剪切
Ctrl＋C	复制
Ctrl＋V	粘贴
Ctrl＋Z	撤消

3.3.3 窗口

Windows 2000 是采用窗口方式工作的，各个应用程序都有一个属于自己的窗口。

1. 窗口的组成

图 3-17 显示了一个标准 Word 2000 窗口。

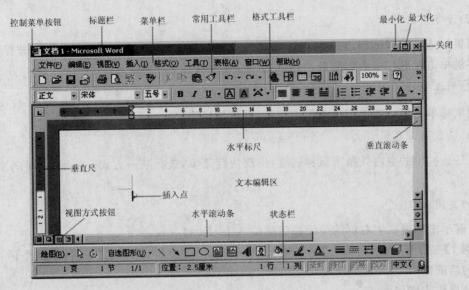

图 3-17 "Word"窗口

窗口通常可分为标题栏、菜单栏、工具栏、窗口区和状态栏等。

(1)标题栏

标题栏通常显示窗口的名称及工作对象(文件)的名称,以便区分不同的窗口。当打开多个窗口时,高亮度显示的为当前窗口。标题栏最左边是控制菜单,最右端是与控制菜单对应的控制按钮,分别为最小化、最大化/还原和关闭按钮。

(2)菜单栏

菜单栏上是一组主菜单,用于对窗口中的对象进行各种操作命令。

(3)工具栏

工具栏上是一组按钮,对应于常用的菜单命令。

(4)滚动条

在窗口的下方和右侧是滚动条。滚动条是为了方便用户查看太长或太宽的内容而设置的。当窗口中的内容不能完整地显示时,通过拖动滚动条可以观看窗口中更多的内容。

(5)窗口区

窗口区中显示的是窗口对象。如果窗口区不足以显示所有窗口对象,窗口区将会出现垂直滚动条和水平滚动条。通过用鼠标拖动滚动条,可以查看当前窗口中未显示的对象。

(6)状态栏

状态栏显示了选定对象的信息及与操作有关的各种信息。

2.窗口的操作

(1)移动窗口

用鼠标拖动标题栏,即可移动窗口的位置。

(2)改变窗口尺寸

用鼠标拖动窗口的四边或四个角,即可改变窗口尺寸。左键单击"控制按钮",选择相应的命令。左键单击标题栏中右侧的最小化、最大化/还原按钮。

(3)切换窗口

用鼠标单击窗口或单击任务栏中按钮,即可切换窗口。

(4)设置窗口显示方式

在任务栏中的空白处单击鼠标右键,出现快捷菜单,选择某一方式。如层叠、横向平铺、纵向平铺。

(5)关闭窗口

左键单击标题栏中右侧的关闭按钮或按 Alt＋F4 键。

【例 1】　打开"我的电脑"、"回收站"、"网上邻居"的窗口,并对它们进行纵向平铺,指定"回收站"为当前窗口。

解:操作步骤如下:

①分别双击桌面上"我的电脑"、"回收站"、"网上邻居"图标。

②在任务栏的空白处单击右键,在快捷菜单中选"纵向平铺窗口"。

③单击"回收站"窗口。

注:第①步作用是打开窗口,第②步作用是纵向平铺窗口,第③步作用是切换窗口。

3.3.3　菜单

菜单中给出某应用程序(窗口)中一系列的操作命令。

1.菜单的分类

从形式上可以将菜单分为主菜单、快捷菜单、级联菜单(子菜单)、控制菜单 4 类。

(1)主菜单

窗口菜单栏上的菜单就是主菜单,通常简称为菜单,如"文件"菜单、"编辑"菜单等。

(2)快捷菜单

右键单击操作对象打开的菜单即为快捷菜单,它通常是选定对象的基本操作命令集合。

(3)级联菜单

带有 ▶ 符号的菜单命令外侧出现的子菜单。

(4)控制菜单

用于控制应用程序窗口或文档窗口大小的菜单。通常控制应用程序窗口的控制菜单位于标题栏上的左上角。

通常用鼠标单击菜单项打开该菜单,然后再用鼠标从菜单中选择所需的命令,从而完成相应的操作。每一个窗口都有自己的主菜单、快捷菜单和控制菜单,这些菜单命令和鼠标操作结合构成了 Windows 2000 整个操作的框架。

2.菜单的使用说明

如图 3-18 所示。

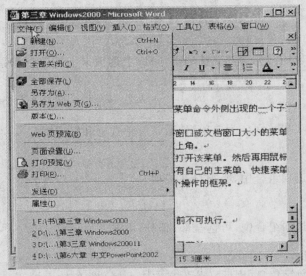

图 3-18 "菜单"对话框

①显示为灰色,说明该菜单命令当前不可执行。

②名称后带有 符号,说明该菜单有下级子菜单。

③名称后带有…符号,说明该命令不会立即执行,还要进行对话框的操作。

④名称前带"√"符号说明已选定,还可以进行切换(不选)。

⑤Alt＋字母,打开某一菜单项。如"Alt＋F",则打开"文件"菜单。

⑥Ctrl＋字母,表示执行某一命令。如"Ctrl＋N",则执行"新建"命令。

3.3.4 对话框

对话框是人机交互最方便的方式。通过对话框,用户将信息输入电脑,电脑再执行,就像与电脑进行交谈一样,所以称之为对话框,如图 3-19 所示。

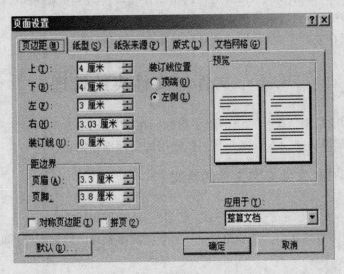

图 3-19 "页面设置"对话框

对话框中各元素作用如下：

1. 选项卡/标签

一个复杂的对话框通常分为几个选项卡，每一个选项卡上的选项都是针对某一类具体操作对象。

2. 选项组

选项卡上又将选项按类别分为选项组，通常有单选框和复选框。

(1)单选项

在单选框构成的选项组合中，必须只选一项。

(2)复选框

在复选框构成的选项组合中，可选全部、部分、不选。

3. 输入框

用于输入文本或数字信息，因此又分为文本输入框和数字输入框两种。

4. 列表框

用于显示一系列选项供选择，包括普通列表框和下拉式列表框两种。

5. 命令按钮

用于确定、取消对话框的输入信息，或用于打开另一对话框。

注：对话框的尺寸是不可以改变。

3.3.5　剪贴板

Windows 的应用程序之间可以通过多种方式进行交换、传递信息，实现信息共享，而剪贴板则是信息共享与交换的重要媒介。

剪贴板实际上是 Windows 在内存中开辟的一块临时存放交换信息的区域，始终处于工作状态。当执行"复制"和"剪切"命令后，被选定的信息便自动传入到剪贴板中。当执行"粘贴"命令后，剪贴板中的信息便传到指定的位置。

剪贴板中可以存放若干次信息，其信息可被重复使用(粘贴)。

3.4　文件与文件夹的管理

文件的管理功能是衡量操作系统的重要指标。在 Windows 2000 中，"资源管理器"和"我的电脑"都具有文件管理功能。本节将介绍一些常用的文件操作知识。

3.4.1　驱动器、文件夹和文件的含义

1. 驱动器

驱动器是进行读写操作的一个硬件，每一个驱动器都有自己的标识符(如 A：,C：)。

2. 文件

文件是指存储在磁盘上的一组相关信息的集合。每一文件都有自己的文件名，操作系统通

过文件名进行实名存取操作。文件名的格式为:主文件名.扩展名。

3.文件夹

文件夹是用于组织磁盘中文件的一个数据结构。每一个文件夹都有自己的名称。文件夹中可包含若干子文件夹和文件。

4.树形结构

树形结构表示计算机中资源的组织结构。

5.路径

路径用于描述文件或文件夹所在地址。其格式为:"驱动器号:文件夹\…\文件夹"。例如,c:\docment\作业.doc,表示 C 驱动器中 document 文件夹下的"作业.doc"文件。

6.命名法则

我们知道文件和文件夹都应有自己的名称以便加以区别。在命名中应注意以下几点:

①名称长度不能超过 255 字符。

②不能有\?:"< >字符存在。

③在同一文件夹中不允许同名存在。

④文件名中应有扩展名,以表示文件的类型。扩展名与文件类型的关系如表 3-2 所示。

表 3-2 扩展名与文件类型的关系

扩展名	文件类型	扩展名	文件类型	扩展名	文件类型
.com	命令文件	.bak	备份文件	.ppt	演示文稿
.exe	可执行文件	.hlp	帮助文件	.dbf	数据库文件
.sys	系统文件	.txt	文本文件	.bmp	位图文件
.bat	批处理文件	.wps	文档文件	.swf	Flash 动画文件
.Ini	系统配置文件	.doc	文档文件	.wav	波形文件
.tmp	临时文件	.xls	工作簿文件	.avi	视频图像文件

7.通配符

通配符的作用是代替一组字符或一个字符,它们是"＊"和"?"。"＊"可以表示任意多个字符,"?"可以表示任意的一个字符。例如,＊.exe 表示所有的扩展名为 exe 的文件;＊.＊表示所有的文件;W＊.doc 表示第一字母为 W 的所有 Word 文档;Cct?.doc 表示主文件名的第四个字符为任意字符的文档。

8.文件的属性

文件都有它们各自的属性,包括只读、隐藏、存档。只读是指可进行读的操作不能进行写的操作。如可进行复制,但不能进行删除。隐藏是指在默认状态下不显示其名称。存档是指可以保存和备份。

3.4.2 文件管理工具简介

在 Windows 2000 中有两个管理文件的工具(实用程序),它们是"我的电脑"和"资源管理器"。两者的功能和操作方法都是一样的,它们都可以显示出磁盘中文件的信息和文件夹的树形结构,以及相关的操作。以下用"资源管理器"作为介绍。

1.启动"资源管理器"

方法一:单击"开始"→"程序"→"附件"→"资源管理器"。

方法二:指向"开始"→单击右键→"资源管理器",如图 3-20 所示。

图 3-20　"资源管理器"窗口

2.窗口中的信息(见图 3-20)

(1)地址栏

地址栏的内容就是当前文件夹的地址路径,也就是当前工作文件夹。

(2)文件夹窗格区(目录树)

在"资源管理器"左半部分的目录树窗口中,我们可以看到目录文件的树形结构,就像一棵大树一样从根上分出许多分支来。在这些根目录或者分支上单击鼠标左键,你会发现这些分支中会分出许多文件夹分支。有的文件夹前面有"-"号,有的是"+"号,有的则什么都没有。"+"号代表它还有子文件夹,就是还有下一级的分支,目前没有展开显示下级内容;"-"指本身有子文件夹,已经被打开浏览了;没有任何符号的表示它没有其他的子文件夹。

用户可以在"+"号上面单击鼠标左键,这时分支得到了进一步展开,"+"变成"-"就可以浏览它的所有子文件夹了;如在"-"上面单击鼠标左键,就可以使分支收缩,"-"变成"+"。

电脑使用树形结构的策略来存储文件,有利于对文件进行分类存放。把不同的文件放在不同的文件夹内,可以方便查找,也使文件管理变简单了。

(3)文件窗格区

在"资源管理器"右半部分显示区中,它显示了当前工作文件夹的内容。

①文件夹图标。在 Windows 2000 中,"文件夹"概念的使用很广泛。一般情况下,文件夹使用图标来表示。该图标比较单调,不易更改,而且几乎所有的图标都是一样的。

②快捷方式图标 🔳。凡是快捷方式图标都有一个小箭头。

③文本文件图标。文本文件是一种不包含特殊控制符的文件,它有专门的图标。

④图形文件图标。当用户用一些画图软件或工具绘成一幅图画时,一旦保存了之后,系统就会自动为之生成一个相应的图标,即图形文件图标。一般情况下,用"画图"工具绘成的文件都是位图文件。

⑤配置文件图标。配置文件是 Windows 2000 系统中的重要文件,只有当它们被执行之后才能正常使用操作系统。配置文件的图标中一般带有齿轮。

⑥程序文件图标。程序文件都是可执行文件,一般使用图标表示,但是应用程序一般都有自己独特的图标。

⑦多媒体文件图标。多媒体文件主要包括声频文件和视频信息文件,一般使用自己独特图标表示。

3. 文件窗格区显示方式的设置

文件夹窗格区中对象可以采用不同的形式进行显示。

具体操作步骤如下:

①执行"查看"菜单,如图 3-21 所示。

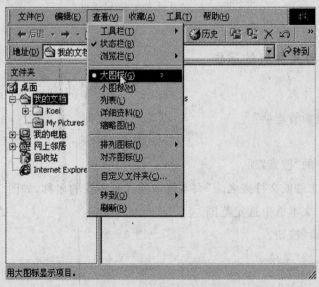

图 3-21 "查看"菜单

②选择相应的命令。

4. 文件类型的设置

文件窗格区中显示的对象是可进行有选择的显示,如希望能显示具有隐藏属性的文件。

具体操作步骤如下:

①单击"工具"菜单,从中选择"文件夹选项"命令,打开"文件夹选项"对话框。

②从该对话框中选择"查看"标签,从中选择"显示所有文件和文件夹"的单选按钮,如图3-22所示。

③然后单击"确定"按钮,这样隐藏的文件和文件夹就可显示了。

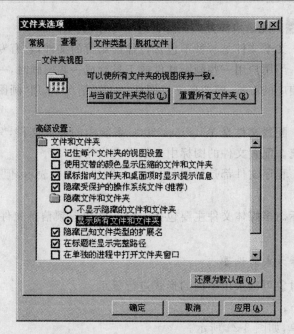

图 3-22　"文件夹选项"对话框

3.4.3　文件与文件夹的操作

1.查找文件或文件夹

方法一：利用"资源管理器"。

操作步骤如下：

①单击工具栏中的"搜索"项。

②在"要搜索的文件或文件夹名为"文本框中输入所要找的名称，如图 3-23 所示。

③在"搜索范围"文本框中选定范围。

④单击"立即搜索"按钮。

方法二：利用"开始"菜单。

操作步骤如下：

①单击"开始"菜单→"搜索"→"搜索文件或文件夹"。

②输入相应的信息，如图 3-23 所示。

图 3-23 搜索文件或文件夹

2. 显示文件夹内容

方法一: 在地址栏中操作。

操作步骤如下:

在窗口的地址栏中输入文件夹的完整地址,按回车键,如图 3-24 所示。

图 3-24 显示文件夹内容

方法二: 在文件夹窗格区操作。

操作步骤如下:

在文件夹窗格(目录树)中单击所要打开的文件夹名。

方法三:在文件窗格区中操作。

操作步骤如下:

在文件窗格中按文件夹的地址自上而下双击文件夹名。

3.选定文件和文件夹

(1)选定单个对象

操作步骤如下:

在文件窗格中单击对象即可。

(2)选定一段连续对象

操作步骤如下:

单击起始对象,按住 Shift 键单击结尾对象。

(3)选定若干不连续的对象

操作步骤如下:

①选定一段连续的对象。

②按住 Ctrl 键再选一段连续的对象。

③重复上一步。

4.设置文件或文件夹的属性

操作步骤如下:

①打开对象所在的文件夹。

②右键单击对象。

③在快捷菜单中选择"属性"。

④在"属性"对话框中设置,如图 3-25 所示。

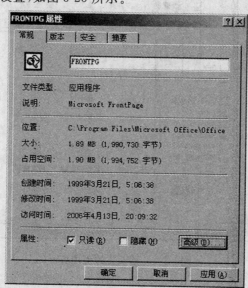

图 3-25　"属性"对话框

5. 创建文件夹

为了便于对文件管理,用户可以在已经存在的文件夹中创建新的文件夹,然后在该新建文件夹中再建文件夹和存放文件。这种多层次的文件夹(文件夹的树形结构)可方便于查找或管理文件。

方法一:利用"资源管理器"新建文件夹。

操作步骤如下:

①打开"Windows 资源管理器"窗口。

②打开新建文件夹所处的上一级文件夹。

③单击"文件"菜单中的"新建"命令,并从其子菜单中选择"文件夹"项,这样就建立了一个临时名为"新建文件夹"的新文件夹。

④用户再输入自定义的新文件夹名称即可。

方法二:利用"快捷菜单"创建文件夹。

操作步骤如下:

①打开新建文件夹所处的上一级文件夹。

②在文件窗格区中空白处单击右键。

③选择"新建"中的"文件夹"命令。

④输入自定义的新文件夹名称即可。

注:新建的文件夹为一空文件夹。

6. 文件或文件夹的重命名

操作步骤如下:

①打开对象所处的上一级文件夹。

②右键单击对象。

③在快捷菜单中选"重命名"。

④输入自定义的新文件夹名称即可。

7. 删除文件和文件夹

操作步骤如下:

①打开删除对象所处的上一级文件夹。

②选定对象。

③执行"文件"菜单中的"删除"命令。

注:此时将删除的对象放入回收站中,并没有从计算机中删除对象。

8. 复制文件和文件夹

将某一文件夹中的若干对象复制到另一文件夹中去。

操作步骤如下:

①打开复制对象所处的上一级文件夹。

②选定对象。

③执行"编辑"菜单中的"复制"命令。如图 3-26 所示,此时将所选对象复制到剪贴板中。

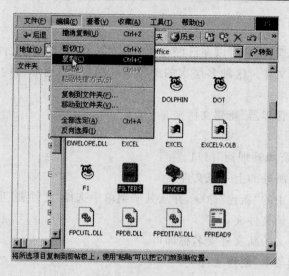

图 3-26　"复制"命令

④打开目标文件夹。

⑤执行"编辑"菜单中的"粘贴"命令。如图 3-27 所示,此时将剪贴板中的内容复制到当前文件夹中。

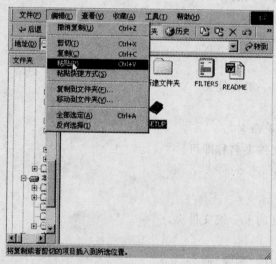

图 3-27　"粘贴"命令

9.移动文件和文件夹

将某一文件夹中的若干对象移动到另一文件夹中去。

操作步骤如下:

①打开复制对象所处的上一级文件夹。

②选定对象。

③执行"编辑"菜单中的"剪切"命令。

④打开目标文件夹。

⑤执行"编辑"菜单中的"粘贴"命令。

10. 恢复已删除的文件和文件夹

在实际工作中可能对过去所做的删除对象希望恢复。

操作步骤：

①双击桌面上的"回收站"图标，打开回收站的窗口。

②选定对象。

③单击"还原"按钮。

注：将对象恢复到原有的文件夹地址中。

11. 创建对象的快捷方式

所谓快捷方式，就是将应用程序、文档或文件夹用一个图标来表示，通过双击该图标，就能启动应用程序、打开文档或打开文件夹窗口，这个图标就称为快捷方式图标，快捷方式一般放在桌面上。当某对象创建了快捷方式时，只要双击其快捷方式则可以打开或运行其对应的对象。对象可以是文件或文件夹，快捷方式只是对象的链接。删除快捷方式其对象还是存在的，但删除对象则快捷方式无意义。

在桌面上创建快捷方式有以下几种方法：

方法一：利用发送方式来创建快捷方式。

操作步骤如下：

①打开对象所处的上一级文件夹。

②右键单击对象。

③在快捷菜单中选"发送到"→"桌面快捷方式"，如图 3-28 所示。

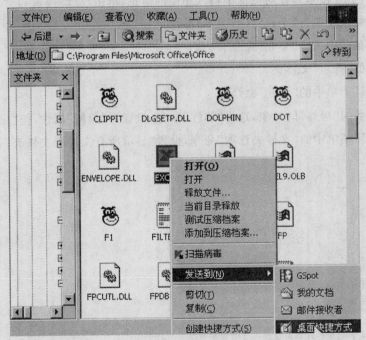

图 3-28 快捷菜单

　　方法二：利用鼠标"拖放"来创建快捷方式。

　　操作步骤如下：

　　①打开对象所处的上一级文件夹。

　　②将鼠标指向右侧文件夹内容窗格中的对象图标。

　　③按住鼠标右键并拖动鼠标，将其拖动到桌面上，释放鼠标，在弹出的快捷菜单中选择"在当前位置创建快捷方式"即可。

　　方法三：利用"快捷菜单"来创建快捷方式。

　　操作步骤如下：

　　①在桌面的空白处单击右键选择"新建"→"快捷方式"命令。

　　②根据提示向导输入相关信息即可。

　　【例2】　在桌面上的"我的文档"文件夹下建立一个"练习"的新文件夹，并把本地驱动器中所有的 mp3 文件复制到"练习"的文件夹中去，再对名为"爆炸. mp3"的文件设置为隐藏属性。在桌面上创建"爆炸"文件的快捷方式，最后将"练习"中除"爆炸"文件以外所有的内容全部从计算机中删除。

　　解：操作步骤如下：

　　①在桌面上双击"我的文档"，则打开了"我的文档"这一文件夹。

　　②执行"文件"→"新建"→"文件夹"命令。

　　③输入"练习"作为新建文件夹的名称。

　　④单击工具栏中"搜索"，在对话框中输入相应的信息，单击"立即搜索"。

　　⑤在搜索的结果中执行"全选"（Ctrl＋A）操作。

　　⑥在"编辑"菜单中执行"复制"命令。

　　⑦打开新建的"练习"文件夹。

　　⑧执行"编辑"菜单中的"粘贴"命令。

　　⑨右键单击名为"爆炸"的对象，选择"属性"命令，设置为"隐藏"属性，按"应用"。

　　⑩执行"工具"菜单中的"文件夹选项"命令，设置"显示所有文件和文件夹"，如图 3-29 所示，单击"确定"按钮。

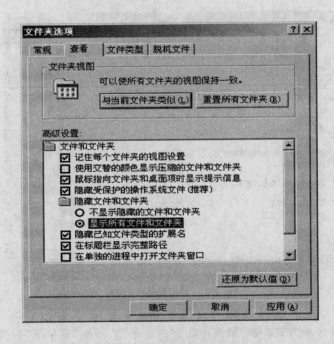

图 3-29 "文件夹选项"对话框

⑪右击"爆炸"对象,选"发送到"→"桌面快捷方式"。

⑫执行"编辑"菜单中的"反向选择"命令。

⑬执行"编辑"菜单中的"删除"命令。

⑭单击任务栏中的 ▦ 图标,回到桌面上。

⑮双击"回收站"打开其窗口,选定刚刚删除的对象。

⑯执行"文件"菜单中的"删除"命令。

注:

● 在搜索内容的描述中应正确,如使用通配符,输入的字母应用半角方式。

● 搜索范围的描述应正确,本题则用"本机硬盘驱动器"。

● 第⑨步对"爆炸"文件设置了隐藏属性时,默认情况下"资源管理器"是不显示其名称,这样对其做快捷方式很不方便,所以要做第⑩步。

● 在"资源管理器"做的删除只是逻辑上的删除,即放入"回收站"中。要完全的删除还要进一步在"回收站"进行删除。

3.5 Windows 2000 控制面板使用

在 Windows 2000 Professional 中,我们如果要对计算机的各种硬件和软件进行设置、安装和卸载,就要用到控制面板了,如图 3-30 所示。

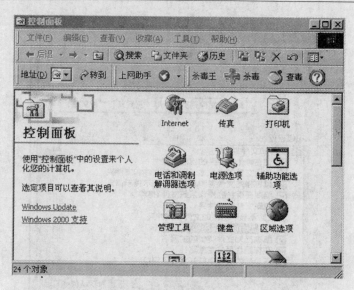

图 3-30　"控制面板"窗口

　　打开控制面板有多种方式,其中最简单的方式是单击"开始"菜单下"设置"中的"控制面板"命令。控制面板中包括很多个项目,每个项目对应于不同的功能,下面我们分别介绍一下新硬件的安装、新软件的安装、设置声音和多媒体的属性、系统设置的更改等。

3.5.1　新硬件的安装

　　在 Windows 2000 Professional 中要为计算机安装新硬件,就可以在"控制面板"中的"添加/删除硬件"的程序中完成。

　　具体步骤如下:

　　①双击控制面板中的"添加/删除硬件"程序,将弹出如图 3-31 所示的"添加/删除硬件向导"对话框。

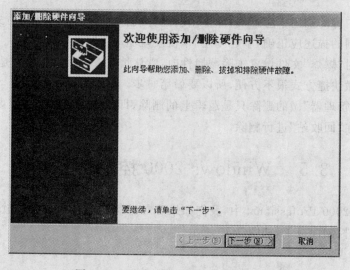

图 3-31　"添加/删除硬件向导"对话框

②单击"下一步"按钮,在弹出的向导对话框中选定"添加/排除设备故障"选框,如图3-32所示。

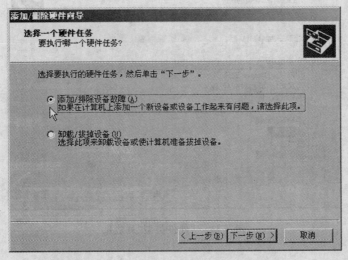

图 3-32　"添加/排除设备故障"对话框

③单击"下一步"按钮,此时自动检测系统当前有何即插即用设备。若存在即插即用设备,Windows 系统将自动配置此设备。否则,将弹出"添加/删除硬件向导"对话框。

④在对话框中选定"设备"列表框中"添加新设备"列表项,然后单击"下一步"按钮。

⑤此时对话框中将询问用户是由 Windows 系统来检测新硬件还是从列表中选定硬件。在这里,假定从列表中选定硬件,则选定"否,我想从列表选定硬件",如图3-33所示。

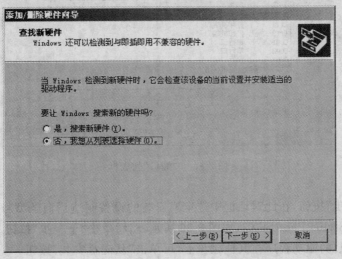

图 3-33　"查找新硬件"对话框

⑥单击"下一步"按钮,将出现"硬件类型"列表框对话框,用户可以选定现在要安装什么类型的硬件。这里,假定要安装打印机,则单击选定"打印机"列表项,如图3-34所示。

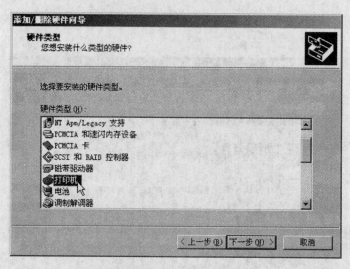

图 3-34　"硬件类型"列表框

　　⑦单击"下一步"按钮,此时"添加/删除硬件向导"对话框要求选择打印机端口,在此选择
LPT1,如图 3-35 所示。

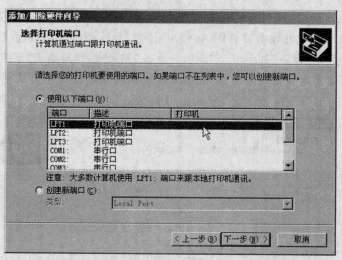

图 3-35　"端口"列表框

　　⑧单击"下一步"按钮,在此对话框中选定要安装的设备制造厂商及型号。在这里假定要安
装的是 Epson 的 Stylus Photo EX2,如图 3-36 所示,然后单击"下一步"按钮。
　　注:如果要安装的驱动程序在其他磁盘上,可单击"从磁盘安装"按钮。

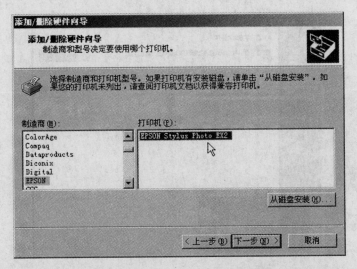

图 3-36 打印机设备厂商和型号表框

⑨此时系统将自动复制默认的设备驱动程序文件,然后依照对话框提示,单击"完成"按钮,便可完成打印机的安装。

3.5.2 新软件的安装

新买回来的软件,只有先进行必要的安装才能使用,因此安装软件是你必须掌握的技能之一。软件一般是用软盘或光盘存放的,对于软盘和光盘的软件有不同的安装方法。下面介绍几种安装软件的方法:

方法一:利用"资源管理器"或"我的电脑"工具,直接找到安装盘(软盘或光盘)上的安装程序,其名称一般为 setup.exe 或 install.exe,双击该文件,则立即运行安装程序,即可开始安装软件。

方法二:单击"开始"按钮→选"运行"命令,打开"运行"对话框,然后输入安装程序的正确路径及文件名即可。如:A:\setup.exe。

这种安装方法的缺点是必须知道安装程序的确切路径和文件名,不过一般软件的安装说明书上会提供相应的说明。

方法三:在 Windows 2000 Professional 中要为计算机安装新软件,可在"控制面板"中的"添加/删除程序"中完成。

安装步骤如下:

①打开"控制面板",双击"添加/删除程序"的项目图标,可以看到如图 3-37 所示的对话框,它提供了 3 种功能:更改或删除程序、添加新程序、添加/删除 Windows 组件。

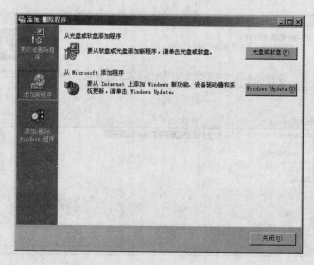

图 3-37　"添加/删除程序"对话框

②在此单击"添加新程序"。Windows 提供了两种添加新程序的方法：从光盘或软盘添加程序、从 Microsoft 添加程序。

③单击"光盘或软盘"按钮，"添加/删除程序"的对话框将要求我们输入新程序的安装路径。

④单击"完成"按钮，系统将对磁盘空间及硬件是否满足该应用程序进行判断，然后要用户输入序列号和用户信息，系统就复制文件到指定的文件夹。

⑤文件复制好以后，单击"确定"按钮，系统将要更新 Windows 2000 的配置文件和注册文件，屏幕就会出现如图 3-38 所示对话框。

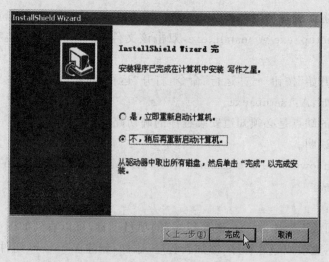

图 3-38　完成新软件的安装

⑥单击"完成"按钮，就完成了新软件的安装。

3.5.3 设置声音和多媒体的属性

使用"控制面板"中的"声音和多媒体"可以将声音指派给某些系统事件。系统事件可以在很多情况下发生。例如,当计算机执行最小化或最大化程序窗口时,发出一固定的声音。声音可以是简单的蜂鸣声或一段简短的音乐,可以根据需要将这些声音指派给系统事件。可以将一整套不同的声音指派给系统事件,以新名称保存此方案,以及在新旧方案之间切换而不会丢失设置。

"控制面板"中的"声音和多媒体"项目,让用户指定对当前系统声音、音频、硬件三方面的设置。

双击"控制面板"中的"声音和多媒体"项目图标,将弹出如图 3-39 所示的"声音和多媒体属性"对话框。

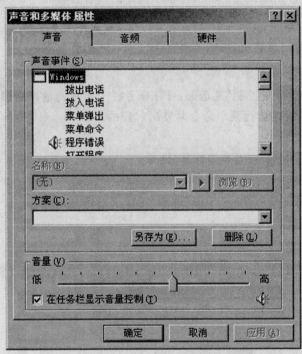

图 3-39 "声音和多媒体属性"对话框

在"声音"选项卡中用户可以赋予 Windows 和应用程序中所有事件某种特定的声音。这样,在事件发生时,系统将播放特定的声音,这些事件包括菜单弹出、启动和退出 Windows、程序错误和菜单命令等。

1."声音"选项卡中各个控件的功能

(1)"声音事件"列表框

在"声音事件"列表框中显示了可赋予声音的 Windows 和应用程序中的所有事件。若要对某事件赋予声音,在列表框中选定此事件。

(2)"名称"组合框

在"名称"组合框中列出了所有 Windows 自带的声音选项,每个声音选项对应于一个声音文件(.wav 文件)。在此组合框中,选定某个声音选项赋予在"事件"列表框选定的事件。

（3）"浏览"按钮

单击"浏览"按钮，可定位声音文件。

（4）"方案"组合框

方案组合框中列出了系统预定义的所有声音方案。

（5）"另存为"按钮

单击"另存为"按钮，可以创建一个新的声音方案来保存当前的选择。

（6）"删除"按钮

单击"删除"按钮，将删除在"方案"组合框中选定的声音方案。

（7）"音量"控件

拖动"音量"控件上的滑动条，可调节声音文件播放时的音量。

（8）"在任务栏显示音量控制"复选框

选定"在任务栏显示音量控制"复选框，可在任务栏上显示音量控制图标。

【例3】　设置计算机在运行菜单命令时发出"当"的声音。

解: 操作步骤如下:

①双击"控制面板"中的"声音和多媒体"图标。

②单击"声音"标签，在"声音事件"列表中选"菜单命令"。

③在"名称"框中选"dang"项，可单击"试播"按钮进行试听。

④单击"确定"。

2."音频"选项卡

如图3-40所示，在"音频"选项卡中，用户可以指定计算机声音回放、录音和 MIDI 音乐回放设备。

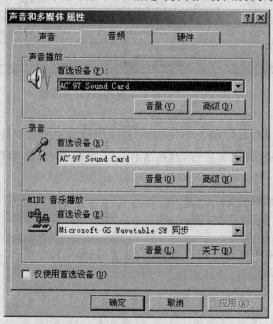

图 3-40　"音频"选项卡

3."硬件"选项卡

如图 3-41 所示,列出名称设备的属性。

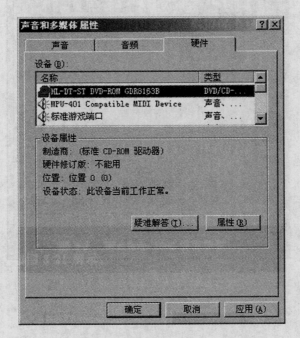

图 3-41 "硬件"选项卡

3.5.4 系统设置的更改

通过"控制面板"中的"系统"选项,可以查看到有关本计算机所有的硬件和设备属性的信息以及配置硬件的配置文件,查看有关计算机连接和登录配置文件的信息,并对系统设置进行更改。在"控制面板"中双击"系统"图标,可获得如图 3-42 所示的"系统属性"对话框,它包括"常规"、"网络标识"、"硬件"、"用户配置文件"、"高级"5 个选项卡。

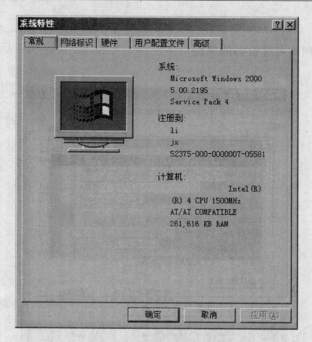

图 3-42　"系统特性"对话框

1."常规"选项卡

如图 3-42 所示,显示了计算机的基本模式、中文 Windows 2000 的版本、注册的使用者等有关信息。

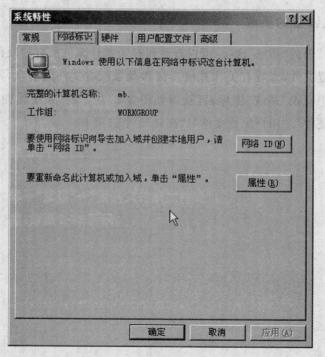

图 3-43　"网络标识"选项卡

2."网络标识"选项卡

如图 3-43 所示,它是对本地计算机的描述和如何加入网络工作组和域。

①单击"网络 ID"按钮,可以启动"网络向导",将用户的计算机连接到网络上。

②单击"属性"按钮,显示如图 3-44 所示,用户可以加入域或是工作组。

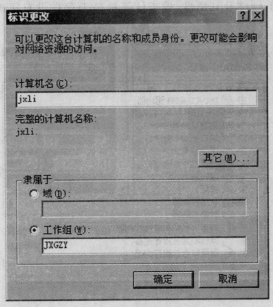

图 3-44 "标识更改"对话框

3."硬件"选项卡

显示如图 3-45 所示,此对话框由 3 部分组成:"硬件向导"、"设备管理器"及"硬件配置文件"。

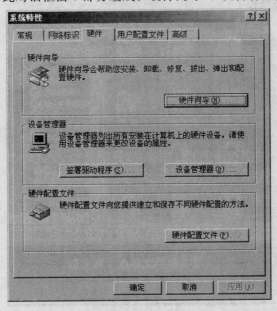

图 3-45 "硬件"选项卡

①单击"硬件向导"按钮,弹出"添加/删除硬件向导"对话框,按提示进行操作,可以检测新硬件、查看和更改设备属性,并能修复运行不正常的设备。它的功能与"控制面板"中的"添加/删除硬件"类似。

②单击"设备管理器"按钮,将弹出如图 3-46 所示的"设备管理器"窗口。在此窗口中,可以查看主机当前已经安装的硬件及其属性,检查计算机是否存在没有正确安装的硬件及设置硬件驱动程序等操作。

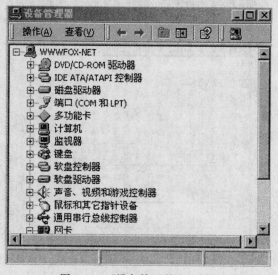

图 3-46　"设备管理器"对话框

4."用户配置文件"选项卡

如图 3-47 所示,显示了当前计算机上所有用户的配置文件,用户可以对这些配置文件进行复制、删除和更改类型等操作。

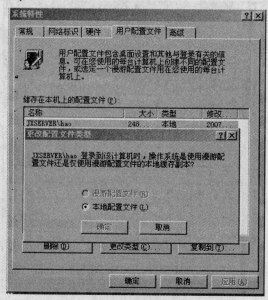

图 3-47　"用户配置文件"选项

5．"高级"选项卡

如图 3-48 所示，在此对话框中有 3 个选项，它们是"性能"、"环境变量"及"启动和故障恢复"。

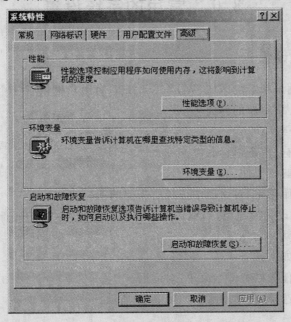

图 3-48   "高级"选项卡

单击"性能选项"按钮，显示如图 3-49 所示。它可以更改程序资源、页面文件和计算机注册表的设置。在"应用程序响应"域中，有两个选择，若选定"应用程序"，可以为前台应用程序提供比后台程序更多的计算机资源，如 CPU、内存等；若选定"后台程序"，则为所有的程序提供相同的计算机资源，包括 CPU、内存等；在"虚拟内存"域中，指定计算机上所有驱动器的虚拟内存页面文件信息，单击"更改"按钮可以指定页面文件大小。为了获得最佳性能，应将初始大小设成低于"所有驱动器页面文件大小的总数"下面的推荐大小。一般来说，推荐大小等于系统上内存数量的 1.5 倍。通常，尽管日常使用需要大量内存的程序可能会增加页面文件的大小，但应当将页面文件保留为推荐大小。

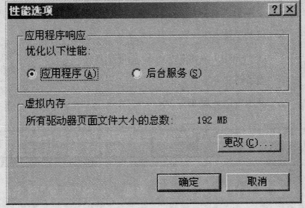

图 3-49   "性能选项"对话框

3.6　常用的系统设置

3.6.1　任务栏设置

任务栏是用户使用最频繁的区域,Windows 2000 为用户提供了一个任务栏个性化空间,可以设置适合用户自己使用习惯的界面。

具体操作方法如下:

①在任务栏的空白处单击鼠标右键。

②在快捷菜单中选择"属性"。

③在"任务栏和开始菜单"对话框中选择所需要的项。

【例 4】　将任务栏设置为隐藏,当鼠标移至任务栏区(显示器的底部)时才显示任务栏。在任务栏中添加"快速启动"项。

解:具体操作步骤如下:

①如上所述打开"任务栏和开始菜单"对话框。

②单击"常规"项,选择"自动隐藏",如图 3-50 所示。

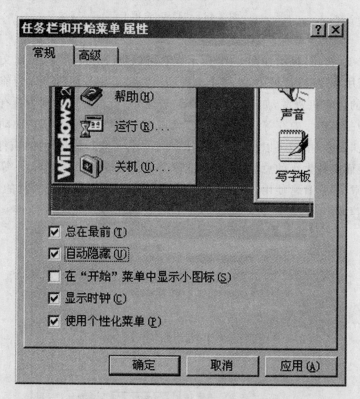

图 3-50　"任务栏和开始菜单"对话框

③单击"确定"按钮。

④在任务栏的空白处右键单击选择"工具栏",再选"快速启动"即可。

注:打开"任务栏和开始菜单"对话框的方法还可以是"开始"→"设置"→"任务栏和开始菜单"。

3.6.2 "开始"菜单设置

我们知道 Windows 对计算机中的资源管理操作可以通过"开始"菜单中的命令进行。"开始"菜单的显示方式和内容是可以进行设置的。

操作方法如下:

①单击"开始"→"设置"→"任务栏和开始菜单……"→"高级",如图 3-51 所示。

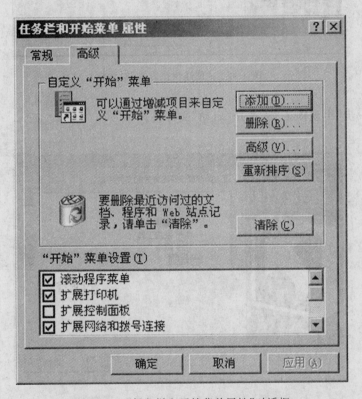

图 3-51 "任务栏和开始菜单属性"对话框

②自定义"开始"菜单项:可以选择不同的按钮对"开始"中"程序"下级菜单的内容进行设置。

③"开始"菜单设置项:选择不同的复选项可以对"开始"菜单的内容进行设置。

【例 5】 在"开始"→"程序"→"启动"中添加"千千静听"的快捷方式。

解:操作步骤如下:

①打开"任务栏和开始菜单属性"对话框,如图 3-51 所示。

②单击"添加"按钮,出现创建快捷方式的向导,如图 3-52 所示,输入运行"千千静听"软件的文件名的路径。

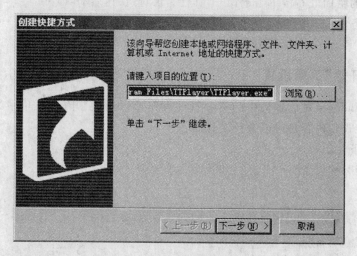

图 3-52　"创建快捷方式"对话框

③单击"下一步"出现图 3-53,选择"启动"文件夹。

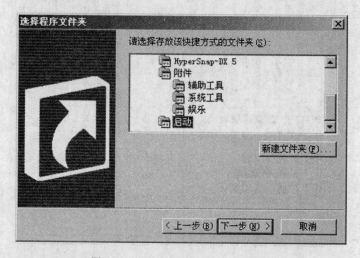

图 3-53　"选择程序文件夹"对话框

④单击"下一步",如图 3-54 所示,输入"千千静听"名字,单击"完成"按钮。

⑤回到图 3-51 中,单击"确定"按钮即可。

注:这样在"开始"→"程序"→"启动"中有"千千静听"一项;每次启动计算机都能自动运行"千千静听"软件。在第②步中也可以按"删除"按钮,对"程序"中的某一项进行删除。

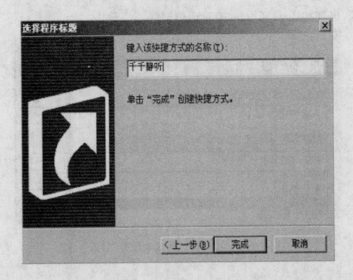

图 3-54 "选择程序标题"对话框

3.6.3 输入法设置

在计算机的输入操作中可能输入不同类型的文本,因此我们要选择不同的输入法。所以,应对计算机设置所需要的输入法,以满足用户的需要。

【例 6】 向计算机中添加五笔字型输入法,并设置为默认输入法,热键为"Ctrl+Shift+1"。

解:操作步骤如下:

①在任务栏中右击输入法图标出现快捷菜单,选择"属性",如图 3-55 所示。

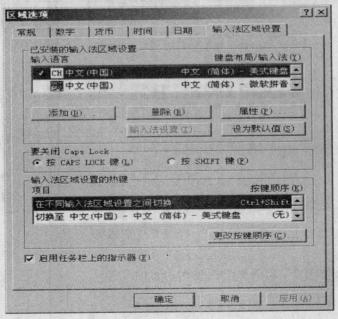

图 3-55 "区域选项"对话框

②单击"添加",出现如图 3-56 所示的对话框。

图 3-56　"添加输入法区域设置"对话框

③选择所需的输入法如"五笔字型输入法",单击"确定"按钮。

④在图 3-57 中单击"设为默认值"按钮。

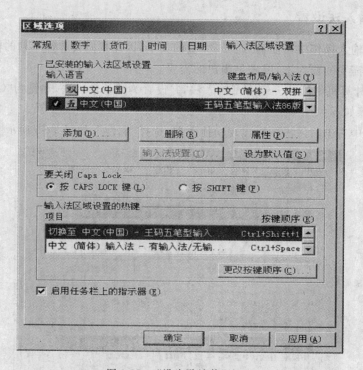

图 3-57　"设为默认值"选项

⑤再按"更改按键顺序",出现如图 3-58 所示的对话框。

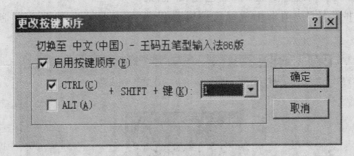

图 3-58 "更改按键顺序"对话框

⑥选择"Ctrl＋Shift＋1"再确认。

注：当启动计算机时，输入法为五笔字型输入法，也可以用"Ctrl＋Shift＋1"切换。

3.6.4 桌面设置

在桌面上我们经常要进行各种各样的操作，为了满足每一个用户的不同需要，系统可以让用户进行个性化的设置。如用自己喜欢的图案或图片作为背景、进行屏幕保护降低显示器的老化等。

【例 7】 用"金色花瓣"图案作为背景，当长时间不使用计算机时显示提示信息"抱歉……"。

解：操作步骤如下

①单击"开始"→"设置"→"控制面板"→"显示"，如图 3-59 所示。

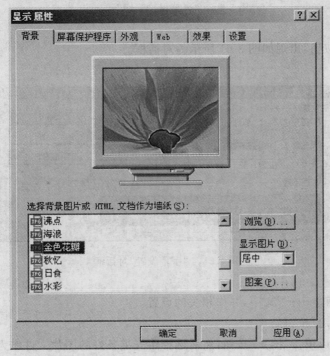

图 3-59 "显示属性"对话框

②在"背景"选项卡中选择所需的"金色花瓣"图案。

③在"屏幕保护程序"选项卡中选择保护屏幕程序"字幕显示",如图 3-60 所示。

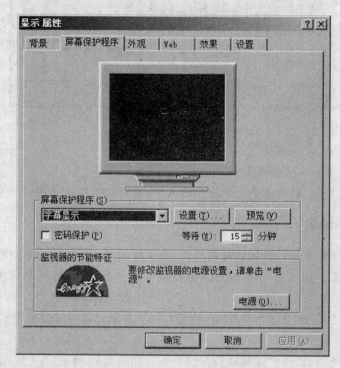

图 3-60　"屏幕保护程序"选项卡

④单击"设置"按钮,出现如图 3-61 所示的对话框。

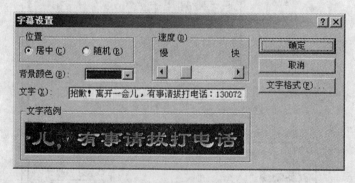

图 3-61　"字幕设置"对话框

⑤输入"抱歉,有事……"文字,并作相关的设置。

⑥最后单击"确定"按钮。

注:第②步也可以单击"图案"按钮,然后选择事先准备好的图片文件作为背景。

3.6.5 系统设置

用户可以调整计算机系统的时间和日期以准确反映时间。

操作步骤如下：

①双击任务栏中的"时间"图标，如图 3-62 所示。

②在对话框中进行选定即可。

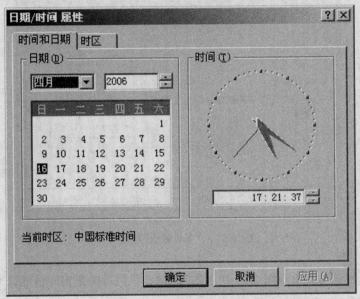

图 3-62 "日期/时间属性"对话框

3.7 对磁盘进行管理

磁盘有两种：软磁盘和硬磁盘（简称软盘和硬盘）。软盘是指可以方便交换的磁盘盘片，而硬盘是固定在主机箱内的存储设备。软盘和硬盘都是利用磁化原理来进行存储的设备，所以都称为磁盘。另一种存储设备是利用光学原理进行存储的，称为光盘。

3.7.1 磁盘检查

如果用户的计算机因意外断电或是不正常关机，都会造成许多临时文件无法正常被删除而保留在硬盘上，这样就会使得磁盘的文件系统易出错。为此，Windows 2000 提供了磁盘检查程序，用于修复错误的文件系统或是坏的扇区。

具体操作步骤如下：

①打开"我的电脑"，选择要检查的磁盘。

②单击鼠标右键，选择"属性"命令的"工具"选项，如图 3-63 所示。

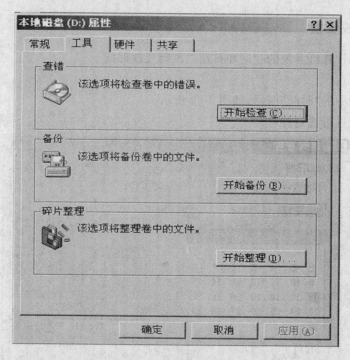

图 3-63　"本地磁盘"对话框

③单击"开始检查"，则出现图 3-64 所示的对话框，我们可根据实际情况选取选项操作。

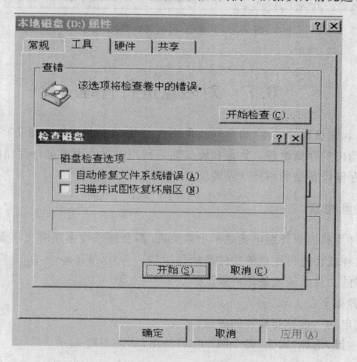

图 3-64　"检查磁盘"对话框

④单击"开始"按钮即可。

3.7.2 磁盘清理

在用户计算机中可能已经安装了现在不再使用的 Windows 2000 组件而占用了大量的磁盘空间,或是用户经常访问互联网,也会有许多 Internet 临时文件及历史文件存放在硬盘上。久而久之,用户硬盘的可用空间越来越少。为此,Windows 2000 提供了磁盘清理程序,用于清理磁盘中的无用文件,维护磁盘中的索引。通过磁盘清理,可以为系统及应用程序的运行提供更多的可用空间。

具体操作步骤如下:

①单击"开始"→"程序"→"附件"→"系统工具"。

②单击"磁盘清理"命令,运行磁盘清理程序。

③在驱动器列表框中,单击向下箭头,选择要进行清理的驱动器如 D: 驱动器。

④单击"确定"按钮,打开如图 3-65 所示的"磁盘清理"对话框,选"磁盘清理"标签。

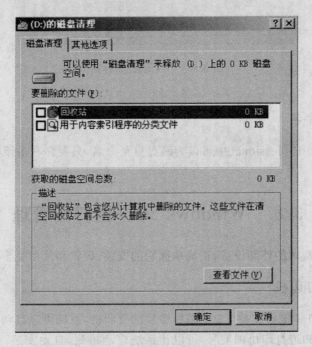

图 3-65 "磁盘清理"标签

⑤用户可以根据实际需要选择"要删除的文件"列表框中列出的系统可以删除的文件项和复选列表框中要删除的文件项,然后单击"确定"按钮。

⑥如果用户要删除不用的 Windows 组件或应用程序,以释放硬盘空间,在图 3-65 中可以单击"其他选项"标签,则出现图 3-66 所示的对话框,单击"清理"按钮进行操作。

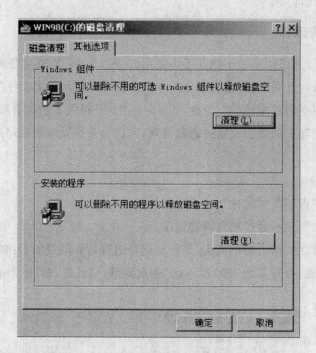

图 3-66　"其他选项"标签

3.7.3　磁盘命名

在 Windows 2000 Professional 中可以为磁盘重新命名,只要你右击该驱动器图标,选择"重命名"即可。

3.8　Windows 2000 的打印管理

打印机是计算机常用的外部设备,正确掌握它的安装、设置和使用是十分重要的。

3.8.1　添加打印机

在 Windows 2000 中能够支持 1 300 多种型号的打印机,系统可以自动检测并安装打印机的驱动程序。如果你不知道打印机的型号,可以让系统自动检测,自动安装。如果系统不能识别,则要手工安装。

操作步骤如下:

①单击"开始"→"设置"→"打印机"→"添加打印机",启动"添加打印机向导",如图 3-67 所示。

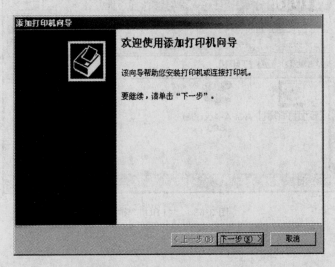

图 3-67　"添加打印机向导"对话框

②根据提示选择"本地打印机"、使用的"端口"。

③单击"从磁盘安装"按钮运行打印机的驱动程序即可。

3.8.2　删除打印机

如果不再需要使用已安装的打印机,可以在"打印机"窗口中选择需删除的打印机名称图标,然后单击"文件"菜单,从出现的下拉菜单中选择"删除"命令。也可以右击要删除的打印机名称图标,从出现的快捷菜单中选择"删除"命令就可删除已安装的打印机。

3.8.3　指定默认的打印机

在 Windows 2000 应用程序中执行"打印"命令时,都使用预先设定好的打印机。如果一台计算机上连接了多台打印机时,当安装了多台打印机的驱动程序及打印机端口后,可以通过"打印机"窗口将常用的某打印机设置成默认打印机。

具体操作步骤如下:

①单击"开始"→"设置"→"打印机",在"打印机"窗口选择已安装的打印机图标。

②选择"文件"菜单的"设为默认值"命令,即可把选定的打印机设定为默认打印机,如图 3-68 所示。

注:被设定为默认打印机的打印机图标上有一带"√"的图形标志。

图 3-68　"打印机"窗口

1. 打印文档

在中文 Windows 2000 中安装并设置好的打印机后,单击应用程序"文件"菜单中的"打印"命令,就可以打开"打印"对话框,由用户来设置打印的范围、需要打印的份数及要使用的打印机。如果单击"常用"工具栏中的打印按钮,不需要设置,应用程序就会开始打印文件。此时,应用程序使用所有默认的状态设置,应用程序中的文件会被全部打印,而且应用程序中的文件会被送往系统的默认打印机进行打印。

2. 查看待打印的文档

在 Windows 2000 中,打印机正在打印文档时,在任务栏的右边靠近时钟处会显示一个打印机图标,用鼠标双击该图标就打开窗口。在打印队列窗口中,我们可以查看到所有的打印文档信息,包括文档的名称、打印该文档的应用程序、文档当前的打印状态、文档的所有者和文档的大小等信息。

3. 取消文档打印

在 Windows 2000 中,如要取消打印队列中的打印文档,就要先打开打印队列窗口,选择要取消的打印文档,然后单击"文档"菜单下的"取消"命令即可。

4. 删除打印队列中的所有文档

如果要删除打印队列中的所有文档,就要选择"打印机"菜单中的"取消所有文档"命令,系统就会立即停止打印,删除打印队列中的所有文档。

5. 暂停或重新启动打印机

打印机在正常的打印中是按照用户提交打印作业的顺序来打印的,但如有缺纸、网络不通等异常问题,我们可以暂停打印机的工作,直到排除故障时,再重新启动打印机。

具体操作步骤如下:

①打开"打印机"窗口。

②双击正在使用的打印机图标,打开打印队列。

③单击该打印队列,即选中队列,再单击"文档"菜单中的"暂停"命令。

④要重新启动打印机,就单击"文档"菜单中的"重新启动"命令,如图 3-69 所示。

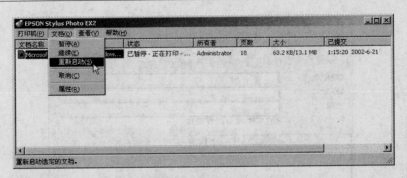

图 3-69　"文档"菜单

3.9　Windows 2000 附属应用程序

Windows 2000 Professional 提供了许多功能相当强大的应用程序,利用它们不仅可以满足文字处理、绘图和计算的工作需要,还可以进行游戏和娱乐以及对系统进行管理和维护。单击"开始"菜单的"程序"子菜单的"附件"子菜单,便可以看到这些应用程序了。在本节中,我们将介绍其中最常用的几个应用程序。

3.9.1　写字板

单击"附件"子菜单中的"写字板"项,将运行写字板程序。写字板能支持多种文件格式,可以进行字体和段落的格式编排,支持多种对象的插入,提供了工具栏与标尺等窗口元素。写字板的外观,如图 3-70 所示,可以在光标处输入字符进行编辑操作。

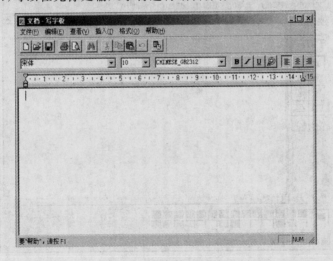

图 3-70　"写字板"窗口

用写字板编辑好的文档还可以直接以邮件的方式发送给别人。选择"文件"菜单中的"发送"项,将出现新邮件编辑器,可以将这个文档发送给任何一个有邮件地址的人,如图 3-71 所示。

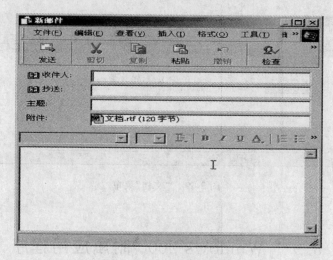

图 3-71　"新邮件"窗口

3.9.2　画图

　　单击"附件"子菜单中的"画图"项,将运行画图程序。画图程序的窗口,如图 3-72 所示。可以看到,窗口的上部是菜单条,左侧是工具箱,下部是颜料盒和状态栏,中间是绘图区域。利用画笔可以绘制简单的图形,也可以编辑已有的图形文件。画图支持的文件格式为位图文件(.bmp 或.dib),以及两种压缩格式文件(.jpg 和.gif),用户可以将由画图工具制作的位图文件设置为 Windows 2000 Professional 的墙纸。

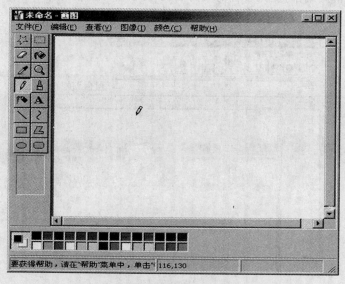

图 3-72　"画图"窗口

　　窗口左侧的工具箱中有许多工具按钮,单击按钮可进行相应的某种操作。
　　窗口的下部是颜料盒,提供有 20 多种颜色供用户选择。用鼠标左键单击某种颜色,可将其设置为前景色;用鼠标右键单击某种颜色,可将其设置为背景色。

3.10 多媒体程序

中文 Windows 2000 为多媒体计算机提供了高性能平台,使多媒体的制作播放更容易,播放效果更好。具体表现在以下几个方面:

①支持即插即用。它使得在计算机中添加新的多媒体设备非常简单。Windows 中包含大多数流行声卡的驱动程序,只要插入一个即插即用的声卡,就可播放。

②自动播放。当用户将一张光盘放到 CD-ROM 驱动器时,Windows 2000 自动搜索播放文件。如果这个文件存在,Windows 2000 会打开它,并依照指示运行相应的应用程序。

③数字视频的内置支持。数字视频包括各种软件视频编码解码程序,它支持常用的几种视频格式,如 avi、bmp、pcx、vcd 等。

④CD 唱机。可边工作边欣赏音乐,支持随机播放,可编辑播放顺序等。

快速 CD-ROM 的内置支持:Windows 2000 包含一个数 32 位 CD-ROM 文件系统,以便尽可能快速而有效地从 CD-ROM 驱动器读取文件。Windows 2000 也将它的 CD-ROM 支持扩展到读取 XA 编码磁盘的驱动器和视频 CD。

⑤DVD 播放器。可播放 DVD 音频和视频光盘,但必须有解码卡或解码软件。Windows 内含许多多媒体应用程序,有了这些应用程序,只要计算机有 CD-ROM 驱动器和声卡,将可以在电脑内使用各种声音图像、声像效果的多媒体产品。

单击任务栏的"开始"→"程序"→"附件"→"娱乐"菜单。

3.10.1 CD 唱机

CD 唱机主要用于播放 CD 音乐,也可以记载 CD 音乐播入情形及一些信息。

执行娱乐菜单中的 CD 唱机命令,然后放入 CD 音乐盘,成功打开后,可以看到如图 3-73 所示的窗口。

图 3-73 "CD 唱机"窗口

3.10.2 录音机

"录音机"程序可用于录制、编辑和播放声音文件(.wav 文件)。单击"娱乐"菜单的"录音机"命令,出现如图 3-74 所示的录音机窗口。

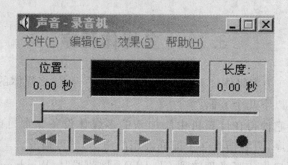

图 3-74 "录音机"窗口

3.10.3 媒体播放器(Windows Media Player)

媒体播放器主要用于播放多媒体文件,还可以将多媒体声音加入文档等。Windows 2000 所提供的媒体播放程序可以播放下列格式的文件:

①Video for Windows:这是一种 AVI 文件,其中包含有影像和声音效果。

②CD 音频:一般的 CD 音乐光盘文件。

③MIDI:这是一种电子合成音乐(.mid、.rmi、.midi 文件)。

④声音:指一般声音文件(.wav 文件)。

⑤音频(Active Movie):扩展名为.au、.aif、.aiff 等多媒体文件。也可以播放 MPEG 的文件,扩展名为.mpg、.mpeg,以及 VCD 的文件,扩展名为.dat。

单击"娱乐"菜单中的"Windows Media Player"命令,就会出现如图 3-75 所示的"多媒体播放器"窗口。

图 3-75 "多媒体播放器"窗口

单击"文件"菜单中的"打开"菜单项,将弹出"打开"对话框,提示用户输入电影或音频文件的地址。单击"播放"按钮即可开始播放此文件的内容。

3.10.4 音量控制

"音量控制"用于调节声音的音量。启动"音量控制"程序的操作方法是:"开始"→"程序"→"附件"→"娱乐"→"音量控制"命令,如图 3-76 所示,可以对音量进行控制。

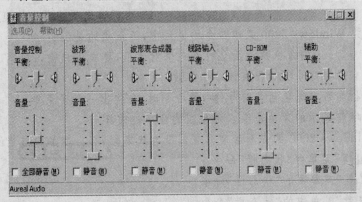

图 3-76 "音量控制"窗口

音量控制窗口分为多个区,每个区分别对不同声源的音进行控制。在每个区中,移动"均衡"下面的滑块可平衡左右扬声器的音量;移动音量下面的滑块可调节音量的大小;若需要静音,应单击"静音"前面的复选框"√"。

习题三

一、选择题

1. Windows 2000 是一个( )。

    A. 多用户多任务操作系统   B. 单用户单任务操作系统

    C. 单用户多任务操作系统   D. 多用户分时操作系统

2. Windows 2000 操作的特点是( )。

    A. 将操作项拖动到对象处   B. 先选择操作项,后选择对象

    C. 同时选择操作和对象   D. 先选择对象,后选择操作项

3. Windows 2000 的"回收站"是( )的一块空间。

    A. 硬盘   B. 高速缓存   C. 软盘   D. 内存

4. 在回收站中,可以恢复( )。

    A. 从硬盘中删除的文件或文件夹   B. 从软盘中删除的文件或文件夹

    C. 剪切掉的文档   D. 从光盘中删除的文件或文件夹

5. 在 Windows 2000 中要恢复被删除的文件,应( )。

    A. 启动 Windows 资源管理器   B. 启动"我的电脑"

    C. 启动"回收站"   D. 启动查找程序

6. 在 Windows 2000 中,任务栏可用于( )。

A. 启动应用程序   B. 修改文件的属性

C. 平铺各应用程序窗口   D. 切换当前应用程序窗口

7. 在"开始"菜单中,菜单项右侧有省略号"…"的表示(　　)。

A. 该选项还有子菜单项   B. 执行该选项将弹出对话框

C. 不代表任何意义   D. 执行该选项将弹出快捷菜单

8. 在下列有关 Windows 2000 菜单命令的说法中,不正确的是(　　)。

A. 带省略号(…)的命令执行后会打开一个对话框,要求用户输入信息。

B. 命令前有对勾符号(√)代表该命令有效

C. 当鼠标指向带有黑色箭头符号(▶)的命令时,会弹出一个子菜单

D. 用灰色字符显示的菜单命令表示相应的程序被破坏

9. 如果在 Windows 2000 的资源管理器底部没有状态栏,那么增加状态栏的操作是(　　)。

A. 单击"编辑"菜单中"状态栏"命令

B. 单击"工具"菜单中的"状态栏"命令

C. 单击"查看"菜单中的"状态栏"命令

D. 单击"文件"菜单中的"状态栏"命令

10. 在 Windows 2000 中,一般"双击"指的是(　　)。

A. 连续两次快速按下左键   B. 右键连续两次按下

C. 左键、右键各一下   D. 左键击一下,然后等待再击一下

11. 在 Windows 2000 中,鼠标的右键多用于(　　)。

A. 弹出快捷菜单   B. 选中操作对象

C. 启动应用程序   D. 移动对象

12. 在 Windows2000 环境下启动一个应用程序的正确操作是(　　)。

A. 用鼠标右键单击该应用程序图标

B. 用鼠标左键双击应用程序图标

C. 用鼠标将该应用程序图标移到任务栏上

D. 先选中该应用程序图标,然后单击"开始"按钮

13. 在 Windows 2000 操作系统中,在桌面的空白区单击鼠标右键后,可以(　　)。

A. 排列桌面上的图标　　 B. 新建文件夹　　 C. 设置系统显示属性　　 D. 以上均可

14. 如果鼠标器突然失灵,则可用组合键(　　)来结束一个正在运行的应用程序。

A. Alt+F4   B. Ctrl+F4   C. Shift+F4   D. Alt+Shift+F4

15. 在 Windows 2000 中,活动窗口只能有(　　)个。

A. 1   B. 2   C. 3   D. 多个

16. 用鼠标双击窗口左上角的控制菜单按钮,可以(　　)。

A. 移动该窗口   B. 关闭该窗口   C. 最小化该窗口   D. 最大化该窗口

17. 在 Windows 2000 中,用鼠标左键单击某应用程序窗口的最小化按钮后,该应用程序处于(　　)的状态。

A. 不确定   B. 被强制关闭

C. 被暂时挂起   D. 在后台继续运行

18. 下述方法中,无法改变窗口大小的是(　　)。

A. 按住鼠标左键拖动窗口四个边框之一

B. 按住鼠标左键拖动窗口四个角之一

C. 单击控制菜单按钮,执行菜单中"大小"命令,再按四个光标移动键之一

D. 按住鼠标左键,拖动窗口右边或下边的滚动条按钮

19. 把 Windows 2000 的窗口和对话框作一比较,窗口可以移动和改变大小,而对话框( )。

A. 既不能移动,也不能改变大小　　　　B. 仅可以移动,不能改变大小

C. 仅可以改变大小,不能移动　　　　　D. 既能移动,也能改变大小

20. Windows 2000 中的"剪贴板"是( )。

A. 硬盘中的一块区域　　　　　　　　　B. 软盘中的一块区域

C. 高速缓存中的一块区域　　　　　　　D. 内存中的一块区域

21. 将剪贴板中的内容粘贴到当前光标处,使用的快捷键是( )。

A. Ctrl+A　　　　B. Ctrl+C　　　　C. Ctrl+V　　　　D. Ctrl+X

22. 在 Windows 2000 中,按 PrintScreen 键,则使整个桌面内容( )。

A. 打印到打印纸上　　　　　　　　　　B. 打印到指定文件

C. 复制到指定文件　　　　　　　　　　D. 复制到剪贴板

23. 在某个文档窗口中进行了多次剪切操作,并关闭了该文档窗口后,剪贴板中的内容为( )。

A. 第一次剪切的内容　　　　　　　　　B. 最后一次剪切的内容

C. 所有剪切的内容　　　　　　　　　　D. 空白

24. Windows 2000 支持长文件名,一个文件名的最大长度可达( )个字符。

A. 2 000　　　　B. 256　　　　C. 255　　　　D. 128

25. 在"资源管理器"中双击扩展名为.TXT 的文件,将启动( )。

A. 剪贴板　　　　B. 记事本　　　　C. 写字板　　　　D. Word

26. 在 Windows 2000 中,不能由用户指定的文件属性是( )。

A. 系统　　　　B. 只读　　　　C. 隐藏　　　　D. 存档

27. 在 Windows 2000 的资源管理器的文件夹图标上,有"—"号表示( ),有"+"号表示( )。

A. 该文件夹下只有文件,没有其他文件夹

B. 一定是个空文件夹

C. 该文件夹下的文件及文件夹已列出

D. 该文件夹下的文件及文件夹尚未列出

28. 在"资源管理器"的文件夹内容窗格中,如果需要选定多个非连续排列的文件,应按组合键( )。

A. Ctrl+单击要选定的文件对象　　　　B. Alt+单击要选定的文件对象

C. Shift+单击要选定的文件对象　　　　D. 全部都可以

29. Windows 2000 中,不含"资源管理器"命令的快捷菜是( )。

A. 右单击"我的电脑"图标弹出的快捷菜单

B. 右单击"回收站"图标弹出的快捷菜单

C. 右单击桌面任一空白位置弹出的快捷菜单

D. 右单击"我的电脑"文件夹窗口内的任一驱动器弹出的快捷菜单

30. 在 Windows 2000 中，要在"C:\"下新建一个文件夹 USER，正确的操作顺序是（　　）。

(1) 在桌面上双击"我的电脑"图标

(2) 选择"文件"菜单中的"新建"→"文件夹"命令

(3) 双击 C:驱动器图标

(4) 在新建文件夹图标下的"新建文件夹"字样上直接输入"USER"，回车

　　A. (1)(2)(3)(4) 　　　　　　　　　　B. (1)(3)(2)(4)

　　C. (2)(3)(1)(4) 　　　　　　　　　　D. (2)(1)(3)(4)

31. 选定系统中的某一文件后再按 Del 键，则该文件（　　）。

　　A. 被永久删除，不再存在于计算机中 　　B. 被复制

　　C. 被放到回收站中 　　　　　　　　　　D. 被移到其他的地方

32. 下列选项中，（　　）是对文件或文件夹删除的正确叙述。

　　A. 文件或文件夹删除后，被删除的文件或文件夹将移动到回收站中

　　B. 文件或文件夹删除后，被删除的文件或文件夹将彻底删除

　　C. 文件或文件夹删除后，被删除的文件或文件夹可以还原到删除前的位置

　　D. 文件或文件夹删除后，被删除的文件或文件夹不能还原到删除前的位置

33. 在 Windows 2000 资源管理器中，在按下 Delete 键的同时执行删除某文件的操作是（　　）。

　　A. 将文件放入回收站 　　　　　　　　　B. 将文件直接删除

　　C. 将文件放入上一层文件夹 　　　　　　D. 将文件放入下一层文件夹

34. 要将文件或文件夹从一个目录复制到另一个目录中，只需用鼠标左键按住要移动的对象，再按住（　　）键不放，然后拖动鼠标指针到目标位置后，释放鼠标左键并松开按键即可。

　　A. Shift 　　　　　B. Ctrl 　　　　　C. Alt 　　　　　D. Tab

35. 下列选项中，（　　）是对文件夹移动和复制的正确叙述。

　　A. 文件夹的移动和复制的操作方法完全一样

　　B. 文件夹移动和复制的操作结果完全一样

　　C. 文件夹移动后，文件夹将原位置和目标位置同时存在

　　D. 文件夹复制后，文件夹将在原位置和目标位置同时存在

36. 在 Windows 2000 中，下列不能用"资源管理器"对选定的文件或文件夹进行更多操作的是（　　）。

　　A. 单击"文件"菜单中的"重命名"菜单命令

　　B. 右击要更名的文件或文件夹，选择快捷菜单中的"重命名"菜单命令

　　C. 快速双击要更名的文件或文件夹

　　D. 间隔双击要更名的文件或文件夹，并键入新名字

37. Windows 2000 的许多应用程序中，菜单"文件"下的"保存"和"另存为"命令，（　　）。

　　A. 前者只能同名更新旧文件，后者不能同名更新旧文件

　　B. 前者不能同名更新旧文件，后者只能同名更新旧文件

　　C. 前者只能同名更新旧文件，后者也能同名更新旧文件

D. 两者功能相同

38. 执行"开始"菜单中,(　　)选项下的"控制面板"命令可打开"控制面板"窗口。

    A. 运行　　　　　　　　B. 设置　　　　　　　C. 程序　　　　　　　　D. 文档

39. 要对字体进行设置,应选择"控制面板"窗口(　　)图标。

    A. 输入　　　　　　　　B. 字体　　　　　　　C. 添加新硬件　　　　D. 区域和语言选项

40. 在下列(　　)中可以删除硬件。

    A. 运行　　　　　　　　B. 任务栏和开始菜单 C. 控制面板　　　　　D. 资源管理器

41. 关于"程序的安装与卸载",下列说法中正确的是(　　)。

    A. 在"开始"菜单的"程序"中提供了安装/卸载应用程序的功能

    B. Windows 2000 的"控制面板"中提供了安装/卸载应用程序的功能

    C. 在"开始"菜单的"程序"中单击鼠标右键,选择"删除"即可完成卸载

    D. 从"我的电脑"可以完成安装/卸载应用程序

42. 在 Windows 2000 中,按组合键(　　)可以打开"开始"菜单。

    A. Ctrl＋O　　　　　　B. Ctrl＋Esc　　　　C. Ctrl＋空格键　　　D. Ctrl＋Tab

43. 在 Windows 2000 中要添加中文输入法,应(　　)。

    A. 启动 Windows 资源管理器　　　　　B. 启动"我的电脑"

    C. 启动"控制面板"　　　　　　　　　　D. 移动对象

44. 在 Windows 2000 中,切换汉字输入法的功能键是(　　)。

    A. Ctrl＋Shift　　　　B. Ctrl＋Space　　　C. Ctrl＋Esc　　　　　D. Alt ＋P

45. 在中文 Windows 2000 中,为了实现全角与半角状态之间的切换,应按的键是(　　)。

    A. Shift＋空格　　　　B. Ctrl＋空格　　　　C. Shift＋Ctrl　　　　D. Ctrl＋F9

46. 通过单击鼠标右键,在弹出的快捷菜单中选择(　　),可以自定义桌面背景。

    A. 排列图标　　　　　　B. 刷新　　　　　　　C. 属性　　　　　　　　D. 新建

47. 屏幕保护程序的作用是(　　)。

    A. 对计算机显示器进行保护　　　　　　B. 对计算机主机进行保护

    C. 隐藏窗口或桌面的文件显示　　　　　D. 没有任何意义

48. 在 Windows 2000 中,关于设置屏幕保护的作用,以下说法正确的是(　　)。

    A. 屏幕上出现活动的图案和暗色背景可以保护监视器

    B. 通过设置口令来保障系统的安全

    C. 为了节省计算机的内存

    D. 可以减少屏幕的损耗和提高趣味性

49. 在 Windows 2000 中,"磁盘碎片整理程序"的主要作用是(　　)。

    A. 修复损坏的磁盘　　　　　　　　　　B. 缩小磁盘空间

C. 提高文件访问速度　　　　　　　　　　D. 扩大磁盘空间

50. 在 Windows 2000 中,一般使用下列(　　)来管理"打印机"。

    A. 资源管理器　　　　B. 控制面板　　　　　C. 我的电脑　　　　　D. 附件

二、操作题

1. 在"D:"下建立一个以自己"班级学号姓名"命名的文件夹。

2.建立文本文件 LETTER. TXT,文件内容为你的学号,保存在上题文件夹中,并将 LET-TER. TXT 文件设置为"隐藏"属性。

3.在桌面上建立上题文件夹的快捷方式,快捷方式命名为你的姓名。

4.在上题文件夹中新建一个子文件夹,名为"音乐",将电脑中查找出所有的 mp3 格式的文件移到"音乐"文件夹中。

5.在"音乐"文件夹中任选三个 mp3 文件复制到"保留音乐"文件夹中,并删除"音乐"文件夹。

6.设置桌面背景为你所喜欢的图片并以"居中"方式显示。

7.设置计算机的默认输入法为你所常用的汉字输入法。

8.利用控制面板添加打印机并设置成默认打印机。

9.调整系统日期和时间及自动隐藏任务栏。

10.在启动中添加"千千静听"的快捷方式。

第四章　Word 2000

4.1　Word 2000 的基础知识

Word 2000 是中文 Office 2000 套装软件中的一个文字处理软件,它是当前最为流行、功能强大的文字处理程序。Word 2000 不但可以处理文字,还可以处理表格、图片等对象,能满足各种文档编排打印要求和"所见即所得"排版功能,产生具有如同书籍、杂志、报刊的排版效果。Word 2000 具有 Windows 友好的图形用户界面,功能强大,操作简单,可以为用户轻而易举地建成各种形式、各种风格的图文并茂的文档。Word 的文档以文件形式保存时,其扩展名(类型名)常用. doc 表达。

4.1.1　Word 2000 的功能特点

1. 安装的方便性

Office 2000 在程序的安装上更加方便,在选择需要安装的组件时,安装程序让用户在树状的页面内选择,并且对每个组件的安装选项也可进行选择。

若在使用 Word 2000 的过程中,不小心删除了一些组件,则当运行到这些组件时,它会自动修复并安装该组件,并且在帮助菜单中提供了检查和修复 Word 2000 的功能。

2. 兼容性强

Word 能打开 WPS、Write 和纯文本等类型的文件,并经"另存为"命令转换成 Word 文档进行处理,也可以将 Word 类型的文件存储成其他的文件类型(如网页 * . html、文档模板 * . dot 等)进行再次处理。

3. 所见即所得

Word 2000 提供的 4 种视图模式提高了输入文字和格式排版的速度,编辑文档时屏幕所见的文字、表格、段落、页面可直接打印,真正体现了 Word 2000 所见即所得的功能。

4. 新型剪贴板

Word 2000 的剪贴板允许用户从一个或多个文档、电子邮件、Web 页面、演示文稿或其他文件中方便地复制多达 12 个文件,并且能一次全部粘贴。Word 2000 剪贴板中的内容可以与 Office 应用程序共享,可以换到不同的 Office 应用程序中进行移动和复制操作。

5. 智能化的菜单和工具栏

Word 2000 能记录用户的操作习惯,在菜单和工具栏中仅显示最近常用的命令或工具按钮,为用户选择常用的命令或工具按钮提供了方便。另外,菜单命令的显示与用户使用的频繁程度有关。用户可随时选择菜单中 ⌄ 按钮,找到所有的菜单命令。

6. 添加/删除工具栏的按钮

在 Word 2000 中,用户可根据自己的需要添加/删除工具栏的按钮。在 Word 2000 工具栏的最后设有一个其他按钮 ，用户可以通过此按钮添加或删除工具栏的按钮。

7. 图文混排

在 Word 2000 文档中可以实现图文混排。在 Word 2000 中既可以插入图形文件(如 *.jpg、*.gif)、图片,又可以对其进行任意剪裁和调整大小。

8. "即点即输"功能

在 Word 2000 中增加了"即点即输"功能。即点即输功能使用户可以在页面上的任意位置(包括文档的空白区域)插入文字,只要选择"工具"菜单中的"选项"命令,再在"编辑"选项卡中选择"启用即点即输"选项,便可启用该功能。

9. 新增的表格功能

新增的表格功能包括表格移动手柄和表格缩放手柄,可用来方便地调整表格的位置和大小。表格允许嵌套,也就是可以将一个表格嵌套到另一个表格内。

10. 增强的 Internet 功能

增强的 Internet 功能有:可在网络上共同编辑文件,可以直接将 Word 2000 文档转换为 HTML 格式、电子邮件,还可以编辑和处理网页等。

4.1.2　Word 2000 窗口简介

Word 2000 启动后,屏幕上显示如图 4-1 所示的 Word 2000 窗口。Word 2000 窗口主要由标题栏、菜单栏、工具栏、标尺、滚动条、文本编辑区、状态栏、视图方式按钮等组成。

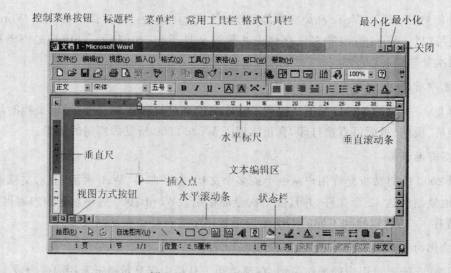

图 4-1　Word 2000 的窗口组成

1. 标题栏

标题栏位于窗口的最上方,用来显示当前所使用的软件名称及所编辑的文档名。默认情况下，如果没有指定文件名，Word 会根据文档创建的先后顺序，依次命名为"文档 1"、"文档 2"、"文档3"等。

2.菜单栏

在标题栏的下方是命令菜单栏，每个菜单中都包括命令和菜单项。

命令菜单栏从左向右依次包括"文件(F)"、"编辑(E)"、"视图(V)"、"插入(I)"、"格式(O)"、"工具(T)"、"表格(A)"、"窗口(W)"、和"帮助(H)"9 个菜单，它们包含了 Word 的所有命令。

用快捷键也可以调出相应的命令菜单，按 Alt 键＋主菜单名后边"()"内的带下划线的字母键，可以弹出相应的命令菜单。例如，按 Alt＋F 组合键可以弹出"文件"菜单；按 Ctrl 键＋命令菜单中后边"()"内的字母，可以直接执行对应菜单中的命令；按 Ctrl＋S 组合键可以执行"文件"菜单中的"保存"命令。这些组合键是调出相应菜单或执行相应命令的快捷键，按快捷键可以方便地选择相应的菜单和命令。如果不再使用已打开的命令菜单，那么按 Esc 键、单击菜单栏以外的任何地方或单击菜单栏上的其他菜单项，都可以关闭该下拉菜单。

3.常用工具栏

常用工具栏由常用命令的按钮组成。用鼠标单击常用工具栏中的按钮，可以立即执行相应的命令。这种执行命令的方法比从命令菜单中选择命令的方法简便，所以命令菜单中的常用命令在工具栏内有相应的按钮。

常用工具栏可以显示在 Word 2000 的主窗口上，也可以不显示。使用"视图"菜单中的"工具栏"选项可以设定是否显示对应的工具栏。

4.格式工具栏

格式工具栏的功能是设定文字的格式、段落的对齐方式、段落标记等。格式工具栏的按钮是格式命令的相应按钮，其执行方法跟常用工具栏类似。

5.标尺

标尺位于文档窗口的左边和上边，分别称为垂直标尺和水平标尺。利用水平标尺可以设置制表位、改变段落缩进、调整版面边界，以及调整表格栏宽等。垂直标尺可在页面视图中显示，使用它可以调整上下页边距、表格的行高及页眉和页脚。

6.文本编辑区

文本编辑区是指水平标尺下方的空白区域，它是用于输入和编辑文本内容、插入图形或图片、制作表格以及加工文档等的区域。我们把在编辑区不停闪烁的一根竖线，称为插入点，用来指示下一个输入字符出现的位置。每输入一个字符，插入点自动向右移动一格。

7.滚动条

当文档窗口内无法显示出所有的文档内容时，在窗口的右边框或下边框就会出现一垂直的或水平的滚动条，以便查看窗口中的其他内容。拖动垂直滚动条可以使窗口中的内容上下滚动，拖动水平滚动条可以使窗口中的内容左右滚动。

8.状态栏

状态栏位于窗口的最下方，用于显示插入点在文档内的当前位置，处于第几页、第几节及第几行、第几列，当前编辑方式属于插入方式还是改写方式等。在状态栏的右侧有"录制"、"修订"、"扩展"、"改写"四个标记，每个标记表示一种 Word 工作方式。在默认状态下，它们呈浅灰色，双击这些按钮可进入该工作方式。当进入某种工作方式时,该标记显示为黑字。

9.视图方式按钮

Word 2000 窗口中水平滚动条的左侧有 4 个按钮,表示四种视图方式,分别为"普通视图"、"Web 版式视图"、"页面视图"和"大纲视图"。选择不同的按钮可以改变显示模式,包括页边距、页眉、页脚或显示附加的编辑工具栏等窗口元素。

4.1.3　Word 视图方式简介

在 Word 2000 中,提供了多种显示文档的视图方式,用户可以选择最适合自己的工作方式来显示文档。利用"水平滚动条"左边的视图方式按钮或"视图"菜单中的相应命令可在不同视图方式之间进行切换。

1.普通视图

普通视图主要用于文字的输入、编辑及格式排版工作。但是在这种视图方式下看不到页眉和页脚、首字下沉、脚注及分栏的效果,绘图及图文混排的效果都不能完全显示出来。普通视图是 Word 2000 默认的文档视图,这种方式具有占用计算机内存少、运行速度快的优点。

2.Web 版式视图

Web 版式视图模拟文档在 Web 浏览器中的显示效果,此视图方式显示的文字比实际打印的文字大一些,并且能自动调整文本和表格,以适应窗口的大小。Web 版式视图方式的优点是使联机阅读更为方便。

3.页面视图

在页面视图中可以看到页边距、分栏、页眉和页脚的正确位置。利用页面视图可以处理图文框及检查文稿的最后外观,并且可对文本、格式及版面进行最后的修改,查看脚注和尾注。但是,在页面视图方式下运行速度较慢。通常先在普通视图方式下完成输入和编辑工作,然后在页面视图方式下进行最后的调整及查看文档打印的外观等。页面视图方式下所显示的文档的每一页都与实际打印效果相同,即具有"所见即所得"的效果。

4.大纲视图

为了更好地组织文档,可使用大纲视图方式。在大纲视图方式中,可以折叠文档以便只看一级标题、二级标题、三级标题等,也可以展开文档,以便查看整个文档。既可以只显示出某一层的标题,也可以显示出各层的标题。利用大纲视图移动、复制文本,重组长文档都很容易。大纲视图的优点是有助于用户将文档组织成多层次标题和正文文本。

【例 1】　在 D 盘中打开以"第四章 Word 2000"命名的 Word 文档,然后切换视图方式,如图 4-2、图 4-3、图 4-4、图 4-5 所示。

解:操作步骤如下:

①打开 D 盘,找到以"第四章 Word 2000"命名的 Word 文档,用鼠标左键双击该文档。

②利用 Word 窗口中的视图切换按钮依次进行切换,效果如下:

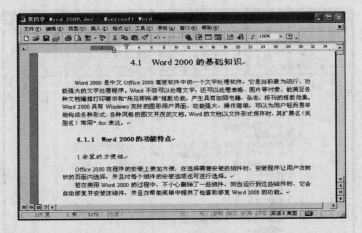

图 4-2　普通视图

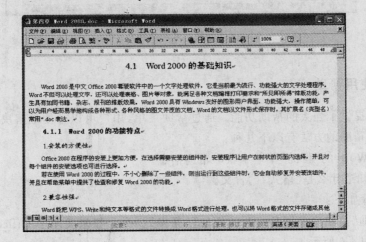

图 4-3　Web 版式视图

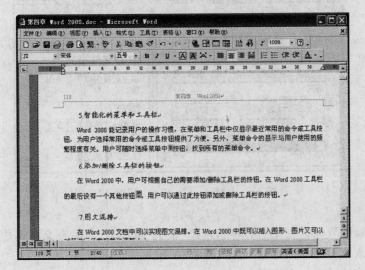

图 4-4　页面视图

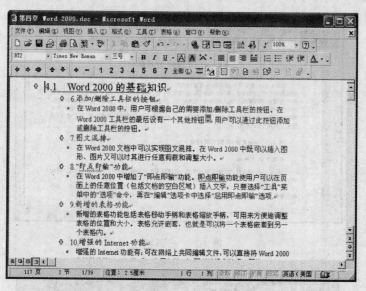

图 4-5　大纲视图

4.1.4　使用帮助

Word 2000 提供了强大的帮助功能。通过帮助菜单,用户可以方便地解决使用中所遇到的各种困难。获取帮助的方法有以下几种:

方法一: 从 Word 的"帮助"菜单中获取帮助信息。

【例 2】　要知道什么是"格式"的含义。

解: 操作步骤如下:

①单击"帮助"菜单中的"Microsoft Word　帮助"命令。如果关闭了 Office 助手,则会显示"帮助"窗口,如图 4-6 所示。

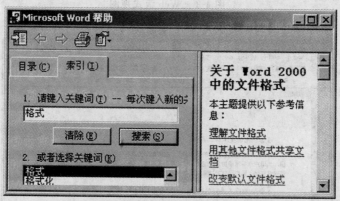

图 4-6　"Microsoft Word　帮助"窗口

②在"Microsoft Word　帮助"窗口中,选择"索引"选项卡,然后在文本框中键入要搜索的关键词或在下拉列表框中选择关键词,单击"搜索"按钮。

③在"帮助"窗口的右边会出现 Microsoft Word 提供的参考信息。

方法二：使用"这是什么?"获取帮助信息。

【例 3】　要知道"编辑"菜单中"粘贴"命令的含义。

解：操作步骤如下：

①单击"帮助"菜单中的"这是什么?"命令。

②然后单击"编辑"菜单中"粘贴",如图 4-7 所示。

注：第②步也可以单击工具栏中的"粘贴"按钮项。

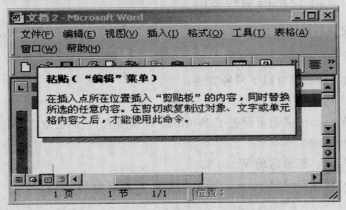

图 4-7　"粘贴"按钮的帮助提示

方法三：使用 Office 助手获取帮助信息。

【例 4】　要知道什么是"复制文件"。

解：操作步骤如下：

①单击"帮助"菜单中的显示 Office 助手,出现 Office 助手,如图 4-8 所示。

②键入"复制文件",并单击"搜索"按钮,出现如图 4-9 显示的结果。

③在列表中选择"复制文件"选项,将出现"Microsoft Word 帮助"对"复制文件"操作提供的帮助内容。

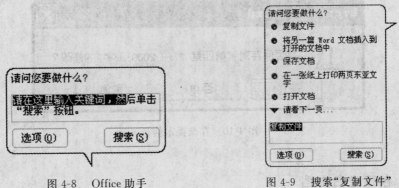

图 4-8　Office 助手　　　　　　　　　　图 4-9　搜索"复制文件"

此外,还可以通过互联网进入 http://office.microsoft.com,在线获得 Word 2000 帮助及更新等功能。

4.2　Word 2000 的文档管理操作

　　Word 2000 的操作对象是文档,只有建立新文档或者打开旧文档后,才可以进行文档的编辑、排版等操作。文档的管理包括创建文档、保存文档、打开文档、保护文档、关闭文档等。

4.2.1　Word 2000 的启动和退出

　　Office 2000 安装后就可以使用 Word 2000 了。下面介绍启动和退出 Word 2000 的方法。

1. 启动

　　Word 2000 的启动一般有以下两种方法:

　　方法一:从桌面启动 Word 2000。

　　如果已经在 Windows 桌面上设置了 Word 2000 快捷方式,那么双击"Microsoft Word"快捷图标即可启动 Word 2000。

　　方法二:利用"开始"菜单启动 Word 2000。

　　单击"开始"→"程序"→"Microsoft Word"选项,即可启动 Word 2000。

2. 退出

　　Word 2000 退出的方法有以下几种:

　　①单击"文件"菜单中的"退出"命令。

　　②双击 Word 2000 窗口左上角的"控制菜单"按钮。

　　③单击 Word 2000 窗口右上角的"关闭"按钮。

　　④按 Alt＋F4 组合键。

　　注:当退出 Word 2000 时,Word 将关闭所有的文档和 Word 的窗口;如果某些打开的文档并没有保存,Word 将询问你在退出之前是否保存这些文档;若要保存文档,单击"是"按钮,否则单击"否"按钮,如图 4-10 所示。

图 4-10　存盘提示信息

4.2.2　创建空白文档

　　每次启动 Word 后,系统会自动地为用户建立一个名为"文档1"的空白文档,此时用户可以直接输入文字,并对其进行编辑。当然,用户也可以根据需要重新创建文档,创建的方法很多,下面我们介绍三种方法:

　　方法一:利用"开始"菜单新建文档。

①单击"开始"按钮,出现"开始"菜单。

②单击"程序"级联菜单下的"Microsoft Word"选项。

注:启动 Word 后,Word 自动建立一个新文档,且默认文档名为"文档 1"。

方法二:利用工具栏新建文档。

在 Word 的窗口中单击常用工具栏中的"新建"按钮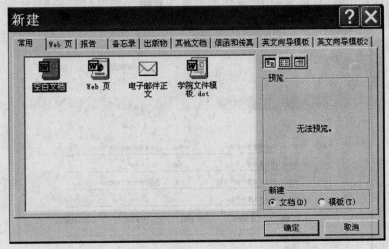,或者使用快捷键 Ctrl+N,也可以直接新建一个文档。

方法三:利用"文件"菜单中的"新建"命令建立新文档。

①单击 Word 2000 菜单栏中的"文件"菜单。

②单击"文件"下拉菜单中的"新建"命令,则弹出"新建"对话框,默认显示"常规"选项对话框,如图 4-11 所示,选择"空白文档"图标。

③单击"确定"按钮,则新建一个空白文档。

注:新建的文档其名称按先后顺序依次为"文档 1"、"文档 2"……

图 4-11   "常用"选项卡

4.2.3   利用模板建立文档

为了方便用户快速创建某些特定格式的文档,Word 2000 还提供了大量的模板。如 Web 页、报告、备忘录、出版物、中文信函等,利用这些模板的框架,Word 2000 能快速创建类型相同的多个文档。当然,用户也可以根据需要创建自己的文档模板。使用这些模板创建文档可以节省大量的时间。

【例 5】   创建一信函或传真格式文档。

解:操作步骤如下:

①单击"文件"菜单中的"新建"命令,打开"新建"对话框。

②单击"新建"对话框中"信函和传真"选项卡,如图 4-12 所示。

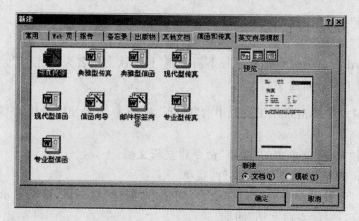

图 4-12   "信函和传真"选项卡

③双击"信函和传真"选项卡中的"现代型传真",然后单击"确定"按钮,出现如图 4-13 所示的模板,用户可以根据模板的提示完成操作。

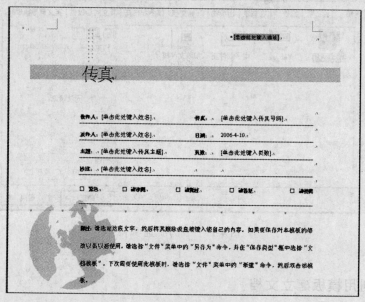

图 4-13   现代型传真模板

4.2.4   打开文档

如果用户希望对已有文档进行浏览和修改,应首先打开该文档,所谓的打开文档,就是在屏幕上开辟一个文档窗口,将文档从磁盘读到内存中,并显示在 Word 窗口中。在 Word 中,最近打开的或操作过的文档都会保存在"文件"菜单中(默认为 4 个)。因此,用户如果希望打开最近操作过的文档,可直接单击"文件"菜单中的文档名称。如果"文件"菜单中没有用户所需要打开的文件,那么用户可以用菜单和命令按钮两种方式打开相应的文档。

方法一:用"文件"菜单打开。

操作步骤如下:

①单击"文件"菜单,弹出下拉菜单。

②选择"打开"命令,系统默认的"查找范围"是"我的文档",如图 4-14 所示。

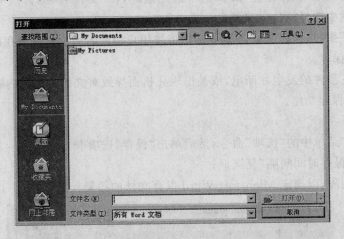

图 4-14　"打开"对话框

③在"查找的范围"给出文档所在的地址,找到该文件后,双击该文件即可。

方法二:使用工具栏中的💾按钮打开文档。

①在常用工具栏中找到打开💾按钮单击它,弹出打开对方框,如图 4-14 所示。

②与"文件"菜单打开方式一样,找到所要打开的文件,双击即可。

方法三:打开最近使用过的文档。

Windows 2000 会自动记录用户最近打开过的文档,如果要打开用户最近使用过的文档,可以这样操作:

①单击"开始"菜单中的"文档",在"文档"的子菜单中会出现最近使用过的文档。

②单击要打开的文档名即可。

注:在"窗口"菜单的下部也会显示若干文档的名称,它们的含义是已经打开的文档名,通过它们可以切换文档的窗口。

4.2.5　保存文档

一个文档的创建或对一个已存文件的修改,如果用户想保留编辑的内容,那么就必须先保存文档,如果不把文档存盘,那么文档只留在计算机的内存中,一旦停电或关闭计算机,用户所做的工作就白费了。在 Word 中保存文档的方式有多种多样,下面我们就介绍几种常用的方法:

方法一:使用菜单中的命令。

首先我们来了解一下"文件"菜单下"保存"和"另存为"命令的区别:"保存"命令是将编辑后的信息写回源文件中,对源文件的内容进行更新;而"另存为"命令将当前窗口中的信息保存到指定的新文件中去,源文件的内容不发生变化。

操作步骤如下:

①选择"文件"菜单下"保存"或"另存为"命令。

②如果是原来磁盘已有的文件,如不需改变存放位置和名称,直接单击"保存"或常用工具中

的保存 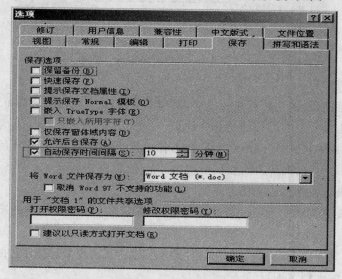 按钮即可；如果是新创建的文档，则选择"保存"或"另存为"均可。

③在弹出的对话框"保存位置"编辑框中选定地址，在"文件名"编辑框中输入文件名称，在"保存类型"编辑框中选择"Word 文档（＊.doc）"。

④单击"保存"按钮，保存完毕，Word 文档将按用户的命名和位置存放在磁盘中。

方法二：自动保存。

为了防止突发事件的发生如断电，或是出现死机而导致对文档的编辑内容丢失的现象发生，Word 提供了自动保存功能。

操作步骤如下：

①单击"工具"菜单中的"选项"命令，然后单击"保存"选项卡。

②选中"自动保存时间间隔"复选框；

③输入时间间隔，以确定 Microsoft Word 保存文档的频繁程度，如图 4-15 所示。

图 4-15　"选项"对话框

注：Word 保存文档越频繁，在 Word 中打开文档后出现断电或类似问题时，能够恢复的信息就越多。需要注意的是，Word 的"自动保存"只是一种暂时性的保存，并不是设置了自动保存功能就万事无忧，以后就不用存盘了。它只是在 Word 被意外关闭时的文件暂时保存，当再次打开 Word 时，就会将关闭前的最后一次自动保存的文件内容显示在窗口内。这时，你应该赶紧对文件进行一次存盘操作，然后再进行其他的操作，这样，文件才能被真正地保存在磁盘上。

4.2.6　保护文档

要完全防止未经授权的用户打开文档，可为文档指定一个密码。在创建密码之后，请将其记录下来并保存在安全的地方，如果丢失密码，将无法打开或访问受密码保护的文档。密码可以是字母、数字、空格及符号的任意组合，最长可达 15 个字符。密码区分大小写，因此如果在设置密码时有大小写的区别，则用户输入密码时也必须键入同样的大小写。只有知道密码才能对其进行删除或修改。

操作步骤如下：

①打开文档。

②单击"工具"菜单中的"选项"命令，单击"保存"标签。

③在"打开权限密码"框或"修改权限密码"框中，输入密码，如图 4-16 所示。

④单击"确定"按钮。

注：以后打开和编辑该文档都必须输入密码，否则无法操作。

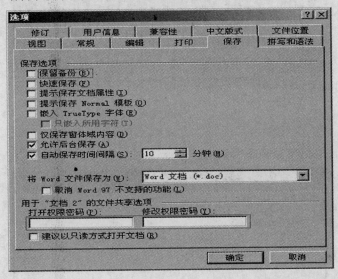

图 4-16　"保存"选项卡

4.2.7　关闭文档

所谓的关闭文档，并不是退出 Word 这个应用程序，而是关闭这个应用程序中打开的 Word 的文档。

操作步骤如下：

方法一：单击"文件"菜单中的"关闭"命令。

方法二：要在不退出程序的情况下关闭所有打开的文档，请按住 Shift 键并单击"文件"菜单中的"全部关闭"命令。

注：关闭文档并不会退出 Word 应用程序，但退出了 Word 应用程序就一定关闭了 Word 打开的所有文档。

【**例**6】　在 D 盘中新建一命名为"密码保护文档练习"的 Word 文档，希望该文档在编辑状态下每间隔 5 分钟就会对新编辑的内容进行自动保存，并对该文档施行密码保护，密码设为123456。

解：操作步骤如下：

①创建一空白文档。

②选择"工具"菜单下"选项"子菜单，在弹出的对话框中选择"保存"选项卡。

③在自动保存时间间隔的"数字框"中把数字调为或输入数字"5"。

④在"打开权限密码"的文本框中输入"123456"，然后用鼠标左键单击"确定"按钮弹出"确认

密码"对话框见（见图 4-17），在此对话框你要再次地输入一遍密码"123456"，然后单击"确定"
按钮。

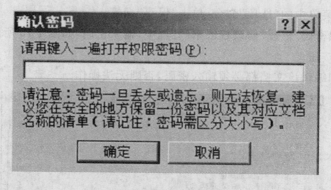

图 4-17　"确认密码"对话框

⑤鼠标左键单击"文件"菜单下"另存为"命令，弹出如图 4-18 对话框。

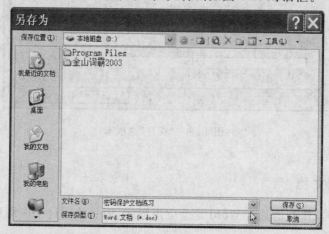

图 4-18　"另存为"对话框

⑥在"保存位置"的下拉框中选择 D 盘，在"文件名"下拉列表框中输入"密码保护文档练习"，在"保存类型"下拉列表框中选择"Word 文档（＊.doc）"。

⑦用鼠标左键单击"保存"按钮即可。

注:保存位置一定要准确，否则文档不会存入指定的位置；保存类型也要选"Word 文档"，否则文件格式不对；文件名可以不输入扩展名，系统会自动加上扩展名.doc。

4.3　文档中文本的编辑

创建新文档之后，用户就可以选择合适的输入法来输入文档的内容，并对其进行文本的处理操作。本节将主要介绍一些处理文本的方法，例如文本的编辑方式、插入符号、日期和时间、插入脚注和尾注，文本的选定、移动和复制文本，以及如何查找和替换文本等，目的在于掌握正确地输入文本信息，确保文档中的文本信息准确。

4.3.1 文本的输入

打开或新建文档后,就可以向文档中输入文本了。首先要定位光标,单击插入点,即可在当前位置输入文档内容。一般从页面的首行首列开始输入,当插入点位于页面右边界时,再输入字符时 Word 将自动换行,插入点将自动移到下一行的行首位置。如果按回车键 Enter,可结束本段落的输入,开始新的段落输入。

文本的输入状态有插入或改写两种,要插入和改写文本,定位光标最常用的方法是移动鼠标光标至目标位置,单击即可;也可使用键盘上的光标键来改变光标的位置。光标移动键有"上"、"下"、"左"、"右"键,常用的还有以下几种操作:

①Home:将光标移动到行首。

②End:将光标移动到行末。

③PageUp:向上翻一页。

④PageDown:向下翻一页。

⑤Ctrl+ PageUp:把插入点移至上一页。

⑥Ctrl+ PageDown:把插入点移至下一页。

⑦Ctrl+Home:光标移动到文首。

⑧Ctrl+ End:光标移动到文末。

1.文本的编辑方式

(1)插入方式

在默认的情况下,Word 会把输入的文本添加到当前插入点前,并将原来的文本自动向右移动,这种方式称为"插入"方式。

(2)改写方式

在改写方式下,输入的文本将覆盖光标处的源文本,同时光标右移。

(3)插入/改写方式的切换

方法一:用鼠标双击状态栏上的"改写"项。

方法二:按键盘上的"Insert"键。

注:状态栏上的"改写"项,灰色显示为插入方式;深色显示为改写方式,如图 4-19 所示。

图 4-19 Word 中部分状态栏

2.ASCⅡ码字符和汉字输入

确定插入点,选择中/英输入法,然后输入相应的信息;同时应注意全角/半角的区分、中/英文标点符号的区分。

3.插入符号

在输入文本的过程中,有时需要插入一些键盘上没有的特殊符号,如希腊字母、箭头、数字符号及图形符号等。此时,就可以利用 Word 2000 提供的插入符号和特殊字符功能来插入所需的符号。

操作步骤如下:

①单击要插入符号的位置。

②单击"插入"菜单中的"符号"命令,出现如图 4-20 所示的"符号"对话框。

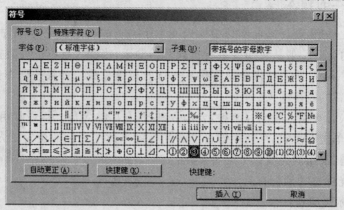

图 4-20 "符号"对话框

③选择"符号"选项卡,如果"符号"对话框中没有显示所要插入的符号,可在"字体"下拉列表框中选择其他的字体。

④在"符号"对话框中单击所需的符号,然后单击"插入"按钮,即可在插入点处插入该符号。

⑤单击"关闭"按钮。

要在文档中插入拼音符号、标点符号、数字序号等特殊符号,可选择"插入"菜单中的"特殊符号"命令,打开"插入特殊符号"对话框,如图 4-21 所示。选择希望插入的符号后,单击"确定"按钮即可。

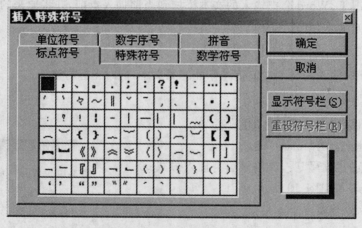

图 4-21 "插入特殊符号"对话框

注:通过"符号栏"也可以插入标点符号和特殊符号,其方法是:选择"视图"菜单中的"工具栏"子菜单下的"符号栏"命令,使"符号栏"显示在屏幕上,然后单击"符号栏"中的某个符号按钮,即可将所需的符号插入到插入点的位置。

4.插入系统的日期和时间

如果用户希望在文档中插入当前日期和时间,或者可自动更新新的日期和时间,可执行如下操作步骤:

①单击要插入日期或时间的位置。

②单击"插入"菜单中的"日期和时间"命令,出现如图 4-22 所示的对话框。

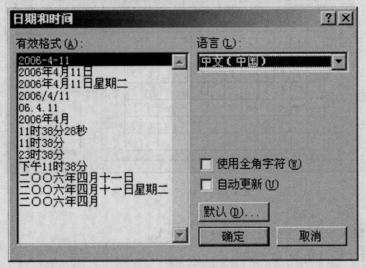

图 4-22　"日期和时间"对话框

③如果要对插入的日期或时间应用其他语言的格式,请单击"语言"框中的语言。"语言"框中列出了启用的编辑语言。

④单击"有效格式"框中的日期或时间格式。

⑤请执行下列操作之一:

a.将系统的日期和时间作为域插入,以后在打开或打印文档时自动更新日期和时间,请选中"自动更新"复选框。

b.原始的日期和时间保持为静态文本,请清除"自动更新"复选框。

⑥单击"确定"按钮即可。

【例 7】　创建一"个人简历"文档,内容如图 4-23 所示。

【个人简历】

姓　　　名:赵勇

性　　　别:男

年　　　龄:36

职　　　务:总经理

工作单位:北京科技股份有限公司

图 4-23　"个人简历"

解:操作步骤如下:

①新建一空白文档。

②执行"插入"→"特殊符号"命令,点击"标点符号"标签。

③选择"【"符号,单击"确定",如图 4-24 所示。再选择"】"符号,单击"确定"按钮。最后关闭该对话框。

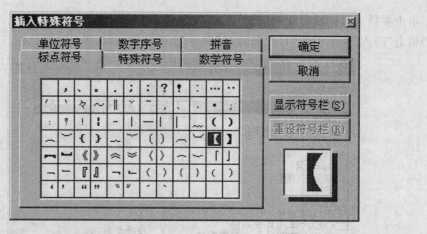

图 4-24　"标点符号"选项卡

④根据要求输入相关文字信息，每一行回车一次。

⑤执行"文件"→"另存为"命令即可。

5. 对文本添加脚注或尾注

在文档中有时要对某些文字进行说明（注释），放在当页的底部叫脚注，放在文档的最后叫尾注。具体操作如下：

①选定要注释的文本。

②执行"插入"→"脚注和尾注"命令。

③选择"脚注"或"尾注"，并"确定"。

④在相应的位置输入说明信息。

⑤信息输入完毕，在文档内容区单击即可。

注：当添加完说明信息后，原选定的文字上方会添加标志（如 1，2，…）；如要对说明信息进行编辑时，只要在说明信息处单击，然后做相应编辑操作；如要删除说明信息，只要删除"脚注和尾注"的标志即可。

4.3.2　插入文件内容

在编辑文本时，有时需要将许多个小文件合并起来或把另外一个文档的内容插入到当前文档的某个地方，使用插入文件命令可以解决这类问题。

具体操作如下：

①启动 Word 2000。

②单击"文件"菜单中的"打开"命令，打开文档，然后确定要插入文件的位置。

③单击"插入"菜单中的"文件"命令，出现如图 4-25 所示的"插入文件"对话框。

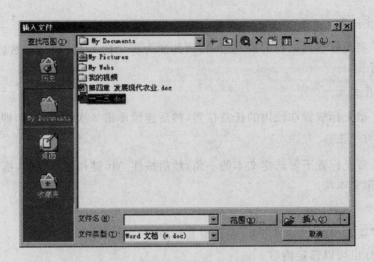

图 4-25　"插入文件"对话框

④在插入文件的对话框中选择要插入的文件名,可以通过改变不同的驱动器、文件夹或文件类型找到所需的文件名。

⑤单击"确定"按钮,则选中文件的内容被完全插入到当前文档光标闪动的位置。

【例 8】　现有"第一章.doc"、"第二章.doc"、"第三章.doc"三个文档,要求将三个文档合并成一个名为"计算机.doc"的新文档。

操作步骤如下:

①打开"第一章"文档。

②按"Ctrl+End"键使光标移到文尾。

③执行"插入"→"文件"命令,选择"第二章"确定。

④重复②③步,插入"第三章"。

⑤执行"另存为"命令,取名为"计算机"。

4.3.3　文本的选定和删除

Word 2000 可以对文本进行各种编辑操作,在编辑或排版文本之前,首先要选定文本,Word提供了多种选定文本的方法,可以用鼠标,也可以用键盘,一般我们用鼠标来进行操作比较方便。

1. 文本的选定

(1)选定若干字符

把鼠标的 I 型光标移到要选定的文本之前,然后按住鼠标左键,拖动到要选定的文本的末端,然后松开鼠标左键。Word 以黑底白字的形式显示所选定的文本。

(2)选定一个词组

把鼠标的 I 型光标移到要选定的词组上,然后双击鼠标左键,即可选定光标附近的一个词组。

(3)选定一句

先按住 Ctrl 键,再单击要选定句中的任意位置,即可选定一句。

（4）单击选定一行

把鼠标的 I 型光标移到该行的最左边，直到其变为一个向右指的箭头，然后单击鼠标左键，即可选定一整行。

（5）选定一段文本

把鼠标的 I 型光标放置在段内的任意位置，然后连续单击 3 次鼠标左键，即可选定一段。

（6）选定矩形文本块

把鼠标的 I 型光标置于要选定文本的一角，然后按住 Alt 键和鼠标左健，拖动到文本块的对角，即可选定矩形文本块。

（7）选定全文

选择"编辑"菜单中的"全选"命令，或者按其快捷键 Ctrl＋A。

注：拖动鼠标也可以选定内容。

2.删除文本

（1）删除一个字符

使用 Delete 键可以删除光标右边一个字符。

使用 Backspace 键，可以删除光标左边一个字符。

（2）删除多个字符

首先选定要删除的文字，然后按 Delete 键或 Backspace 键均可将所选文字删除。

4.3.4　移动/复制文本

在对文档编辑时，经常对选定的文本进行移动/复制操作。所谓移动/复制，就是将选定的文本从一个位置移到/复制到另一个位置。在 Word 2000 中，有许多种移动/复制文本的方法，这种操作对于我们的日常工作是十分有用的。

1.移动操作

移动可以在同一文档中进行，也可以在不同的文档中进行。

（1）短距离移动文本

短距离移动文本可以按以下步骤进行操作：

①选定要移动的文本。

②将鼠标指针指向选定的文本区。

③按住鼠标左键，将选定区域拖动至目标位置。

④松开鼠标左键，之后就会看到移动后的文本。

（2）长距离移动文本

长距离移动文本可以按以下步骤进行操作：

①选定要移动的文本。

②执行"编辑"→"剪切"命令，或者按快捷键 Ctrl＋X。

③将插入点移到目标位置。

④执行"编辑"→"粘贴"命令，或者按快捷键 Ctrl＋V。

2. 复制操作

可以将文本从一个位置复制到另一个位置甚至更多的位置，也可将文本复制到另一个文档中。复制文本时，在原位置和新位置都有相同的文本。复制操作可以节省大量的输入时间，用户可以重复操作，使同样的文本粘贴到多个地方。

(1) 短距离复制文本

短距离复制文本，可以按以下步骤进行操作：

① 选定要复制的文本。

② 将鼠标指针指向选定的文本区。

③ 先按住 Ctrl 键，再按住鼠标左键，将选定文本拖动至要插入文本的目标位置。

④ 先松开鼠标左键，再松开 Ctrl 键。

(2) 长距离复制文本

长距离复制文本可以按以下步骤进行操作：

① 选定要复制的文本。

② 执行"编辑"→"复制"命令，或者按快捷键 Ctrl＋C。

③ 将插入点移到目标位置。

④ 执行"编辑"→"粘贴"命令，或者按快捷键 Ctrl＋V。

注：执行"复制/剪切"命令是将选定的对象复制到系统的"剪切板"中，并没有复制/移到目标位置，所以要执行"粘贴"命令，"将"剪切板"中的内容复制到目标位置。"剪切板"可以存放最近的 12 次信息，并可重复使用。

【例 9】　将名为"Word123"文档中的第一段、第二段、第四段合成一个名为"简介"的新文档。

　　解：操作步骤如下：

① 打开"Word123"文档。

② 选定第一、二段。

③ 单击鼠标右键，选择"复制"命令。

④ 执行"文件"→"新建"命令，建立一空文档。

⑤ 在空白文档中执行"粘贴"命令。

⑥ 单击"窗口"菜单下的"Word123.doc"文件名。

⑦ 在 Word123.doc 文件选定第四段，并执行"复制"命令。

⑧ 切换到新文档窗口中，将光标移至文尾并按 Enter 键。

⑨ 执行"粘贴"命令即可。

⑩ 执行"另存为"命令，取名为"简介"并保存。

4.3.5　查找和替换文本

查找和替换是任何一个文字处理程序中都非常有用的功能，它能快捷地进行查找和替换修改。Word 还可以根据文本的格式进行查找、替换操作，因而使得查找、替换功能更加完善。

1. 查找文本

可以查找任意组合的字符，包括大写或小写字符、全角或半角字符。通过查找可以快速地将光标移到目标处。

具体操作如下：

①执行"编辑"→"查找"命令，弹出"查找和替换"对话框，并切换到"查找"标签项，如图 4-26 所示。

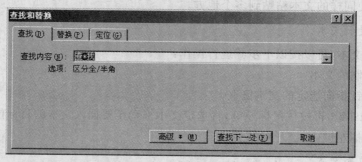

图 4-26　"查找"选项卡

②在"查找内容"文本框中输入要查找的文本。

③单击"查找下一处"按钮。

④当在文档中找到要查找的内容时，Word 将以反白高亮显示被查找的文本。如果显示的部分不是想找的位置，可以再次单击"查找下一处"按钮。

⑤直到所要的位置，单击"取消"按钮。

2.替换文本

"查找"命令可以让我们能够找到某个特定的文本，而"替换"命令可以在"查找"的基础上对某个文本进行更换。

操作步骤如下：

①执行"编辑"→"替换"命令，弹出"查找和替换"对话框，并切换到"替换"标签项，如图 4-27 所示。

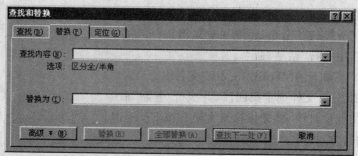

图 4-27　"替换"选项卡

②在"查找内容"文本框中输入需要被替换的内容，然后按 Tab 键或用鼠标将光标移到"替换为"框中，在其中输入替换的内容。

③如果单击"替换"按钮，则将把所找到的需要替换的内容在某一处作相应的替换。如果单击"全部替换"按钮，Word 会搜索整个文档中需要替换的内容，并将它们全部替换。替换完成

后,Word会显示出消息框,告知用户总共替换了多少处。

④退出消息框后,单击"取消"按钮即可返回文档中。

3. 按格式进行"查找/替换"操作

"查找和替换"对话框中的"高级"按钮包含了更丰富的查找/替换选项,单击"查找和替换"对话框中的"高级"按钮,如图4-28所示。

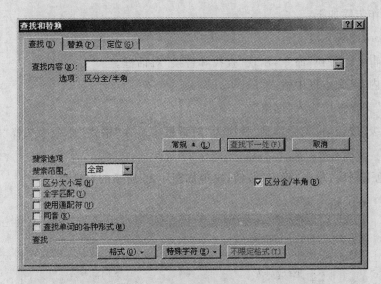

图 4-28 "高级"选项

①在"搜索范围"列表框中可以指定搜索的方向,其中包括"全部"、"向上"和"向下"3个选项以供选择:

a. 全部:在整个文档中搜索。

b. 向上:从插入点位置向文档起始处进行搜索。

c. 向下:从插入点位置向文档末尾处进行搜索。

②选中"区分大小写"复选框后,Word只能搜索到与在"查找内容"框中输入文本的大、小写完全匹配的文本。

③选中"全字匹配"复选框后,Word仅查找整个单词,而不是较长单词的一部分。

④选中"使用通配符"复选框后,可以在"查找内容"框中使用通配符(? 或 * 等)来查找文本。

⑤选中"同音"复选框后,Word可以查找发音相同的单词。

⑥选中"查找单词的各种形式"复选框后,可以查找英文单词的所有形式(复数、过去时、现在时等)。

⑦选中"区分全角/半角"复选框后,同一个字符的全角和半角形式被认为是不相同的字符。

⑧"格式"按钮用于设置所要查找的文本格式及替换后的文本格式。单击该按钮,会显示一个包含"字体"、"段落"、"制表位"、"语言"、"图文框"、"样式"及"突出显示"的菜单。

⑨"特殊字符"按钮用于在"查找内容"文本框中插入一些特殊字符,例如,段落标记和制表符等。

⑩"不限定格式"按钮用于取消所设置的格式。只有利用"格式"按钮设置了格式之后,"不限定格式"按钮才变为可选。

【例 10】　将"Word123"文档中所有的"network"英文替换成"网络"文字,要求替换后的"网络"带红色下划线显示。

解:具体操作步骤如下:

①打开"Word123"文档。

②执行"编辑"→"替换"命令,出现"查找和替换"对话框。

③在"查找内容"文本框中输入"network"。

④在"替换"文本框中输入"网络"。

⑤单击"高级"按钮,将光标移到"替换为"对话框中。在"格式"命令中选择"字体",出现"字体"对话框。

⑥选择红色下划线,单击"确定"按钮,出现如图 4-29 所示的对话框。

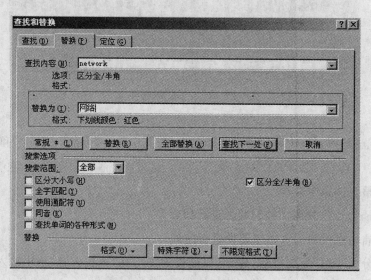

图 4-29　带格式的替换对话框

⑦按"全部替换"即可。

4.3.6　撤消与恢复

"撤消"和"恢复"是相对应的,撤消是取消上一步的操作,而恢复就是把撤消操作再重复回来。例如,在文档中输入"晓宇",结果一不小心输成了"小于",单击"撤消"按钮　　,可以撤消这一步操作,再用鼠标单击"恢复"按钮　　,刚才输入的文字又出现了,如图 4-30 所示。

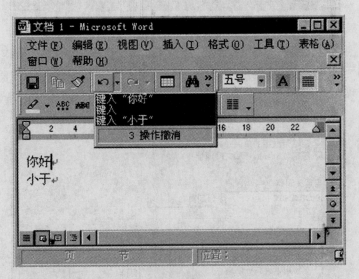

图 4-30　"常用工具栏"撤消标签

　　"编辑"菜单中的"撤消"和"恢复"命令也可以实现撤消和恢复操作,其相对应的快捷键是:撤消用 Ctrl＋Z 键,恢复用 Alt＋Shift＋Backspace 键。

4.3.7　拼写和语法

　　Word 2000 提供的拼写与语法检查功能主要用于对英文的拼写和语法错误进行校对和检查。

1. 设置自动检查拼写和语法错误功能

　　如果要使 Word 2000 在输入英文时,能自动检查拼写错误和语法错误,则必须设置自动检查拼写和语法错误功能。当输入了错误的或不可识别的单词或句子时,Word 2000 会在该单词或句子下用红色波浪线进行标记;用绿色波浪线标记是可能有错误单词或句子。

　　操作步骤如下:

　　①执行"工具"→"选项"命令,屏幕显示"选项"对话框。

　　②单击"拼写和语法"选项卡,屏幕显示"拼写和语法"对话框,如图 4-31 所示。

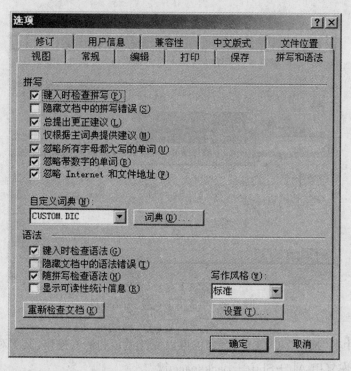

图 4-31　"拼写和语法"对话框

③单击"键入时检查拼写"复选框,使计算机具有自动拼写检查的功能。

④单击"键入时检查语法"复选框,使计算机具有自动语法检查的功能。

⑤单击"确定"按钮。

2.自动更正错误

在文档中出现了下划线时,应做更正,方法很简单,用鼠标右键单击对象,在快捷菜单中选择相应的操作即可。"拼写和检查"快捷菜单如图 4-32 所示。用户可根据快捷菜单中给出的单词选择一个正确的单词来代替文档中的错误单词或选择以下选项:

①"全部忽略"命令,则忽略文档中所有该单词的拼写错误。

②"添加"命令,则将该单词添加到字典中,Word 2000 以后便不再将该单词标记为错误。

③"自动更正"命令,则再选择一个替换的单词,即可创建一个自动更正词条。

④"语言"命令,可以选择一种语言。

⑤"拼写"命令,即可使用附加的拼写选项。

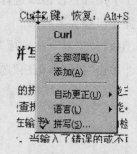

图 4-32　"拼写和检查"快捷菜单

注:如果用户不希望在输入时自动检查拼写和语法错误,则可以取消"键入时检查拼写"和"键入时检查语法"选项的设置。

4.4   文档的格式设置

给文档设置必要的格式,可以使文档版面更加美观,更便于读者阅读和理解文档的内容。文档的格式设置主要包括字符格式设置、段落格式设置、页面格式设置等。

4.4.1   字符格式的设置

字符是指汉字、字母、空格、标点符号、数字和符号等,字符格式就是指字符的外观。在字符的输入和编辑文档过程中,为了突出某些字符或使编辑的文档更整洁、美观,用户可通过"格式"菜单中"字体"命令或"工具栏"中的格式按钮设置字符的格式,并且可以直接看到设置字符格式后的效果。

字符格式的设置包括字体、字形、字号和对字符的各种修饰。

1.设置字体、字形、字号及下划线

设置字体、字形、字号及下划线的方法有两种:

方法一:利用"格式"菜单设置字体、字号、字形及下划线,具体操作步骤如下:

①选定要设置字体、字号、字形或下划线的文本。

②单击"格式"菜单中的"字体"命令,出现如图 4-33 所示的"字体"对话框。

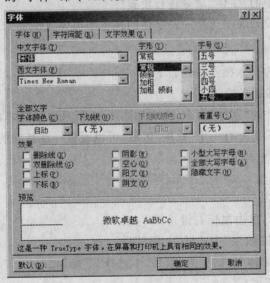

图 4-33   "字体"对话框

③在"字体"对话框中,单击"中文字体"列表框右边的向下箭头 ,出现"中文字体"下拉列表框,在列表框中选择所要的字体。在"西文"列表框中可以选择要设置的英文字体。

④在"字形"或"字号"列表框中,可以直接选择所要的"字形"或"字号"。

⑤单击"下划线"列表框右边的向下箭头 ,出现"下划线"下拉列表框,在列表框中选择所要的下划线。Word 2000 提供了 10 种形式的下划线。

　　方法二:利用"格式"工具栏设置字体、字形、字号及下划线,具体操作步骤如下:

　　①选定要设置字体、字形、字号或下划线的文本。

　　②单击"格式"工具栏中"字体"或"字号"列表框右边的向下箭头 ▼ ,出现"字体"或"字符"下拉列表,从中选择所要的字体或字号即可。

　　③单击"格式"工具栏中粗体 **B** 按钮或斜体 *I* 按钮即可设置字形。

　　④单击"格式"工具栏中下划线 **U** 按钮即可设置下划线。

　　2.设置字符的颜色和添加各种效果

　　Word 2000 中字符的默认颜色为黑色,用户为了在彩色打印机或在屏幕上获得好的显示效果,可以改变字符的颜色,也可以设置特殊的效果。

　　Word 2000 提供了强大的字符修饰功能,包括添加删除线,设置上标、下标、阴影、空心、阴文、阳文、小型大写字母、全部大写字母、隐藏文字等。

　　(1)设置字符颜色

　　设置字符颜色的具体操作步骤如下:

　　①选定要设置字体颜色的文本。

　　②单击"格式"工具栏中"字体颜色"按钮 **A** ·右边的向下箭头,出现"字体颜色"下拉列表框,也可以单击"格式"菜单中的"字体"命令进行设置。

　　③从"字体颜色"下拉列表中选择一种字体的颜色即可完成设置。

　　(2)设置字符特殊效果

　　设置字符特殊效果的具体操作步骤如下:

　　①选定要设置特殊效果的文本。

　　②单击"格式"菜单中的"字体"命令,出现如图 4-33 所示的"字体"对话框。

　　③在"字体"对话框的下方有一个"效果"区域,可以设置一些特殊的效果。

　　【例 11】　如何设置 X^2 和 X_2?

　　解:操作步骤如下:

　　①先输入字符 X 和 2。

　　②用鼠标选定字符 2,单击鼠标右键选择"字体"。

　　③在"字体"对话框的"效果"中选择"上标"即可。

　　④设置 X_2 时,则在"字体"对话框的"效果"中选择"下标"即可。

　　3.改变字符间距

　　字符间距就是指相邻字符间的距离。Word 2000 有默认的字符间距,设置字符间距的具体操作如下:

　　①选定要设置字符间距的文本。

　　②单击"格式"菜单中的"字体"命令,打开"字体"对话框。

　　③单击"字符间距"选项卡,屏幕显示"字符间距"对话框,如图 4-34 所示。

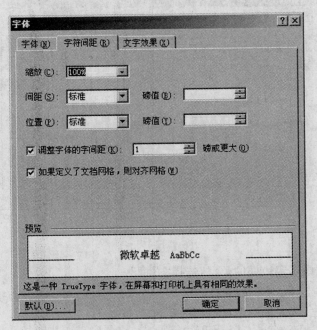

图 4-34 "字符间距"选项卡

④在"字符间距"选项卡中,单击"间距"框右边的向下箭头,显示出"间距"的三个选项,即"标准"、"加宽"和"紧缩"。用户可根据需要选择并单击其中的一项。

⑤如果要选择的是"加宽"或"紧缩",在"间距"框的右边,有一个"磅值"框。用户可以选择或键入"加宽"或"紧缩"的磅值。

⑥单击"确定"按钮。

4.给文本加边框和底纹

给文字添加边框和底纹不但能够使这些文字更引人注目,而且可以使文档更美观。当然,让文字以不同的颜色显示,也能起到突出显示的作用。边框是围在文字四周的框,底纹是指用背景填充文字,边框和底纹除了可在显示器中显示出来之外,还可在打印机上打印出来。

(1)边框

文字边框是将用户认为重要的文本用边框框起来,以引起读者的注意。给文字加边框的操作过程如下:

①选定要添加边框的文本。

②选择"格式"菜单的"边框和底纹"命令,在弹出的"边框和底纹"对话框中选择"边框"选项卡,如图 4-35 所示。

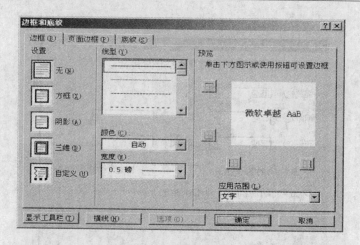

图 4-35 "边框"选项卡

③在"设置"选项组选定边框的类型,选择"方框"。

④在"线型"框中选择边框的线型。

⑤在"颜色"下拉式列表框中选择边框的颜色。

⑥在"宽度"下拉式列表框中选择边框的宽度。

⑦在"应用范围"列表框中选"文字"。

⑧单击"确定"按钮,即可按照所需的要求设置文字的边框。

(2)底纹

通过给文本添加底纹的办法,可以打印出文本的背景色。给文本添加底纹的具体操作如下:

①选定要添加底纹的文本。

②选择"格式"菜单的"边框和底纹"命令,在弹出的"边框和底纹"对话框中选择"底纹"选项卡,如图 4-36 所示。

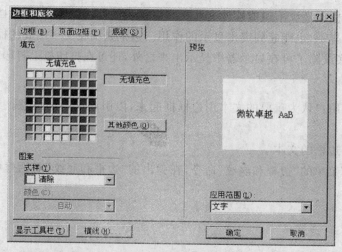

图 4-36 "底纹"选项卡

③在"填充"选项组中选定所需底纹的填充色。

④在"图案"选项组中选定所需图案样式和颜色。

⑤在"应用范围"列表框中选"文字"。

⑥单击"确定"按钮,即可按照所需的要求设置文本的底纹。

注:在"应用范围"列表框中一定要选"文字",否则效果不一样。

5.设置动态效果

对文字进行动态效果的设置使文字显示更加突出,但打印出来没有这一效果。具体操作如下:

①选中文字。

②执行"格式"→"字体"命令,打开"字体"对话框。

③单击"文字效果"选项卡,如图 4-37 所示。

图 4-37　"文字效果"选项卡

④选择"动态效果"列表中某一项。

⑤单击"确定"按钮。

6."格式刷"的使用

格式刷就是"刷"格式用的,也就是复制格式用的。在 Word 中格式同文字一样是可以进行复制的。

操作步骤如下:

①选定要复制格式的文字。

②单击"常用"工具栏的格式刷按钮，鼠标就变成了一个小刷子的形状。

②按住鼠标左键并拖过要进行相同格式设置的文字,此时,这把刷子"刷"过的文字格式就变得和行前选中的文字格式一样了。

　　注：如果要重复使用"格式刷"，则应双击 按钮，这样"格式刷"就可以连续给其他文字进行格式复制，再次单击"格式刷"按钮即可恢复正常的编辑状态。另外，还可使用组合键，按 Ctrl＋Shift＋C 键，把格式复制下来，按 Ctrl＋Shift＋V 键，粘贴格式。

　　【例 12】　对"多媒体"文档中的第一行标题设置为黑体，小三号，字符间距为 5 磅；对其他段落中的"多媒体"三个字设置底纹为蓝色的 20％式样，并任选一种动态文字效果。

　　解：操作步骤如下：

　　①打开"多媒体"文档。

　　②选定第一行"多媒体"三个字，执行"格式"→"字体"命令。

　　③单击"字体"标签，选择黑体、常规、小三，单击"字符间距"标签，选择加宽 5 磅，单击"确定"。

　　④在第二段中选定"多媒体"三个字，执行"格式"→"边框和底纹"命令，单击"底纹"标签，在"填充"中选择"蓝色"，在"式样"中选择"20％"，应用范围选择"文字"，单击"确定"。

　　⑤选中刚才设置好的"多媒体"，双击"格式刷"工具按钮，然后对其他的"多媒体"文字进行刷格式。（单击"格式刷"工具按钮，则取消"格式刷"。）

　　⑥选中段落中的"多媒体"三个字，执行"格式"→"字体"命令，单击"文字效果"标签，任选一种效果，单击"确定"。

　　结果如图 4-38 所示。

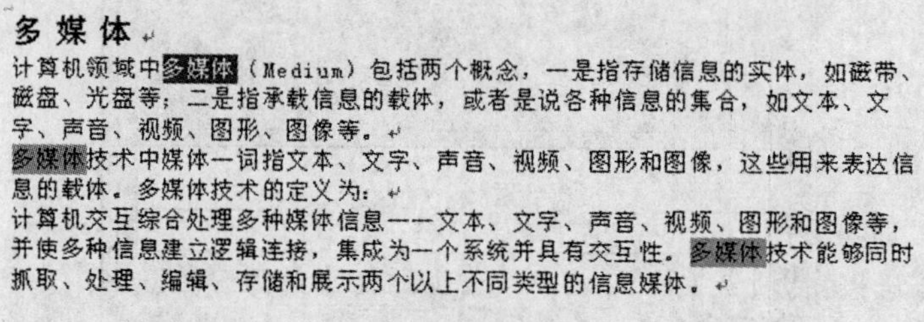

图 4-38　"例题"效果

4.4.2　段落格式的设置

段落是以回车键作为结束的一段连续字符的集合，其格式主要有对齐方式和缩进技术。

1.设置段落对齐方式

Word 2000 提供的段落对齐方式有五种，分别是左对齐、右对齐、居中、两端对齐和分散对齐，用户可以根据需要进行设置。

　　①左对齐：段落除首行外所有行左端对齐。

　　②右对齐：段落所有行右端对齐。

　　③居中对齐：段落的最后一行以中间对齐。

　　④两端对齐：与左对齐相似使文字均匀填满左、右缩进标记之间的区域。

⑤分散对齐:段落最末行字符会拉大距离。

设置对齐方式的具体操作步骤如下:

①选定要进行对齐的段落。

②单击"格式"工具栏的对齐按钮 ▆▅▆ ▅▆▅ ▅▆▅ ▅▆▅（选择其中之一），或单击"格式"菜单栏的"段落"命令,在"段落"对话框中的"对齐方式"下拉列表框中选择所需要的对齐方式。

Word 的左对齐,因为用得比较少,所以在 Word 里没有把左对齐按钮放到工具栏上来,通常都是用两端对齐来代替左对齐。实际上,左对齐的段落里最右边是不整齐的,会有一些不规则的空,而两端对齐的段落则没有这个情况。

2.设置段落缩进

文本缩进的目的是使文档的段落显示得更加条理清晰,更便于读者阅读。缩进包括左缩进、右缩进、首行缩进、悬挂缩进。

①左缩进:除第一行外其他各行的起始位置。

②右缩进:各行的终止位置。

③首行缩进:第一行比后面的所有行要缩进一定的距离。

④悬挂缩进:第一行比后面的所有行要前进一定的距离。

设置缩进的方法有以下几种:

方法一:使用"格式"工具栏。

在"格式"工具栏中有两个缩进按钮,它们分别是:

①减少缩进量 ▣ :减少文本的缩进量或将选定的内容提升一级。

②增加缩进量 ▣ :增加文本的缩进量或将选定的内容降低一级。

每单击一次缩进按钮,所选文本的减少或增加的缩进量为一个汉字的距离。

方法二:使用标尺 ▽ △ 6 8 10 12 1 。

利用标尺的缩进标记,可以改变文本的缩进量,具体可以进行左缩进、右缩进、首行缩进、悬挂缩进等操作,将鼠标移到缩进标记时,会自动显示该缩进标记的名称。

方法三:使用"段落"命令。

以上介绍的几种缩进方式,只能粗略地进行缩进,如果想要精确地缩进文本,可以使用"段落"对话框中的"缩进和间距"标签项进行设置。

操作步骤如下:

①将光标置于要进行缩进的段落内。

②单击"格式"菜单中的"段落"命令,屏幕上弹出一个"段落"对话框,如图 4-39 所示。

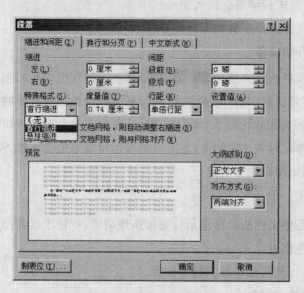

图 4-39 "缩进和间距"选项卡

③在"段落"对话框中的"缩进和间距"标签项下的"缩进"组框中输入或选择需要左/右缩进的量值;在"特殊格式"框下选择"首行缩进/悬挂缩进";选择"度量值"。

a. 首行缩进:第一行比后面的所有行要缩进一定的距离。

b. 悬挂缩进:第一行比后面的所有行要前进一定的距离。

④单击对话框中的"确定"按钮即可。

3. 设置行间距

行间距是指一个段落中行与行之间的距离,在 Word 中默认的行间距是单倍行距,行间距的具体值由该行的字体大小来决定。例如,对于 5 号字的文本,单倍行距的大小比 5 号字的实际大小稍大一些。如果不想使用默认的单倍行距,可在"段落"对话框内进行设置。

具体操作步骤如下:

①选定要调整行距的段落或插入光标置于该段落内。

②单击"格式"菜单的"段落"命令,会弹出"段落"对话框。

③在"段落"对话框"缩进和间距"标签项下的"间距"组框中内单击"行距"框右边的箭头 ▼,将会出现下拉列表。

④在"行距"下拉列表中选择所需要的选项。

a. 单倍行距:行距为行中最大字符的高度再加一个额外的附加量。

b. 2 倍行距:行距为单倍行距的 2 倍。

c. 最小值:行距至少是"设置值"框中输入的值,如果正文行含有大的字符,会相应地增加行距。

d. 固定值:行距是固定的,如果有文字超出这个行距将被裁剪。

e.多倍行距:行距为单倍行距乘以指定的倍数。

⑤单击对话框中的"确定"按钮即可。

4.设置段落间距

段间距是指上一段落的最后一行和下一段落的第一行之间的距离。为了使文档层次清晰，用户可以根据自己的需要设置段间距的精确值。系统默认的段间距为单倍行距。

具体操作步骤如下：

①选定要设置段间距的段落。

②选择"格式"菜单中的"段落"命令，打开"段落"对话框并单击"缩进和间距"选项卡。

③在"段前"文本框中输入与段前的间距。例如，输入 0.5 行。

④在"段后"文本框中输入与段后的间距。例如，输入 0.5 行。

⑤单击"确定"按钮。

5.设置首字下沉

我们在报刊或者杂志上经常可以看到首字符下沉的例子，即在每一段开头的第一个字被放大并占据多行，其他字符围绕在它的右下方，其目的在于使文本更加醒目。

具体操作步骤如下：

①把插入点置于要设置首字下沉的段落中。

②选择"格式"菜单的"首字下沉"命令，出现"首字下沉"对话框，如图 4-40 所示。

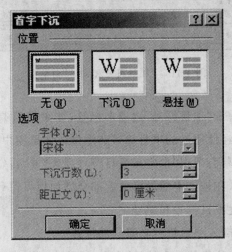

图 4-40 "首字下沉"对话框

③在"首字下沉"对话框的"位置"区中，选择所需的格式类型。如选择"下沉"。

④在"字体"列表框中选择首字的字体。

⑤在"下沉行数"框中设置首字的放大值，在此所设置的单位是行数，也就是该字的高度所占多少行。

⑥在"距正文"框中设置首字与段落中其他文字之间的距离。

⑦单击"确定"按钮,即可按照所需的要求设置首字下沉。

6.插入项目符号及编号

在 Word 中,可以在键入时自动产生带项目符号或编号的段落,也可以在键入文本后进行设置,添加项目符号或编号有助于把一系列重要条目或论点与文档中其他的文本分开。操作步骤如下:

方法一:对已存在的文本设置项目符号和编号。

①选定要添加项目符号的若干段落。

②单击"格式"菜单中的"项目符号和编号"命令,屏幕出现"项目符号和编号"对话框,如图 4-41所示。

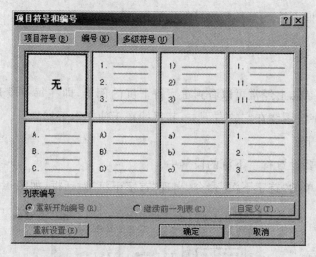

图 4-41　"项目符号和编号"对话框

③如果使用项目符号,单击"项目符号"选项卡标签;如果使用编号,则单击"编号"标签。在标签栏中系统会列出一些已经使用过的项目符号和编号。如果用户要用到其他的项目符号和编号,请单击"自定义"按钮,屏幕会出现"自定义项目符号列表"或"自定义编号列表"对话框。

④单击"确定"按钮,那么在被选中的段落前后都会添加项目符号或编号。

方法二:输入文本前设置项目符号和编号。

①将插入点定位在你想插入项目符号必编号的位置。

②单击"格式"菜单中的"项目符号和编号"命令,屏幕出现"项目符号和编号"对话框,选择需要的项目符号或编号。

③单击"确定"按钮。

④输入文本。在每个段落的结尾按回车键,Word 2000 会自动为每个段落添加项目符号或编号。

注:当设置好编号后进行删除和移动操作时,编号也作自动更改。

【**例** 13】　对"多媒体"文档作如图 4-42 所示的段落设置。

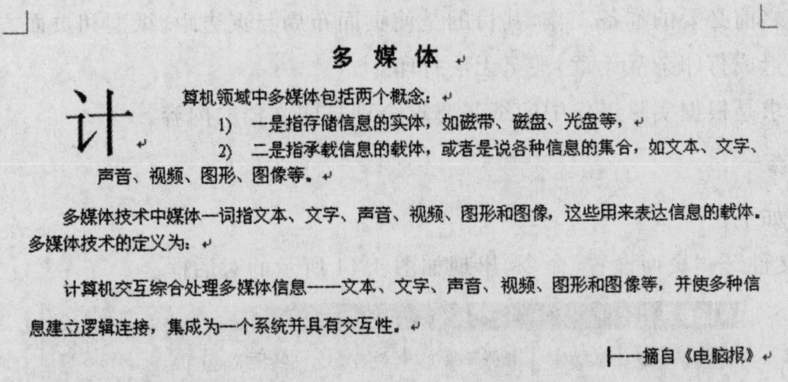

多 媒 体

计

算机领域中多媒体包括两个概念:
    1) 一是指存储信息的实体,如磁带、磁盘、光盘等,
    2) 二是指承载信息的载体,或者是说各种信息的集合,如文本、文字、
声音、视频、图形、图像等。

多媒体技术中媒体一词指文本、文字、声音、视频、图形和图像,这些用来表达信息的载体。
多媒体技术的定义为:

计算机交互综合处理多媒体信息——文本、文字、声音、视频、图形和图像等,并使多种信

息建立逻辑连接,集成为一个系统并具有交互性。

├──摘自《电脑报》

图 4-42   对"多媒体"文档的设置

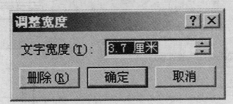

图 4-43   "调整宽度"对话框

解:操作步骤如下:

①打开名为"多媒体"的文档,选定标题"多媒体"三个字。

②单击工具栏中的"分散对齐"按钮,出现如图 4-43 所示的对话框,在"文字宽度"项设定值,单击"确定"按钮。

③选定正文,执行"格式"→"段落"命令。

④在"段落"对话框中,选"首行缩进",度量值为 2 个字符,单击"确定"按钮。

⑤选定首字"计",执行"格式"→"首字下沉",下沉行数为 3,距正文的距离为 1 厘米。

⑥选定正文的第二、三段,执行"格式"→"项目符号和编号"命令,出现对话框。

⑦选择"编号"中的"1) 2)…"项,单击"确定"按钮。

⑧选择正文的第四段,执行"格式"→"段落"命令,在"段前"和"段后"文本框中输入 0.5 行。

⑨选择正文的第五段,执行"格式"→"段落"命令,选择"行距"为 1.5 倍。

⑩选定最后一段,单击工具栏中的"右对齐"按钮。

注:第②步不能把光标定在这一段上或者一段全选(包括回车符),否则分散的效果是将"多媒体"三字分成左、中、右三个位置。第④步的度量单位可能是"厘米",只需要在度量值中直接输入"2 字符"就可以了。第⑩步不能改成加空格方法达到右对齐。

4.4.3 页面格式的设置

当你将一个文档编辑完后,如果需要打印出来,就要先了解所使用的打印纸的大小。页面设

置是打印文档之前必要的准备工作,其目的是使页面布局与页边距、纸型和页面方向一致。页面设置不合理会造成打印杂乱无章,甚至无法打印。

本节的要求是根据实际工作中的纸张要求合理打印文档的内容。

1. 页面设置

操作步骤如下:

①执行"文件"→"页面设置"命令,出现如图 4-44 所示的对话框。

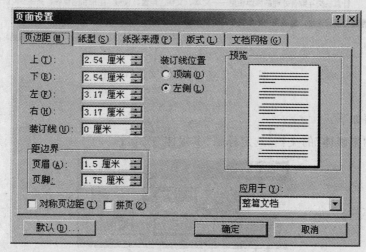

图 4-44 "页面设置"对话框

②在对话框中作相应的设置。

a."页边距":决定页的四周应空出的空间位置。

b."纸型":决定纸的尺寸。

2. 页眉和页脚设置

页眉是指打印在文档中每页的顶部的文本或图形;页脚是指打印在文档中每页的底部的文本或图形。其中,页眉打印在文档中每一页顶部的上页边距中,页脚打印在每一页底部的下页边距中。当输入了页眉和页脚后,Word 将自动地将其插入到每一页上,并且还自动地调整文档的页边距以适应页眉和页脚。页眉和页脚通常都包含页码和文档的标题。

方法一:创建统一的页眉和页脚。

操作步骤如下:

①执行"视图"→"页眉和页脚"命令,则出现页眉、页脚的编辑区和工具栏,如图 4-45 所示。

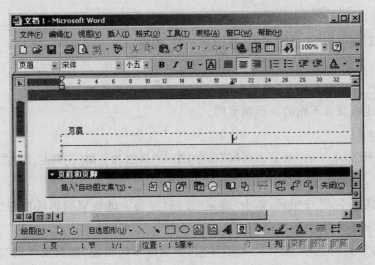

图 4-45　"页眉和页脚"对话框

②在光标处输入页眉信息。

③单击"在页眉和页脚间切换"按钮,光标移到页脚编辑区,然后在页脚区内输入所需的页脚信息。

④单击"页眉/页脚"工具栏的"关闭"按钮,在"页面"视图下,可以看到页眉已插入到了文档中。

方法二:创建首页不同的页眉和页脚。

操作步骤如下:

①执行"视图"→"页眉和页脚"命令,单击"页眉和页脚"工具栏上的"页面设置"按钮,单击"版式"标签,打开"版式"选项卡,如图 4-46 所示。

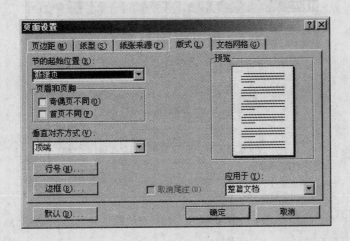

图 4-46　"版式"选项

②选中"首页不同"按钮后,单击"确定"按钮。

③在页眉区的顶部出现显示"首页页眉"字样,在页眉区和页脚区输入信息。

④选择"页眉和页脚"工具栏中的"显示下一项"按钮。

⑤在页眉区和页脚区输入信息。

⑥最后选择"页眉和页脚"工具栏上的"关闭"按钮。

方法三:创建奇偶页不同的页眉和页脚。

操作步骤如下:

①打开"视图"菜单下的"页眉和页脚"命令,单击"页眉和页脚"工具栏上的"页面设置"按钮,单击"版式"标签,打开如图 4-46 所示的"版式"选项卡。

②选中"奇偶页不同"按钮后,单击"确定"按钮,屏幕上的页眉编辑区出现"奇偶页页眉"提示,即可输入奇数页页眉/页脚的信息。

③单击页脚工具栏上的"显示下一项"按钮,页眉编辑区出现"偶数页页眉"提示,然后在"偶数页不同"页眉/页脚区输入信息。

④最后选择"页眉和页脚"工具栏上的"关闭"按钮。

4.4.4　文档的分栏设置

我们在报刊上看到的版式往往都是以多栏排版的方式出现的,因为短行更容易阅读。使用 Word 提供的分栏命令同样可以达到这样的效果。由于多栏版式在普通视图下显示单栏,因此,需要切换到页面视图下进行操作。

操作步骤如下:

①在分栏的结束处插入"分隔符",即执行"插入"→"分隔符"→"连续"→"确定"。

②选定要分栏的相应文本。

③执行"格式"→"分栏"命令,出现如图 4-47 所示的"分栏"对话框。

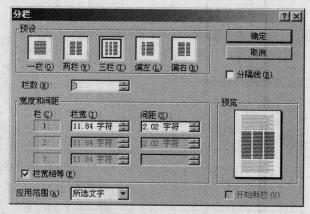

图 4-47　"分栏"对话框

④在"预设"框中单击要使用的分栏格式。

⑤在"应用范围"列表框中,指定分栏格式应用的范围"所选文字"。

⑥单击"确定"按钮。

4.4.5 文档的预览与打印

在页面设置完后,可以预览打印效果。

1.打印预览

操作步骤如下:

①执行"文件"→"打印预览"命令,当前页则以预览模式显示。

②使用滚动条观看其他页。

③单击"工具"栏中的"多页显示"按钮,可一次预览多页。

④单击"关闭"按钮进入编辑状态。

如图 4-48 所示。

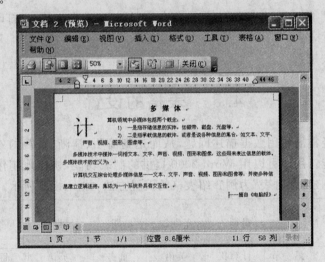

图 4-48 预览效果

2.文档打印

对于已经编辑、排版整洁美观的文档,就可以直接送到打印机打印输出。在打印之前必须先接通打印机的电源,然后就可以向计算机发出打印命令。

操作步骤如下:

①连接好打印机,并接通电源,放好纸张。

②单击"文件"菜单的"打印"命令,显示"打印"对话框,如图 4-49 所示。

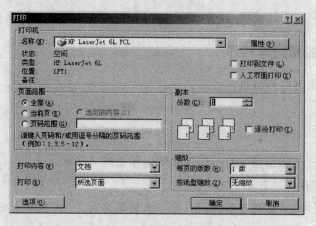

图 4-49　"打印"对话框

③在"页面范围"下指定文档所需打印的部分,包括打印整个文档、只打印当前页和文档中的某些页。

④单击"确定"按钮。

4.5　表格的设置

在实际应用中经常需要用数据描述问题,从而达到简明、清晰、直观的效果。Word 2000 提供了强大的制表功能。用户可以用 Word 2000 提供的制表功能,快速地制作出具有专业水准的表格。下面我们以创建"课时表"为例介绍表格的设置方法,如图 4-50 所示。

		星期一	星期二	星期三	星期四	星期五
上午	第一节	计算机	英语	商务	英语	商务
	第二节	计算机	英语	商务	英语	商务
	第三节	语文	数学	计算机	语文	数学
	第四节	语文	数学	计算机	语文	数学
下午	第五节	体育		职业道德	听力	
	第六节	体育		职业道德	听力	
	第七节	自习		自习	自习	自习

图 4-50　"课时表"表格

4.5.1　创建规则表格

Word 2000 中表格是由若干个单元格组成的,纵的方向为列,横的方向为行,一个方格称为一个单元格。

操作步骤如下:

①将光标移到要建立表格的起始位置。

②执行"表格"→"插入表格"命令,如图 4-51 所示。

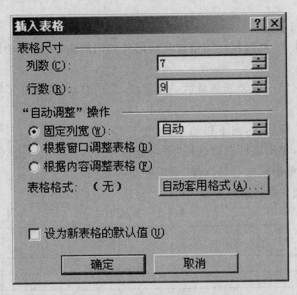

图 4-51　"插入表格"对话框

③在"插入表格"对话框中输入或选择表格的列数和行数。

④在"自动调整"操作框中，可以选择以下一种操作：

a. 固定列宽：在默认状态下，为"自动"模式，让页面宽度在指定列之间平均分配，也可在框中直接输入具体列宽值。

b. 根据窗口调整表格：表示表格的宽度与窗口或 Web 浏览器的宽度相适应。

c. 根据内容调整表格：表示列宽自动适应内容的宽度。

⑤单击"确定"按钮即可产生一个空白表格，如表 4-1 所示。

表 4-1　表格 1

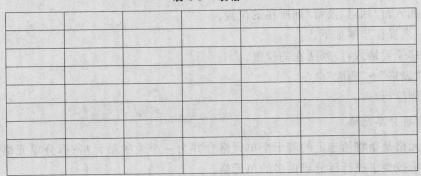

4.5.2　编辑表格

用上面的方法可得一个规则的表格，其特点是每一单元格都是一样的，而实际工作表格中的单元格是有大小不同之区别的。下面介绍怎样调整表格以满足实际工作要求。

1. 选定单元格

最常用的方法是用鼠标单击选中，或者通过光标键选择。

2.改变行高/列宽

将光标移到表格线上,此时鼠标的指针变成向外的两箭头,然后移动鼠标即可。对表格1作如下操作:

①分别将光标指向第一条竖线和最后一条竖线,向内移动,则改变了第一列和最后一列的宽度。

②将鼠标移至第二横线上,向下移动,则改变了第一行的高度。

③选定第一、二列,单击鼠标右键选择"平均分布各列"。

④选定最后几列,单击鼠标右键选择"平均分布各列"。

表格1修改成如表4-2所示的表格。

表 4-2 表格 2

3.插入行/列和删除行/列

插入行/列操作步骤如下:

①光标移至要插入行/列所在的位置。

②执行"表格"→"插入"命令。

③选择插入行/列,以及行/列所在的位置。

删除行/列操作步骤如下:

①光标移至要插入行/列所在的位置。

②执行"表格"→"删除"命令。

③选择删除行/列。

4.合并/拆分单元格

合并单元格是指将所选定的若干个单元格合并为一个大的单元格;拆分单元格是指把一个或多个单元格按要求进行拆分成更多的单元格。

合并单元格具体操作步骤如下:

①选定单元格。

②单击鼠标右键选择"合并单元格"命令。

表格2修改成如表4-3所示的表格。

表 4-3 表格 3

删除单元格具体操作步骤如下：

①选定单元格。

②单击右键选择"删除单元格"命令，出现如图 4-52 所示的对话框。

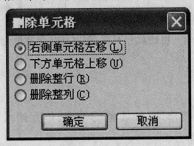

图 4-52 "删除单元格"对话框

③选择删除选项。

5.绘制斜线表头

Word 2000 还专门提供了制作斜线表头的工具。

具体操作步骤如下：

①选中要添加斜线的单元格。

②单击"表格"菜单中的"绘制斜线表头"命令，弹出如图 4-53 所示的对话框。

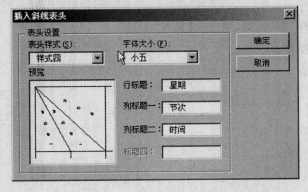

图 4-53 "插入斜线表头"对话框

③在表头样式中选择一种需要的斜线样式。

④在行标题、列标题、数据标题框中输入文字。

⑤单击"确定"按钮。

表格 3 修改成如表 4-4 所示的表格。

表 4-4　　表格 4

注:可能设置出的表头与左上角单元格的尺寸不符,可以反复调整单元格的行高和列宽直到满意为止。

6.修饰表格

一个好的表格,要对它做一些修饰,如线条的处理、单元格或整个表格底纹设置,以突出所要强调的内容或增加表格的美观性。

具体操作步骤如下:

①执行"视图"→"工具栏"→"表格和边框"命令,显示如图 4-54 所示的对话框。

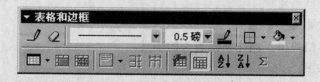

图 4-54　　"表格和边框"对话框

②在工具栏中选择"笔、线型、颜色、填充等"工具。

③在表格中进行操作。

表格 4 修改成如表 4-5 所示的表格。

表 4-5　表格 5

7. 编辑单元格的内容

单元格中的文字可以进行字体格式、对齐方式、缩进、文字方向等设置。

操作步骤如下：

①选定单元格。

②单击鼠标右键选择相应的格式命令。

③输入文字。

表格 5 修改成如表 4-6 所示的表格。

表 4-6　表格 6

		星期一	星期二	星期三	星期四	星期五
上午	第一节	计算机	英语	商务	英语	商务
	第二节	计算机	英语	商务	英语	商务
	第三节	语文	数学	计算机	语文	数学
	第四节	语文	数学	计算机	语文	数学
下午	第五节	体育		职业道德	听力	
	第六节	体育		职业道德	听力	
	第七节	自习		自习	自习	自习

8. 表格属性设置

选定表格，单击鼠标右键选择"表格属性"命令，出现如图 4-55 所示的对话框。

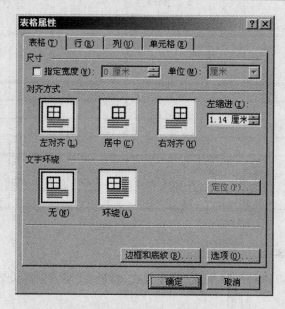

图 4-55　"表格属性"对话框

①"对齐方式"：表格在文档的位置。

②"文字环绕"：表格与文档中的文字关系。

4.6　图文混排

Word 2000 具有强大的图文混排功能。用户可以直接将各种格式的图形或图片插入到文档，并且将其任意放大、缩小、裁剪、控制色彩、修改图形或图片等，也可以在文档中直接绘制。

4.6.1　图片/剪贴画

前面讲了如何安排文档中的文字和表格内容，但在实际的文档中还有一些非文字的图形内容，它们所说明的问题，有时文字是不能达到的。为了使 Word 文档图文并茂，在 Word 软件包中也提供了几种特殊的工具，使其不仅可以在 Word 文档中使用现成的图片，而且可以自己动手作画、制作图表、制作艺术字，以及输入各种数学公式。

1. 插入图片/剪贴画

插入图片是将已绘制的图片或画面插入到正文中指定的位置，插入后成为文件的一部分，并可以进行编辑等操作，一个生动的图形在文档中往往可以达到画龙点睛的作用。

Word 提供了很多图片供用户使用，默认的图片文件的扩展名为. wmf，另外，可以插入具有以下扩展名的图形文件：. dxf，. pic，. drw，. pcx，. tif，. bmp，. wpg 和. cgm，这些形式的图形文件，可以是 Word 自带的，也可以来自其他的程序或是用户自己绘制的。如果用户 Setup 程序完全安装了 Word 中的图形文件，则在 Word 的文件目录中会有一个 Clipart 的子目录，在其中包含了一些图形文件。

操作步骤如下：

①将光标置于要插入图片的位置。

②执行"插入"→"图片"→"来自文件",如图 4-56 所示。

图 4-56 "插入图片"对话框

③在"插入图片"对话框中确定要插入图片的文件名。

④单击"插入"按钮,图片就插入到了光标位置。

2.编辑图片

插入一幅图片后,单击图片可选定该图片。此时图片周围出现 8 个控点,拖动鼠标可以改变图片的位置,拖动 8 个控点可以改变图片的尺寸。同时,屏幕上出现"图片"工具栏,如图 4-57 所示。可利用这个工具栏编辑图片,"图片"工具栏上从左到右各个按钮的说明如下:

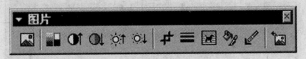

图 4-57 "图片"对话框

①"插入图片"按钮:将打开"插入图片"对话框,在文档中插入一幅新的图片。

②"图像控制"按钮:单击此按钮,出现一个菜单,利用此菜单将彩色图片转换成黑白、灰度、水印图。

③"增加对比度"按钮:单击此按钮,增加所选图片中颜色的饱和度和明暗度。对比度越高,颜色灰色越少。

④"降低对比度"按钮:单击此按钮,降低所选图片中颜色的饱和度和明暗度。对比度越低,颜色灰色越多。

⑤"增加亮度"按钮:通过添加白色,将所选图片的颜色变亮,亮度越高,颜色越亮,白色越多。

⑥"降低亮度"按钮:通过添加黑色,将所选图片的颜色变暗,亮度越低,颜色越暗,黑色越多。

⑦"裁剪"按钮:裁剪或修补部分图片。

⑧"线型"按钮:单击此按钮,可设置图片的边框。

⑨"文字环绕"按钮:设置图片的环绕方式和编辑环绕顶点,拖动相应环绕顶点,以便更改所选对象周围的文字环绕周界。

⑩"设置图片格式"按钮：与"格式"菜单中的"图片格式"命令相同。设置选定对象的线条、颜色、图案、大小、位置及其他属性的格式。

⑪"设置透明色"按钮：设置选定位图的透明色。该工具只对位图图片适用。

⑫"重设图片"返回初始设置：也就是将图片恢复到没有作任何修改的状态。

3.移动和复制图片

选定要调整位置的图片，将鼠标置于图片的任意一个位置上，这时，鼠标指针成箭头形状；然后按下鼠标左键不放，将图片拖到适当的位置上；松开鼠标左键，这时，图片的位置就发生了改变。如果要复制图片，在拖动图片的同时按住 Ctrl 键。也可用"编辑"菜单中的"复制"命令操作。

4.设置图片与正文环绕方式

图片周围可以环绕文字，也可以不环绕文字。图片与正文的环绕方式主要有"四周型"、"紧密型"、"嵌入型"、"浮于文字上方"、"衬于文字下方"等几种。

操作步骤如下：

①选定图片。

②选择"格式"菜单的"图片"命令，将弹出"设置图片格式"对话框，单击对话框的"版式"选项卡，如图 4-58 所示。

③单击某一种环绕方式，然后单击"确定"按钮即可。

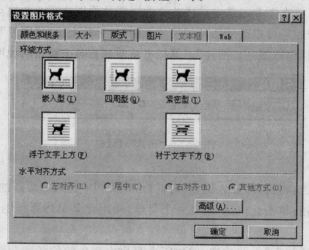

图 4-58　"设置图片格式"对话框

4.6.2　艺术字

艺术字就是有特殊效果的文字，可以有各种颜色，使用各种字体，可以带阴影，可以倾斜、旋转和延伸，还可以变成特殊的形状。

1.创建艺术字

操作步骤如下：

①执行"插入"→"图片"→"艺术字"命令，此时会出现如图 4-59 所示的"艺术字"库对话框。

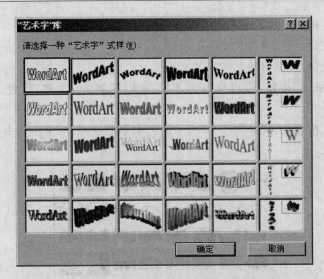

图 4-59 "艺术字"库对话框

②单击想要用的"艺术字"式样,然后单击"确定"按钮。此时,会出现如图 4-60 所示的编辑"艺术字"文字对话框。

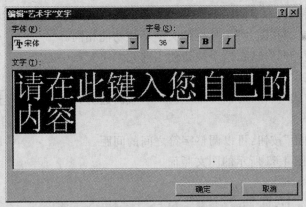

图 4-60 "编辑'艺术字'文字"对话框

③在"字体"框中选择合适的字体,并选择是否使用黑体或斜体,在"文字"框中键入所要写的内容。

④单击"确定"按钮即可。

2.编辑艺术字

插入艺术字后,单击生成的艺术字,出现如图 4-61 所示的"艺术字"工具栏。"艺术字"工具栏从左到右各个按钮的说明如下:

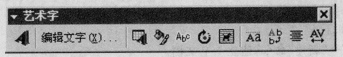

图 4-61 "艺术字"对话框

①"插入艺术字"按钮：生成一副新的艺术字。

②"编辑文字"按钮：可以修改艺术字的文字。

③"艺术字库"按钮：可以修改艺术字的类型。

④"设置艺术字格式"按钮：可以修改艺术字的大小、颜色、边框、位置、旋转角度和环绕方式等。

⑤"艺术字形状"按钮：出现如图 4-62 所示的艺术字形状列表，单击其中的一个，可以将艺术字转换成为相应形状。

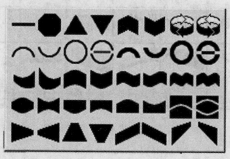

图 4-62　图"艺术字"形状

⑥"自动旋转"按钮：艺术字的四个角上出现四个控点，用鼠标拖动可以自由旋转艺术字。

⑦"文字环绕"按钮：与"图片"工具栏的文字环绕功能相同。

⑧"艺术字母高度相同"按钮：这个按钮使当前艺术字对象中的所有字符都有相同的高度。

⑨"艺术字竖排文字"按钮：竖直放置所选艺术字对象中的文字。

⑩"艺术字对齐方式"按钮：可以实现左、中、右或两边对齐，还可以进行字母调整、单词调整、延伸调整。

⑪"艺术字字符间距"按钮：可以调整字符之间的间距。

【例 14】　创建如图 4-63 所示的图文版面。

图 4-63　图文版面

解：操作步骤如下：

①执行"文件"→"新建"命令，建立一空文档。

②输入文本信息。

③把光标定在文末,执行"插入"菜单中的"分隔符"命令,选"连续"。

④执行"格式"→"分栏"命令,分两栏。

⑤执行"插入"→"艺术字"命令,输入文字,设好艺术字的类型与格式。

⑥移动艺术字至文档的上方,设置版式为"上下型环绕"。

⑦执行"插入"→"图片"命令,插入图片。

⑧移动图片到合适的位置,设置版式为"四周型"环绕。

4.6.3 绘制图形

Word 提供了常用的基本的图形绘制工具,方便用户在文档中绘制一些简单的图案。

1.绘制图形

在绘制图形时,应把视图切换到页面视图,因为在普通视图中,绘制的图形不可见。绘制图形时,先用鼠标左键单击"绘图"工具栏上的绘图按钮,然后在文档编辑区按住鼠标左键并拖动一定的区域大小直到满意为止。可以设置图形的线形、线条颜色、填充方式、自由旋转、按水平或垂直方向翻转等。

2.图形内添加文字

操作步骤如下:

①选定自选图形。

②单击鼠标右键,出现快捷菜单,选定"添加文字"命令。

③此时自选图形变成文本框状态,在插入点处即可输入文字。

自选图形内的文字与其边框默认保持一定的边距。如果要改变其边距,可以选定自选图形,将鼠标置于图形内部,单击右键,出现快捷菜单;选定"设置自选图形格式"命令,出现"设置自选图形格式"对话框;单击"文本框"标签,在"内部边距"选项中,用户可以根据需要设置不同的边距。

3.组合图形对象

组合图形对象是指将多个图形或对象组合在一起,以便把它们作为一个整体来处理。组合好的图形也可取消组合。

操作步骤如下:

①选定需组合的各图形。

②单击"绘图"中的"组合"按钮即可。

下面我们用一例子对图形的操作作进一步的说明。

【例 15】 制作一幅对联。

解:操作步骤如下:

①单击"自选图形"→"星与旗帜"→"条幅图形"。

②拖动鼠标至一定的尺寸。

③单击"绘图"→"旋转或翻转"→"左转"。

④用鼠标左键单击"添加文字"按钮,然后输入内容。

⑤设置文字内容的格式。

⑥将该图形复制一份。

⑦选定复制的图形。

⑧单击"绘图"→"旋转或翻转"→"水平翻转"。

⑨将"物华天宝"改成"人杰地灵"。

⑩选定这两个图形。

⑪单击"绘图"→"对齐和分布"→"顶端对齐"。

⑫执行"插入"→"艺术字"命令，输入"福"字，并移动到合适位置。

⑬单击"绘图"→"组合"，如图 4-64 所示。

图 4-64　　组合图

4.6.4　文本框

文本框就是其中可容纳文本的图形框。文本框中的文本与 Word 的正文一样，可以对其进行格式设置；可以插入图片等对象；可以设置文本框与正文之间的环绕方式；还可以将不同的文本框链接起来。

1. 创建文本框

创建文本框的方法有两种：

方法一：单击"插入"→"文本框"命令，然后用鼠标拖动一区域即可。

方法二：单击"绘图"工具栏上的"文本框"按钮，然后用鼠标拖动一区域即可。

不管用哪种方法，创建的文本框内部的文字都有横排和竖排两种效果，建立时可以使用其中一种。当松开鼠标左键后，在文本框中会出现一个闪烁的插入指示，这时即可开始键入文本。如果以后改变了文本框的大小形状，则文本会按照新形状进行重排。

注：只有在"页面显示"和"打印预览"状态才能显现文本框，在"普通显示"中是看不见的。

2. 设置文本框的环绕方式

安排文本框与正文的位置关系时，有多种环绕方式选择。

操作步骤如下：

①选定要改变环绕方式的文本框。

②执行"格式"→"文本框"命令，出现"设置文本框格式"对话框，然后单击"版式"选项卡，如图4-65所示。

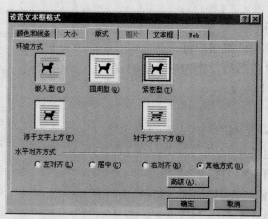

图 4-65　　"设置文本框格式"对话框

③在"环绕方式"选项中,选择一种环绕方式,例如"紧密型";在"水平对齐方式"选项中,选择一种对齐方式,如"居中"。

④单击"确定"按钮即可。

3.设置文本框的链接

在实际排版中,由于版面篇幅形状和大小限制,往往一个文本框不能容纳全部的文本,我们需要将剩余的文本自动在另一个文本框内显示,这就是文本框的链接功能。

操作步骤如下:

①插入如图 4-66 所示的三个文本框,设置好文本框格式,初步确定尺寸以定布局。

图 4-66　　版面设计图

②在上边的文本框内输入相关内容,进行如图 4-66 所示的文本格式设置。

③在左下边的文本框内输入相关内容,进行如图 4-66 所示的文本格式设置,添加项目符号。

④右击左下边的文本框,在快捷菜单中选择"创建文本框链接"按钮 ,再单击右下边的文本框。

⑤将左下边的文本框的高度变短,该文本框的内容自动跳转到右下边文本框内。

⑥最后执行"保存"。

4.7　使用模板与样式

在写文档时,我们可以使用系统提供的模板,也可以自己创建一个模板;用户可以应用系统提供的样式,也可以修改这些样式。

4.7.1　使用 Word 提供的模板

Word 中提供的模板功能常用在制作某类具有固定格式并重复使用的文档中。例如创建传真格式的文档。

操作步骤如下:

①执行"文件"→"新建"→"信函和传真"→"专业型传真"→"确定"命令。

②根据模板提供的格式输入内容即可。

4.7.2　创建自己的模板

有时 Word 提供的模板不能满足用户的实际工作要求,用户可以根据需要创建自己的模板。例如创建如图 4-67 所示的模板。

操作步骤如下:

①新建一空白文档。

②按要求排版固定的内容。

③执行"另存为"命令,取名,设置文件类型为"文档模板(* .dot)"。

④单击"确定"按钮。

注:该文档模板自动保存在安装盘:\Program Files\ Microsoft Office Microsft\templates 中。

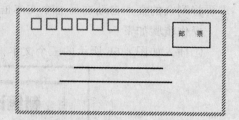

图 4-67　模板图

4.7.3　设置样式

样式常用在文档重复使用的固定格式中。如写一本书,共有五章分别由五人写,通常是先统一格式,而后大家都按此格式来编写,以达到全书的格式统一。

操作步骤如下:

①执行"格式"→"样式"命令,如图 4-68 所示。

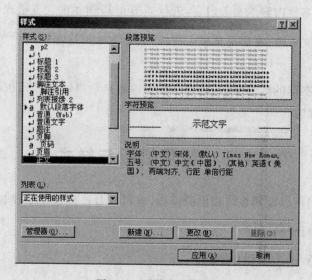

图 4-68　"样式"对话框

②单击"新建"按钮,打开如图 4-69 所示"更改样式"对话框。

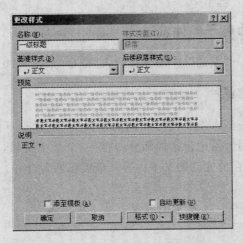

图 4-69 "更改样式"对话框

③在"名称"框中输入"一级标题",在"样式类型"中选择"段落"。

④单击"格式"按钮,设置格式,单击"确定"按钮。

⑤重复②、③、④步,设置其他的样式。

4.8 利用 Word 发送电子邮件

时下网络通信很流行,在 Word 中也可以进行邮件的发送。

4.8.1 创建电子邮件

执行"文件"→"新建"→"常用"→"电子邮件"命令,出现如图 4-70 所示的窗口。在编辑区输入信件信息,然后单击"发送"按钮。

①收件人:对方的 E-mail 地址。

②抄送:第三方的 E-mail 地址。

③主题:信件的标题名称。

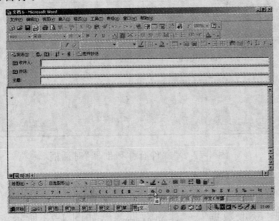

图 4-70 创建电子邮件

4.8.2　将文档作为电子邮件发送

打开文档,执行"文件"→"发送"→"邮件接收人"命令,如图 4-70 所示。

4.8.3　制作套用信函

在日常工作中可能向许多人发出内容相同的信件,只是开头不同。Word 提供"套用信函"命令可以实现此需求。套用信函中包括两部分内容:一个是主文档,它是用来存放相同的内容;另一个是数据源文档,用来存放变动的文本内容。最后将两者合并。

操作步骤如下:

①创建一文档,输入如图 4-71 所示的内容。

同志:

　　本协会定于十月四号在庐山召开年会,望准时参加。

　　地址:庐山大厦 208 房。

　　　　　　　　　　　　　　　　　　　　江西贸促会

　　　　　　　　　　　　　　　　　　　　2007 年 9 月 2 日

图 4-71　创建文档

②执行"工具"→"邮件合并"命令,打开"邮件合并帮助器"对话框,如图 4-72 所示。

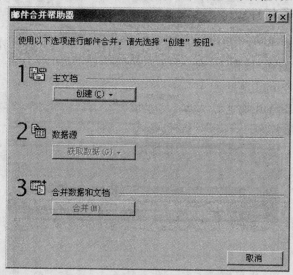

图 4-72　"邮件合并帮助器"对话框

③在主文档项中单击"创建"→"套用信函"→"活动窗口"。

④在数据源项中单击"获取数据"→"建立数据源",如图 4-73 所示。

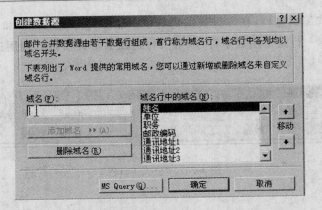

图 4-73 "创建数据源"对话框

⑤添加域名,单击"确定"按钮,出现"另存为"对话框,取名保存。

⑥单击"编辑数据源"按钮,出现"数据表单"对话框,如图 4-74 所示。

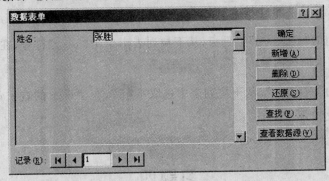

图 4-74 "数据表单"对话框

⑦添加记录,然后"确定"。

⑧在主文档窗口中将光标移至应输入不同信息处(同志前)。

⑨单击"插入合并域"按钮,选择合适的域名(姓名)。

⑩单击"合并选项"按钮,按"合并"。

4.9 方程式编辑

Word 提供了方程式编辑工具 Microsoft Equation 3.0,从而方便我们在文档中嵌入公式。

4.9.1 启动方程式编辑器

操作步骤如下:

①将插入光标置于要插入数学公式的位置。

②执行"插入"→"对象"命令,打开"对象"对话框。

③从"对象类型"列表框中选取"Microsoft Equation 3.0"选项。

④单击"确定"按钮。

此时打开方程式编辑窗口,在方程式编辑窗口中显示"公式工具栏"和菜单栏,如图 4-75 所示。"公式工具栏"第一行是常用数学符号,第二行是数学工具模板。利用这些工具和菜单就可以建立复杂的公式。

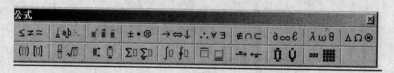

图 4-75　"公式工具栏"

4.9.2　编辑数学公式

如果我们要建立公式:$w=\sqrt[5]{x^4+y^3}$

操作步骤如下:

①在文档中的公式文本框中输入"$w=$"。

②单击工具栏中的""工具板,从下拉列表中单击"$\sqrt{\ }$"符号,在平方根插槽内输入"x",按 Tab 键,在方次插槽内输入"5"。

③单击工具栏的"　　　",从下拉列表中选取"　",在字母 x 的右上角出现一个空插槽,在其中输入"3",按 Tab 键,然后输入"$+y$"。

用同样的方法创建 y 的立方。

习题四

一、选择题

1. Word 2000 新增的"剪贴板"工具栏,增强了剪贴板的功能,可保存最近(　　)次复制或者剪切的内容。

　　A. 5　　　　　　　　　B. 8　　　　　　　　　C. 12　　　　　　　　　D. 20

2. Word 的"文件"命令菜单底部显示的文件名所对应的文件是(　　)。

　　A. 当前被操作的文件　　　　　　　　B. 当前已打开的所有文件

　　C. 最近被操作的文件　　　　　　　　D. 扩展名为. doc 的文件

3. Word 的"窗口"命令菜单底部显示的文件名所对应的文件是(　　)。

　　A. 当前被操作的文件　　　　　　　　B. 当前已打开的所有文件

　　C. 最近被操作的文件　　　　　　　　D. 扩展名为. doc 的所有文件

4. 在 Word 中,视图菜单项右边的方括号中有带下划线的字母 V,因此,打开"视图"菜单的下拉菜单,可按(　　)键。

　　A. Shift＋V　　　　　　B. Ctrl＋V　　　　　　C. Alt＋V　　　　　　D. Ctrl＋Shift＋V

5. 在 Word 的下拉菜单中有黑色字体命令和灰色字体命令,灰色字体命令表示(　　)。

　　A. 这些命令在当前状态下不起作用　　　B. 应用程序本身有故障

C. 这些命令在当前状态下有特殊效果　　　D. 系统运行故障

6. 在 Word 中,如果菜单里的某个命令选项有省略号(...),当选择该命令选项后,会出现(　　)。

　　A. 一个子菜单　　　　B. 一个对话框　　　C. 一个空白窗口　　　D. 一个工具栏

7. 如果在 Word 2000 主窗口中不显示常用工具按钮,打开常用工具应当使用(　　)。

　　A. "工具"→"自定义"命令　　　　　　　B. "文件"→"打开"命令

　　C. "格式"→"样式"命令　　　　　　　　D. "视图"→"工具栏"命令

8. 单击 Word 工具栏上的"显示比例"按钮,可以实现(　　)。

　　A. 字符的缩放　　　　　　　　　　　B. 字符的缩小

　　C. 字符放大　　　　　　　　　　　　D. 前三项都不正确

9. 在 Word 2000 的编辑状态下,连续进行两次"插入"操作,当用鼠标左键单击一次"常用"工具栏的"撤消"按钮后(　　)。

　　A. 将两次插入的内容全部取消　　　　B. 将第一次插入的内容取消

　　C. 将第二次插入的内容取消　　　　　D. 两次插入的内容都不被取消

10. 关于 Word 文档窗口的说法,正确的是(　　)。

　　A. 只能打开一个文档窗口

　　B. 可以同时打开多个文档窗口,被打开的窗口都是活动的

　　C. 可以同时打开多个文档窗口,只有一个是活动窗口

　　D. 可以同时打开多个文档窗口,只有一个窗口是可见文档窗口

11. 在使用 Word 编辑软件时,可以在标尺上直接进行的是(　　)操作。

　　A. 对文章分栏　　　B. 嵌入图片　　　C. 建立表格　　　D. 段落首行缩进

12. 在 Word 中显示有页号、节号、页数、总页数等的是(　　)。

　　A. 菜单栏　　　　　B. 常用工具栏　　　C. 格式工具栏　　　D. 状态栏

13. 下列关于 Word 对话框的说法,正确的是(　　)。

　　A. 对话框有标题栏,可以改变对话框的大小和位置

　　B. 对话框有关闭按钮、最大化按钮、最小化按钮

　　C. 对话框的标题栏右上角有控制菜单按钮,双击该按钮可以关闭对话框

　　D. 对话框的标题栏有一个帮助按钮

14. 可以显示水平标尺和垂直标尺的视图方式是(　　)。

　　A. 普通视图　　　B. 页面视图　　　C. 大纲视图　　　D. 全屏显示方式

15. 不能启动 Word 的方法是(　　)。

　　A. 单击"开始"按钮,接着单击"程序"菜单中的"Microsoft Word"图标

　　B. 在"资源管理器"中双击一个扩展名为.doc 的文件

　　C. 在"我的电脑"中双击一个扩展名为.doc 的文件

　　D. 单击"开始"按钮,然后选择"设置"菜单中的有关命令

16. Word 2000 程序启动后就自动打开一个名为(　　)的文档。

　　A. Noname　　　　B. Untitled　　　C. 文件 1　　　D. 文档 1

17. Word 2000 程序允许打开多个文档,用(　　)菜单可以实现文档之间的切换。

　　A. 编辑　　　　　B. 窗口　　　　C. 视图　　　D. 工具

18. 下列叙述正确的是(　　　)。

　　A. 单击 Word 的窗口最小化按钮可以结束 Word 的运行

　　B. 按任意键可以取消已打开的下拉菜单

　　C. 按组合键 Alt＋F4 可以退出 Word,结束运行

　　D. 窗口最大化、最小化和还原三个按钮可以同时出现在 Word 窗口右上角

19. 在文档编辑过程中,应经常单击常用工具栏的"保存"按钮来保存文档,也可以按快捷键(　　)来保存文档。

　　A. Shift＋S　　　　　　B. Ctrl＋S　　　　　C. Enter　　　　　　D. Ctrl

20. 经下列(　　　)操作后,可以为 Word 文档指定打开密码和修改密码。

　　A. 文件→保存　　　　B. 插入→批注　　　C. 工具→保护文档　　D. 工具→选项

21. 在使用 Word 编辑软件时,插入点位置是很重要的,因为文字的增删都将在此处进行,请问插入点的形状是(　　　)。

　　A. 手形　　　　　　　B. 箭头形　　　　　C. 闪烁的竖条形　　D. 沙漏形

22. 在 Word 2000 的编辑状态,有(　　　)两种工作状态。

　　A. 插入与改写　　　　B. 插入与移动　　　C. 改写与复制　　　D. 复制与移动

23. 在 Word 中,选定整篇文档为文本块时,可按快捷键(　　　)。

　　A. Ctrl＋A　　　　　　B. Shift　　　　　　C. Shift＋A　　　　D. Alt＋Shift＋A

24. 在 Word 中,要选择插入点所在段落,可(　　　)该段落。

　　A. 单击　　　　　　　B. 双击　　　　　　C. 三击　　　　　　D. 右键双击

25. 在编辑 Word 2000 文档时,要将一部分选定的文字移动到指定的另一位置去,首先对它进行的操作是(　　　)。

　　A. 单击"编辑"菜单下的"复制"命令

　　B. 单击"编辑"菜单下的"清除"命令

　　C. 单击"编辑"菜单下的"剪切"命令

　　D. 单击"编辑"菜单下的"粘贴"命令

26. Word 2000 的查找功能非常强大,查的对象可以是文本、格式或(　　　)。

　　A. 图形　　　　　　　B. 表格　　　　　　C. 图像　　　　　　D. 特殊字符

27. 下列快捷键中(　　　)可以执行 Word 2000 中的查找功能。

　　A. Alt＋X　　　　　　B. Ctrl＋K　　　　　C. Ctrl＋H　　　　D. Ctrl＋F

28. 在 Word 中选定文字块时,若块中包含的文字有多种字号,在"格式工具栏"的"字号"框中将显示(　　　)。

　　A. 空白

　　C. 块中最大的字号

　　B. 块中最小的字号

　　D. 块首字符的字号

29. 在 Word 2000 中选择某语句后,连续单击两次工具条中的"B"按钮,则(　　　)。

　　A. 这句话呈粗体格式

　　C. 这句话格式不变

　　B. 这句话呈细体格式

　　D. 产生错误报告

30. 在 Word 中,要将文档中一部分选定文字的中、英文字体、字形、字号、颜色等各种同时进行设置应使用(　　　)。

　　A. "格式"菜单下的"字体"命令

　　B. 工具栏上的"字体"命令

C. "工具"菜单   D. 在工具栏中的"字号"列表框中选择字号

31. 选定文本后,双击"格式刷"按钮,格式刷可以使用的次数是(   )。

    A. 多次   B. 1 次   C. 2 次   D. 3 次

32. 在 Word 中,如果要删除文档中一部分选定的文字的格式设置,可按组合键(   )。

    A. Ctrl+Shift+Z   B. Ctrl+Shift   C. Ctrl+Alt+Del   D. Ctrl+F6

33. 在 Word 中,设置字体的"动态效果"需选择(   )。

    A. "工具"菜单中的"段落"命令选项的"文字效果"

    B. "工具"菜单中的"字体"命令选项的"文字效果"

    C. "格式"菜单中的"段落"命令选项的"文字效果"

    D. "格式"菜单中的"字体"命令选项的"文字效果"

34. 可以将段落设置为左对齐、右对齐、居中对齐、两端对齐和(   )。

    A. 垂直对齐   B. 悬挂对齐   C. 分散对齐   D. 以上都是

35. 在 Word 2000 中,段落首行的缩进类型包括首行缩进和(   )。

    A. 插入缩进   B. 悬挂缩进   C. 文本缩进   D. 整版缩进

36. 在 Word 中,段落的缩进方式有四种:左缩进、右缩进、悬挂缩进和(   )。

    A. 凹下缩进   B. 凸出缩进   C. 首行缩进   D. 尾行缩进

37. 在 Word 中,可以利用(   )上的各种元素,很方便地改变段落的缩排方式,调整左右边界,改变表格列的宽度和行的高度。

    A. 标尺   B. 格式工具栏   C. 符号工具栏   D. 常用工具栏

38. 在 Word 中,现在前后两个段落,当删除了前一个段落结束标记后(   )。

    A. 两段文字合并为一段,并采用原后一段落的格式

    B. 两段文字合并为一段,并采用原前一段落的格式

    C. 仍为两段,且格式不变

    D. 两段文字合并为一段,并变成无格式

39. 为快速生成表格,一般从(   )中选择"插入表格"按钮。

    A. 常用工具栏   B. 格式工具栏   C. 表格和边框工具栏   D. 绘图工具栏

40. 选定表格的某一列,再从"编辑"菜单中选择"清除"命令(或按 Del 键),将(   )。

    A. 删除这一列,即表格将少一列

    B. 删除该列各单元格中的内容

    C. 删除该列中第一个单元格中的内容

    D. 删除该列中插入点所在单元格中的内容

41. 将一表格分成上下两个表格,可以按(   )键。

    A. Ctrl+空格   B. Ctrl+Enter   C. Shift+Enter   D. Ctrl+Shift+Enter

42. 要想在表格的底部增加一空白行,正确的操作是(   )。

    A. 选定表格的最后一行,执行"表格"→"插入"→"行(在下方)"命令

    B. 将插入点移到表格的右下角的单元格中,按 Tab 键

    C. 将插入点移到表格的右下角的单元格中,按 Enter 键

    D. 将插入点移到表格最后一行任意的单元格中,按 Enter 键

43. 在 Word 2000 表格操作中,若将插入点拖动到水平标尺的移动表格列处并同时按下

（　　　）键,即可显示出列宽数值。

　　A. Tab　　　　　　　　B. Shift　　　　　　　C. Ctrl　　　　　　　　D. Alt

44. 在 Word 2000 中,关于表格单元格,叙述不正确的是(　　　)。

　　A. 单元格可以包含多个段　　　　　　B. 单元格的内容可以为图形

　　C. 同一行的单元格的格式相同　　　　D. 单元格可以被分隔

45. 在 Word 表格中,下列关于计算功能的描述中正确的是(　　　)。

　　A. 只能对一行进行求和计算

　　B. 只能对一列进行求和计算

　　C. 不能进行加、减、乘、除运算

　　D. 可以进行求和、求平均值,以及加、减、乘、除运算

46. 在 Word 2000 中,下列叙述中正确的是(　　　)。

　　A. 浮动图片不能与锁定的段落一起移动

　　B. 浮动图片之间可以相互重叠

　　C. 嵌入图片不可以随插入点的移动而移动

　　D. 在嵌入图片的位置处,可以放入其他文本层的一般文本

47. 在 Word 中,若要移动图形对象,可以先使鼠标成为(　　　)形状,再按住鼠标左键将其拖动到所需的位置。

　　A. 指向右方的箭头　　　　　　　　　B. 指向左方的箭头

　　C. 两头箭头形状　　　　　　　　　　D. 四头箭头形状

48. 在编辑 Word 2000 文档中,要用拖动鼠标完成文字或图形的复制时,应当先按下(　　　)键。

　　A. Ctrl　　　　　　　B. Alt　　　　　　　　C. Shift　　　　　　　D. F1

49. 在 Word 2000 中,调整图形对象的大小时,若从中心向外按比例调整,应按(　　　)键,并拖动拐角的尺寸调控点。

　　A. Ctrl　　　　　　　B. Shift　　　　　　　C. Shift＋Tab　　　　　D. Alt

50. 在 Word 2000 中,文档模板的文件名类型为(　　　)。

　　A. ＊. wps　　　　　　B. ＊. txt　　　　　　C. ＊. doc　　　　　　D. ＊. dot

二、操作题

1. 启动 Word 2000,并输入下列文档内容。

计算机网络

计算机网络是计算机应用的一个重要领域,是信息高速公路的重要组成部分。计算机网络已成为当前计算机应用空前活跃的一个领域。

计算机网络就是利用通信线路和通信设备将分布在不同地理位置上具有独立功能的多个计算机系统互相连接起来,在网络软件支持下实现彼此之间的数据通信和资源共享的系统。

计算机网络经历了由简单到复杂、由低级到高级的发展过程,一般分为四个阶段。

远程终端联机,计算机网络,计算机网络互联,信息高速公路

请依次操作以下各题:

(1)将标题(即"计算机网络")居中,3号宋体。

(2)将正文中的"计算机"替换成"Computer"(注意大小写)。

(3)将一、二两段文字加15%的底纹图案式样。

(4)将正文(不含标题)内容分两栏排版。

(5)设置页面为16K纸张,左边距为2.5 cm,右边距为2 cm,上、下边距各为2.5 cm。

(6)每自然段落文字首行缩进2个字符,左缩进2个字符,右缩进3个字符,1.5倍行距;每段文字均以4号楷体显示。

(7)在页眉居中插入标题"计算机实践性环节",在页面底端居中插入页码。

(8)在最后四个自然段落开始位置前加上项目符"◆"。

第五章　电子表格软件 Excel 2000

Excel 2000 是 Microsoft Office 2000 中的主要成员之一，是集文字、数据、图形、图表及其他多媒体对象于一体的电子表格软件。它的核心功能是表格处理，同时还能进行统计计算、图表处理和数据分析以及 Web 和病毒检查功能等。由于 Excel 具有十分友好的人机界面和强大的计算功能，因而深受广大办公、财务和统计人员的青睐，成为最受欢迎、最流行的电子表格软件。

5.1　Excel 2000 的基础知识

工作簿：是计算和储存数据的文件。一个工作簿就是一个 Excel 文件，其扩展名为".xls"。Excel 启动后，自动打开一个被命名为"Book1.xls"的工作簿。

工作表：也称电子表格。一个工作簿可以包含多个工作表（Excel 2000 最多可创建 255 个工作表），这样可使一个文件中包含多种类型的相关信息，用户可以将若干相关工作表组成一个工作簿，操作时不必打开多个文件，而直接在同一个文件的不同工作表中方便地切换。默认情况下，Excel 的一个工作簿中有 3 个工作表，名称分别为 Sheet1、Sheet2、Sheet3，当前工作表为 Sheet1，用户根据实际情况可以增减工作表和选择工作表。

单元格：是组成工作表的最小单位。Excel 的工作表由 65 536 行、256 列组成，每一行列交叉处即为一单元格，有 65 536×256 个。列名用字母及字母组合 A～Z，AA～AZ，BA～BZ，…，IA～IV 表示，行名用自然数 1～65 536 表示。每个单元格用它所在的列名和行名来引用，如：A6、D20 等。

5.1.1　Excel 2000 的新特点

①数据透视图报表：Excel 2000 使图表具有强大的数据透视图报表功能。数据透视图报表具有交互式功能，可使用其字段按钮显示或隐藏图表中的项。

②清单自动填充：Microsoft Excel 2000 在清单中自动扩充格式和公式，以简化此常用任务。

③创建 Web 档：Excel 2000 通过用户所熟悉的工具和功能提供了创建 Web 页的快速且方便的方法。现在，用户可以将 Excel 数据作为交互式的电子表格和图表完整移动到 Web 服务器上。如果要添加图形或文本，或在 Web 页上移动已发布或保存的项，则用户可以在其他程序（例如，Microsoft FrontPage 2000 或 Microsoft Access）中打开 Web 页，然后编辑 Web 页上的数据。

5.1.2　Excel 2000 的启动

方法一：在 Windows 9x/2000 的环境下，单击"开始"菜单，选择"程序"选项，在子菜单中单击"Microsoft Excel"。

方法二：双击桌面上 ▣ Excel 快捷方式图标。

启动后的画面如图 5-1 所示。

图 5-1　Excel 的窗口

5.1.3 Excel 2000 的窗口简介

Excel 的应用窗口（见图 5-1）包括标准的标题栏、菜单栏和工具栏。在工具栏的下边是编辑栏（包括名称框和编辑框）。名称框中可以显示激活的单元格的名称或者地址；创建一个公式时，这个公式就会出现在编辑区。Excel 的状态栏显示当前选择的部分、命令或者操作的信息。

5.1.4 关闭工作簿和退出 Excel

● 关闭：单击"文件"菜单中的"关闭"命令。如果需要关闭所有工作簿但不退出程序，请按下 Shift 键，然后单击"文件"菜单中的"关闭所有文件"命令。

● 退出：如需退出 Excel，单击"文件"菜单中的"退出"命令（或直接单击标题栏的"关闭"按钮）。

5.2　工作簿的基本操作

5.2.1 打开工作簿

在 Excel 2000 中使用"文件"菜单中的"打开"命令或单击常用工具栏上的"打开"按钮都能将相应的文档打开。

具体的操作步骤如下：

①执行"文件"菜单中的"打开"命令或单击工具栏上的"打开"按钮，此时屏幕出现如图 5-2 所示的对话框。

②在"文件名"框中键入或在列表框中选择需打开的文档，然后单击"打开"按钮。

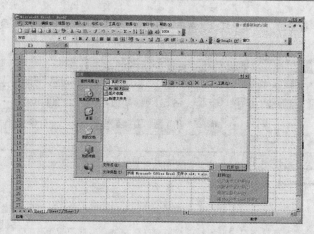

图 5-2 "打开"对话框

　　另外,在桌面或资源管理器的文件夹中双击工作簿文件名,也可以直接打开相应的文档;在"文件"下拉菜单中可以打开最近处理过的工作簿文档;使用"开始"菜单中的"文档"选项,在子菜单中可以打开最近所使用的文档。

5.2.2　新建工作簿

　　每次启动 Excel 2000 时,都将打开一个新的工作簿。如需另行创建一个新的工作簿主要有两种方法:一是使用"文件"菜单中的"新建"命令;二是单击常用工具栏上的"新建"按钮。

　　操作步骤如下:

　　①单击"文件"菜单中的"新建"命令,出现如图 5-3 所示的对话框。

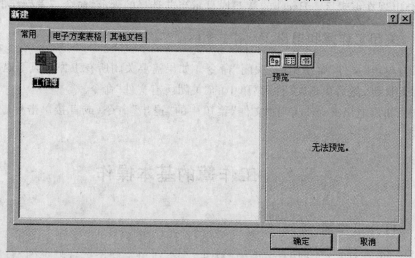

图 5-3 "新建"对话框

　　②选择所需类型的图标,单击"确定"。

　　a. 如果需要新建一个空白的工作簿,请单击"常用"选项卡,然后双击"工作簿"图标。

　　b. 如果需要基于模板创建工作簿,请单击"电子方案表格"选项卡或是列有自定义模板的选项卡,然后双击希望创建的工作簿类型所需的模板,如图 5-4 所示。

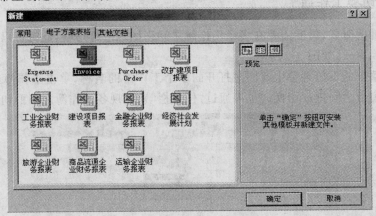

图 5-4 "电子方案表格"选项

另外,在 Excel 2000 中还有其他的方法新建文档。如:使用快捷键 Ctrl+N,可以新建一个空的工作簿。

5.2.3 工作簿的保存

第一次保存工作簿时,应为工作簿分配文件名,并在本机硬盘或其他地址为其指定保存位置。以后每次保存工作簿时,Microsoft Excel 将用最新的更改内容来更新工作簿文件。

操作步骤如下:

①执行"文件"菜单中的"保存"命令,若该文件为一新文件,此时屏幕上出现如图 5-5 所示的对话框;倘若编辑的该文件先前已经保存过,使用"保存"命令时,则自动进行一次保存。

图 5-5 "另存为"对话框

②在"文件名"输入框中输入一个文件名。如果需要将该文件保存到指定目录下,在"保存位置"列表中,选择保存文件的指定驱动器和指定文件夹。如果该文件夹不存在,可点击"新建文件夹"按钮,新建一文件夹,并为该文件夹命名。

③在"保存类型"列表中,选择该文件所需的文件类型,最后单击"保存"。

5.2.4　切换工作簿

在编辑文件的时候,可能需要在多个工作簿之间来回地进行切换,此时可以使用 Excel 2000 提供的窗口切换方式,如图 5-6 所示。

在"窗口"菜单的下拉菜单中有同时打开的多个工作簿的名称,单击工作簿的名称就可以在多个工作簿的窗口之间进行切换。也可通过"任务栏"来实现各工作簿之间的切换。

图 5-6　"窗口"菜单

5.2.5　浏览工作簿

1.窗口的拆分

要查看或滚动工作表的不同部分,用户可以将工作表水平或垂直拆分成多个单独的窗格。将工作表拆分成多个窗格后,可以同时查看工作表的不同部分,如图 5-7 所示。

	A	D	E	F	G
1	姓名	语文	总分		
2	李兰	74	245		
3	李山	75	245		
4	吴辉	85	238		
11	黄霞	74	203		
12	杨芸	70	221		
13	赵小红	75	246		
14	黄河	85	194		
15					
16					
17					

图 5-7　拆分窗口

当需要在较大的工作表区域范围内对数据进行操作时,可使用窗口拆分的方法,将需操作的数据放在被拆分的不同窗格中进行操作。选中行或列,可将窗口横或竖一分为二;但若要将窗口一分为四,可选中横、竖相交时的单元格。

操作步骤如下:

①确定拆分点,用鼠标点击某单元格。

②执行"窗口"菜单中"拆分"命令。

2. 窗口的冻结

为了在滚动工作表时保持行或列标志或者其他数据可见,可以"冻结"顶部的一些行或左边的一些列。被"冻结"的行或列将始终保持可见而不会滚动,工作表中的其他部分可以滚动,如图5-8 所示,第 1 行和 A 列被冻结。

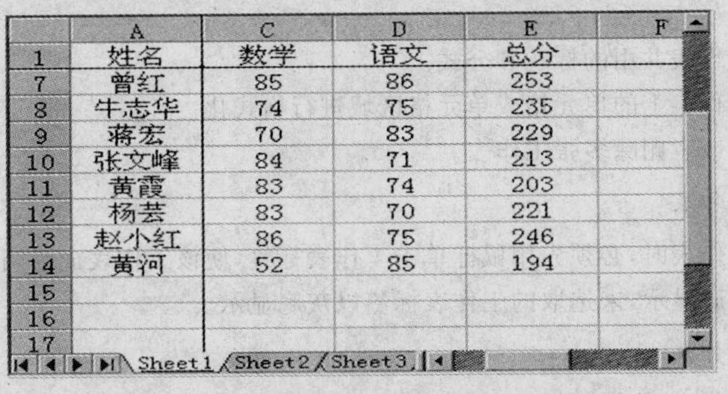

	A	C	D	E	F
1	姓名	数学	语文	总分	
7	曾红	85	86	253	
8	牛志华	74	75	235	
9	蒋宏	70	83	229	
10	张文峰	84	71	213	
11	黄霞	83	74	203	
12	杨芸	83	70	221	
13	赵小红	86	75	246	
14	黄河	52	85	194	
15					
16					
17					

Sheet1 / Sheet2 / Sheet3

图 5-8　冻结窗口

当需要在较大的工作表区域范围内对数据进行查看时,可使用窗口冻结的方法将需查看的数据进行冻结。确定需要冻结的行或列,选中它的下一行或下一列进行窗口冻结;若要冻结行与列,先确定应冻结的行与列,然后选中行与列相交点的右下角单元格。

操作步骤如下:

①确定冻结点。

②执行"窗口"菜单中"冻结窗格"命令。

5.3　工作表的基本操作

5.3.1　工作表的切换

由于一个工作簿具有多张工作表,而当前只能显示一张工作表,需要在不同的工作表中切换,如图 5-9 所示。

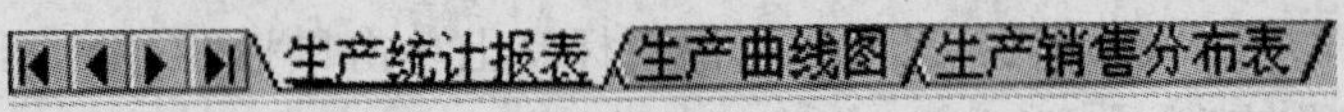

生产统计报表 / 生产曲线图 / 生产销售分布表 /

图 5-9　切换不同的工作表

第一张工作表是本年度总厂生产统计报表,第二张表格则是年度按月生产曲线图,第三张表格是各分厂生产销售分布表。当前所显示的是生产统计报表。

在中文 Excel 中可以利用鼠标单击工作表标签实现工作表间的快速切换;也可以使用 Ctrl＋PageDown 组合键切换到后一张工作表,使用 Ctrl＋PageUp 组合键切换到前一张工作表。如果要切换的工作表标签没有显示在当前的窗口标签中,可以通过滚动按钮来进行切换,也可以改变标签分割条的位置,以便显示更多的工作表标签等。

5.3.2　工作表的选定

除了可以在一张工作表中执行选定操作外,还可以在同一工作簿中选中一张或者多张工作表,并在其中输入数据、编辑或者设置格式等。通常只能对当前活动工作表进行操作,但是,通过选定多张工作表,则可以同时处理同一工作簿中的多张工作表。对于选中的工作表,可以完成下列操作:

①输入多张工作表共用的标题和公式。

②针对选中工作表上的单元格或单元格区域进行格式化。

③一次性隐藏或者删除多张工作表。

1.选定单张工作表

在编辑某一工作表时,必须先用鼠标单击工作表标签,使该工作表成为当前的工作表。选取的工作表标签以白底显示,未选取的工作表标签以灰底显示。

2.选定多张工作表

在选择多张工作表时,标题栏内会出现“工作组”字样。在其中任一工作表内的操作,都将同时在所选的所有工作表中同时进行。例如,当在 Sheet1 中向 B2 单元格中输入内容时,则 Sheet2、Sheet3 中的 B2 单元格也出现相同的内容。对于工作组可以选定相邻的工作表,也可以选定不相邻的工作表。

(1)选定相邻的工作表

要选定相邻的工作表,单击想要选定的第一张工作表的标签,按住 Shift 键,再单击最后一张工作表的标签即可,这时会看到在活动工作表的标题栏上出现“工作组”的字样。

(2)选定不相邻的工作表

对于选定不相邻的工作表,可以先单击想要选定的第一张工作表的标签,按住 Ctrl 键,然后单击要选取的工作表标签即可。

Shift 键和 Ctrl 键可以同时使用。也就是说,可以用 Shift 键选取一些相邻的工作表,也可以用 Ctrl 键选取另外一些不相连的工作表。在选取了数张工作表后,若要删除少数已选取的工作表,可以按 Ctrl 键,同时在要删除的工作表标签上单击鼠标左键即可。

(3)选定全部工作表

要选定工作簿中的全部工作表,只要在工作表标签上单击鼠标“右键”,出现快捷菜单,执行其中的“选定全部工作表”命令即可。选定全部工作表,对于执行类似于在工作簿中的查找与替换是十分有意义的。

要取消工作表的选定,请单击任意一个未选定的工作表标签,或在所选工作表的任意一个标签上单击鼠标右键,在弹出的快捷菜单中选择“取消成组工作表”命令。

5.3.3　重命名工作表

在创建一个新的工作簿时,所有工作表以“Sheet1”、“Sheet2”等默认命名。在实际工作中,用户可以改变这些工作表的名称,以便进行更加有效的管理。

操作步骤如下：

①选中要重新命名的工作表的标签，单击右键，当前名字被反白显示，在右键快捷菜单中选择"重命名"。

②在其中的名称框中输入新的名称，回车即可。

当然双击工作表标签同样也可以对工作表进行重命名，工作表的名称最长可达31个字符。

5.3.4　工作表的插入与删除

通常在一个新建的工作簿中含有默认的三张工作表，而在实际工作中，我们可能在一工作簿使用多于三张或者少于三张的工作表。在 Excel 中可以改变工作表的数目。

1. 插入工作表

若要插入一张新工作表，单击任意工作表标签来选定工作表，然后选择"插入"菜单中的"工作表"命令，我们就会看到一张新的工作表插入在所选定工作表的前方。同时被命名为"Sheet4"，新插入的工作表被激活成当前活动工作表（同样可以使用右键快捷菜单的方法来插入工作表）。

2. 删除工作表

与插入工作表的操作类似，首先单击需要删除工作表的标签，然后选择"编辑"菜单中的"删除工作表"命令，就会看到被选中的工作表已经删除了，同时后面的工作表被激活成了当前活动工作表（同样可以使用右键快捷菜单的方法来插入工作表）。

5.3.5　工作表的复制与移动

1. 在同一工作簿中移动工作表

要在工作簿中改变工作表的顺序，只需选中要移动的工作表标签，按住鼠标左键沿着标签行拖动到新的位置，松开鼠标左键即可。

2. 在不同工作簿中移动工作表

操作步骤如下：

①在原工作簿中单击选中需要移动的工作表标签。

②执行"编辑"菜单中的"移动或复制工作表"命令（也可通过右键快捷菜单的方法进行移动），这时屏幕上出现如图 5-10 所示的对话框。

③在其中的工作簿列表框中选择目标工作簿名，最后按下"确定"即可。

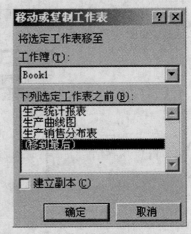

图 5-10
"移动或复制工作表"对话框

3. 在同一工作簿中复制工作表

在实际工作中，我们经常会遇到两张表格很相似的情况，例如单位的"工资表"。对于把一个单位的工资表作为一个工作簿来讲，由于单位每月的工资变动不大，我们则不必每月建立一张新的工资表，而只需将上月的工资表复制一份。然后对其中发生变化的个别项目进行修改即可，对其他固定项目或者未发生变化的项目，如姓名、基本工资等不必修改,从而提高了工作效率。

要在一个工作簿中复制工作表,只需选中要复制的工作表标签,然后按住 Ctrl 键,并按住鼠标左键沿着标签行拖动到新的位置,松开 Ctrl 键和鼠标左键即可。

4.在不同工作簿中复制工作表

操作步骤如下:

①在原工作簿中单击需要复制的工作表标签。执行"编辑"菜单中的"移动或复制工作表"命令(也可通过右键快捷菜单的方法进行移动),这时屏幕上出现如图 5-10 所示的对话框。

②单击"建立副本"复选框,然后在"工作簿"列表框上选择"目标"工作簿,按下"确定"即可。

注:在不同的工作簿间进行复制和移动时,目标工作簿必须是打开的。

5.3.6　工作表的隐藏与保护

1.隐藏

有时要将含有重要数据的工作表或者将暂时不使用的工作表隐藏起来。对于隐藏的工作表,即使我们看不见隐藏的窗口,它仍是打开的。

操作步骤如下:

①选定要隐藏的工作表。

②执行"格式"菜单中的"工作表"选项中的"隐藏"命令,我们可以看到被选定的工作表已被隐藏了。

工作表隐藏后,还可以恢复它们的显示。

操作步骤如下:

①执行"格式"菜单中的"工作表"选项中的"取消隐藏"命令,就可以看到屏幕上出现一个对话框,如图 5-11 所示。

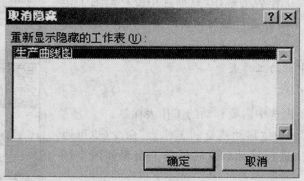

图 5-11　"取消隐藏"对话框

②在"重新显示隐藏的工作表"列表中选择要恢复的工作表,单击"确定"即可。

2.保护

有时工作表不希望被人修改,就应为工作表设定保护密码,以达到保护的目的。

操作步骤如下:

①选定需要保护的工作表标签,执行"工具"菜单下的"保护"选项中的"保护工作表"命令,出

现如图 5-12 所示对话框。

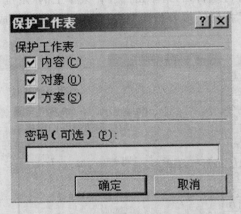

图 5-12 "保护工作表"对话框

②如果不希望被人修改工作表中的内容、对象、方案,请将 3 项全部选中;再为该张工作表设定一个密码,按下"确定"后会要求重复输入一次密码,单击"确定"即可。

5.3.7 工作表中行与列的隐藏

1. 隐藏

在编辑工作表过程中,有时需要对工作表中的行或列进行隐藏。

操作步骤如下:

①首先选中需隐藏的行或列。

②单击"格式"菜单中"行"的"隐藏"命令;或者直接选中需隐藏的行或列的行标或列标,单击鼠标右键,如图 5-13 所示。

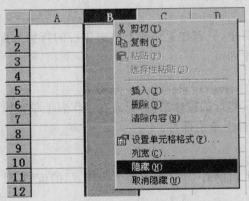

图 5-13 "隐藏"选项

2. 显示隐藏的行或列

如果要显示被隐藏的行,请选定其上方和下方的行;如果要显示被隐藏的列,选定其左侧和右侧的列。单击"格式"菜单,选择"行"或"列"中的"取消隐藏"命令;或者直接单击鼠标右键,在右键快捷菜单中选择"取消隐藏"命令,如图 5-14 所示。

　　如果隐藏了工作表的首行或首列,请单击"编辑"菜单上的"定位"命令,在"引用位置"编辑框中键入 A1,然后单击"确定"按钮。接着指向"格式"菜单上的"行"或"列"选项,再单击"取消隐藏"命令。

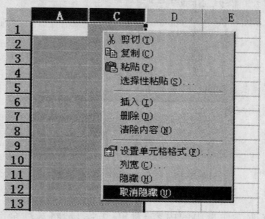

图 5-14　"取消隐藏"选项

5.4　单元格的基本操作

5.4.1　单元格的选定

1.选定单个单元格

单击相应的单元格,或在地址栏中输入相应的单元格名称。

2.选定整行

选定整行的操作比较简单,只需在工作表上单击该行的行标志即可。例如,要选择第五行,只需在第五行的行标上单击即可。

3.选定整列

选定整列的操作和选定整行的操作类似,只需在工作表上单击该列的列标即可,例如要选择"D"列,只需在第 D 列的列标上单击即可。

4.选定整个工作表

在每一张工作表的左上角都有一个"选定整个工作表"的按钮,只需要单击该处,即可选定整张工作表。

5.选定一区域单元格

操作步骤如下:

①将鼠标指向该区域的第一个单元格。

②按住鼠标左键,然后沿着对角线从第一个单元格拖动鼠标到最后一个单元格。

③松开鼠标左键即可。

【例 1】　选定从 B2 到 E9 的矩形区域。

方法一：首先把鼠标指向 B2 单元，然后拖动鼠标到 D9 单元格的右下角即可，选中的区域如图 5-15 所示。

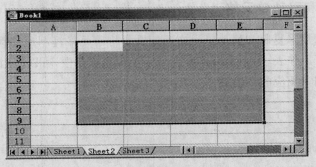

图 5-15　选定矩形区域

方法二：单击要选取范围左上角的单元格，按住 Shift 键，单击右下角的单元，就会看到所要选取的范围反白显示出来。其中，只有第一个单元格维持正常显示，表明它为当前活动的单元格，如果想取消选定，则单击工作表中任一单元格。

方法三：在地址栏中输入"B2：E9"，然后回车。

6. 选定不相邻的多个单元格区域

在工作中，有时需要对不相邻的多个单元格或单元格区域进行操作，此时就需要选定不相邻单元格或单元格区域。选定时，首先按住 Ctrl 键，然后单击需要的单元格或者单元格区域，如图 5-16 所示。

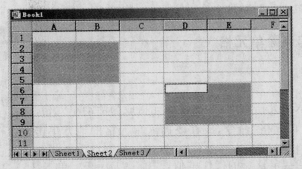

图 5-16　选定不相邻的区域

5.4.2　撤消错误操作

在编辑文档的过程中，有时会因为自己的误操作所导致文档编辑的失败。可以利用 Excel 2000 中的撤消命令来撤消错误的操作。

如果只撤消上一步操作，请单击 撤消按钮。

如果要撤消多步操作，请单击 撤消按钮右端的下拉箭头，在随后显示的列表中选择要撤消的步骤，Microsoft Excel 将撤消从选定的操作项往上的全部操作。

在按下 Enter 键前如果想取消单元格或公式栏中的项，请按下 Esc 键。

如果要恢复已撤消的操作,请单击  恢复按钮。

5.4.3　复制和移动单元格

有几种方法可以用来复制和移动单元格。如果要将单元格复制或移动到同一工作表中、同一工作簿中的另一张工作表、另一个窗口或者另一个应用程序中,可以使用"剪切"、"复制"和"粘贴"命令,也可以使用其相应的快捷键。

1. 复制单元格数据

操作步骤如下:

①选定要复制的单元格或单元格区域。

②选择"编辑"菜单中的"复制"命令(或者使用快捷键 Ctrl+C)。

③单击需粘贴区域的左上角单元格。

④选择"编辑"菜单中的"粘贴"命令(或者按快捷键 Ctrl+V)。

2. 移动单元格数据

利用 Excel 提供的移动单元格命令,实现将单元格从一个位置移动到另一个新的位置,该功能对于我们日常工作中设计表格是十分有用的。

操作步骤如下:

①选定要移动的单元格或区域。

②选择"编辑"菜单中的"剪切"命令(或者按快捷键 Ctrl+X)。

③单击用于接收目标区域的左上角单元格。

④选择"编辑"菜单中的"粘贴"命令(或者按快捷键 Ctrl+V)。

5.4.4　插入和删除单元格

1. 插入单元格

用鼠标单击要插入单元格的地方,使该单元格成为活动单元格。选择"插入"菜单中的"单元格"命令,或在要插入单元格的地方单击鼠标右键,在弹出的快捷菜单中单击插入项,就可以打开插入单元格的对话框,如图 5-17 所示。

在"插入"对话框中有四组选择,它们分别是右侧单元格左移、下方单元格上移、整行、整列,根据需要单击选择其中的一个选项,单击"确定"即可。

图 5-17　"插入"对话框

2. 删除单元格

用鼠标单击要删除的单元格的地方,使该单元格成为活动单元格。选择"编辑"菜单中的"删除"命令,或在要删除单元格的地方单击鼠标右键,在弹出的快捷菜单中单击删除项,就可以打开删除单元格的对话框,如图 5-18 所示。

在"删除"对话框中同样有四组选择,分别是右侧单元格左移、下方单元格上移、整行、整列,根据需要单击选择其中的一个选项,单击"确定"即可。

图 5-18　"删除"对话框

3. 插入或删除行、列

单击所要插入行或列的行标或列标,选择"插入"菜单中的"行"或"列",就会出现一个新"行"或"列",当前行或列的内容会自动下移或右移。

单击所要删除行或列的行标或列标,选定该行或列。选择"编辑"菜单中的"删除",即可完成行、列的删除操作。

5.4.5 清除单元格中的数据

选择所要清除内容的单元格或单元格区域,选择"编辑"菜单中的"清除"命令,在子菜单中根据需要选择"全部"、"内容"、"格式"、"批注"任何一项。按 Delete 键相当于仅删除内容。

清除单元格和删除单元格不同。清除单元格只是从工作表中清除了单元格中的内容,单元格本身还留在工作表中;而删除单元格则是将选定的单元格从工作表中删除,同时和被删除单元格相邻的单元格做出相应的位置调整。

5.4.6 查找与替换操作

查找与替换操作可以搜索要查看和替换的特定文字或数字,并自动替换查找到的内容。还可以选择包含相同数据类型(如公式)的所有单元格,或者也可以选择内容与活动单元格内容不匹配的单元格。

1. 查找命令

首先选定需要搜索的单元格区域。如果要搜索整张工作表,应单击其中的任意单元格。在"编辑"菜单上,单击"查找"命令,如图 5-19 所示。

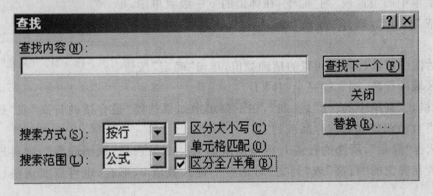

图 5-19 "查找"对话框

在"查找内容"编辑框中输入待查找的文字或数字。再在"搜索范围"下拉列表框中,单击所要搜索的信息类型,单击"查找下一个"按钮(按 Esc 键可中断搜索过程)。

2. 替换命令

首先选定需要搜索的单元格区域。如果要搜索整张工作表,应单击其中的任意单元格,在"编辑"菜单上,单击"替换"命令,弹出如图 5-20 所示的对话框。

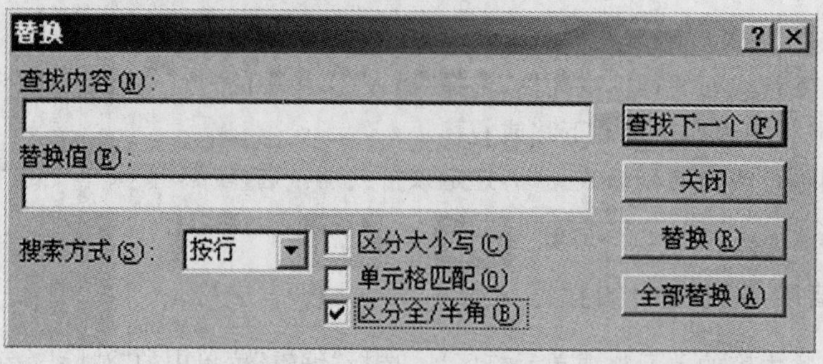

图 5-20 "替换"对话框

在"查找内容"编辑框中输入待查的文字或数字。在"替换值"编辑框中输入替换字符。如果要删除"查找内容"编辑框中输入的字符,请将"替换值"编辑框留空,单击"查找下一个"按钮。如果要逐个替换搜索到的字符,请单击"替换"按钮;如果要替换所有搜索到的字符,请单击"全部替换"按钮(按 Esc 键可中断搜索过程)。

5.4.7 改变行高或列宽

工作表中的行高和列宽是 Excel 隐含设定,行高自动以本行中最高的字符为准,列宽预设 8 个字符位置。如果需要,可以手动调整,系统规定一行的高度或一列的宽度必须一致。

方法一:用鼠标调整行高与列宽。用鼠标拖动行号或列号的中缝。

方法二:用菜单精确设置行高、列宽。

选择所需调整的区域,可以是一行、数行或单元格区域。单击"格式"菜单中的"行"或"列"命令,在弹出的下一级菜单中,单击"行高"或"列宽",打开"行高"或"列宽"对话框,如图 5-21 所示。

图 5-21 "列宽"对话框

在对话框中键入行高或列宽的精确数值,单击"确定"按钮,整个选定区域的行高、列宽就完全相同了。

选择"格式"菜单中的"行"或"列",在子菜单中如果选择"最合适的行高"或"最合适的列宽",系统将自动调整到最佳行高或列宽。

如果选择"隐藏",所选的行或列将被隐藏起来。如果选择"取消隐藏",则再现被隐藏的行或列。若在弹出的"行高"或"列宽"对话框中键入数值 0,那么,也可以实现整行或整列的"隐藏"。

5.4.8 取消网格线

当进入到一个新的工作表中后,会看到在工作表里有虚的网格线,这些网格线可以不显示出来。

其操作步骤如下:

①单击"工具"菜单中的"选项"命令,在屏幕上出现一个"选项"对话框,选择"视图"选项卡,如图 5-22 所示。

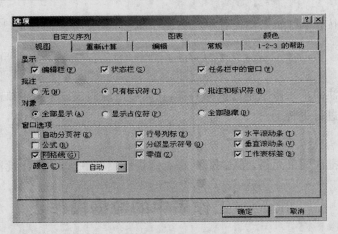

图 5-22 "视图"选项

②单击"网格线",我们可以看到在其前面的"√"符号消失了,单击"确定"按钮后表格线就消失了。

5.4.9 编辑单元格批注

有时在单元格右上角会出现一个红色的三角标记,当鼠标指向该单元格时就会显示一些说明信息,这就是批注信息。

1.添加批注

添加批注的方法很简单,选中需添加批注的单元格,单击右键,在快捷菜单中选择"批注"命令,如图 5-23 和图 5-24 所示。

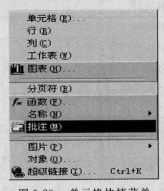

图 5-23 单元格快捷菜单

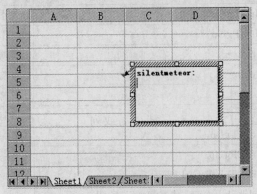

图 5-24 批注文本框

在弹出的批注框中键入批注文本,完成文本键入后,请单击批注框外部的工作表区域。

2.浏览批注

在"视图"菜单中,单击"批注"命令,如图 5-25 所示。

如果要顺序查看每个批注,请在"审阅"工具栏中单击"下一批注"按钮 ;如果要按相反的顺序查看批注,

图 5-25 批注工具栏

请单击"前一批注"按钮 ；如果要查看单独的某个批注，只要将鼠标移至已添加批注的单元格就能进行浏览了。

3. 更改批注

在需要修改批注的单元格上单击鼠标右键，在随后出现的快捷菜单中单击"编辑批注"命令，就能对批注的内容进行更新了。

4. 删除批注

选中需要删除批注的单元格，单击右键，在右键快捷菜单中选择"删除批注"即可。

5.5　工作表中的数据操作

5.5.1　单元格中常量的输入

在 Excel 的单元格中可以输入文本、数字、日期和时间等常量数据；输入数据必须先确定数据输入的单元格。Excel 启动之后，用鼠标和键盘都能激活所需输入数据的单元格，经常使用的键盘功能如表 5-1 所示。

表 5-1　常用的键盘功能

键	移动方向
Home	移到当前行的 A 列
Ctrl＋Home	移到 A1 单元格
PgDn	工作表向下移一屏
PgUp	工作表向上移一屏
Alt＋PgDn	工作表右移一屏
Alt＋PgUp	工作表左移一屏
Ctrl＋→	当前数据区的右边缘
Ctrl＋←	当前数据区的左边缘
Ctrl＋↑	当前数据区的顶部
Ctrl＋↓	当前数据区的底部
Ctrl＋PgDn	下一工作表
Ctrl＋PgUp	上一工作表
Ctrl＋Tab 或 Ctrl＋F6	下一工作簿或窗口
Ctrl＋Shift＋Tab 或 Ctrl＋Shift＋F6	上一工作簿或窗口

1. 字符的输入

①字符型数据：是指首字符为字母、汉字或其他符号组成的字符串。字符个数 ≤ 255，在单元格中默认为左对齐。如果输入的字符数超出了单元格宽度仍可继续输入，表面上它会覆盖右侧单元格中的数据，实际上仍属本单元格内容，不会丢失。一旦确认将出现两种情况：如果右侧单元格为空，当前输入的数据照原样显示；如果右侧单元格非空，右侧单元格中的内容又会立即恢复显示。

②数字型数据:有时需把一些数字串当做字符型数据,如电话号码、邮政编码等。为避免直接输入这些纯数字串之后,Excel 把它当做数值型数据,可以在输入项前面添加单引号或者是:="数字串"。如'330029 和="330029",输入一经确认,输入项前后添加的符号会自动取消且左对齐显示。

2.数值的输入

数值型数据:在单元格中,其输入方法和字符的输入方法是一样的,只不过所有数字在单元格中右对齐。在 Microsoft Excel 中,数字只可以为下列字符:

0 1 2 3 4 5 6 7 8 9 ＋ － ( ) , / $ % . E e

①"常规"数字格式:如果单元格使用默认的"常规"数字格式,Excel 会将数字显示为整数或小数(如 789、7.89),或者当数字长度超出单元格宽度时以科学记数法(7.89E＋08)表示。采用"常规"格式的数字长度为 11 位,其中包括小数点和类似"E"和"＋"这样的字符。

②输入分数:为避免将输入的分数视作日期,请在分数前键入"0"及一个空格,如 1/2:键入 0　1/2。

③输入正负数:输入正数时 Excel 将忽略数字前面的正号(＋),输入负数时请在负数前键入减号(一),或将其置于括号( )中。

④输入货币数值:数的前面可以加 $ 或￥符号具有货币含义,计算时不受影响。一般有两种输入的方法:一是使用"格式"菜单上的"单元格"命令,单击"数字"选项卡,然后在"分类"列表中选中"货币"选项,最后从"货币符号"列表中选择所需的货币符号类型,如图 5-26 所示。

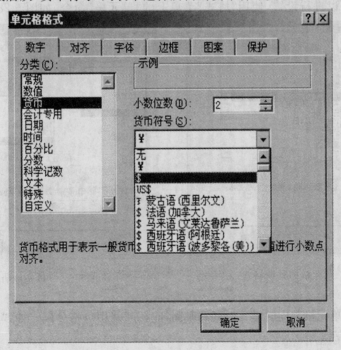

图 5-26　单元格的货币格式

除上述方法外,还可使用快捷键的方法进行输入:按住 Alt 键,使用小键盘的数字键,可以输入下面的符号,如表 5-2 所示。

表 5-2　常用符号对应快捷键

符号	快捷键
¢	Alt+0162
£	Alt+0163
￥	Alt+0165
?	Alt+0128

⑤15 位限制：无论显示的数字的位数如何，Excel 都只保留 15 位的数字精度。如果数字长度超出了 15 位，Excel 则会将多余的数字位转换为零（0）。例如键入一个循环小数 1.33333333333333333333 共有 20 位，在实际显示中只保留 15 位（显示为 1.33333333333333）。

3. 日期与时间的输入

Microsoft Excel 将日期和时间视为数字处理，工作表中的时间或日期的显示方式取决于所在单元格中的数字格式。在键入了 Excel 可以识别的日期或时间数据后，单元格格式会从"常规"数字格式改为某种内置的日期或时间格式。默认状态下，日期和时间项在单元格中右对齐。如果 Excel 不能识别输入的日期或时间格式，输入的内容将被视作文本，并在单元格中左对齐。

输入日期的格式为"年/月/日"或"月/日"。若按〈Ctrl〉+〈;〉键，则取当前系统日期。日期的格式可以进行设置，使用"格式"菜单上的"单元格"命令，如图 5-27 所示。

输入时间的格式为"时:分"；如 7:50。若按〈Ctrl〉+〈Shift〉+〈;〉键，则取当前系统时间。时间的格式同样也可以进行设置，使用"格式"菜单上的"单元格"命令，如图 5-28 所示。

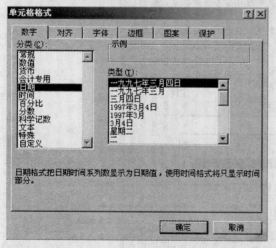
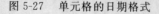

图 5-27　单元格的日期格式

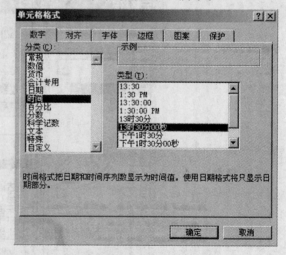

图 5-28　单元格的时间格式

如果要在同一单元格中同时键入时期和时间，应在其间用空格分隔。如："2006/7/13　12:35" 或 "12:35　2006/7/13"。

4. 逻辑值的输入

逻辑值有两种 TRUE（真）和 FALSE（假），一般当两个单元格中的数据进行比较运算后，Excel 会判断，并自动将产生的结果直接显示，并在单元格中居中对齐。

5.5.2 数据输入的技巧

前面已经介绍了各类型数据的输入方法。除此以外，Excel 还提供了以下几种快速输入数据的方法：

1.连续区域内数据的输入

在连续区域内输入数据的方法为：首先选中所要输入数据的区域，在所选中的区域内，如果要沿着行的方向输入数据，则在每个单元格输入完后按 Tab 键；如果要沿着列的方向输入数据，则在每个单元格输入完后按 Enter 键（当然还可以使用光标键来进行操作）。

2.不连续区域内相同数据的输入

选择所要输入的相同内容的单元格（选定的单元格可以是连续的区域，也可以是不连续的区域）。在当前活动单元格中输入数据；再按下 Ctrl＋Enter 键，则刚才所选的单元格内都将被填充同样的数据。如果选定的单元格已经有数据，将被覆盖。

3.预置小数位数输入数字

如果输入的数字都具有相同的小数位数，或者都是相同的尾数 0 的整数，则可以选择"工具"菜单中的"选项"命令，在出现的"选项"对话框中，选择"编辑"选项卡，如图 5-29 所示。

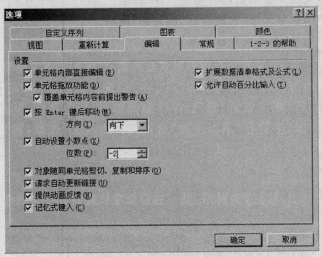

图 5-29 "选项"对话框

在其中选择"自动设置小数点"项，在"位数"框中，输入正数表示小数位数，输入负数表示尾数为 0 的个数。例如，在"位数"框中输入正数"3"，单击"确定"按钮，则在单元格中输入"12345"，回车后，将自动变为 12.345。如果在"位数"框中输入负数"－3"并"确定"，则在单元格中输入"12345"，回车后，将自动变为 12345000。如果输入的过程中，需要暂时取消该设置，可以在输入完数据后输入小数点。

4.同一数据列中快速填写重复录入项

如果在单元格中键入的起始字符与该列已有的录入项相符，Microsoft Excel 可以自动填写其余的字符，如图 5-30 所示。

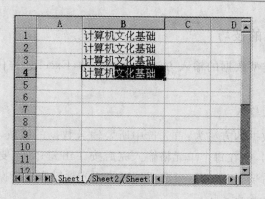

图 5-30　自动填写

5.使用填充柄填写数据

在选定的单元格的右下角有一小黑方块,称为"填充柄"。将鼠标指向填充柄时,鼠标的形状变为黑"十"了,拖动"填充柄"可以实现快速填写数据。

(1)输入数列数值(等差或等比数列)

操作步骤如下:

①在相邻的两单元格中输入数列的第一、二项数据。

②选定步骤①中的两单元格,右键按住"填充柄"拖动。

③在快捷菜单中选择"等差或等比数列"。

(2)输入有规律的数据

在工作表输入时,经常会遇到输入有规律的数据。例如星期一、星期二、星期三,等等。Excel中自带一些序列数据,用户也可以添加序列。

【例 2】　输入"一月、二月……"。

解:操作步骤如下:

①选定一单元格输入"一月"。

②按住填充柄进行拖动即可。

【例 3】　输入"一班、二班……"。

解:操作步骤如下:

①执行"工具"→"选项"→"自定义序列",如图 5-31 所示。

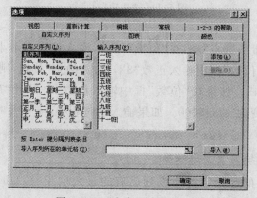

图 5-31　"自定义序列"选项

②在"新序列"中输入"一班、二班……"。

③按"添加",再"确定"。

④选定一单元格输入"一班"。

⑤按住填充柄进行拖动即可。

6.填充相同的数据(复制数据)

选定一单元格区域,拖动填充柄,则将单元格区域中的数据进行重复复制。

5.5.3　数据的有效性检验

Excel 2000 提供了数据的有效性检验,来保证输入数据的正确性。如果输入的数据出现了错误,Excel 2000 将及时地显示警告信息,以便更正错误的数据。

操作步骤如下:

①先选定需进行数据有效性检验的单元格或单元格区域。

②在"数据"菜单中,单击"有效性"命令,将打开"数据有效性"对话框,如图 5-32 所示。

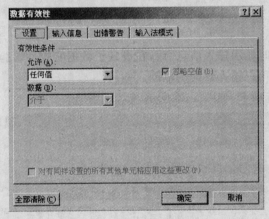

图 5-32　"数据有效性"对话框

③首先选择"设置"选项卡,进行数据有效性的设置。打开"允许"下拉列表框,选择允许输入的数据类型,如图 5-33 所示。

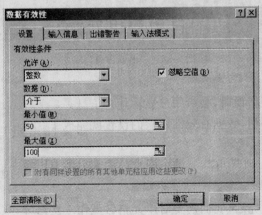

图 5-33　"允许"下拉列表框

④然后在"数据"列表框中选择相应的数据输入范围。

⑤单击"输入信息"选项卡,如图 5-34 所示。

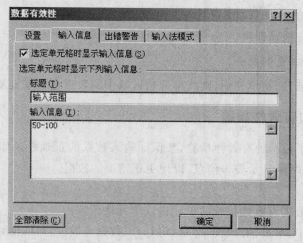

图 5-34　"输入信息"选项

⑥选中"选定单元格时显示输入信息"后,在设置了数据有效性检验的单元格中输入数据时,就会显示输入信息,提醒用户输入数据的范围。

⑦单击"出错警告"选项卡,如图 5-35 所示。

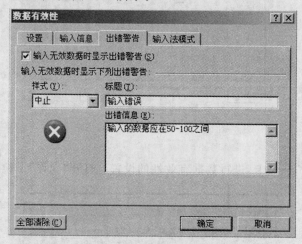

图 5-35　"出错警告"选项

⑧输入如果输入出现错误时,会给用户显示什么信息。

⑨最后单击"确定"按钮,数据有效性检验的设置就完成了。

5.6　单元格的格式设置

当单元格的数据输入完后,我们需要对单元格区域作一些修饰,如字体、对齐方式、边框和底纹等,以便于更好地阅读及打印输出。

5.6.1 设置单元格的格式

1.数字格式

用户可以通过"格式"菜单栏中的"单元格"命令或在右键快捷菜单中选择"设置单元格格式"命令,并选择"数字"选项卡,在分类中设置数字的格式。

2.对齐格式

在"设置单元格格式"对话框的"对齐"选项卡中,用户可以设置单元格内文本的对齐方式和文本控制方式。

具体操作步骤如下:

①选定单元格。

②单击右键,在快捷菜单中选择"设置单元格格式"命令,如图 5-36 所示。

③选择"对齐"选项卡,在水平对齐和垂直对齐的下拉列表框中选择对齐方式。

④在"文本控制"中可设置"自动换行"、"缩小字体填充"、"合并单元格"。

⑤在"方向"中可以设置单元格内文本的方向。

⑥单击"确定"即可。

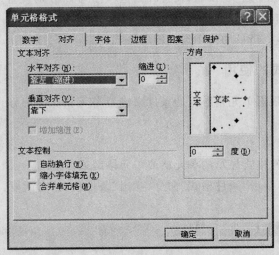

图 5-36 "设置单元格格式"对话框

3.字体、边框和图案格式

在"设置单元格格式"对话框中同样可以设置单元格的字体、边框和图案格式,具体操作方式和 Word 2000 类似。

5.6.2 自动套用格式

Excel 在"自动套用格式"功能中,提供了许多种专业的表格形式,它们是上述各项组合的格式方式,使用它们可以快速格式化表格。

操作步骤如下:

①选择所要格式化的单元格区域。

②单击"格式"菜单中的"自动套用格式",弹出"自动套用格式"对话框,如图 5-37 所示。

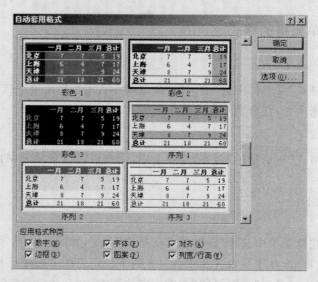

图 5-37　"自动套用格式"对话框

③选择所需样式,单击"选项"按钮,在打开的选项中可以分别设置所选格式的部分效果,例如取消"对齐"设置,自动格式化后的对齐方式仍为原来的对齐方式。

④单击"确定"按钮,表格自动使用选定的新格式。

5.6.3　条件格式的使用

所谓条件格式是指根据单元格数据的条件来设置单元格数据显示的格式,这样可以突出地显示某些特殊的数据。

操作步骤如下:

①先选定要进行条件格式显示的单元格或单元格区域。

②在"格式"菜单中,单击"条件格式"命令,弹出"条件格式"对话框,如图 5-38 所示。

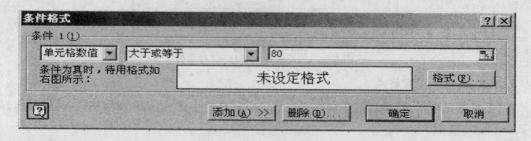

图 5-38　"条件格式"对话框

③在对话框中输入"条件 1"的条件。

④单击"格式"按钮后,将出现一个"单元格格式"对话框,分别可以设置"字体"、"边框"和"图案",如图 5-39 所示。

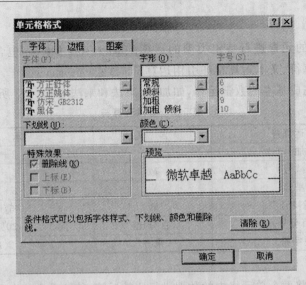

图 5-39 "单元格格式"对话框

⑤如果还要进行第二个条件的设置,可单击"添加"按钮,如图 5-40 所示。

⑥然后再进行相类似的设置。多重设置的条件相互是独立的;只要满足其中的一个条件,就能按相应的条件格式显示单元格的数据。

⑦最后单击"确定"按钮,完成设置。

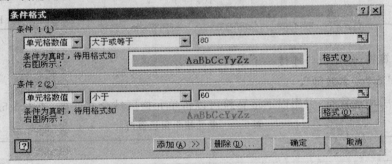

图 5-40 "条件 2"选项

5.7 单元格中公式的应用

Excel 作为一个电子表格软件,除了进行一般的表格处理外,最主要的还是它的数据计算功能。在 Excel 中,我们可以在单元格中输入公式或使用 Excel 提供的函数来完成对工作表中数据的计算。

5.7.1 组成公式的元素

公式可以用来执行各种运算,如加法、减法或比较工作表数值。公式由运算符、常量、单元格引用值、函数等元素构成。

1.运算符

运算符对公式中的元素进行特定类型的运算。Microsoft Excel 包含四种类型的运算符：算术运算符、比较运算符、文本运算符和引用运算符。

①算术运算符:完成基本的数学运算,如加法、减法和乘法,如表 5-3 所示。

表 5-3   算术运算符

算术运算符	含　义	示　例
＋(加号)	加	3＋3
－(减号)	减	5－3
＊(星号)	乘	3＊6
/(斜杠)	除	5/6
%(百分号)	百分比	20%
^(脱字符)	乘方	2·3

②比较运算符:能将两个单元格中的数据进行比较运算,其结果是一个逻辑值,如表 5-4 所示。

表 5-4   比较运算符

算术运算符	含　义	示　例
＝	等于	A1＝B2
＞	大于	A1＞B2
＞＝	大于等于	A1＞＝B2
＜＝	小于等于	A1＜＝B2
＜＞	不等于	A1＜＞B2

③文本运算符:使用(＆)连接一个字符串。

如:"我是"＆"一名教师"。

④单元格引用运算符:引用以下运算符可以将单元格区域合并计算,如表 5-5 所示。

表 5-5   单元格引用运算符

引用运算符	含　义	示　例
：	区域运算符:对两个引用之间,包括两个引用在内的所有单元格进行引用	D2：H6
，	联合操作符:将多个引用合并为一个引用	SUM(A1:C3,G6:K8)

2.地址的引用

对单元格地址的描述,其格式为[工作簿名]＜工作表名！＞列号行号。如果在当前工作表,工作簿和工作表名可省,说明在当前工作表。工作簿名的引用需用方括号分隔,工作表名与单元格的引用之间用感叹号分隔。例如[Book2]Sheet1！B2 表示 Book2 工作簿中 Sheet1 工作表的 B 列第二行单元。单元格常用以下几种方式表达:

①相对地址:列号行号。例如 A8。

②绝对地址:＄列号＄行号。例如＄A＄8。

③混合地址:＄列号行号或列号＄行号。例如＄A8 或 A＄8。在公式表达中其含义都是一

样的,如 C4＝A2＋C6 等同 C4＝＄A＄2＋C＄6。

④区域地址:单元格 1:单元格 2。例如 A2:C3 表示从 A2 到 C3 单元格的区域。

⑤R1C1 样式:R 行数 C 列数。Microsoft Excel 使用"R"加行数字和"C"加列数字来指示单元格的位置。例如 R4C4 与＄D＄4 等价。要打开(或关闭)R1C1 引用样式,请单击"工具"菜单上的"选项",然后单击"常规"选项卡,在"设置"中选中或清除"R1C1 引用样式"复选框。

3. 函数

函数是一些预定义的公式,它们使用一些称为参数的特定数值按特定的顺序或结构进行计算。如 SUM 函数对单元格或单元格区域进行加法运算。

在输入函数前,先要选择显示结果的单元格。如果熟悉函数的语法,可以直接在单元格中输入函数。对于一些不熟悉或者很复杂的函数,可以使用 Excel 提供的函数工具。单击"插入"菜单中的"函数"命令(或单击"常用工具栏"上的 *fx* 插入函数按钮),打开"粘贴函数"对话框,如图 5-41 所示。选择相应的函数,单击"确定",接下来就要输入函数的参数。

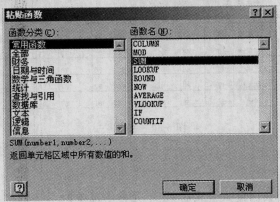

图 5-41 "粘贴函数"对话框

5.7.2 公式的输入与复制

Microsoft Excel 中公式的表达是:最前面是等号(＝),后面是参与计算的元素(运算数),这些参与计算的元素又是通过运算符隔开的。Excel 从等号(＝)开始,从左到右执行计算(根据运算符优先秩序)。可以使用括号组合运算来控制计算的顺序,括号括起来的部分将先执行计算。例如"＝5＋2＊3",公式结果为 11,因为 Microsoft Excel 先计算乘法再计算加法。与此相反,如果使用括号改变语法,则"＝(5＋2)＊3",其结果为 21。

公式的表达式必须是合理的,即它必须是可求的,否则出错。

1. 公式的输入

公式的输入一般在"编辑栏"中进行。编辑栏中显示出公式的完整信息,而单元格中常常显示的是公式的计算值。

操作步骤如下:

①单击要输入公式的单元格(选定单元格)。

②单击编辑栏上的"编辑公式"按钮 ▪ 。

③按照公式中操作数和运算符的顺序进行输入。

【例 4】 在学生信息工作簿中的第一学期工作表中求出第一位同学的总分；总分＝（哲学＋体育＋数学＋语文＋地理）＊80％＋计算机＋英语＋国贸。

解：操作步骤如下：

①打开“学生信息”工作簿的“第一学期”工作表。

②选定 M5 单元格，单击编辑栏上的“编辑公式”按钮 = 。

③输入“＝(D5＋E5＋F5＋G5＋H5)＊80％＋SUM(I5：L5)”，并“确定”，如图 5-42 所示。

注：步骤③中公式可改为“＝SUM(D5：H5)＊80％＋SUM(I5：L5)”，其结果是一样的。

	A	B	C	D	E	F	G	H	I	J	K	L	M
1					信息管理系04级电子商务								
2					2004-2005学年第一学期总成绩排名表								
3		班主任:王小明								联系电话:1387005123			
4	学号	姓名	班级	哲学	体育	数学	语文	地理	计算机	英语	国贸	会计	总分
5	1	黄敏辉	一班	61	79	72	68	71	75	69	75	71	570.8
6	2	任星波	一班	65	82	76	64	81	79	77	75	73	
7	3	王胤	一班	69	76	72	70	80	78	91	77	81	
8	4	胡昆根	一班	60	0	85	60	72	67	50	77	62	
9	5	钟敏	一班	65	0	60	70	81	67	49	68	64	

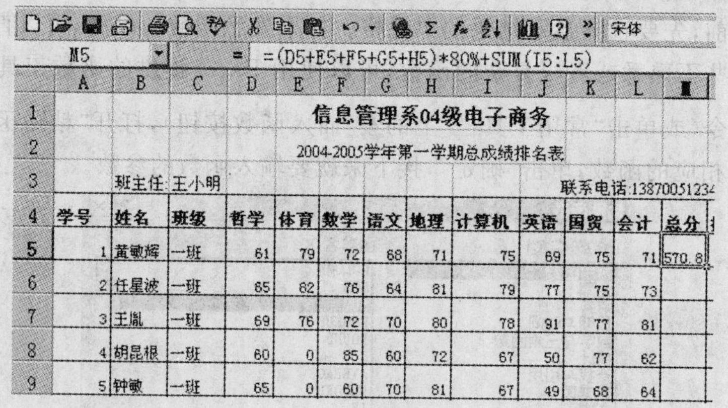

图 5-42　编辑公式

2. 公式的显示

在 Excel 中，通常当我们输入公式后，在单元格中反映的不是公式本身，单元格中仅显示公式的计算结果，公式本身则在编辑栏的输入框中显示，如图 5-42 所示。如果希望直接在单元格中显示公式，可以采用以下两种方法：

方法一：选用“工具”菜单中的“选项”命令，在屏幕上出现一个“选项”对话框。单击“视图”标签，选定“窗口选项”框中的“公式”，单击“确定”按钮，如图 5-43 所示。

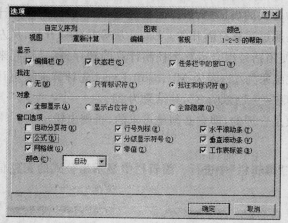

图 5-43　“公式”选项

方法二：可以使用按<Ctrl>＋<~>(Tab 键上边的键)组合键，再次键入则取消显示。

3.公式的隐藏

在一个工作簿文件中，有时不希望别人看到我们所使用的计算公式。例如对于公司的财务报告，我们不希望别人看到利润的计算公式或者不希望公司的雇员知道成本的核算公式等，这时，就可以通过将公式隐藏起来的办法来达到保密的目的。

操作步骤如下：

①选定想隐藏公式的单元格范围。单击"格式"菜单中"单元格"命令，单击"保护"选项卡，选定标记为"隐藏"的选择框，单击"确定"。

②单击"工具"菜单中"保护"命令中的子命令"保护工作表"，在屏幕上出现密码对话框，输入密码。紧接着出现确认密码对话框，重复输入一遍刚才所设置的密码，按"确定"按钮后，在编辑栏中公式就已被隐藏了。

③如果要取消隐藏的公式，可以先撤消工作表的保护，在"保护"选项卡中清除标记为"隐藏"的选择框。

4.公式的复制

在编辑中，复制是最基本的一种操作。当将一单元格的公式复制到另一单元格中去，源单元格和目标单元格的公式是否一样，关键看源公式中引用的地址是绝对地址还是相对地址，绝对地址是不变，而相对地址是要变化。复制的操作很简单，可使用填充柄拖动或者执行"复制"命令。例如 D3＝A2＋$C$1＋C3 将 D3 复制到 H6 中，H6 的公式是什么？

分析如下：

①在复制操作中只有公式中的单元格地址可能发生变化，本例有三种引用地址。

②地址中有前缀 $ 的行号或列号，其行号或列号不变，否则行号和列号要相对变化。

③D3 为源地址，H6 为目标地址。从 D3 复制到 H6，即列从 D 到 H 加 4 列；行从 3 到 6 加 3 行。

④那么公式中的相对地址作相应的变化：A2 变为 E5、C3 变为 G3。($C$1 不变)

⑤所以 H6＝E5＋$C$1＋G3

5.7.3　使用自动求和

在工作表窗口中的工具栏中有一个自动求和按钮 Σ，利用该按钮，可以对工作表中所设定的单元格自动求和。自动求和按钮实际上代表了工作表函数中的"SUM"求和函数，利用该函数可以将一个累加公式转换为一个简洁的公式。

操作步骤如下：

①选定求和的单元格，单击 Σ 按钮。

②编辑栏中出现求和函数，如图 5-44 所示。

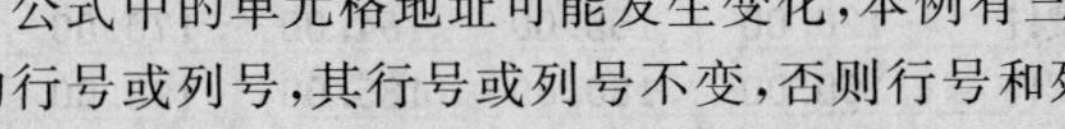

$$\boxed{✗\ \checkmark\ =}\quad =SUM(D11:L11)$$

图 5-44　编辑栏

③分别单击所要求的单元格。

④单击"输入"按钮(对号√)确定公式。

自动求和还可以将单元格区域中的数据按行累加放在最右列（空列）；按列累加放在最下一行（空行）。

操作步骤如下：

①选定数据区（多选一空行或空列）。

②单击 Σ 按钮，求和的结果放在空行或空列中。

5.8　使用图表

为了更形象地表示表格的数据效果，可以将当前创建好的工作表生成为图表，Excel 中内置了多种样式的图表，用户可以根据需要生成具有某种样式的图表。图表具有较好的视觉效果，可方便用户查看数据的差异、图案和预测趋势。

5.8.1　创建简明的图表

例如，将表格中的数据直接转换成图表的形式，用户不必分析销售表（图 5-45）中的多个数据列，可以直接查看销售图表（图 5-46）立即知道各个季度销售额的升降，能直观地看到全年各季度的项目销售情况，很方便地将实际销售额与销售计划进行比较。

	A	B	C	D	E	F
1	某IT公司全年（各季度）销售总额					
2	服务项目	一季度	二季度	三季度	四季度	全年总额
3	硬件	120.00	155.00	164.00	170.00	609.00
4	软件	150.00	180.00	185.00	190.00	705.00
5	培训	2.50	3.60	4.40	5.60	16.10

图 5-45　销售表

操作步骤如下：

选中数据所在的单元格区域（A2:E5），按下功能键 F11 生成图表，如图 5-46 所示。

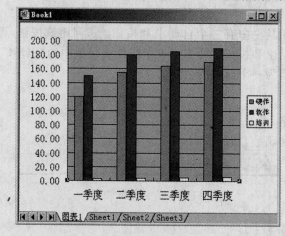

图 5-46　销售图表

Excel支持广泛的图表类型选择。把数据绘制到哪类图表中由数据和想要表述的目的决定。在这里向大家介绍几种图表类型供大家参考。

①饼形图。饼形图显示了构成数据系列的项目相对于项目总和的比例大小。饼形图总是只显示一个数据序列；当用户希望强调某个重要元素时，饼形图就很有用。

②折线图。折线图显示了相同间隔内数据的预测趋势。

③面积图。面积图强调了随时间的变化幅度。由于也显示了绘制值的总和，因此面积图也可显示部分相对于整体的关系。

④柱形图。柱形图用于显示一段时间内的数据变化或说明项目之间的比较结果。通过水平组织分类、垂直组织值可以强调说明一段时间内的变化情况。

⑤条形图。条形图显示了各个项目之间的比较情况。纵轴表示分类，横轴表示值，它主要强调各个值之间的比较而并不太关心时间。

5.8.2 创建图表

在Excel中创建图表位置方式有两种：一种是嵌入式图表，它和创建工作表上的数据源放置在同一张工作表中，作为该张工作表中的一个对象，打印的时候也同时打印；另一种是独立式图表，图表位于单独的工作表中，也就是与源数据不在同一张工作表上，打印的时候也将与数据表分开打印。

操作步骤如下：

①首先需要选定用于创建图表的数据区域。如图5-45所示的工作表中，可以选择单元格范围A2:F5。

②单击常用工具栏中的 图表向导按钮，或者选择"插入"菜单中的"图表"命令，进入"图表向导"对话框，如图5-47所示。

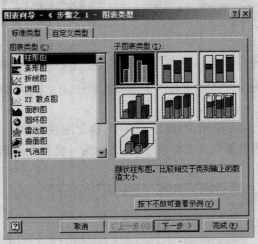

图5-47 "图表向导—4步骤之1—图表类型"对话框

③然后在该向导的引导下，一步步地完成创建图表的过程。

a.第一个对话框（见图5-47）的作用是选择图表的类型，在Excel中内置了柱形图、条形图、折线图、饼图、曲面图等10余种图表类型，每一类又有若干种子类型。这里我们选择柱形图。

　　b. 第二个对话框中（见图 5-48）确定作图的数据区域，在“数据区域”选项中给出了图表的样本，在进入“图表向导”之前可先选定数据区域，也可以在此重新选择数据区域，可以改变图表的**数据来源和系列数据产生在行或列**。单击“系列”选项，可以对系列进行定义，确定后，单击“下一步”按钮。

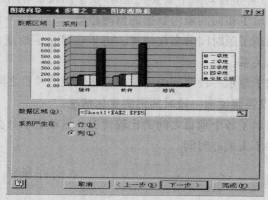

图 5-48　“图表向导—4 步骤之 2—图表源数据”对话框

　　c. 第三个对话框如图 5-49 所示，是对前一步选定的图表类型作进一步的格式设定，如设定标题、图例以及是否带有网格线等。该对话框右部可以观察图表的预览效果，并可一边设置参数，一边观察图表的变化。

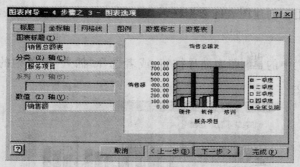

图 5-49　“图表向导—4 步骤之 3—图表选项”对话框

　　d. 第四个对话框如图 5-50 所示，在此对话框中，确定图表的存放位置，可以设置将图表嵌入到工作表中，还可以将图表放置在新工作表中，使之成为一张独立的图表。我们选择将图表放置在新工作表中。

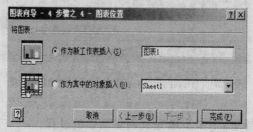

图 5-50　“图表向导—4 步骤之 4—图表位置”对话框

e. 最后单击"完成"按钮,这时图表就已经生成在所选区域内,完成了图表的建立,如图 5-51 所示。

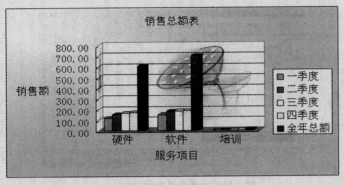

图 5-51 销售总额表

注: 在使用"图表向导"的过程中,随时可以单击"下一步"按钮进入下一个对话框,也可单击 "上一步"按钮,回到上一个对话框。修改前面的设置,也可以随时单击"完成"按钮,不再对下面 的对话框进行设置,而是使用默认值和已填充好的设置建立图表。刚建立好的图表,边框上有 8 个黑色控制块。将鼠标定位在图表上,通过拖动鼠标,可以将图表移动到需要的位置。将鼠标定 位在控制点,拖动鼠标可以调整图表的大小。

5.8.3 图表的编辑

在对图表加以修饰前,首先要选取图表。如果是嵌入式图表,用鼠标单击图表;如果是图表 工作表(独立的图表),则单击此工作表的标签。

1. 利用快捷菜单

单击需修改的图表对象,所选中的图表对象的边框出现控制块,将鼠标定位在控制块上,通过 拖动能够改变对象的大小。选中某一对象后,单击鼠标右键,会出现相应的右键快捷菜单。在打开 的菜单中,选择所需的修改项来完成修改。例如修改图表中全年总额的柱形图的颜色和形状。

操作步骤如下:

① 选中全年总额的柱形图,所选中对象的边框出现控制块。

② 单击鼠标右键,在右键快捷菜单中选择"数据系列格式",如图 5-52 所示。

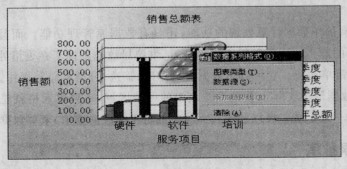

图 5-52 "数据系列格式"选项

③显示如图 5-53 所示的对话框,分别在"图案"和"形状"选项卡中进行修改,修改完后单击"确定"即可。

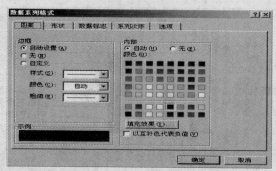

图 5-53 "数据系列格式"对话框

2.利用图表工具栏

选取图表后,选择"视图"菜单中的"工具栏"选项,再选择其中的"图表"命令。在此工具栏上有 9 个工具按钮,如图 5-54 所示。这 9 个工具按钮依次为"图表对象"、"图表对象格式"、"图表类型"、"图例"、"数据表"、"按行"、"按列"、"向下斜排文字"和"向上斜排文字"。利用这些按钮,可以方便地对图表的各部分进行修饰,如图 5-54 所示。

图 5-54 "图表"对话框

3.利用菜单编辑

单击需修改图表中的元素,单击"格式"菜单,根据选择的图表区域不同,"格式"菜单会有不同的命令,利用命令的对话框可以方便地对图表的文字、格式、类型、标题、数字格式、坐标轴的刻度、图案、趋势线等进行修饰。

5.9 数据的管理

Excel 不仅具有简单数据计算处理的功能,还具有数据库管理功能。而且 Excel 在制表、作图等数据分析方面的能力比一般数据库更胜一筹,淋漓尽致地发挥了在表格处理方面的优势,这就是 Excel 的数据清单功能。它可以对数据进行排序、筛选、分类汇总等操作。

在 Excel 中,数据清单实际上就是工作表中的一个区域,一列单元格就是一个字段,每行中的字段输入项就是一条记录。可以利用在 Excel 中创建的数据清单,来对数据进行管理。

5.9.1 记录排序

在 Excel 中,可以根据一列或多列的内容按升序或降序对数据清单进行排序。

现在对如图 5-55 所示的学生成绩表按照"总分"进行高低排名,并且"总分"如有相同,则按照"数学"高低进行排名。

	A	B	C	D	E	F	G
1			学生成绩表				
2	学号	姓名	性别	英语	数学	语文	总分
3	13	黄河	男	57	52	85	194
4	10	黄霞	女	46	83	74	203
5	9	张文峰	男	58	84	71	213
6	11	杨芸	女	68	83	70	221
7	8	蒋宏	男	76	70	83	229
8	7	牛志华	男	86	74	75	235
9	3	吴辉	男	75	78	85	238
10	1	李兰	女	86	85	74	245
11	2	李山	男	80	90	75	245
12	12	赵小红	女	85	86	75	246
13	5	陈亮	男	95	72	82	249
14	6	曾红	女	82	85	86	253
15	4	傅晓宇	男	96	84	95	275

图 5-55　　学生成绩表

操作步骤如下：

①选定需要排序的数据清单。

②单击"数据"菜单中的"排序"命令，打开"排序"对话框，如图 5-56 所示。

③依次选择三级排序关键字，并设置"递增"或"递减"。

④单击"确定"按钮，完成操作。

注：在选定数据清单时，应选择标题行，否则关键字则用列号代表；关键字的数据类型为字符型时，则按字符的内码值进行比较大小，如要排成一班、二班……顺序时，则要使用 Excel 中的序列，如没有则要定义序列，在"确定"前单击"选项"按钮，如图 5-57 所示。

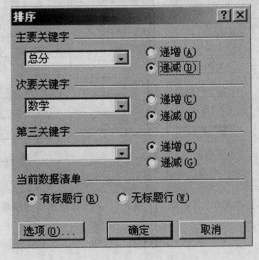

图 5-56　"排序"对话框

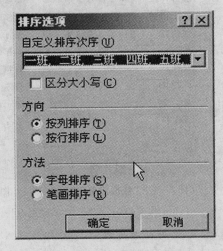

图 5-57　"排序选项"对话框

5.9.2　数据的筛选

当数据清单中的记录较多时，我们只需要显示满足某些字段条件的记录，可以使用 Excel 的数据筛选功能，即把不需要的记录暂时隐藏起来，只显示需要的数据。

1.使用数据清单

操作步骤如下：

①选定需要筛选的数据清单，如图 5-58 所示。

	A	B	C	D	E	F	G	H
1			学生成绩表					
2	学号	姓名	性别	英语	数学	语文	总分	排名
3	1	李兰	女	86	85	74	245	6
4	2	李山	男	80	90	75	245	5
5	3	吴辉	男	75	78	85	238	7
6	4	傅晓宇	男	96	84	95	275	1
7	5	陈亮	男	95	72	82	249	3
8	6	曾红	女	82	85	86	253	2
9	7	牛志华	男	86	74	75	235	8
10	8	蒋宏	男	76	70	83	229	9
11	9	张文峰	男	58	84	71	213	11
12	10	黄霞	女	46	83	74	203	12
13	11	杨芸	女	68	83	70	221	10
14	12	赵小红	女	85	86	75	246	4
15	13	黄河	男	57	52	85	194	13

图 5-58   数据清单

②选择"数据"菜单中的"记录单"命令，打开"数据清单"对话框，如图 5-59 所示。

③单击"条件"按钮，出现空白清单等待输入条件，并且"条件"按钮变为"记录单"按钮。在相应字段中输入条件，如在"总分"对话框输入">250"，如图 5-60 所示。

④单击"记录单"按钮，然后单击"上一条"或"下一条"按钮，就可以查看筛选后的结果，如图 5-61 所示。

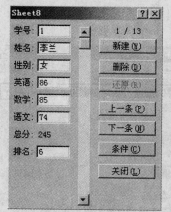
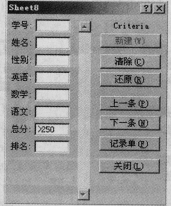
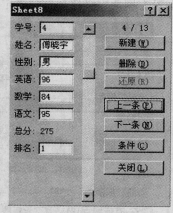

图 5-59   "数据清单"对话框   图 5-60   "空白清单"对话框   图 5-61   查看筛选后的结果

2.使用自动筛选

使用记录单的方法筛选记录时，不能筛选出满足"或"、"与"条件的数据，如想要筛选出"总分"成绩在 240～250 分之间的学生信息，可以使用自动筛选。

操作步骤如下：

①选中需要筛选的数据清单。

②选择"数据"菜单中"筛选"项下的"自动筛选"命令。此时在每个字段旁显示出下拉箭头的按钮，即为筛选器箭头，如图 5-62 所示。

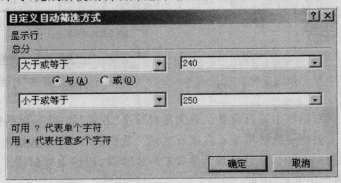

	A	B	C	D	E	F	G	H
1				学生成绩表				
2	学号	姓名	性别	英语	数学	语文	总分▼	排名
3	1	李兰	女	86	85	74	245	6
4	2	李山	男	80	90	75	245	5
5	3	吴辉	男	75	78	85	238	7
6	4	傅晓宇	男	96	84	95	275	1
7	5	陈亮	男	95	72	82	249	3
8	6	曾红	女	82	85	86	253	2
9	7	牛志华	男	86	74	75	235	8
10	8	蒋宏	男	76	70	83	229	9
11	9	张文峰	男	58	84	71	213	11
12	10	黄霞	女	46	83	74	203	12
13	11	杨芸	女	68	83	70	221	10
14	12	赵小红	女	85	86	75	246	4
15	13	黄河	男	57	52	85	194	13

图 5-62 "自动筛选"箭头

③单击筛选器箭头按钮,在下拉菜单中选择"自定义"命令,显示如图 5-63 所示的对话框。

④在"自定义自动筛选方式"对话框中,依次输入筛选的条件(筛选出"总分"成绩在 240～250 分之间的学生信息)。

⑤单击"确定"即可,完成后使用自动筛选筛选出来的数据如图 5-64 所示。

图 5-63 "自定义自动筛选方式"对话框

	A	B	C	D	E	F	G	H
1				学生成绩表				
2	学号	姓名	性别	英语	数学	语文	总分▼	排名
3	1	李兰	女	86	85	74	245	6
4	2	李山	男	80	90	75	245	5
7	5	陈亮	男	95	72	82	249	3
14	12	赵小红	女	85	86	75	246	4

图 5-64 "自定义自动筛选"的结果

如果不要自动筛选的结果,恢复原来的数据清单,可以选择"数据"菜单中"筛选"项下的"全部显示"命令(或单击下拉箭头按钮,在其下拉列表中选择"全部显示"命令)。如果要撤消数据清单的筛选箭头,可在"筛选"项中的下一级子菜单中,再次单击"自动筛选"命令,即可取消筛选操作。

注:自动筛选还可以对若干字段进行重复筛选,即在前一字段的筛选基础上再对另一字段进行筛选。如"语文"和"英语"都大于 80 分的筛选。但不能做"数学"或"英语"大于 80 分的筛选。也就是说实现字段这间"与"关系的筛选,不能实现"或"的筛选。

3.使用高级筛选

高级筛选项较于先前两种筛选方法更加灵活和实用,能实现复杂条件的筛选。高级筛选的条件由自己设置,这样就提高了筛选的灵活度。例如:使用高级筛选筛选出成绩表中,英语≥80 分或者数学≥80 分的所有学生信息。

操作步骤如下:

①在工作表的空白处输入筛选条件(条件区),如英语≥80 分或者数学≥80 分,如图 5-65 所示(倘若条件处在同一行,则两者是一种"与"的关系)。

②单击数据区域(A2:H15)中的任一单元格,选择"数据"菜单中"筛选"项下的"高级筛选"命令,显示如图 5-66 所示的对话框。

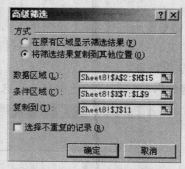

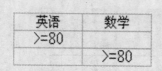

图 5-65　筛选条件　　　　　　图 5-66　"高级筛选"对话框

③在"高级筛选"对话框中进行设置。首先是对筛选"方式"的确定,对话框中有两种选择,两者之间的区别在于是否将筛选结果显示在原有区域。我们选择"将筛选结果复制到其他位置"。数据区域为 $A$2:$H$15,条件区域为 $K$7:$L$9,将结果复制到 $J$11 单元格中,单击"确定",显示结果如图 5-67 所示。

学号	姓名	性别	英语	数学	语文	总分	排名
1	李兰	女	86	85	74	245	6
2	李山	男	80	90	75	245	5
4	傅晓宇	男	96	84	95	275	1
5	陈亮	男	95	72	82	249	3
6	曾红	女	82	85	86	253	2
7	牛志华	男	86	74	75	235	8
9	张文峰	男	58	84	71	213	11
10	黄霞	女	46	83	74	203	12
11	杨芸	女	68	83	70	221	10
12	赵小红	女	85	86	75	246	4

图 5-67　"高级筛选"的结果

注:高级筛选关键是条件的设置。第一行写条件的关键字,以下各行写条件值,同行中的条件为"与"关系,不同行为"或"关系。下面用几个例子加以说明:

数学	英语	英语
>80	>70	
		<85

数学>80.and.英语>70.or.英语<85

数学	英语	英语
>80		
	>70	<85

数学>80.or.(英语>70.and.英语<85)

5.9.3 数据的分类汇总

在实际工作中往往需要对一系列数据进行小计、合计,这时使用 Excel 的分类汇总很方便。分类汇总是对数据表中的某个字段进行分类,在分类过程中实现分类计算,在当前工作表插入分类汇总行和总计行,并将计算结果分级显示出来。在使用分类汇总之前,必须对分类字段进行排序。

操作步骤如下:

①首先对分类的字段进行排序,如对"性别"进行排序。

②选定数据清单。

③选择"数据"菜单中的"分类汇总"命令,打开"分类汇总"对话框,如图 5-68 所示。

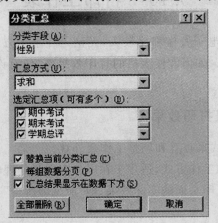

图 5-68 "分类汇总"对话框

④在对话框中,依次进行以下操作:

a. 在"分类字段"下拉列表中,选择分类排序字段,选择"性别"。

b. 在"汇总方式"下拉列表中,选择汇总计算方式,选择"求和"。

c. 在"选定汇总项"中,选择需要汇总项,如选择"期中考试"、"期末考试"、"学期总评"。

⑤单击"确定"按钮,完成操作,结果如图 5-69 所示。

	A	C	D	I	J	K	L
1	序号	姓名	性别	平时总评	期中考试	期末考试	学期总评
2	2	李山	男	100	77	74	83
3	3	吴辉	男	100	82	75	85
4	4	傅晓宇	男	85	80	80	82
5	5	陈亮	男	100	100	94	98
6	7	牛志华	男	95	85	68	81
7	8	蒋宏	男	95	95	77	88
8	9	张文峰	男	90	65	76	77
9	13	黄河	男	90	74	88	84
10	15	张鹏	男	90	88	90	89
11		男 汇总			746	722	767
12	1	李兰	女	90	80	88	86
13	6	曾红	女	95	70	85	84
14	10	黄霞	女	90	89	92	92
15	11	杨芸	女	90	91	72	83
16	12	赵小红	女	90	78	84	84
17	14	谢芳	女	90	86	86	87
18		女 汇总			494	507	516
19		总计			1240	1229	1283
20							

图 5-69　"分类汇总"的结果

注:在分类汇总结果工作表中,单击屏幕左边的"－"按钮,可以仅显示小计、总计数,而隐藏原始数据,这时屏幕左边变为"＋"按钮,如果再次单击"＋"按钮,将恢复显示隐藏的数据。若要删除分类信息,则执行"数据"→"分类汇总"→"全部删除"即可。

5.10　打印工作表

在许多情况下,Excel 的电子表格都比较大,无论是在水平方向还是垂直方向上,表格的宽度和长度都超过一张打印纸。如何能使表格的打印效果更好,有许多地方和一般的文档打印不完全相同。

5.10.1　查看工作表打印效果

Excel 2000 提供三种方式来查看和调整工作表外观。

①普通视图:这是默认的工作方式,适用于在屏幕查看和处理电子表格。

②打印预览:可以看到打印页面的实际效果,即"所见即所得"功能。用户可以根据实际看到的效果调整列和页边距。

③分页预览:显示了工作表中分页所在的位置以及将要打印的工作表区域,用户可以快速地调整和预览页面。

5.10.2　单页工作表的打印设置

操作步骤如下:

①单击要打印设置的工作表任一单元格。

②执行"文件"→"页面设置"命令,出现如图5-70所示的对话框。

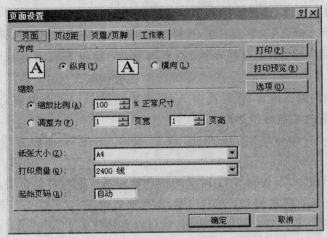

图 5-70 "页面设置"对话框

③在对话框中分别对"页面"、"页边距"、"页眉/页脚"进行设置。

④单击"确定"。

【例5】 制作如图5-71所示的信息管理系入库教材信息表。

序号	教材名称	版式	出版社	主编	书号（ISBN）	单价	数量
			信息管理系入库教材信息				
1	电子商务案例分析	第二版	重庆大学出版社	冯文辉	7-5624-2510-8	22	
2	C++程序设计	第一版	中国铁道出版社	白伟青	7-113-06930-4	22	
3	微机系统组装与维护教程	第一版	中国铁道出版社	唐秋宇	7-113-06913-4	20	
4	一级MS Office考点详解、分类题解析与单元强化训练	第一版	中国铁道出版社	马以辉	7-113-06795-6	29	
5	C语言程序设计第二版	第一版	中国铁道出版社	王声决	7-113-06794-8	29	
6	Visual Basic程序设计实验教程	第二版	中国铁道出版社	孙艳	7-113-06890-9	20	
7	计算机网络实用教程	第一版	中国铁道出版社	李畅	7-113-06633-x	29	
8	数据结构	第一版	中国铁道出版社	包振宇	7-113-06595-3	16	
9	Visual FoxPor数据库实用技术 实验指导与习题	第一版	中国铁道出版社	宋红	7-113-06584-8	20	
10	信息技术应用基础	第一版	中国铁道出版社	王兴玲	7-113-06572-4	26	
11	网站建设与管理	第一版	中国铁道出版社	姚怡	7-113-06569-4	24	
12	办公自动化	第一版	中国铁道出版社	姜真杰	7-113-06566-x	27	
13	Visual FoxPor数据库应用技术	第一版	中国铁道出版社	谭洁强	7-113-06538-4	20	
14	Visual Basic程序设计	第一版	中国铁道出版社	李畅	7-113-06526-0	22	
15	ASP动态网页设计教程	第一版	中国铁道出版社	丁桂芝	7-113-06510-4	27	
16	计算机专业英语	第一版	中国铁道出版社	赵俊荣	7-113-06473-6	26	
17	Visual FoxPor数据库应用技术	第一版	中国铁道出版社	潘晓南	7-113-06231-8	28	
18	C语言程序设计学习指导与实验教程	第一版	中国铁道出版社	罗坚	7-113-06093-5	24	
19	C语言程序设计学习指导与实验教程	第一版	中国铁道出版社	罗坚	7-113-06093-5	24	
20	计算机导论	第一版	中国铁道出版社	黄润才	7-113-05948-1	26	

图 5-71 信息管理系入库教材信息表

具体操作步骤如下：

①创建一个空白工作簿，选择工作表 Sheet1。

②将 A1～H1 单元格选中，单击右键，选择"设置单元格格式"对话框，设置文本水平和垂直对齐方式为居中，单击"格式"工具栏中的"合并并居中"按钮 ▦ ，并在单元格内输入所需的内容。

③按照要求在表内输入内容，然后选中 A2～H28 区域，打开"设置单元格格式"对话框，选择"边框"选项卡，设置选中区域的边框。

④进入"文件"→"打印预览"界面，单击"设置"命令，出现"页面设置"对话框，设置纸张为16K，单击"确定"。

⑤单击"页边距"命令，出现图 5-71 所示的信息管理系入库教材信息表，可以通过鼠标拖动页面的虚线来调整表格的列宽和上下左右边距，而且更直观。

⑥页面设置完成后，退出"打印预览"界面，就可以直接打印了。

5.10.3　大工作表(每页上都打印行列标志)设置

对于大的工作表一般打印可能会有的打印页没有表头和列标志，影响表格的打印效果。Excel 2000 可以通过适当的设置使得打印的每一页上都有表格的行、列标志。

操作步骤如下：

①单击要打印设置的工作表任一单元格。

②执行"文件"→"页面设置"命令，单击"工作表"选项，出现如图 5-72 所示的对话框。

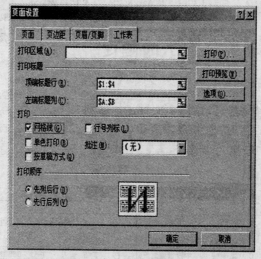

图 5-72　"工作表"选项

③在"顶端标题行"文本框中设置标题的行号；在"左端标题行"文本框中设置左端的列号。

④单击"确定"。

5.10.4　工作表中若干区域打印设置

有时不需将工作表中全部内容打印，只是要其中的一部分内容。则要对打印区域进行设置。

操作步骤如下：

①显示要打印的工作表。

②执行"视图"→"分页预览"命令。

③选定要打印的工作表区域。

④单击"文件"→"打印区域"→"设置打印区域"命令。

⑤选定不要打印的工作表区域。

⑥执行"格式"菜单中的"隐藏"命令。

⑦执行"视图"中的"分页预览"命令，用鼠标移去中间的分页线。

⑧执行"文件"菜单中的"页面设置"命令。

习题五

一、选择题

1. 在建立 Excel 文件时，Excel 使用的默认文件类型是(   )。

    A. . doc   B. . txt   C. . ppt   D. . xls

2. 当启动 Excel 时，Excel 将自动产生一个工作簿 Book1，并且为该工作簿创建(   )张工作表。

    A. 1   B. 3   C. 8   D. 10

3. 一个 Excel 工作簿最多可以包含(   )个工作表。

    A. 10   B. 64   C. 128   D. 255

4. Excel 工作簿的最小组成单位是(   )。

    A. 工作表   B. 单元格   C. 字符   D. 标签

5. 在每一张 Excel 工作表中，最多能有(   )个单元格。

    A. 128×128 B. 256×256 C. $65\ 536 \times 256$ D. $65\ 536 \times 128$

6. 在 Excel 2000 中，单击列标可以(   )。

    A. 自动调整列宽为最适合的列宽   B. 隐藏列

    C. 锁定列   D. 选中列

7. 使用组合键(   )，可退出 Excel。

    A. Alt+F4   B. Alt+F5   C. Ctrl+F4   D. Ctrl+F5

8. Excel 工作簿中既有一般工作表又有图表，当执行"文件"菜单中的"保存"命令时，则(   )。

    A. 只保存工作表文件   B. 只保存图表文件

    C. 分成两个文件来保存   D. 将一般工作表和图表作为一个文件来保存

9. 在 Excel 2000 的编辑状态中，打开文档 ABC，修改后另存为 CBA，则文档 ABC(   )。

    A. 被文档 CBA 覆盖   B. 未修改被关闭

    C. 被修改并关闭   D. 被修改未关闭

10. 下列描述中关于 Excel 2000 窗口的管理正确的是(   )。

A. 只能进行水平拆分和水平冻结

B. 只能进行垂直拆分和垂直冻结

C. 不能进行水平、垂直同时拆分与冻结

D. 可以进行水平、垂直同时拆分,还可以水平、垂直同时冻结

11. 当打开一个工作簿时,显示在当前屏幕上的工作表为激活工作表。若要激活当前页的后一页工作表,可按组合键(　　)来实现。

A. Ctrl+Home   B. Ctrl+End

C. Ctrl+PageUp   D. Ctrl+PageDown

12. Excel 中提供的工作表都以"Sheet"来命名,重新命名工作表的正确操作是(　　)输入名称,单击确定按钮。

A. 执行"插入→名称→指定"菜单命令,在其对话框

B. 执行"插入→名称→定义"菜单命令,在其对话框

C. 双击选中的工作表标签,在"工作表"名称框中

D. 单击选中的工作表标签,在"重新命名工作表"对话框

13. 要在已打开的工作簿中复制一张工作表的正确的菜单操作是,单击被复制的工作表标签(　　)。

A. 执行"编辑→复制→选择性粘贴"菜单命令,在其对话框中选定粘贴内容后单击"确定"按钮

B. 执行"编辑→移动或复制工作表"菜单命令,在对话框中选定复制位置后,单击"建立副本"复选框,再单击"确定"按钮

C. 执行"编辑→移动或复制工作表"菜单命令,在对话框中选定复制位置后,再单击"确定"按钮

D. 执行"编辑→复制→粘贴"菜单命令

14. 工作表经过保护后(　　)。

A. 任何人也不可以修改   B. 只有知道密码才可以修改

C. 系统管理员可以修改   D. 工作表被隐藏

15. 在 Excel 工作表中,活动单元格只能是(　　)。

A. 选定的一行   B. 选定的一列

C. 一个   D. 选定的整个区域

16. 在 Excel 中,如果需要选择几块不连续区域,只需在选择不同区域同时按住(　　)键即可。

A. Shift   B. Alt   C. Ctrl   D. Tab

17. 若要选定区域 A1:C5 和 D3:E5,应(　　)。

A. 按鼠标左键从 A1 拖动到 C5,然后按鼠标左键从 D3 拖动到 E5

B. 按鼠标左键从 A1 拖动到 C5,然后按住 Ctrl 键,并按鼠标左键从 D3 拖动到 E5

C. 按鼠标左键从 A1 拖动到 C5,然后按住 Shift 键,并按鼠标左键从 D3 拖动到 E5

D. 按鼠标左键从 A1 拖动到 C5,然后按住 Tab 键,并按鼠标左键从 D3 拖动到 E5

18. 实现将区域 A3:E3 的内容移到 A12:E12 区域的操作步骤是(　　)菜单命令。

A. 选定 Al2:E12 区域,执行"编辑→剪切"菜单命令,选定 A3:E3 区域,执行"编辑→复制"

B. 选定 A3:E3 区域,执行"编辑→剪切"菜单命令,选定 Al2:E12 区域,执行"编辑→粘贴"

C. 选定 A12:E12 区域,执行"编辑→剪切"菜单命令,选定 A3:E3 区域,执行"编辑→粘贴"

D. 选定 A3:E3 区域,执行"编辑→剪切"菜单命令,选定 A12:E12 区域,执行"编辑→复制"

19. 在 Excel 2000 工作表中,选定某单元格,单击"编辑"菜单下的"删除"选项,可能完成的操作是(　　)。

　　A. 删除该行　　　　B. 右侧单元格左移　　　C. 删除该列　　D. 左侧单元格右移

20. 在 Excel 中,执行"编辑→清除"菜单命令,不能实现(　　)。

　　A. 清除单元格数据的格式　　　　　　　B. 清除单元格的批注

　　C. 清除单元格中的数据　　　　　　　　D. 移去单元格

21. 下列关于行高操作的操作中,错误的叙述是(　　)。

　　A. 行高是可以调整的

　　B. 执行"格式→行→行高"菜单命令,可以改变行高

　　C. 执行"格式→单元格"菜单命令,可以改变行高

　　D. 使用鼠标操作可以改变行高

22. 在单元格输入数字字符串 330029(邮政编码)时,应输入(　　)。

　　A. 330029　　　　　B. 330029"　　　　C. '330029　　　　D. 330029'

23. Excel 单元格中的数值型数据的默认对齐方式是(　　)。

　　A. 右对齐　　　　　B. 左对齐　　　　C. 居中　　　D. 说不清楚

24. Excel 提供了大量的数据格式,并将它们分成常规、数值、货币、特殊、自定义等。如果不作设置,输入数据时使用默认的(　　)单元格格式。

　　A. 数值　　　　　B. 货币　　　　C. 自定义　　　　D. 常规

25. 在单元格中输入(　　),使该单元格显示 0.3。

　　A. 6/20　　　　　B. =6/20　　　　C. "6/20"　　　　D. ="6/20"

26. 在 Excel 中,输入当前时间可按组合键(　　)来实现。

　　A. Ctrl+;　　　　　B. Shift+;　　　　C. Ctrl+Alt+;　　　D. Ctrl+Shift+;

27. 在表格中的单元格出现一连串的"＃＃＃＃"符号,则表示(　　)。

　　A. 使用错误的参数　　　　　　　　B. 需调整单元格的宽度

　　C. 公式中无可用数值　　　　　　　D. 单元格引用无效

28. 在 Excel 公式栏中输入"英语"后,按(　　)键,可实现在当前所有选中单元格内填充的都是"英语"。

　　A. Alt+Enter　　　B. Esc+Enter　　C. Ctrl+Enter　　D. Shift+Enter

29. 在 Excel 工作表中输入数据时,如果需要在单元格中回车换行,应按组合键(　　)。

　　A. Alt+Enter　　　　　　　　　B. Ctrl+Enter

　　C. Shift+Enter　　　　　　　　　D. Ctrl+Shift+Enter

30. 在 Excel 中,利用数据的自动填充功能可以自动快速输入(　　)。

　　A. 任意文本数据　　　　　　　B. 公式和函数

C. 任意数字数据   D. 具有某种内在规律的数据

31. 设定数字显示格式的作用是,设定数字显示格式后,(　　)格式显示。

    A. 整个工作簿在显示数字时将会依照所设定的统一

    B. 整个工作表在显示数字时将会依照所设定的统一

    C. 在被设定了显示格式的单元格区域外的单元格在显示数字时将会依照所设定的统一

    D. 在被设定了显示格式的单元格区域内的数字在显示时将会依照该单元格所设定的

32. 设置单元格中数据居中对齐方式的简便操作方法是(　　)。

    A. 单击格式工具栏"跨列居中"按钮

    B. 选定单元格区域,单击格式工具栏"跨列居中"按钮

    C. 选定单元格区域,单击格式工具栏"居中"按钮

    D. 单击格式工具栏"居中"按钮

33. 下列操作中,不能为表格设置边框的操作是(　　)。

    A. 执行"格式→单元格"菜单命令后选择"边框"选项卡

    B. 利用绘图工具绘制边框

    C. 自动套用边框

    D. 利用工具栏上的框线按钮

34. 在 Excel 中,"DATE"&"TIME"产生的结果是(　　)。

    A. "DATETIME"   B. "DATE&TIME"

    C. 逻辑值"真"   D. 逻辑值"假"

35. 在 Excel 中,单元格地址绝对引用的方法是(　　)。

    A. 在构成单元格地址的字母和数字之间加符号"$"

    B. 在构成单元格地址的字母和数字之前分别加符号"$"

    C. 在单元格地址后面加符号"$"

    D. 在单元格地址前面加符号"$"

36. 在下列表示 Excel 的单元格地址中,为混合地址的是(　　)。

    A. C7   B. $B$3   C. F$8   D. A1

37. 把单元格指针移到 Y100 的最简单的方法是(　　)。

    A. 拖动滚动条   B. 先用 Ctrl+→移到 Y 列,再用 Ctrl+↓移到 100 行

    C. 按 Ctrl+Y100 键   D. 在名称框中输入 Y100 后回车

38. 某区域由 A1,A2,A3,B1,B2,B3 六个单元格组成,下列不能表示该区域的是(　　)。

    A. A1:B3   B. A3:B1   C. B3:A1   D. A1:B1

39. 在 Excel 中,表示"Sheet5"工作表中的 A2 到 H8 的单元格区域的方法是(　　)。

    A. Sheet5%A2:H8   B. Sheet5$A2:H8

    C. Sheet5!A2:H8   D. Sheet5@A2:H8

40. Excel 中有多个常用的简单函数,其中函数 AVERAGE(区域)的功能是(　　)。

    A. 求区域内数据的个数   B. 求区域内所有数字的平均值

    C. 求区域内数字的和   D. 返回函数的最大值

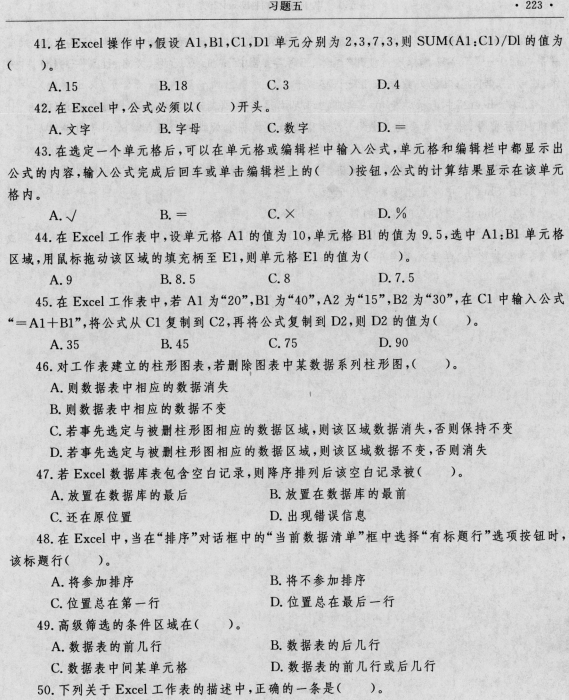

41. 在 Excel 操作中,假设 A1,B1,C1,D1 单元分别为 2,3,7,3,则 SUM(A1:C1)/Dl 的值为( )。

    A. 15   B. 18   C. 3   D. 4

42. 在 Excel 中,公式必须以( )开头。

    A. 文字   B. 字母   C. 数字   D. =

43. 在选定一个单元格后,可以在单元格或编辑栏中输入公式,单元格和编辑栏中都显示出公式的内容,输入公式完成后回车或单击编辑栏上的( )按钮,公式的计算结果显示在该单元格内。

    A. √   B. =   C. ×   D. %

44. 在 Excel 工作表中,设单元格 A1 的值为 10,单元格 B1 的值为 9.5,选中 A1:B1 单元格区域,用鼠标拖动该区域的填充柄至 E1,则单元格 E1 的值为( )。

    A. 9   B. 8.5   C. 8   D. 7.5

45. 在 Excel 工作表中,若 A1 为"20",B1 为"40",A2 为"15",B2 为"30",在 C1 中输入公式"=A1+B1",将公式从 C1 复制到 C2,再将公式复制到 D2,则 D2 的值为( )。

    A. 35   B. 45   C. 75   D. 90

46. 对工作表建立的柱形图表,若删除图表中某数据系列柱形图,( )。

    A. 则数据表中相应的数据消失

    B. 则数据表中相应的数据不变

    C. 若事先选定与被删柱形图相应的数据区域,则该区域数据消失,否则保持不变

    D. 若事先选定与被删柱形图相应的数据区域,则该区域数据不变,否则消失

47. 若 Excel 数据库表包含空白记录,则降序排列后该空白记录被( )。

    A. 放置在数据库的最后   B. 放置在数据库的最前

    C. 还在原位置   D. 出现错误信息

48. 在 Excel 中,当在"排序"对话框中的"当前数据清单"框中选择"有标题行"选项按钮时,该标题行( )。

    A. 将参加排序   B. 将不参加排序

    C. 位置总在第一行   D. 位置总在最后一行

49. 高级筛选的条件区域在( )。

    A. 数据表的前几行   B. 数据表的后几行

    C. 数据表中间某单元格   D. 数据表的前几行或后几行

50. 下列关于 Excel 工作表的描述中,正确的一条是( )。

    A. 工作表内只能包括数字和字符串

    B. 工作表内可以包括数字、字符串和汉字,但不能包括公式和图表

    C. 工作表内可包括字符串、数字、公式、图表等丰富信息

    D. 以上说法都是错误的

二、操作题

建立一个"学生管理"工作簿,满足以下要求:

1. 在"Sheet1"中记录学生基本信息,包括"班级、学号、姓名、性别、出生年月、家庭住址、家庭联系电话……"等字段。标题行使用"黑体、三号字、居中";"班级、学号、姓名、性别"三列数据"宋休、四号字、居中";其他列数据采用默认格式。

2. 在"Sheet2"中记录学生第一学期的学习成绩信息,包括"学号、姓名、班级、语文、英语、计算机、国际贸易、体育、总平均分数"。各学科成绩做数据有效性的检验(界于 0～100 分之间),不及格分数用红色显示,求出总平分保留一位小数。

3. 在"Sheet3"中根据"总平分、英语、计算机"3 门分数从高到低排序。

4. 在"Sheet4"中筛选出要补考的记录。

5. 在"Sheet5"中汇总出各班的每学科平均分数。

6. 最后将"Sheet1、Sheet2、Sheet3、Sheet4、Sheet5"分别更名为"学生基本情况、第一学期成绩表、学生排名表、学生补考名单表、各班成绩汇总表"。

第六章 中文 PowerPoint 2000 的使用

PowerPoint 是微软公司的 Office 办公软件的一个重要成员,是制作课件及演示报告的软件。使用 PowerPoint 能够制作出集文字、图形、图像、声音以及视频剪辑等多媒体元素于一体的演示文稿,把自己所要表达的信息组织在一组图文并茂的画面中,用于介绍公司的产品、展示自己的学术成果等。用户不仅可以在投影仪或者计算机上演示自己制作的文稿,也可以将演示文稿打印出来,制作成胶片,以便应用到更广泛的领域中。现在无论是教师讲课、学生答辩、学术报告、科技讲座、产品发布、公司介绍等等,都普遍使用 PowerPoint 2000 制作幻灯片。因为运用这种传达信息、演示成果、表达观点的有力工具,可以使教学、演讲或产品发布变得生动、活泼、新鲜、直观,给人们以欣赏电影般的享受,大大提高了信息接收的效率。因此,掌握 PowerPoint 2000 幻灯片的制作工具就逐渐成为学习计算机基础的重要组成部分之一。

6.1 PowerPoint 2000 的基础知识

6.1.1 PowerPoint 2000 的基本概念

1.演示文稿

用 PowerPoint 2000 所制作的文件,称为"演示文稿",其文件扩展名为.ppt,类似于 Word 中的一个 Word 文档或 Excel 中的一个工作簿。

2.幻灯片

演示文稿的每一页称为"幻灯片",幻灯片是演示文稿的一个基本单元,类似于 Excel 中的一个工作表,其中的构成元素可以是文字、图片、图形、图表、动画、影片或声音等等。在同一个演示文稿中,每张幻灯片都应统一字体、背景、布局等外观风格。

3.占位符

占位符是在幻灯片中用虚线框占住的一个位置,虚线框内部往往有"单击此处添加标题"之类的提示语,一旦鼠标点击之后,提示语会自动消失,操作者可以在占位符内插入相应对象,如文本、表格、图表、组织结构图、剪贴画、媒体剪辑等。占位符的位置和大小可以通过鼠标来移动和调整,它能起到规划幻灯片布局和结构的作用。

4.幻灯片版式

幻灯片版式即幻灯片的版面式样,具体表现为在每张幻灯片上有多少个文本、表格、图表、组织结构图、剪贴画、媒体剪辑等对象,以及这些对象之间是怎样布局的,文本方向是水平还是垂直的。这些都已在幻灯片版式中均预先安排好了,操作者只需在预置的版式中进行选取,执行"格式"菜单下的"幻灯片版式"命令即可调用。一般第一张幻灯片选用标题幻灯片版式,所以将第一张幻灯片称为标题幻灯片,其他幻灯片可根据实际需要进行选取。

5. 模板

PowerPoint 提供两种模板,分别为设计模板和内容模板。

设计模板包含预定义的格式和配色方案,可以应用到任意演示文稿中创建独特的外观,其文件扩展名为. pot,可供操作者选用,默认存放于"系统盘:\Documents and Settings\用户名\Application Data\Microsoft\Templates\Presentation Designs"文件夹。注意:"Application Data"文件夹是隐藏属性的,需要将其显示出来,才能对其进行操作。内容模板除了包含与设计模板类似的格式和配色方案,还包含某些提示信息,操作者可以在提示信息的基础上进行编辑、修改。

6. 母版

母版是一类特殊的幻灯片,分为标题母版、幻灯片母版、讲义母版和备注母版四类。控制了一个演示文稿内所有幻灯片中各对象占位符的大小和位置、标题和文本样式、项目符号设定、日期与时间、页脚、数字位置与大小、背景设计等。

6.1.2　PowerPoint 2000 **的基本操作**

上面我们熟悉了 PowerPoint 2000 的一些基本概念。接下来我们来学习 PowerPoint 的一些基本操作。

1. PowerPoint 2000 的启动和退出

PowerPoint 2000 的启动和退出与前一章节所述的 Excel 2000 的启动和退出的方法相似。

如果对一个演示文稿进行了修改,退出 PowerPoint 2000 时,都会出现一个对话框,询问是否要保存当前所做的工作。单击"是"按钮,保存所做的修改并退出 PowerPoint 程序;单击"否"按钮,不保存所做的修改而直接退出 PowerPoint 程序。

2. 建立新演示文稿

方法一:使用"内容提示向导"创建演示文稿

操作步骤如下:

①启动 PowerPoint 2000,打开如图 6-1 所示的对话框。

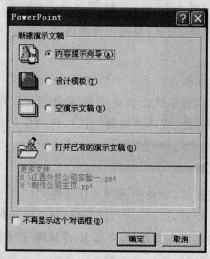

图 6-1　"新建"对话框

②选取"内容提示向导"单选框后,单击"确定"按钮,单击"下一步",进入"内容提示向导—[分类]"对话框,在"选定将使用的演示文稿类型"中选取"常规"、"分类"类型,然后单击"下一步"按钮,在"你使用的输出类型"中选取"屏幕演示文稿"类型,然后单击"下一步"按钮,在"演示文本标题"文本框中输入"主题报告",在"页脚"文本框中输入"科学材料",勾选"上次更新日期"及"幻灯片编号",单击"下一步"按钮,然后单击"完成"按钮,就可以建立如图 6-2 所示的演示文稿了。

图 6-2 利用"内容提示向导"建立起来的演示文稿图

如果用户已经启动了 PowerPoint 2000,也可以单击"文件"菜单中的"新建"命令,弹出如图 6-3 所示的"新建演示文稿"对话框。单击"常用"选项卡,选中其中"内容提示向导"图标,单击"确定"按钮,也能打开"内容提示向导"对话框。

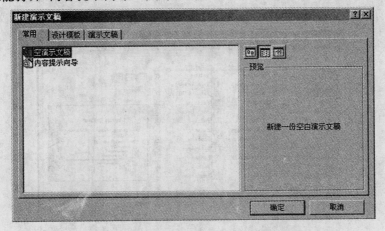

图 6-3 "新建演示文稿"——"常用"对话框

注: 利用"内容提示向导"制作出来的演示文稿是所有新建演示文稿中最全面的,包括了主题、结构和外观,形成了演示文稿的一个大体的框架(又称"内容模板"),用户随后只需对现有的演示文稿内容进行输入、编辑和修改即可。或者在图 6-3"新建演示文稿"对话框中,单击"演示文稿"选项卡,如图 6-4 所示,任选一个文件名,单击"确定"按钮也可利用现有的演示文稿内容模板来新建演示文稿。

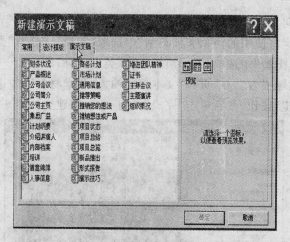

图 6-4　"新建演示文稿"——"演示文稿"对话框

方法二:利用 PowerPoint 提供的设计模板来创建演示文稿

利用设计模板创建演示文稿时,这些模板仅决定演示文稿的形式,不决定内容。因而可以使演示文稿中各幻灯片的风格保持一致。

操作步骤如下:

①启动 PowerPoint 2000,打开如图 6-1 所示的对话框。

②选取"设计模板"单选框后,单击"确定"按钮,打开"新建演示文稿"对话框,单击"设计模板"标签,打开如图 6-5 所示的"设计模板"对话框。在"设计模板"选项卡中选择一种设计模板,本例选择 Bamboo,在右侧的预览区中可看到效果。单击"确定"按钮,出现"新幻灯片版式"对话框,如图 6-6 所示,选第一种版式"标题幻灯片",单击"确定"按钮,即可创建演示文稿。

图 6-5　"设计模板"对话框

注:利用设计模板创建的演示文稿可以将幻灯片外观确定下来,而演示文稿的每一张幻灯片的内容还需要自己进行输入、编辑和排版。如果用户已经启动了 PowerPoint 2000,则执行"文件"菜单中的"新建"命令,弹出如图 6-3 所示的"新建演示文稿"对话框。单击"设计模板"选项卡,也能打开"设计模板"对话框。

方法三:创建空演示文稿

用户如果希望建立具有自己风格和特色的幻灯片，可以从空白的演示文稿开始设计。空演示文稿中不包含任何颜色和任何形式，用户可以充分发挥自己的聪明才智去设计幻灯片。

操作步骤如下：

①启动 PowerPoint 2000，打开如图 6-1 所示的对话框，选取"空演示文稿"单选框后，单击"确定"按钮。

②出现"幻灯片版式"对话框，如图 6-6 所示。选择标题幻灯片版式，单击"确定"按钮后，在出现的标题幻灯片版式的占位符内输入相关内容，第一张标题幻灯片建好了。

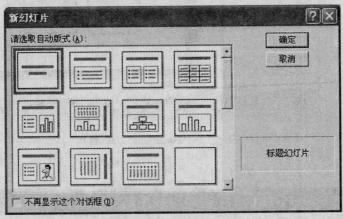

图 6-6 "幻灯片版式"对话框

③执行"插入"→"新幻灯片"，根据需要选择相应的版式，然后在占位符内输入相关内容，第二张幻灯片建好了。重复此操作两次，依次插入第三张、第四张幻灯片。一个有四张幻灯片的演示文稿就建好了。

如果用户已经启动了 PowerPoint，也可以单击"文件"菜单中的"新建"命令，弹出如图 6-3 所示的"新建演示文稿"对话框。单击"常用"选项卡，选中其中"空演示文稿"图标，单击"确定"按钮，也能打开"幻灯片版式"对话框，如图 6-6 所示。

以上是创建新演示文稿的不同方法，每种方法都有其优缺点，也都有其适用的不同范围。建立空演示文稿对用户的要求比较高，需要用户自己来设置和搭配演示文稿的形式和颜色，而且用户必须对创建的演示文稿的结构和内容有相当的了解，并且对色彩也有一定的要求。同样用户也可以在空演示文稿中任意发挥自己的才智和个性。而利用"内容提示向导"来创建演示文稿，则对用户要求不高，用户甚至可以不是很了解所做演示文稿的结构和内容，而是利用其设置好的方式来实现目的。而利用"设计模板"来创建演示文稿则由系统来帮助用户搭配相应的颜色，用户只需要自己来组织演示文稿的结构和内容。

6.1.3 PowerPoint 2000 的窗口简介

如图 6-7 所示，PowerPoint 2000 窗口与 Word 2000 和 Excel 2000 窗口的布局和界面相似之处有标题栏、菜单栏、常用工具栏、格式工具栏、垂直滚动条、水平滚动条、绘图工具栏和状态栏、视图切换按钮等。不同之处是：PowerPoint 2000 将工作区分为大纲区、编辑区和备注区三个区域（或称窗格）。

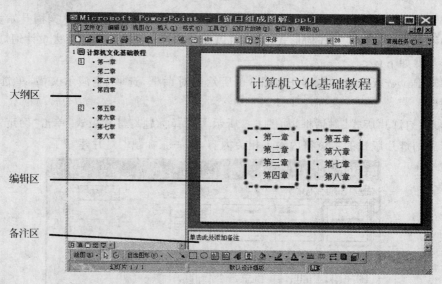

图 6-7 PowerPoint 2000 窗口

1．标题栏

Microsoft PowerPoint - [窗口组成图解.ppt]

从左至右分别是控制菜单按钮、软件的名称（Microsoft PowerPoint）和当前文档的名称（[窗口组成图解.ppt]）；右侧是常见的"最小化、最大化/还原、关闭"按钮，用来控制 PowerPoint 程序的窗口。

2．菜单栏

通过展开其中的每一条菜单，选择相应的命令项，完成演示文稿的所有编辑操作。其右侧也有"最小化、最大化/还原、关闭"三个按钮，不过它们是用来控制当前文档的。

3．"常用"工具条

将一些最为常用的命令按钮，集中在本工具栏上。若某些工具未出现，则点击右侧的"其他按钮"扩展调用；若窗口中无该工具栏，则执行"视图—工具栏—常用"命令即可。

4．"格式"工具条

用来设置演示文稿中相应文本、项目符号等对象格式的常用命令按钮，方便调用。若某些工

具未出现,则点击右侧的"其他按钮"扩展调用;若窗口中无该工具栏,执行"视图—工具栏—格式"命令即可显示。

5."绘图"工具栏

可以利用其上的相应按钮,在幻灯片中快速绘制出各类图形。若某些工具未出现,则点击右侧的"其他按钮"扩展调用;若窗口中无该工具栏,则执行"视图—工具栏—绘图"命令即可。

注:如果在窗口中无所需的工具栏,可以执行"视图"菜单下的"工具栏"命令,在其子菜单中勾选相应的工具,便会在窗口出现所需的工具栏按钮。

6.状态栏

状态栏显示出当前演示文稿的幻灯片序号、幻灯片张数以及设计模板等信息。

7.工作区

编辑幻灯片的工作区,制作出一张张图文并茂的幻灯片,就在这里向用户展示。

8.大纲区

在本区中,通过"大纲视图"或"幻灯片视图"可以快速查看整个演示文稿中的任意一张幻灯片。

9.备注区

用来编辑幻灯片的一些"备注"文本。

6.1.4　PowerPoint 2000 **的视图方式**

PowerPoint 2000 有 7 种视图方式,分别为普通视图、大纲视图、幻灯片视图、幻灯片浏览视图、幻灯片放映视图、备注页视图及母版视图。在 PowerPoint 2000 窗口左下角,水平滚动条的左边,给出了常用的 5 种视图切换按钮,如图6-8 所示,依次是普通视图、大纲视图、幻灯片视图、幻灯片浏览视图和幻灯片放映视图切换按钮。用户可以通过这些视图切换按钮方便并迅速进行视图方式的切换。当然,用户也可以通过"视图"菜单来进行视图方式的切换。

图 6-8　视图方式切换组合按钮

1.普通视图(点击 ▣ 按钮,切换进入)

如图 6-9 所示为普通视图窗口,普通视图包含 3 种窗格:大纲窗格、幻灯片窗格和备注窗格(拖动窗格边框可调整各个窗格的大小)。在幻灯片窗格中,用户可以编辑幻灯片,在大纲窗格可以快捷地组织当前文稿所有幻灯片的结构,编辑文本内容。

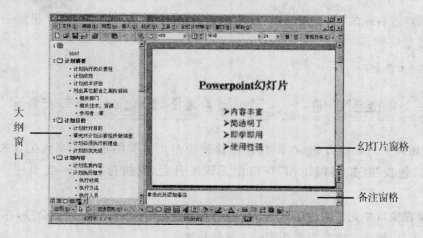

大纲窗口

幻灯片窗格

备注窗格

图 6-9　普通视图

（1）大纲窗格

使用大纲窗格可组织和开发演示文稿中的内容，可以键入演示文稿中的所有文本，然后重新排列项目符号、段落和幻灯片。

（2）幻灯片窗格

在幻灯片窗格中，可以查看每张幻灯片中的文本外观，可以在每张幻灯片中添加图形、影片和声音，并创建超级链接以及向其中添加动画等操作。

（3）备注窗格

备注窗格允许用户添加与观众共享的演说者备注或信息。

2. 大纲视图（点击 三 按钮，切换进入）

如图 6-10 所示为大纲视图窗口，在该视图中，主要显示 PowerPoint 演示文稿的文本部分，

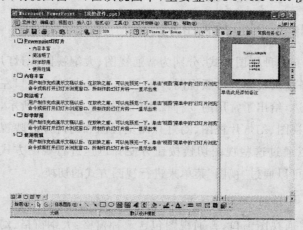

图 6-10　大纲视图

在视图的右侧还包括一个幻灯片的缩略图和备注窗格。大纲视图为组织材料、编写大纲提供了一个良好的环境。用户可以查看和编辑贯穿幻灯片的主题思想，它最适合于组织演示文稿思路。

使用大纲视图是组织和开发演示文稿内容的最好方法,因为工作时可以看见屏幕上所有的标题和正文,用户可以在此重新安排要点内容,将整张幻灯片从一处移动到另一处,或者编辑标题和正文等。另外,在大纲视图中,使用"大纲"工具栏中的按钮可以移动幻灯片或文本,可以只显示幻灯片标题或改变标题和文本的缩进级别,也可以重排幻灯片顺序或项目符号,只要选定要移动的幻灯片图标或文本符号,再拖动到新位置即可。

3.幻灯片视图(点击 ⊞ 按钮,切换进入)

如图 6-11 所示为幻灯片视图窗口,幻灯片视图是 PowerPoint 2000 以前版本常用的视图,利用幻灯片视图可以清晰地显示演示文稿的观测效果。在幻灯片视图中,可以逐张编辑幻灯片,如添加文本和剪贴画等,从细节方面设置和修饰演示文稿,也可以格式化幻灯片。在该视图中,可以看到整张幻灯片;也可改变显示比例,放大幻灯片的一部分作细致的修改。当有多张幻灯片时,可以通过拖动垂直滚动条以查看其他的幻灯片。它是在演示文稿已经初具雏形,需要进一步细化各个环节的一个比较好的视图方式。

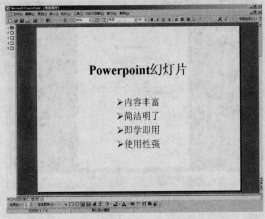

图 6-11　幻灯片视图

4.幻灯片浏览视图(点击 ⊞ 按钮,切换进入)

如图 6-12 所示为幻灯片浏览视图,在幻灯片浏览视图中,人们可以在屏幕中同时看到演示

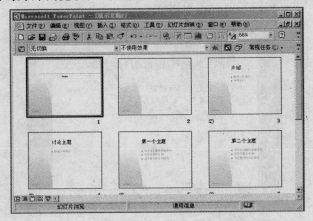

图 6-12　幻灯片浏览视图

文稿中的多张幻灯片,这些幻灯片是以缩略图方式整齐地显示在同一窗口中。在该视图中可以看到改变幻灯片的背景设计、配色方案或更换模板后文稿发生的整体变化,可以检查各个幻灯片是否前后协调、图标的位置是否合适等问题,也可以很方便地浏览整个演示文稿的概况或是随意地添加、删除和移动幻灯片。

5.幻灯片放映视图(点击 🖳 按钮,切换进入)

在创建演示文稿的任何时候,用户都可以通过单击"幻灯片放映"按钮启动幻灯片放映和预览演示文稿。在幻灯片放映视图中并不是显示单个的静止的画面,而是以动态的形式显示演示文稿中各个幻灯片。幻灯片放映视图是演示文稿的最后效果,所以当演示文稿创建到一个段落时,可以利用该视图来检查,从而可以对不满意的地方进行及时的修改。

6.备注页视图

在备注页视图中,可以输入和查看演讲者备注,以便在演示过程中使用,也可以打印 1 份备注页作为参考,如图 6-13 所示。单击"视图"菜单中的"备注页"命令,可切换到备注页视图。

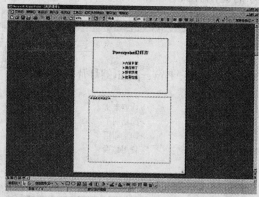

图 6-13　备注页视图

7.母版视图

可以使用幻灯片母版设置幻灯片的标题和主要文本的格式,包括字体、颜色和阴影等特殊效果,母版上任何更改都将反映到当前演示文稿的每张幻灯片上,如图 6-14 所示。要切换到母版视图,单击"视图"菜单中"母版"子菜单下的"幻灯片母版"命令。当母版已制作完成时,单击"视图"菜单中"普通"命令可以返回到演示文稿内容。

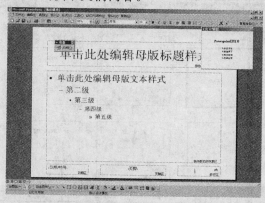

图 6-14　母版视图

以上是对 PowerPoint 2000 在创建演示文稿的过程中常用视图的简单介绍,在具体的创作过程中,可以根据不同的要求,不同的编辑时段适当选择,力争给自己一个最佳的演示文稿创作环境。例如,当编辑单个幻灯片的时候我们可以进入幻灯片视图方式;当查看整个演示文稿文字编排是否正确合理、顺序是否正确时,我们一般进入大纲试图方式;当查看整个幻灯片制作效果的话,我们可以进入幻灯片浏览视图方式。

6.1.5　幻灯片版式的使用

幻灯片版式是制作幻灯片时的一个重要工具,不同的幻灯片制作需要不同的幻灯片格式。把一些经常用到的格式,做成固定的幻灯片版式,当我们来制作幻灯片时,我们只需套用其版式即可,方便用户的使用。

1. 几种常用版式的介绍

为了能够更好地利用幻灯片版式来制作演示文稿,我们将介绍几种最常见和最实用的幻灯片版式的使用。

(1)标题幻灯片版式

如图 6-15 所示为标题版式,它包括添加标题和添加副标题两个部分,分别由两个占位符组成。可以直接利用鼠标单击来输入正、副标题。

图 6-15　标题版式

(2)文本与图表版式

如图 6-16 所示为文本与图表版式,由标题、文本和图表占位符所构成,其主要是对拥有图表的幻灯片进行的设计。标题和文本都可以利用鼠标单击来输入文本,而图表占位符则需要双击图表占位符来插入相应的图表。操作步骤如下:

①在图 6-16 中用鼠标双击图表的占位符。

②弹出如图 6-17 所示的窗格,包括了图表占位符中的图表和相应图表的数据表两个部分。

③图 6-18 中数据表类似于 Excel 表,我们可以修改数据表中的纵坐标和横坐标标题及相应的数据。例如我们将其横坐标分别改为语文、数学、英语和计算机,纵坐标分别改为张三、李四和王二,并分别输入对应科目的成绩,就做成一个学生成绩表,如图 6-18 所示。

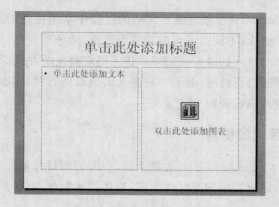

图 6-16　文本与图表版式

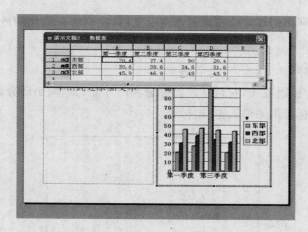

图 6-17　插入图表幻灯片窗格

　　④设置完成数据表后,我们可以单击图表占位符外的任何位置,将图表中的数据表隐藏起来,显现的图表就是我们刚刚设置好的数据表中对应的图表,如图 6-19 所示。

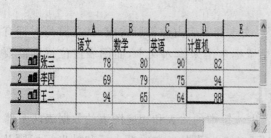

图 6-18　图表的数据表

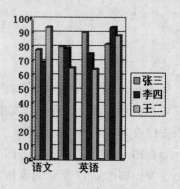

图 6-19　数据表对应的图表

　　注:如果要对制作好的图表进行修改,则可以双击图表,然后单击鼠标右键,在弹出的快捷菜单中选择需要修改的选项。或者利用图表上方的"常用"工具栏对图表进行编辑,如更改图表类型等。

（3）表格版式

如图 6-20 所示为表格版式,由标题和表格占位符所构成,其主要是对拥有表格的幻灯片进行的设计排版,标题可以利用鼠标单击来输入文本,而表格则需要双击表格占位符来插入。

操作步骤如下：

①在图 6-20 中用鼠标双击表格占位符。

②弹出如图 6-21 所示的"插入表格"对话框,可以分别在列数和行数中输入需要设定的列数和行数,然后单击"确定"按钮。

图 6-20　表格版式

③插入相对应的表格如图 6-22 所示,如要对表格进行修改,其操作与 Word 中相似。

（4）组织结构图版式

如图 6-23 所示为组织结构图版式,由标题和组织结构图占位符所构成,其主要是对拥有组织结构图的幻灯片进行的设计排版,标题可以利用鼠标单击来输入文本,而组织结构图占位符则需要双击鼠标来插入相应的组织结构图。

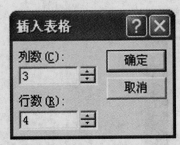

图 6-21　"插入表格"对话框

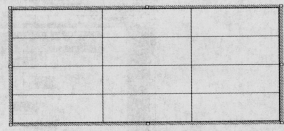

图 6-22　插入的表格

操作步骤如下：

①在图 6-23 中用鼠标双击组织结构图的占位符。

②弹出如图 6-24 所示的"组织结构图编辑框"对话框。

图 6-23　组织结构图版式

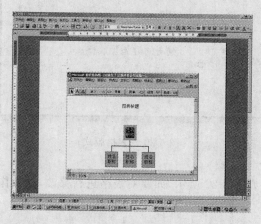

图 6-24　组织结构图编辑框

③在"组织结构图编辑框"对话框中利用属下、同事、经理和助理等工具和选项制作出如图 6-25 所示的组织结构图。

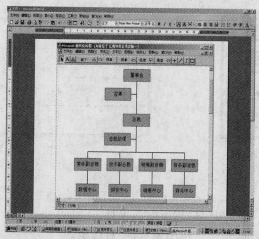

图 6-25　编辑好的组织结构图

④在"组织结构图"对话框中制作完成组织结构图后，关闭该对话框，弹出如图 6-26 所示的对话框，单击"是"，则将制作好的组织结构图插入到我们所需要的幻灯片中。

图 6-26   插入组织结构图的询问窗口

⑤如图 6-27 所示，为幻灯片插入组织结构图后的效果图。

图 6-27   插入组织结构图的询问窗口

注：如果要对插入的组织结构图进行修改，则可以双击组织结构图，然后利用组织结构图窗口中的工具栏对其进行修改。

(5)文本与剪贴画版式

如图 6-28 所示为文本与剪贴画版式，由标题、文本和剪贴画占位符所构成，其主要是对拥有剪贴画的幻灯片进行的设计排版。标题可以利用鼠标单击来输入文本，而剪贴画占位符则需要双击剪贴画占位符来插入相应的剪贴画。

图 6-28   文本与剪贴画版式

操作步骤如下：

①在图 6-28 中用鼠标双击剪贴画的占位符。

②弹出如图 6-29 所示的"剪辑图库"对话框。

图 6-29　"剪辑图库"对话框

　　③选中图 6-30 对话框中的"办公室"剪辑，在弹出的办公室剪辑对话框中找出适当的图片，单击鼠标左键，在弹出工具栏中选中第一个"插入剪辑"，将其插入到幻灯片中，得到如图 6-30 所示的效果。

图 6-30　插入剪贴画的幻灯片

（6）文本与对象版式

　　如图 6-31 所示为文本与对象版式，由标题、文本和对象占位符所构成，其主要是对拥有对象的幻灯片进行的设计排版，标题可以利用鼠标单击来输入文本，而对象占位符则需要双击对象占位符来插入需要的对象。

　　操作步骤如下：

①在图 6-31 中用鼠标双击对象的占位符。

图 6-31　插入剪贴画的版式

②弹出如图 6-32 所示的"插入对象"对话框。在该对话框中包含很多不同种类的对象,如我们常用的 Word 文档、Excel 工作表、Excel 图表和演示文稿本身等;也有我们平常用到的一些实用工具制作出来的对象等,如 Photoshop 图片、AutoCAD 图形等,可以根据需要选择不同的对象。

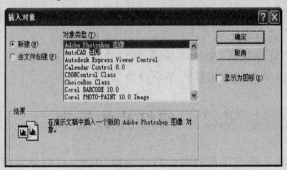

图 6-32　"插入对象"对话框

③若要创建新的对象,选中其中的一个对象,如 Microsoft Excel 工作表,然后单击"确定"按钮,则出现如图 6-33 所示的幻灯片窗格。我们可以在其中的 Excel 工作表中输入我们需要的数据,并进行相应的操作。

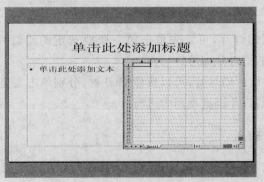

图 6-33　插入 Excel 工作表的幻灯片窗格

除以上 6 种基本的版式外,还有很多种类的幻灯片版式,但使用方法都和以上类似。

对制作拥有不同对象的幻灯片,我们可以分别选取不同的幻灯片版式,这样既可以有效地节省我们对空白演示文稿的排版问题,又可以方便、美观地解决对不同对象的不同操作问题。所以,我们可以尽量多的在演示文稿中利用版式来制作幻灯片。

2.幻灯片版式应用

我们可以在新建幻灯片的时候就固定幻灯片的版式,然后在其版式里面填充相应的内容。同样我们也可以修改原有的版式。

操作步骤如下:

①选定幻灯片。

②单击"格式"菜单的"幻灯片版式",出现"幻灯片版式"对话框。

③在"幻灯片版式"对话框中选择一种版式。

④单击"幻灯片版式"对话框中的"重新应用"按钮,则将新的版式应用到了幻灯片中。

注:改变幻灯片的版式以后,可能需要重新组织幻灯片的内容。

【**例 1**】　新建一演示文稿,应用不同的版式并插入相应对象。

解:操作步骤如下:

①执行"文件"→"新建"命令,应用本节所讲的三种方法新建演示文稿文件,保存时文件名依次为"方法一"、"方法二"、"方法三"。

②执行"格式"→"幻灯片版式"命令,为每张幻灯片应用不同版式。

③根据占位符提示语单击或双击插入相应对象。

6.2　幻灯片的管理

演示文稿通常是由若干张有序排列的幻灯片组成,因此,我们常常需要观看演示文稿的整体布局、检查前后幻灯片有无重复、有无缺漏、顺序有无颠倒等,这样就需要对幻灯片进行选定、插入、删除、复制和移动等管理工作。

6.2.1　幻灯片的选定

在普通视图的"大纲"窗格中显示了幻灯片的标题及正文。此时,单击幻灯片标题前面的图标▢,即可选定该幻灯片。

如果要选定连续一组幻灯片,可以先单击第一张要选定的幻灯片,然后按住 Shift 键的同时,单击最后一张要选定的幻灯片即可。

如果要选定一组不连续的幻灯片,可以按住 Ctrl 键,分别单击需要选定的幻灯片即可。

注:以上操作也可在幻灯片浏览视图中进行。

6.2.2　幻灯片的插入

可以在多种视图方式下插入新幻灯片,相对来说,在幻灯片浏览视图下对整个演示文稿看得比较完全,有利于所插入的新幻灯片在演示文稿中的定位。

操作步骤如下:

①在幻灯片浏览视图下,确定要插入幻灯片的位置。

②单击"插入"菜单的"新幻灯片"命令,弹出"新幻灯片"对话框。

③选择要插入的幻灯片版式,然后单击"确定"按钮。

如果插入的是与当前一张相同格式的幻灯片,也可以通过按快捷键 Ctrl+Shift+D 的方式来实现。

6.2.3 幻灯片的删除

我们可以很轻松地删除没有用的幻灯片。只要选中要删除的幻灯片,按键盘上的 Del 键即可。也可以选中要删除的幻灯片,单击鼠标右键选中弹出快捷菜单中的删除即可。如果误删了某张幻灯片,可以使用"常用"工具栏中的"撤消"按钮即可恢复。

6.2.4 幻灯片的复制

方法一:使用"复制"按钮与"粘贴"按钮(或 Ctrl+C 键与 Ctrl+V 键)。

操作步骤如下:

①选中所要复制的幻灯片。

②单击"常用"工具栏上的复制按钮 🖼(或 Ctrl+C 键)。

③将插入点置于想要插入幻灯片位置,然后单击粘贴按钮 🖼(或 Ctrl+V 键),即可在当前位置复制一张幻灯片。

方法二:使用"插入"菜单复制幻灯片。操作步骤如下:

①选中所要复制的幻灯片。

②执行"插入"菜单中的"幻灯片副本"命令,即可在该幻灯片的下方复制一个幻灯片。

方法三:使用鼠标和键盘的结合复制幻灯片。操作步骤如下:

①将 PowerPoint 切换至幻灯片浏览视图模式。

②选中需要复制的一张幻灯片。

③单击需要复制的幻灯片后,按住 Ctrl+鼠标左键拖动鼠标至目的地,所选中的幻灯片即被复制到该处。

6.2.5 幻灯片的移动

制作演示文稿时,常要对幻灯片的顺序进行重新排列,这就需要移动幻灯片。操作步骤如下:

①在幻灯片浏览视图中,选定要移动的幻灯片。

②按住鼠标左键,并拖动幻灯片到目的位置,拖动时有一个长条的直线就是插入点。

③释放鼠标左键,即可将幻灯片移动到新的位置。

我们也可以利用"大纲"工具栏中的按钮来实现幻灯片的移动。如果是远距离移动幻灯片,还可以使用剪切与粘贴命令或按钮来完成。

【例2】 新建一演示文稿,插入、移动、删除幻灯片。

解:操作步骤如下:

①新建一包含 6 张幻灯片的演示文稿,取名为"幻灯片的管理"。

②在各幻灯片的标题占位符内输入该幻灯片的序号,格式为"第＊张"。将第二张幻灯片移至最后,在第三张幻灯片前插入一新幻灯片,将第三张幻灯片复制到最后。

注:如果操作过程中复制了多张幻灯片,用删除的方法将多余的幻灯片删除。

6.3　在幻灯片中插入各种对象

为了增加幻灯片的展示效果,给观众留下更深刻的印象,我们需要在幻灯片中插入一些有吸引力或独特的图片、艺术字、声音及影片等等。除了应用幻灯片版式外,我们还可以通过相应的操作来实现这些对象的插入。

6.3.1　插入图片

在幻灯片中插入的图片,种类较多,有剪贴画、图片文件、自选图形、组织结构图、艺术字等。其中剪贴画是 Office 软件中自带的一些图片,而来自文件则可以是任何被保存在电脑中的各类文件,如图片、声音、多媒体、Word 文档、Excel 电子表格等。

1.插入剪贴画

操作步骤如下:

①在幻灯片视图中,打开要插入剪贴画的幻灯片。

②执行"插入"→"图片"→"剪贴画"命令。

③在弹出"图片剪辑库"对话框中选择一幅剪贴画,单击"插入"按钮,即可将该剪贴画插入到幻灯片中。

2.插入图片文件

操作步骤如下:

①在幻灯片视图中,打开要插入图片的幻灯片。

②执行"插入"→"图片"→"来自文件"命令。

③在弹出"插入图片"对话框中找到包含图片文件的驱动器和文件夹,单击文件列表中的文件名,单击"插入"按钮,即可将该图片插入到幻灯片中。

注:如果我们要对插入的图片进行修改,与 Word 中操作一样。我们可以在工具栏中找出如图 6-34 所示的"图片"工具栏,然后利用"图片"工具栏上的按钮对图片进行修改。

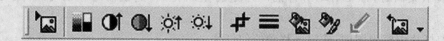

图 6-34　"图片"工具栏

3.插入自选图形

利用"绘图"工具栏,可以在幻灯片中绘制出直线、曲线、箭头、连接线、矩形、多边形、椭圆、流程图、立体图、标注文字等各种图形。如图 6-35 所示,为 PowerPoint 2000 的"绘图"工具栏。其操作与 Word 中一样。

图 6-35 PowerPoint 2000 的"绘图"工具栏

4. 插入艺术字

操作步骤如下：

①在幻灯片视图中，选择要插入艺术字的幻灯片。

②执行"插入"→"图片"→"艺术字"命令，或单击"绘图"工具栏中的艺术字按钮，弹出"艺术字库"对话框，如图 6-36 所示。

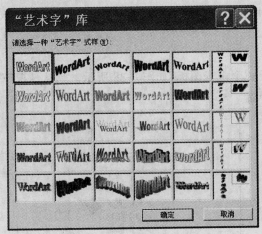

图 6-36 编辑"艺术字"文字对话框

③在该对话框中选择一种艺术字样式，单击"确定"按钮，弹出"编辑'艺术字'文字"对话框。

④在"文字"文本框中输入艺术字的文字。另外，还可以在"字体"列表框中选择字体，在"字号"列表框中选择字号。

⑤单击"确定"按钮，即可在幻灯片中插入艺术字。

注： 如果我们希望对艺术字进行修改，我们也可以通过"艺术字"工具栏实现，如图 6-37 所示。其操作与 Word 中相同。

图 6-37 "艺术字"工具栏

6.3.2 插入文本框

向幻灯片中添加文字要以文本框的形式进行，其操作方法与 Word 中一样，可以插入水平或竖排的文本，并对文字、段落进行格式设置。

6.3.3　插入影片和声音

在幻灯片的制作过程中,我们为了取得一些动态的效果,我们要求在幻灯片中插入一些相配套的声音或影片。

1.在幻灯片中插入文件声音

我们可以在幻灯片中插入歌曲和一些已经制作好了的声音。

操作步骤如下:

①在幻灯片视图中,选择要添加音乐或声音的幻灯片。

②执行"插入"→"影片和声音"→"文件中的声音"命令,弹出"插入声音"对话框,选择所需要的声音文件。

③单击"确定"按钮。

此时幻灯片上会出现一个声音图标,如图 6-38 所示。默认情况下,在放映幻灯片时,只要单击该声音图标就可播放声音。

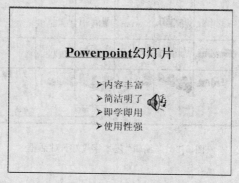

图 6-38　插入声音的幻灯片

2.为幻灯片配音

我们也可以根据需要在制作幻灯片中同时录制所需要搭配的声音。

操作步骤如下:

①在电脑上安装并设置好麦克风。

②启动 PowerPoint,打开相应的演示文稿。

③执行"幻灯片放映"→"录制旁白"命令,打开"录制旁白"对话框,如图 6-39 所示。

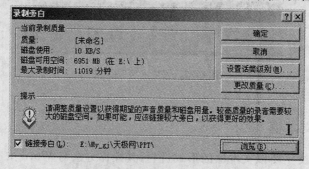

图 6-39　"录制旁白"对话框

④选中"链接旁白"选项，并通过"浏览"按钮设置好旁白文件的保存文件夹，同时根据需要设置好其他选项。

⑤单击"确定"按钮，进入幻灯片放映状态，一边播放演示文稿，一边对着麦克风朗读旁白。

⑥播放结束后，系统会弹出如图 6-40 所示的提示框，根据需要单击其中的相应按钮。

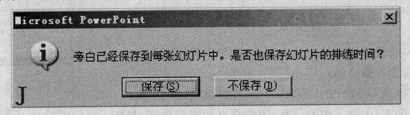

图 6-40　是否录制旁白提示框

如果幻灯片不需要旁白，可以选中相应的幻灯片，将其中的小喇叭符号删除即可。

3.在幻灯片中插入影片

我们可以在幻灯片中根据我们的需要，插入一些制作好的小电影、小影片。

操作步骤如下：

①在幻灯片视图中，选择要添加影片的幻灯片。

②执行"插入"→"影片和声音"→"文件中的影片"命令，打开"插入影片"对话框，在其中找到包含影片的文件夹，双击所需的影片（.avi 文件）。

注：此时幻灯片上会出现一个剪辑的片头图像。默认情况下，在幻灯片放映时，只要单击剪辑的片头图像就可以播放影片。影片窗格的尺寸和位置是可以改变的。

4.在幻灯片中添加 Flash 动画

可以在幻灯片中插入一些 Flash 动画，增强幻灯片的视觉效果。

操作步骤如下：

①执行"视图"→"工具栏"→"控件工具箱"命令，展开"控件工具箱"工具栏，如图 6-41 所示。

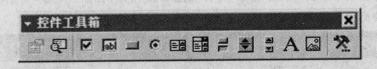

图 6-41　"控件工具箱"工具栏

②单击工具栏上的"其他控件"按钮 ，在弹出的下拉列表中，选"Shockwave Flash Object"选项，这时鼠标变成了细十字线状，按住左键在工作区中拖拉出一个矩形框（此为后来的播放窗口）。

③将鼠标移至上述矩形框右下角成双向拖拉箭头时，按住左键拖动，将矩形框调整至合适大小。

④右击上述矩形框，在随后弹出的快捷菜单中，选"属性"选项，打开"属性"对话框，如图

6-42 所示。在"Movie"选项后面的方框中输入需要插入的
Flash 动画文件名(＊.swf)及完整路径,然后关闭"属性"窗口。

　　注:为便于移动演示文稿,最好将 Flash 动画文件与演示文
稿保存在同一文件夹中,这时,上述路径也可以使用相对路径。

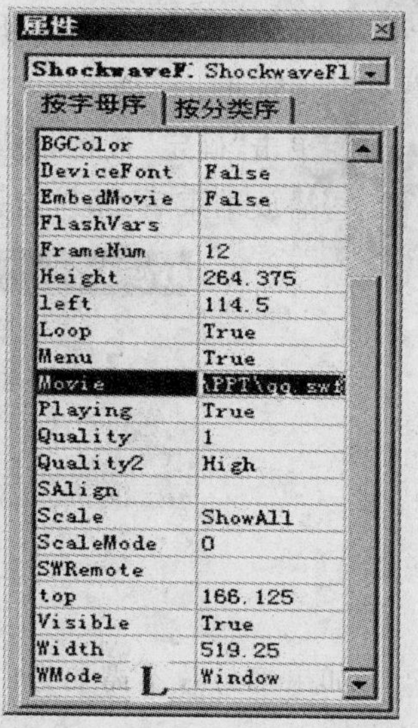

6.3.4　　插入图表

　　我们可以直接在幻灯片中插入图表,操作步骤如下:
　　①选择要添加表格的幻灯片。
　　②单击"插入"菜单中的"图表"命令,将弹出"数据表"窗口。
　　③在"数据表"中输入相关信息,图表会自动更新数据,最后
关闭"数据表"窗口。

6.3.5　　插入表格

　　同样可以不用版式来插入表格,我们可以根据我们的需要
在我们设定的位置插入相应的表格内容。

图 6-42　　"属性"对话框

　　操作步骤如下:
　　①选择要添加表格的幻灯片。
　　②单击"插入"菜单中的"表格"命令,将弹出"插入表格"对话框。
　　③输入行和列数,单击"确定"。

6.3.6　　插入 Word 文档、Excel 表格、Excel 图表等对象

　　在 PowerPoint 中,我们不仅可以直接插入表格和图表,也可以直接把 Word 文本和 Excel
图表等对象直接插入到幻灯片中。然后对其进行相应的 Word 或 Excel 图表等不同对象的
操作。

　　操作步骤如下:
　　①打开要插入图表的幻灯片。
　　②单击"插入"菜单中的"对象"命令,打开如图 6-43 所示的"插入对象"对话框。
　　③在对象类型中选定 Word 文档或 Excel 图表,然后"确定"。

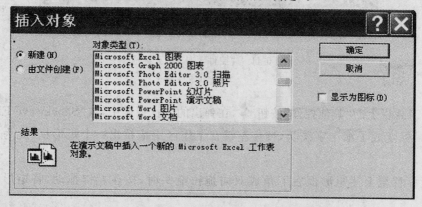

图 6-43　　"插入对象"对话框

6.3.7 图形对象格式的设定

插入到幻灯片中的剪贴画、图形、图表、艺术字等,在 PowerPoint 2000 中都被称为图形对象,对象的处理包括选定、移动、复制、剪切、对齐和叠放次序、组合等,前几项都是比较常用的操作。关于对象的叠放次序,是指当幻灯片上某个位置拥有多个不同的对象时,这些对象重叠时的上下次序,包括"置于顶层"、"置于底层"、"上移一层"和"下移一层"4 个选项。位于顶层的对象会覆盖其下的所有对象,因此,有时要调整它们的位置关系,一般文本在顶层,图形在底层。

操作步骤如下:

①用鼠标单击叠放中的一个对象。

②单击"绘图"工具栏中"绘图"按钮,从弹出的菜单中选择"叠放次序"选项。在打开的子菜单中有"置于顶层"、"置于底层"、"上移一层"和"下移一层"4 个选项,通过选择这些选项,可以改变选定对象的层次。

【例 3】 新建一演示文稿,插入多种多媒体对象。

解:操作步骤如下:

①新建一包含 8 张幻灯片的演示文稿,取名为"在幻灯片中插入对象"。

②在标题幻灯片中输入标题"在幻灯片中插入对象",依次在其他各张幻灯片中插入图片、自选图形、艺术字、文本、影片或声音、Flash 动画、图表、表格、Word 文档等对象。

6.4 编辑演示文稿的外观

学习了幻灯片的以上操作后,我们已经能够制作一些简单的幻灯片。如果要使我们制作的幻灯片更加美观、协调和简洁,我们还必须学习幻灯片外观的编辑操作。幻灯片的外观主要包括背景、图案、文本格式、颜色等元素。能快速地将演示文稿外观统一起来的方法有许多,下面介绍几种常用的方法。

6.4.1 编辑母版

要使演示文稿中幻灯片的风格一致(外观统一),可以通过对母版的编辑来实现。Power-Point 2000 所提供的母版功能,可方便地对演示文稿的外观进行调整和设置。

简单地说,母版用来定义整个演示文稿的幻灯片页面格式,"母版"主要是针对于同步更改所有幻灯片的文本及对象。对幻灯片母版的任何更改,都将影响到基于这一母版的所有幻灯片格式。例如在母版上放入一张图片,那么所有的幻灯片的同一位置都将显示这张图片。

母版可以根据其功能、用途和着重点的不同,将其分成四种不同种类的母版形式,它们分别是:

1. 幻灯片母版

最常用的母版是幻灯片母版,它控制的是除标题幻灯片以外的所有幻灯片的格式。幻灯片母版包含文本占位符和页脚(如日期、时间和幻灯片编号)占位符。如果要修改多张幻灯片的外观,不必一张张幻灯片进行修改,而只需在幻灯片母版上作一次修改即可。PowerPoint 将自动更新已有的幻灯片,并对以后新添加的幻灯片应用这些更改。如果要更改文本格式,可选择占位符中的文本并作更改。

　　执行"视图"→"母版"→"幻灯片母版"命令,即可进入"幻灯片母版"视图,如图 6-44 所示。通过对这张幻灯片的创建或修改,就可以改变该演示文稿中所有幻灯片的外观。幻灯片母版有 5 个不同级别的占位符,用来确定幻灯片母版的版式。并且在幻灯片母版的下方我们也可以设置相应的日期时间、页脚和数字区。

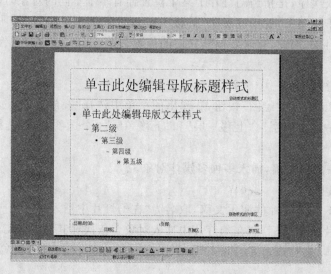

图 6-44　幻灯片母版

2.标题幻灯片母版

　　标题幻灯片母版控制着演示文稿的第一张幻灯片(标题幻灯片)。由于标题幻灯片相当于幻灯片的封面,所以要把它单独列出来设计。

　　执行"视图"→"母版"→"幻灯片母版"命令,进入幻灯片母版窗口,然后单击工具栏中"常规任务"菜单下的"新标题母版"命令,即可进入"标题幻灯片母版"窗口,如图 6-45 所示。

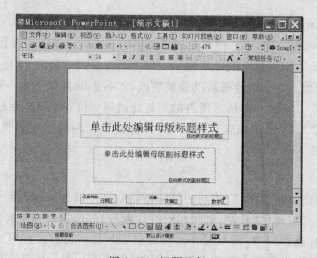

图 6-45　标题母版

3.讲义母版

讲义母版用于控制幻灯片以讲义形式打印的格式,可增加页码(并非幻灯片编号、页眉和页脚等),也可在"讲义母版"工具栏中选择在一页中打印 2,3,4 或 6 张幻灯片。

单击"视图"菜单"母版"中的"讲义母版"命令,就可进入讲义母版,如图 6-46 所示。

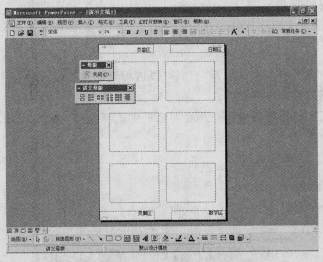

图 6-46　讲义母版

4.备注母版

备注母版是供演讲者备注使用的空间,也可用来设置备注幻灯片的格式,如图 6-47 所示。

不同的母版有着各自的窗口,其操作方法都是相似的,只是作用对象不同。下面以幻灯片母版为例介绍有关母版的操作。

图 6-47　备注母版

(1)设置字体格式

【例 4】　设置幻灯片中的标题改为红色、黑体。

解:操作步骤如下：

①执行"视图"→"母版"→"幻灯片母版"命令。

②单击标题占位符，执行"格式"→"字体"命令。

③在"字体"对话框中选择红色、黑体，单击"确定"。

④切换到普通视图即可

注:结果使当前演示文稿除标题幻灯片外所有的幻灯片的标题文字改成红色、黑体。

（2）删占位符

在幻灯片母版中有五个文本占位符，它们可以进行增删操作。

删除：选定占位符，按 Del 键即可。

恢复：执行"格式"→"母版板式"命令，在对话框中选择相应勾选项，单击"确定"即可。

（3）设置背景

【例5】 设置幻灯片中的背景为天蓝色。

解:操作步骤如下：

①执行"视图"→"母版"→"幻灯片母版"命令。

②执行"格式"→"背景"命令，打开如图 6-48 所示的对话框。

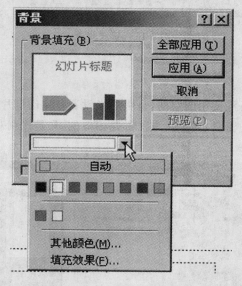

图 6-48 "背景"对话框

③在对话框中"背景填充"项选择天蓝色。

④单击"全部应用"。

注:"全部应用"则使所有的幻灯片背景都发生改变；"应用"则使当前幻灯片背景都发生改变。"背景填充"还可以使用图案或图片填充。

（4）增删对象

【例6】 给演示文稿中幻灯片母版添加一企业徽志。

解:操作步骤如下：

①执行"视图"→"母版"→"幻灯片母版"命令。

②执行"插入"→"图片"命令,选择所需的图片文件。

③设置好图片的尺寸和位置。

注:结果使得所有的幻灯片都在同一位置上添加同一图案,若要删除该图案,则只有在母版视图中才可删除。

6.4.2 设计模板的使用

设计模板实际上就是演示文稿的一种外观设计方案。

1.使用设计模板

PowerPoint 提供了大量的设计模板,这些设计模板不仅在创建演示文稿时可以用,在演示文稿创建后,也可以重新选择设计模板,从而改变演示文稿的外观。

操作步骤如下:

①打开演示文稿。

②执行"格式"→"应用设计模板"命令,打开如图 6-49 所示的对话框。

图 6-49 "应用设计模板"对话框

③选择所需的设计模板,单击"应用"。

注:当前演示文稿的外观被所选的设计模板外观替换。

2.创建设计模板

用户可以创建自己的模板,只要将所制作的演示文稿另存为"演示文稿设计模板(*.pot)"文件类型,该文件会自动存放于"系统盘:\Documents and Settings\用户名\Application Data\Microsoft\Templates"文件夹中。以后遇到要重装系统时,需要再次保存在该文件夹内,以后可直接使用自己定义的模板。

操作步骤如下:

①新建一空白演示文稿。

②编辑母版,回到普通视图模式下。

③执行"另存为"命令。

④选定保存类型为"演示文稿设计模板(*.pot)"、输入文件名、检查"保存位置"。

⑤单击"保存"按钮，

注：用户建立了自己的设计模板，以后可以多次使用。

6.4.3 幻灯片的背景及填充效果

用户可以为幻灯片设置不同的颜色、阴影、图案或者纹理的背景，也可以使用图片作为幻灯片背景，从而使幻灯片产生更精致的效果。

1.设置幻灯片的背景颜色

操作步骤如下：

①在普通视图或幻灯片视图中，显示要设置背景颜色的幻灯片。

②执行"格式"菜单中的"背景"命令，出现如图 6-50 所示的"背景"对话框。

2.设置幻灯片背景的填充效果

使用过渡、纹理、图案或图片等填充效果来作为幻灯片的背景。

操作步骤如下：

①在普通视图或幻灯片视图中，显示要设置背景颜色的幻灯片。

②执行"格式"菜单中的"背景"命令。

③单击"背景填充"区下方的列表框，从中选择"填充效果"命令，出现如图 6-51 所示的"填充效果"对话框。

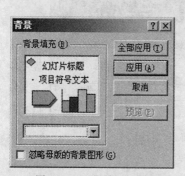

图 6-50 "背景"对话框

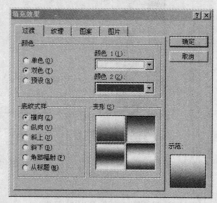

图 6-51 "填充效果"对话框

④在"过渡"标签中，可以调整背景色由浅至深的渐变效果；在"纹理"标签中，可以选择新闻纸、大理石等不同的纹理；在"图案"标签中，可以选择不同的图案作为背景；在"图片"标签中，可以选择一幅图片作为背景。

⑤单击"确定"按钮，返回到"背景"对话框中。

⑥要将背景设置应用于当前所选的幻灯片，请单击"应用"按钮；要将背景设置应用于演示文稿的所有幻灯片，请单击"全部应用"按钮。

6.4.4 配色方案的使用

所谓"配色方案"，就是指能够应用于演示文稿中的所有幻灯片、个别幻灯片、备注页或听众讲义甚至新创建项目的八种均衡颜色。在配色方案中的八种颜色分别应用于背景、文本和线条以及在背景中出现的其他对象。

1. 应用标准的配色方案

当用户新建一份演示文稿后,PowerPoint 2000 会自动地为演示文稿中的幻灯片运用一种配色方案。用户可以查看该文稿所采用的配色方案,如果对当前的配色方案不满意,还可以从 Power-Point 2000 所提供的一系列标准配色方案中选择一种满意的方案来代替当前的配色方案。

操作步骤如下:

①打开一个已应用配色方案的演示文稿。

②单击"格式"菜单中"幻灯片配色方案"命令,这时弹出"配色方案"对话框。

③在"配色方案"对话框中单击"标准"选项卡,选择一种最满意的配色方案。

④单击"应用"按钮,该配色方案只应用于当前的幻灯片之中;如果单击"全部应用"按钮,那么所选择的配色方案将会应用于演示文稿中的每一张幻灯片。

2. 自定义配色方案

如果需要更加丰富、更加个性化的配色方案,在 PowerPoint 2000 中可以方便地对配色方案作个性的定制。并且还可以保存下来,以便在其他演示文稿中采用。

操作步骤如下:

①单击"格式"菜单中"幻灯片配色方案"命令,弹出的"幻灯片配色方案"对话框。

②单击对话框中的"自定义"标签,如图 6-52 所示。在此"配色方案颜色"框里列出了配色方案中的八种基本颜色,这八种颜色方案的功能如下:

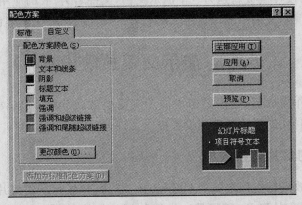

图 6-52 "配色方案"对话框

a. 背景:背景颜色方案应用于幻灯片的背景颜色中。

b. 文本和线条:文本和线条颜色配色方案运用于幻灯片上的文本框中的文本及层次小标题,同时可用于使用"绘图"工具栏中的"直线"按钮和"箭头"按钮所绘制的线条和箭头,并且也能用于自选图形的边框以及用其他绘图工具所画的图形对象的轮廓线。

c. 阴影:阴影颜色方案应用于幻灯片上的图形对象的文本对象边框的阴影效果。

d. 标题文本:标题文本颜色方案用于幻灯片中的标题和副标题中的文本。

e. 填充:填充颜色方案应用于幻灯片上的图形对象,包括自选图形和其他绘图工具所画的图形对象,以及图表中的第一个数据系列对应图形的内部填充色彩。

f. 强调:强调颜色方案用做图表中的第二个数据系列以对应图形的内部填充色彩,也可用于组织结构图和增加到幻灯片上的其他对象。

　　g.强调和超级链接:强调和超级链接颜色方案用于图表中的第三个数据系列对应用图形的内部填充色彩。同强调文字颜色方案一样,强调文字和超级链接颜色方案也应用于组织结构图和增加到幻灯片上的其他对象。另外,该颜色方案还应用于超级链接。

　　h.强调和尾随超级链接:强调和超级链接颜色方案用于图表中的第四个数据系列对应图形的内部填充色彩。同上两种颜色方案一样,该颜色方案也应用于组织结构图和增加到幻灯片上的其他对象。此外,该颜色方案还应用于标识幻灯片上已经使用过或正在使用的超级链接。

　　③从"配置方案颜色"框里选择一种需要修改的颜色方案,再单击"更改颜色"按钮,于是弹出相应的颜色对话框。

　　④在弹出的相应的颜色对话框中选择所需颜色块。

　　⑤单击"确定",回到"配色方案"对话框。可以按以上方法对其他的颜色方案进行修改。

　　⑥单点击对话框中的"添加为标准配色方案"按钮。

　　【例 7】　应用标题母版、幻灯片母版、设计模板和配色方案。

　　解:操作步骤如下:

　　①新建一包含 4 张幻灯片的演示文稿,文件名为"母版设置"。版式任选,进入标题母版窗口,将标题占位符设置成彩色点虚线边框效果,为副标题添加背景图片效果;进入幻灯片母版窗口,为不同级别的文本设置不同的文本格式,将标题设为华文彩云、字号为 36 号、紫色。

　　②将"母版设置"演示文稿另存为"演示文稿设计模板(＊.pot)"文件类型,文件名为"我的设计模板"。应用所做的设计模板新建另一个演示文稿,文件名为"我的应用"。

　　③在"我的应用"演示文稿中应用自定义配色方案,改变背景、文本等色彩效果。

6.5　演示文稿放映设计

　　演示文稿设计制作完成后,还需要考虑演示文稿的放映问题。PowerPoint 2000 对演示文稿的放映、幻灯片的切换、幻灯片的动画设置提供了许多手段。

6.5.1　设置幻灯片切换效果

　　幻灯片间的切换效果是指移走屏幕上已有的幻灯片,并显示新幻灯片之间的切换效果。例如,水平百叶窗、溶解、盒状展开、随机等。设置幻灯片切换效果,一般在"幻灯片"浏览窗口中进行。

　　操作步骤如下:

　　①选择要设置切换效果的幻灯片。

　　②单击"幻灯片放映"中的"幻灯片切换"命令,弹出如图 6-53 所示的"幻灯片切换"对话框。其中:

　　a."效果"选项区中列出了切换效果,利用 3 个单选按钮(慢速、中速、快速)设置切换的速度。

　　b."换页方式"选项区中,系统默认是"单击鼠标换页",也可输入幻灯片放映的间隔时间。

　　c."声音"选项区中列出了声音效果,可在其下列表框中选择一种切换声音的效果。

　　d."全部应用"按钮作用于演示文稿的全部幻灯片。

　　e."应用"按钮仅作用于选中的幻灯片。

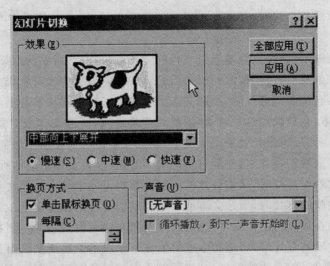

图 6-53　"幻灯片切换"对话框

6.5.2　设置幻灯片的动画效果

用户可为幻灯片上的文本、形状、声音、图像和其他对象设置动画效果,这样既可突出重点,也可增加趣味性。例如可以让一段文本从屏幕一侧飞入屏幕等。

1.使用"预设动画"

在幻灯片视图中选择需要动态显示的对象之后(如一段文字),然后单击"幻灯片放映"菜单中的"预设动画"命令,再从级联菜单中选择所需的动画选项,如图 6-54 所示。

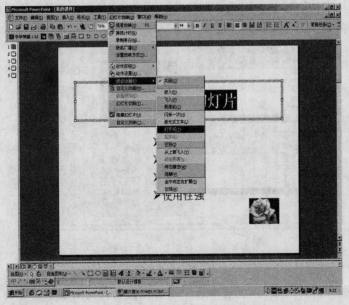

图 6-54　"预设动画"选项

动画菜单功能说明:

● 关闭:清除文本或对象中任一预设或自定义的动画设置。

- 驶入：在放映幻灯片时，伴随汽车行驶的背景音乐，所选对象或文本从幻灯片的右边驶入屏幕。
- 飞入：在放映幻灯片时，伴随飞机飞行的背景音乐，所选对象从幻灯片的左边飞入屏幕。
- 照相机：在放映时，伴随按照相机快门的背景音乐显示所选对象或文本。
- 闪烁一次：在放映幻灯片时，所选文本或对象刚一显示就从屏幕上消失。
- 激光式文本：在放映幻灯片时，伴随激光背景音乐，所选文本或对象从幻灯片的右上角飞入屏幕。如果将激光效果用于文本，则该文本每次只显示一个字母。
- 打字机：在放映幻灯片时，伴随打字机的声音，在屏幕上逐个显示所选文本的字符。
- 反序：在放映幻灯片时，从幻灯片的底部开始由下向上显示所选文本。
- 空投：在放映幻灯片时，所选文本或对象将从幻灯片的顶部落下。
- 向右擦去：在放映幻灯片时，所选文本或对象在演示窗口中从左到右显示。
- 溶解：在放映幻灯片时，所选文本或对象在演示窗口中逐渐从模糊到清晰地显示。
- 从中向左右扩展：在放映幻灯片时，所选文本或对象在演示窗口中从中间向左右显示。
- 出现：在放映幻灯片时，所选文本或对象按动画顺序依次显示。用"自定义动画"对话框设置幻灯片的动画效果。

注："预设动画"可以设置对象的动画效果，但不能设置对象的播放顺序。

2.使用"自定义动画"

"自定义动画"可以设置出比预设动画更丰富的动画效果，如声音、动画是否变颜色等，并且还可以更改对象的动画顺序以及动画播放时间长短。

操作步骤如下：

①单击"幻灯片放映"中的"自定义动画"命令，或单击"动画效果"工具栏中的"自定义动画"按钮，系统将弹出如图 6-55 所示的"自定义动画"对话框。

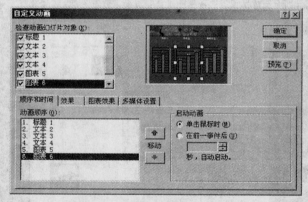

图 6-55　"自定义动画"对话框

②在"检查动画幻灯片对象"列表框中选中需要设置动画的对象所对应的复选框。

③单击对话框下方的"顺序和时间"选项卡，可以进行如下设置：

a.在"动画顺序"列表框中选取需要调整动画顺序的对象，然后单击向上按钮和向下按钮更改该对象的动画顺序。

b.在"启动动画"选项区中设置动画启动的方式。

④单击"效果"选项卡,可以进行如下设置:

a.在"动画和声音"选项中设置动画和声音效果,在打开的下拉列表框中选取需要的效果。

b.在"动画播放后"下拉列表框中选择动画播放后相应对象的颜色或隐藏该对象。

c.若当前对象为文本,可在"引入文本"选项区中设置该文本对象的引入方法。

⑤若当前对象为图表,可单击"图表效果"选项卡,在"引入图表元素"列表框中选取图表组成元素引入的方式;在"动画和声音"选项区中设置动画和声音效果;在"动画播放后"列表框中选取动画播放后相应对象的效果。

⑥若当前对象为影片、声音等多媒体介质,可单击"多媒体设置"选项卡,根据需要设置选项。

⑦单击"确定"按钮,完成对当前幻灯片的自定义的动画操作。

6.5.3 幻灯片的放映设置

当我们把所有的幻灯片初步完成后,我们希望能够马上看到我们的制作成果并对其进行必要的修改和完善。我们就可以根据实际的要求和不同的对象而选择合适的幻灯片播放形式。

1.启动幻灯片放映

在 PowerPoint 2000 中启动幻灯片放映的方法有如下几种:

①单击演示文稿窗口左下角的"幻灯片放映"按钮。

②单击"视图"菜单中的"幻灯片放映"命令。

③单击"幻灯片放映"中的"观看放映"命令。

2.放映时切换幻灯片

(1)转到下一张幻灯片

● 单击鼠标。

● 按空格键或 Enter 键。

● 单击鼠标右键,在弹出的快捷菜单上选择"下一张"命令。

(2)转到上一张幻灯片

● 按 Backspace 键。

● 单击鼠标右键,在弹出的快捷菜单上选择"上一张"命令。

(3)转到指定的幻灯片上

● 输入幻灯片编号,再按 Enter 键。

● 单击鼠标右键,在弹出的快捷菜单上选择"定位"级联菜单中的"按标题"命令,然后单击所需的幻灯片即可。

3.结束幻灯片放映

当观看幻灯片放映时,用户可通过直接按 Esc 键来退出放映,或者执行幻灯片的快捷菜单来控制放映,具体操作为单击鼠标右键,在快捷菜单中选择"结束放映"选项,可结束幻灯片放映,并返回编辑窗口。

4.幻灯片播放方式的设置

PowerPoint 2000 提供了多种播放幻灯片方式,执行下列操作步骤,可设置幻灯片的播放方式。操作步骤如下:

①打开需要设置放映方式的演示文稿。

②单击"幻灯片放映"中的"设置放映方式"命令,弹出"设置放映方式"对话框,如图 6-56 所示。

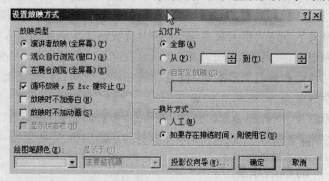

图 6-56 　"设置放映方式"对话框

该对话框中各种选项的含义如下:

- 演讲者放映(全屏幕:可运行全屏幕显示的演示文稿):演讲者具有完整的控制权,可采用自动或人工方式运行放映;演讲者可以将演示文稿暂停;可以在放映过程中不定期录下旁白。需要将幻灯片放映投射到大屏幕上或在演示文稿会议时,也可以使用此方式。
- 观众自行浏览(窗口:可运行小规模的演示稿):这种演示文稿会出现在小型窗口内,并提供命令在放映时移动、编辑、复制和打印幻灯片。在此方式中,可以使用滚动条从一张幻灯片移到另一张幻灯片,同时打开其他程序。
- 在展台浏览(全屏幕:可自动运行演示文稿):如果在摊位、展台或其他地点需要运行无人管理的幻灯片放映,可以将演示文稿设置为这种方式,运行时大多数的菜单和命令都不可用,并且在每次放映完毕后重新启动。
- 循环放映按 Esc 键终止:选中此复选框时,可以自动循环选择幻灯片,直至按下"Esc"才结束终止。
- 放映时不加旁白:选中此复选框时,放映过程中不播放添加到演示文稿的任何声音旁白。
- 放映时不加动画:选中此复选框时,放映过程中不播放幻灯片的动画效果。
- "幻灯片"选项区:可设置需要放映的幻灯片范围。
- "换片方式"选项区:可设置幻灯片放映时的控制方式,若选中"人工"单选按钮,则由人工控制幻灯片的切换。此时若存在排练时间,将自动忽略;若选中"如果存在排练时间,则使用它"单选按钮,则可以使用原先设定的排练时间自动控制幻灯片的切换。
- "投影仪向导"按钮:单击该按钮,可弹出"投影仪向导"对话框,指引用户将计算机连接到数据投影仪。

③根据需要,设置该对话框中的选项。

④单击"确定"按钮,完成幻灯片播放方式的设置。

5.设置自动放映时间

通过对幻灯片进行排练,可精确分配每张幻灯片放映的时间。使用排练计时可以在排练时控制设置幻灯片放映的时间间隔。

操作步骤如下:

①打开要进行排练计时的演示文稿。

②执行"幻灯片放映"菜单中的"排练计时"命令,此时会进入放映排练状态,并打开"预演"工具栏,如图 6-57 所示。

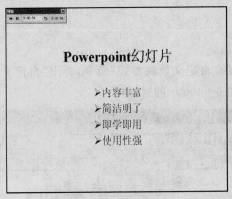

图 6-57　放映排练

③单击"预演"工具栏上的"下一项"按钮➡,可排练下一张幻灯片的时间。单击"预演"工具栏上的"暂停"按钮▮▮,可以暂停计时,再次单击则继续计时。单击"重复"按钮↺,可重新为当前幻灯片计时。排练结束后,将出现提示用户是否保留新的幻灯片排练时间的对话框,如图 6-58 所示。

图 6-58　提示是否保留新的幻灯片排练时间的对话框

④单击"是"按钮,确认应用排练计时。此时会在浏览视图中的每张幻灯片的左下角显示该幻灯片的放映时间,如图 6-59 所示。

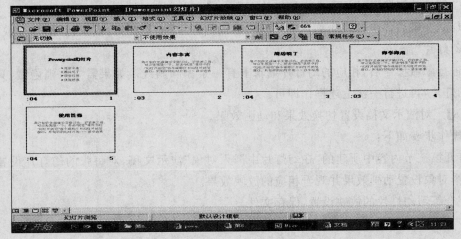

图 6-59　在幻灯片左下角显示放映时间

6.指定放映内容

在放映幻灯片时,系统默认的设置是播放演示文稿中的所有幻灯片,也可以设置只播放其中的一部分幻灯片。

操作步骤如下:

①打开要放映的演示文稿。

②单击"幻灯片放映"中的"自定义放映方式"命令,弹出"自定义放映方式"对话框。

③单击"新建",出现如图 6-60 所示的对话框。

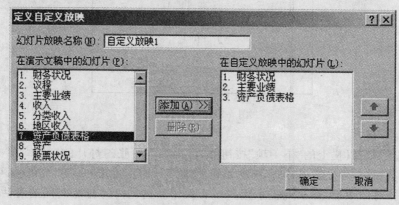

图 6-60　　"定义自定义放映"对话框

④在"幻灯片"选项区中指定要放映的幻灯片。

⑤单击"确定"按钮。

7.隐藏幻灯片

对于制作好的 PowerPoint 演示文稿,如果希望其中的某些幻灯片在放映的时候不显示出来,我们可以将其隐藏起来。

操作步骤如下:

①在"幻灯片浏览"视图下,选中幻灯片。

②鼠标,在随后弹出的快捷菜单中,选择"隐藏幻灯片"选项即可;或执行"幻灯片放映"菜单中"隐藏幻灯片"命令。

注:进行隐藏操作后,相应的幻灯片编辑上有一条删除斜线。如果需要取消隐藏,只要选中相应的幻灯片,再进行一次上述操作即可。

【例 8】 对演示文稿设置切换效果和动画效果。

解:操作步骤如下:

①打开第三节内容中所建的"在幻灯片中插入对象"演示文稿,对每张的幻灯片设置切换效果,对每个对象设置动画效果并观看相应的放映效果。

②综合练习幻灯片的放映设置,保存文件。

6.6 PowerPoint 相关操作

当一个演示文稿制作完毕后,为了让演示文稿更符合用户的需要,我们还可以将演示文稿作一些修改和设置,来达到我们的要求和实现我们保护演示文稿的目的。

6.6.1 幻灯片的超级链接

在工作和日常生活中,用幻灯片作一个报告或者来说明一件事,所涉及的是一组或几组幻灯片。但是在演示的过程中,幻灯片需要有相互之间的调用,而且还可以在这一组中调用另一组的幻灯片、Word 文档、Excel 电子表格、公司 Internet 地址等。这时可以添加"动作按钮"或设置幻灯片之间的链接。设置链接使我们能够像在 Internet 上遨游一般,点一下鼠标,就能看到相关的内容,这一切在 PowerPoint 中都能够很容易的实现。

创建超级链接的起点可以是任何文本或对象,激活超级链接最好的方法是用鼠标单击。设置了超级链接后,代表超级链接起点的文本会添加下划线,并且显示成系统配色方案指定的颜色。在幻灯片放映时,当鼠标指针移到下划线处时,就出现一个超级链接标志(鼠标指针呈小手状),单击鼠标即激活超级链接,跳转到超级链接设置的位置处。

下面以在演示文稿内做链接为例介绍创建超级链接的两种方法:"超级链接"命令和"动作按钮"命令。

1. 使用"超级链接"命令

操作步骤如下:

①在幻灯片视图中选择代表超级链接起点的文本对象,如选择"净收入"作为起点。

②单击"插入"菜单中的"超级链接"命令,或单击"常用"工具栏的"插入超级链接"按钮,弹出如图 6-61 所示的"插入超级链接"对话框。

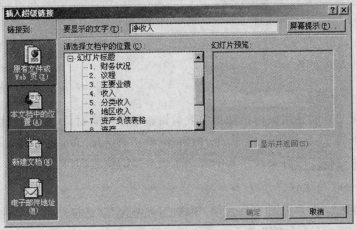

图 6-61 "插入超级链接"对话框

③在"链接到"选项中单击"本文档中的位置"。

④在"请选择文档中的位置"列表框中选所需的幻灯片。

⑤单击"确定"按钮,即可创建超级链接。

2.使用"动作按钮"命令

动作按钮是一种现成的按钮,在幻灯片放映时单击它会呈现"按下"效果。利用"动作按钮"命令,也可以创建同样效果的超级链接,如果希望同样的按钮出现在每张幻灯片上,请将其创建到幻灯片母版上。

操作步骤如下:

①在幻灯片浏览视图中,选择代表超级链接起点的某张幻灯片。

②在幻灯片视图中,单击"放映幻灯片"中的"动作按钮"命令,再在其级联菜单中选择一个动作按钮,如图 6-62 所示。

③鼠标指针变为"＋"字形,在幻灯片上拖动鼠标画出所选按钮的形状。

④系统自动弹出"动作设置"对话框,如图 6-63 所示,选中"超级链接到"单选按钮,在其下拉列表框中进行选择。

⑤单击"确定"按钮。

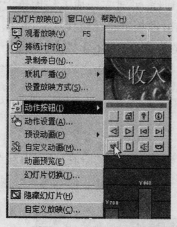

图 6-62　"动作按钮"菜单

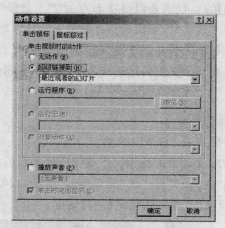

图 6-63　"动作设置"对话框

3.编辑和删除超级链接

(1)编辑超级链接的方法

编辑超级链接的方法是用鼠标指针指向欲编辑超级链接的对象,单击右键,在弹出的菜单中单击"超级链接"中的"编辑超级链接"命令,弹出"编辑超级链接"对话框或"动作设置"对话框(与创建时使用的超级链接方法有关),在其中改变超级链接的位置即可。

(2)删除超级链接的操作方法

删除超级链接的操作方法同上,只要在"编辑超级链接"对话框单击"取消链接"按钮或在"动作设置"对话框点击"无动作"按钮即可。

6.6.2　使用密码保护演示文稿

为了方便演示文稿的传播和应用,我们可以允许其他人进行拷贝制作好的幻灯片,但我们并不希望他们对我们的劳动成果进行删改或利用复制粘贴改换门面。这时我们就可以对我们的演示文稿进行密码的设置。

操作步骤如下：

①打开要创建密码的演示文稿。

②在"工具"菜单上，单击"选项"，再单击"安全性"选项卡。

● 若要使演示文稿在提供密码后才能打开，请在"打开权限密码"框中，键入密码，再单击"确定"。

● 若要使演示文稿在提供密码后才能编辑，请在"修改权限密码"框中，键入密码，再单击"确定"。

③在"确认密码"对话框中，再次键入密码，然后单击"确定"。

注：设置修改密码允许不知道密码的用户查看演示文稿，但是阻止他们对演示文稿进行任意修改。

我们也可以通过将演示文稿以放映方式进行保存，以防止其他人对我们演示文稿的修改。

操作步骤如下：

①打开制作好的演示文稿。

②单击菜单栏中的"文件"菜单中的"保存"命令，弹出如图 6-64 所示的"另存为"对话框。

图 6-64　"另存为"对话框

③选定演示文稿保存在电脑中的位置，在文件名中输入演示文稿的名称，在保存类型中选中"PowerPoint 放映（ * . pps）"选项。

④单击"确定"按钮即可。

注：该演示文稿只能进行播放。

6.6.3　演示文稿的打包

用 PowerPoint 制作的演示文稿，有时会发生这样的情况：将已制作好的 PowerPoint 文档拷贝到需要演示的电脑上时，却发现有些漂亮的字体走样了；或者某些特殊效果面目全非；或者根本无法播放，等等。这是因为原演示文稿是用高版本的 PowerPoint 制作的，而需要演示的电脑上 PowerPoint 的版本比较低，或者根本没有安装 PowerPoint 软件，或者演示文稿中原先包含的声音、影片或超级链接等，因复制改变了其相对路径或根本忘记拷贝过来。

这时为了将演示文稿能在另一台机器上顺利播放，就需要使用打包功能。打包可以将演示文稿所需的所有文件和字体打包到一起，然后在另一台机器上释放出来，这样就可以不受影响地顺利播放了。同时也可以方便用户携带并传送演示文稿。

1. 打包演示

操作步骤如下：

①打开演示文稿。

②执行"文件"菜单中的"打包"命令，出现如图 6-65 所示的"打包向导"对话框。

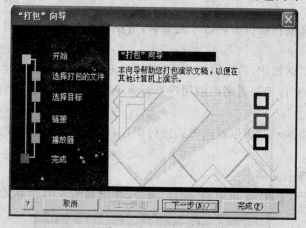

图 6-65　"打包向导"对话框(1)

③在"打包向导"对话框的左侧，列出了该向导所要经过的步骤。其中，绿色方块表示当前所到达的步骤。单击"下一步"按钮，出现如图 6-66 所示的对话框。

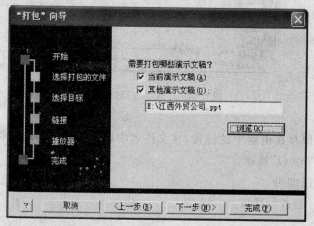

图 6-66　"打包向导"对话框(2)

④在该对话框中选择需要打包的演示文稿。如果要打包当前的演示文稿，请选中"当前演示文稿"复选框；如果要打包其他的演示文稿，请选中"其他演示文稿"复选框，然后在文本框中输入该演示文稿的路径和名称，或单击"浏览"按钮从磁盘上定位该演示文稿。单击"下一步"按钮，出现如图 6-67 所示的对话框。

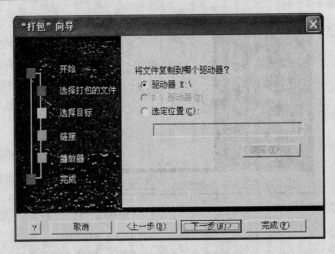

图 6-67 "打包向导"对话框(3)

⑤在该对话框中选择目标地址,PowerPoint 将在该处保存打包后的演示文稿。

⑥单击"下一步"按钮,出现如图 6-68 所示的对话框。

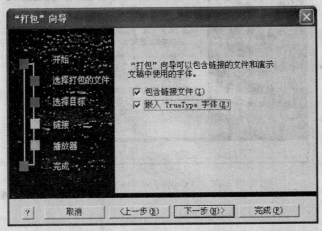

图 6-68 "打包向导"对话框(4)

⑦在该对话框中选择是否将链接的文件和字体一起打包。选择"包含链接文件"复选框,可以确保在目标计算机上打开它们;选择"嵌入 TrueType 字体"复选框,可以确保在未安装字体时正确显示文本。

⑧单击"下一步"按钮,出现如图 6-69 所示的对话框。

⑨在该对话框中选择是否包含播放器。如果要在已安装 PowerPoint 的计算机上放映演示文稿,请选择"不包含播放器"单选按钮;如果要在未安装 PowerPoint 的计算机上放映演示文稿,请选择"Windows 95 或 NT 的播放器"单选按钮。

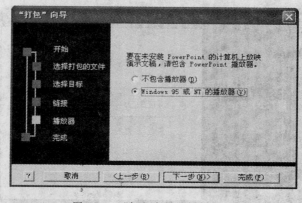

图 6-69　"打包向导"对话框(5)

⑩单击"下一步"按钮,出现如图 6-70 所示的对话框。单击"完成"按钮,系统将进行文件复制。

注: 打包后的演示文稿的名称将以.ppz 作为扩展名,以后双击该文件即可放映。

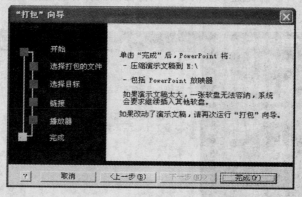

图 6-70　"打包向导"对话框(6)

2.解开已打包的演示文稿

操作步骤如下:

①在打包文件所在的文件夹中找到 Pngsetup.exe 程序,并双击该程序。

②当运行 Pngsetup.exe 程序后,会出现如图 6-71 所示的"打包安装程序"对话框。

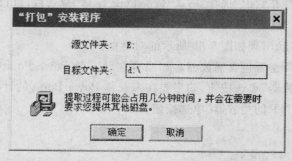

图 6-71　"打包安装程序"对话框

③输入演示文稿的目标文件夹,然后单击"确定"按钮,即可开始安装。安装完毕后,会出现一个对话框,提示演示文稿已经安装完成,如图 6-72 所示。

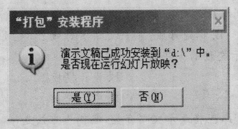

图 6-72 "打包确定"对话框

④如果单击"是"按钮,则立即放映演示文稿;如果单击"否"按钮,则不立即放映演示文稿。

注:Ppview32.exe 被安装到相同的文件夹中,双击播放器程序 Ppview32.exe,再单击要运行的演示文稿,就可以在没有安装 PowerPoint 的计算机上放映演示文稿。

【例 9】 添加超级链接及动作按钮,隐藏幻灯片,设置密码保护,并为演示文稿打包。

解:操作步骤如下:

①打开上节所操作的"在幻灯片中插入对象"演示文稿,添加多个超级链接及相关动作按钮。

②隐藏第三张幻灯片,并对演示文稿设置密码保护。

③执行"文件"菜单中的"打包"命令为该文件打包。

习题六

一、选择题

1. PowerPoint 的功能是( )。

    A. 创建 Word 文档　　　　　　　　B. 数据库建立

    C. 创建并播放演示文稿　　　　　　D. 创建电子表格

2. 演示文稿的基本单元是( )。

    A. 文本框　　　　B. 图形　　　　C. 幻灯片　　　　D. 占位符

3. 幻灯片版式命令在( )菜单下。

    A. 插入　　　　B. 格式　　　　C. 视图　　　　D. 窗口

4. 从"演示文稿"开始设计时,可以选择一种自动版式。该版式中为用于填入标题、文字、图片、图表和表格的各种对象预留了位置,这些预留的位置由( )表示。

    A. 虚线框　　　　　　　　　　　　B. 实线框

    C. 阴影框　　　　　　　　　　　　D. 反相显示框

5. 在 PowerPoint 中,一个演示文稿的所有幻灯片同一时刻只能采用( )个模板。

    A. 1　　　　B. 2　　　　C. 3　　　　D. 4

6. PowerPoint 提供的多种模板,主要解决幻灯片上的( )。

    A. 文字格式　　　　B. 文字颜色　　　　C. 背景图案　　　　D. 以上全部

7. 在幻灯片母版设置中,可以起到( )的作用。

A. 统一整套幻灯片的风格   B. 统一标题内容

C. 统一图片内容   D. 统一页码内容

8. 下列(   )可以控制标题幻灯片的外观效果。

A. 幻灯片母版   B. 标题母版   C. 讲义母版   D. 备注母版

9. PowerPoint 建立演示文稿的方法有(   )。

A. 内容提示向导   B. 设计模板

C. 空演示文稿   D. 以上全部

10. 当幻灯片制作完成后,应将演示文稿存盘,其操作方法是(   )。

A. 选择"文件"菜单的"保存"命令

B. 单击工具栏的"保存"按钮

C. 按组合键 Ctrl+S

D. 以上都可以

11. 在 PowerPoint 中,设计模板的文件类型为(   )。

A. pps   B. ppt   C. ptp   D. pot

12. 在 PowerPoint 中使用(   )命令,可以调用常用工具栏、格式工具栏、绘图工具栏。

A. 插入表格   B. 格式字体   C. 视图工具栏   D. 工具选项

13. 在幻灯片视图窗格中,在状态栏中出现了"幻灯片 2/7"的文字,则表示(   )。

A. 共有 7 张幻灯片,目前只编辑了 2 张

B. 共有 7 张幻灯片,目前显示的是第 2 张

C. 共编辑了七分之二张幻灯片

D. 共有 9 张幻灯片,目前显示的是第 2 张

14. 在大纲视图中输入演示文稿标题时,可(   )在幻灯片的大标题后面输入小标题。

A. 按键盘上的回车键   B. 按键盘上的向下方向键

C. 按键盘上的 Tab 键   D. 按键盘上的 Shift +Tab 组合键

15. PowerPoint 提供了幻灯片的多种视图,它们是(   )。

A. 幻灯片视图、大纲视图、幻灯片浏览视图、备注页视图、幻灯片放映视图

B. 幻灯片视图、页面视图、浏览视图

C. 普通视图、大纲视图、幻灯片浏览视图

D. 普通视图、大纲视图、浏览视图

16. 利用 PowerPoint 逐张对幻灯片添加文本和图片等对象,并对幻灯片的内容进行编排和格式化时,应该使用(   )。

A. 幻灯片视图   B. 大纲视图

C. 幻灯片浏览视图   D. 幻灯片放映视图

17. 若想查看整个演示文稿的所有幻灯片的外观和排列情况,应该使用(   )。

A. 幻灯片视图   B. 大纲视图

C. 幻灯片浏览视图   D. 幻灯片放映视图

18. 在 PowerPoint 中,建立幻灯片和对其中各个对象的编辑修改,大都是在(   )视图下进行的。

A. 普通   B. 幻灯片   C. 大纲   D. 幻灯片浏览

19. 在幻灯片浏览视图中,(　　)是不可以进行的操作。

A. 插入幻灯片　　　　　　　　　　B. 删除幻灯片

C. 改变幻灯片的顺序　　　　　　　D. 编辑幻灯片的文字

20. 在演示文稿中,我们经常将第一张幻灯片设为(　　)

A. 项目清单版式　　　　　　　　　B. 标题和文本版式

C. 标题幻灯片版式　　　　　　　　D. 文本与对象版式

21. 选择多张不连续的幻灯片时,应按住(　　)键,再逐个单击所需的幻灯片。

A. Shift　　　　　B. Alt　　　　　C. Ctrl　　　　　D. 空格

22. 空白幻灯片中不可以直接插入(　　)。

A. 文本框　　　　　　　　　　　　B. 文字

C. 艺术字　　　　　　　　　　　　D. Word 表格

23. 有关 PowerPoint,下面说法中错误的是(　　)。

A. 标题、文字、图片、图表和表格等都被视为对象

B. 对选定的对象可以进行移动、复制、删除、撤消等操作

C. 建立空演示文稿时,该演示文稿不包含任何背景图案,但版式可以在系统提供的多种
自动版式中选择

D. 幻灯片中可插入所需图片、表格,但不能插入动画和声音

24. 在下列功能描述中,属于 PowerPoint 标题母版的是(　　)。

A. 控制在幻灯片上键入的标题和文本的格式与类型

B. 控制标题版式幻灯片的格式和位置

C. 用于添加或修改幻灯片在讲义视图中每页讲义上出现的页眉或页脚信息

D. 控制备注页的版式以及备注文字的格式

25. 在下列功能描述中,属于 PowerPoint 幻灯片母版的是(　　)。

A. 用于控制在幻灯片上键入的标题和文本的格式与类型

B. 用于控制标题版式幻灯片的格式和位置

C. 用于添加或修改幻灯片在讲义视图中每页讲义上出现的页眉或页脚信息

D. 用于控制备注页的版式以及备注文字的格式

26. 关于母版的下列描述中,不正确的一条是(　　)。

A. 母版可以预先定义前景颜色、文本颜色、字体大小等

B. 标题母版为使用标题版式的幻灯片设置默认格式

C. 对幻灯片母版的修改,不影响任何一张幻灯片

D. PowerPoint 通过母版来控制幻灯片中不同部分的表现形式

27. 使用(　　)下拉菜单中的"背景"命令改变幻灯片的背景。

A. 格式　　　　　B. 幻灯片放映　　　　　C. 工具　　　　　D. 视图

28. 幻灯片的填充背景不可以是(　　)。

A. 调色板列表中选择的颜色　　　　B. 三种以上颜色的过渡效果

C. 自己通过三原色或亮度.色调等调制颜色　　D. 磁盘上的图片

29. 在"幻灯片切换"对话框的"效果"选项区中有"慢速、中速、快速"3 个选项,这是指
(　　)。

　　A. 幻灯片之间的换片速度　　　　　　　B. 幻灯片放映停留的时间

　　C. 幻灯片中各个对象转换的速度　　　　D. 幻灯片各个对象放映停留的时间

30. 在演示文稿播放过程中,当幻灯片进入和离开屏幕时,出现水平百叶窗、溶解、盒状展开、向下插入等切换效果,是因为(　　　)。

　　A. 在一张幻灯片内部设置了切换效果

　　B. 在相邻幻灯片之间设置了切换效果

　　C. 幻灯片使用了适当的模式

　　D. 幻灯片使用了适当的版式

31. 以下不能用来更改层次小标题的动画设置的是(　　　)。

　　A. 幻灯片浏览视图工具栏　　　　　　　B. "幻灯片放映"菜单中的"预设动画"命令

　　C. "自定义动画"对话框　　　　　　　　D. "幻灯片切换"对话框

32. 自定义动画时,以下不正确的说法是(　　　)。

　　A. 各种对象均可设置动画　　　　　　　B. 动画设置后,先后顺序不可改变

　　C. 同时还可配置动画　　　　　　　　　D. 可将设置成播放后隐藏

33. "自定义动画"对话框中不包括有关动画设置的选项是(　　　)。

　　A. 时间　　　　　　　　　　　　　　　B. 自定义动画

　　C. 动画预览　　　　　　　　　　　　　D. 幻灯片切换

34. 为幻灯片播放设计动画效果时,(　　　)。

　　A. 只能在一张幻灯片内部设置

　　B. 只能在相邻幻灯片之间设置

　　C. 既能在一张幻灯片内部设置,又能在相邻幻灯片之间设置

　　D. 可以在一张幻灯片内部设置,或者在相邻幻灯片之间设置,但两者不能使用在同一演
　　　　示稿中

35. 按(　　　)键,可以启动幻灯片放映。

　　A. F2　　　　　　　　B. F5　　　　　　　C. F1　　　　　　　D. Alt+F4

36. 如要终止幻灯片的放映,可直接按(　　　)键。

　　A. Ctrl+C　　　　　　B. Esc　　　　　　　C. End　　　　　　D. Alt+F4

37. PowerPoint 提供的幻灯片放映方式是(　　　)。

　　A. 手动　　　　　　　　　　　　　　　B. 手动、定时

　　C. 手动、定时、循环播放　　　　　　　D. 手动、定时、循环播放和点播

38. 在展览会场上,若需要将公司的演示文稿反复向观众播放,应选用 PowerPoint 提供的幻灯片放映方式的是(　　　)。

　　A. 演讲者放映　　　　　　　　　　　　B. 观众自行浏览

　　C. 在展台浏览　　　　　　　　　　　　D. 自定义放映

39. 设置幻灯片放映时间的命令是(　　　)。

　　A. "幻灯片放映/预设动画"命令　　　　B. "幻灯片放映/动作设置"命令

　　C. "幻灯片放映/排练计时"命令　　　　D. "插入/日期和时间"命令

40. 在(　　　)视图中,不能进行排练计时。

　　A. 幻灯片放映视图　　　　　　　　　　B. 大纲视图

C. 幻灯片浏览视图　　　　　　　　　　D. 幻灯片视图

41. 关于排练计时，以下的说法正确的是（　　）。

　　A. 必须通过"排练计时"命令，设定演示时幻灯片的播放时间长短

　　B. 可以设定演示文稿中的部分幻灯片具有定时播放效果

　　C. 只能通过排练计时来修改设置好的自动演示时间

　　D. 可以通过"设置放映方式"对话框来更改自动演示时间

42. 将不连续的幻灯片设置成连续放映的命令是（　　）。

　　A. "幻灯片放映/设置放映方式"命令　　B. "幻灯片放映/自定义放映"命令

　　C. "幻灯片放映/排练计时"命令　　　　D. "幻灯片放映/自定义动画"命令

43. 在设置超链接时，可以从（　　）菜单中选中（　　）选项。

　　A. 格式　超级链接　　　　　　　　　B. 幻灯片放映　超级链接

　　C. 幻灯片放映　动作设置　　　　　　D. 幻灯片放映　自定义放映

44. PowerPoint 的超链接功能使得播放可以自由跳转到（　　）。

　　A. 演示文稿中特定的幻灯片　　　　　B. 某个因特网资源地址

　　C. 某个 Word 文档　　　　　　　　　D. 以上均可以

45. 激活 PowerPoint 的超链接功能的方法是（　　）。

　　A. 单击或双击对象　　　　　　　　　B. 单击或鼠标移过对象

　　C. 只能使用单击对象　　　　　　　　D. 只能使用双击对象

46. 设置了超级链接，代表超级链接点的文本会（　　），并且显示成系统配色方案指定颜色。

　　A. 变粗　　　　　B. 添加下划线　　　　C. 添加边框　　　D. 添加底纹

47. 超级链接只有在（　　）中才能被激活。

　　A. 幻灯片视图　　　　　　　　　　　B. 大纲视图

　　C. 幻灯片浏览视图　　　　　　　　　D. 幻灯片放映视图

48. 演示文稿打包后，在目标盘片上产生一个名为（　　）的解压包可执行文件。

　　A. setup. exe　　　B. pugsetup. exe　　　C. Install. exe　　　D. Pres0. ppz

49. 打印演示文稿时，如在"打印内容"栏中选择"讲义"，则每页打印纸上最多能输出（　　）张幻灯片。

　　A. 2　　　　　　　B. 4　　　　　　　C. 6　　　　　　　D. 8

50. （　　）不是合法的"打印内容"选项。

　　A. 幻灯片　　　　　B. 备注页　　　　C. 讲义　　　　　　D. 幻灯片浏览

二、操作题

创建一演示文稿，至少包含6张幻灯片，主题自选，保存在 D:\班级\姓名学号 文件夹中，请完成以下操作。

1. 要求分别为每张幻灯片应用标题、文本与图表、组织结构、文本与图片、项目清单等版式，并充实内容。

2. 将项目清单版式的幻灯片改为竖排。

3. 应用 Blends 设计模板作为外观。

4. 应用标题母版和幻灯片母版统一整个演示文稿的风格外观如字体格式、背景设置等。

5.在各张幻灯片的合适位置上插入音乐和影片及 Flash 动画、艺术字等对象。

6.设置幻灯片的切换方式、自定义动画、排练计时等放映设置。

7.创建链接文字及动作按钮。

8.将该演示文稿文件打包,保存在与该演示文稿同一个文件夹内。

第七章　计算机网络

计算机网络近年来获得了飞速的发展。20 年前,在我国很少有人接触过网络。现在,计算机通信网络以及 Internet 已成为我们社会结构的一个基本组成部分。网络被应用于工商业的各个方面,包括电子银行、电子商务、现代化的企业管理、信息服务业等,都以计算机网络系统为基础。从学校远程教育到政府日常办公乃至现在的电子社区,很多方面都离不开网络技术。可以不夸张地说,网络在当今世界无处不在。

7.1　计算机网络知识

1997 年,在美国拉斯维加斯的全球计算机技术博览会上,微软公司总裁比尔·盖茨先生发表了著名的演说。在演说中,“网络才是计算机”的精辟论点充分体现出信息社会中计算机网络的重要基础地位。计算机网络技术的发展越来越成为当今世界高新技术发展的核心之一。

7.1.1　计算机网络概述

1. 计算机网络的定义

计算机网络是指将若干台地理位置不同,且具有独立功能的计算机,通过通信设备和传输线路相互连接起来,按照一定的通讯规则进行通信,以实现信息传输和网络资源共享的一种计算机系统。

2. 计算机网络的发展

在 20 世纪 50 年代中期,美国的半自动地面防空系统 SAGE 开始了计算机技术与通信技术相结合的尝试,在 SAGE 系统中把远程距离的雷达和其他测控设备的信息经由线路汇集至一台 IBM 计算机上进行集中处理与控制。世界上公认的、最成功的第一个远程计算机网络是在 1969 年,由美国高级研究计划署 ARPA 组织研制成功的。该网络称为 ARPANET,它就是现在 Internet 的前身。

随着计算机网络技术的蓬勃发展,计算机网络的发展大致可划分为四个阶段:

(1)第一阶段:诞生阶段

20 世纪 60 年代中期之前的第一代计算机网络是以单个计算机为中心的远程联机系统。典型应用是由一台计算机和全美范围内 2000 多个终端组成的飞机订票系统。终端是一台计算机的外部设备包括显示器和键盘,无 CPU 和内存。随着远程终端的增多,在主机前增加了前端机(FEP)。当时,人们把计算机网络定义为“以传输信息为目的而连接起来,实现远程信息处理或进一步达到资源共享的系统”,但这样的通信系统已具备了网络的雏形。

(2)第二阶段:形成阶段

20 世纪 60 年代中期至 70 年代的第二代计算机网络是以多个主机通过通信线路互联起来,为用户提供服务,兴起于 60 年代后期,典型代表是美国国防部高级研究计划局协助开发的

ARPANET。主机之间不是直接用线路相连,而是由接口报文处理机(IMP)转接后互联的。IMP和它们之间互联的通信线路一起负责主机间的通信任务,构成了通信子网。通信子网互联的主机负责运行程序,提供资源共享,组成了资源子网。这个时期,网络概念为"以能够相互共享资源为目的互联起来的具有独立功能的计算机之集合体",形成了计算机网络的基本概念。

（3）第三阶段:互联互通阶段

20 世纪 70 年代末至 90 年代的第三代计算机网络是具有统一的网络体系结构并遵循国际标准的开放式和标准化的网络。ARPANET 兴起后,计算机网络发展迅猛,各大计算机公司相继推出自己的网络体系结构及实现这些结构的软硬件产品。由于没有统一的标准,不同厂商的产品之间互联很困难,人们迫切需要一种开放性的标准化实用网络环境,这样应运而生了两种国际通用的最重要的体系结构,即 TCP/IP 体系结构和国际标准化组织的 OSI 体系结构。

（4）第四阶段:高速网络技术阶段

20 世纪 90 年代末至今的第四代计算机网络,由于局域网技术发展成熟,出现光纤及高速网络技术、多媒体网络、智能网络,整个网络就像一个对用户透明的大的计算机系统,发展为以 Internet 为代表的互联网。

从计算机网络应用来看,网络应用系统将向更深和更宽的方向发展。

首先,Internet 信息服务将会得到更大发展。网上信息浏览、信息交换、资源共享等技术将进一步提高速度、扩大容量及增强信息的安全性。

其次,远程会议、远程教学、远程医疗、远程购物等应用将逐步从实验室走出,不再只是幻想。网络多媒体技术的应用也将成为网络发展的热点话题。

7.1.2　计算机网络的分类及结构

1.计算机网络的分类

可以按许多不同的方法对计算机网络进行分类。

（1）按网络的分布范围分类

按地理分布范围来分类,计算机网络可以分为广域网、局域网和城域网三种。广域网 WAN (Wide Area Network)也称远程网,其分布范围可达数百至数千公里。可覆盖一个国家或一个洲。局域网 LAN (Local Area Network)是将小区域内的各种通信设备互联在一起的网络,其分布范围局限在一个办室、一幢大楼或一个校园内。用于连接个人计算机、工作站和各类外围设备以实现资源共享和信息交换。城域网 MAN (Metropolitan Area Network)的分布范围介于局域网和广域网之间。其目的是在一个较大的地理区域内提供数据、声音和图像的传输。

（2）按网络的交换方式分类

按交换方式来分类,计算机网络可以分为电路交换网、报文交换网和分组交换网三种。

电路交换(Circuit Switching)方式类似于传统的电话交换方式。用户在开始通信前,必须申请建立一条从发送端到接收端的物理信道,并且在双方通信期间始终占用该信道。

报文交换(Message Switching)方式的数据单元是要发送一个完整报文,其长度并无限制,报文交换采用存储—转发原理,这有点像古代的邮政通信,邮件由途中的驿站逐个存储转发一样,报文中含有目的地址,每个中间节点要为途经的报文选择适当的路径,使其能最终到达目的端。

分组交换(Packet Switching)方式也称包交换方式。1969 年首次在 ARPANET 上使用。现在人们都公认 ARPANET 是分组交换网之父,并将分组交换网的出现作为计算机网络新时代的开始,采用分组交换方式通信前,发送端先将数据划分为一个个等长的单位(即分组),这些分组逐个由各中间节点采用存储—转发方式进行传输。最终到达目的端,由于分组长度有限,可以在中间节点机的内存中进行存储处理,其转发速度大大提高。

除了以上两种分类方法外。还可按所采用的拓扑结构将计算机网络分为星形网、总线网、环形网、树形网和网形网;按所采用的传输媒体分为双绞线网、同轴电缆网、光纤网、无线网;按信道的带宽分为窄带网和宽带网;按不同用途分为科研网、教育网、商业网、企业网等。

2. 计算机网络的结构

网络拓扑(Topology)结构是指用传输介质互联各种设备的物理布局。它的分类有:

(1)星形拓扑结构(如图 7-1、图 7-2 所示)

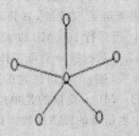
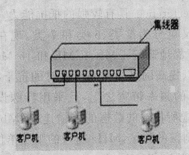

图 7-1　星形网络示意图　　　　　图 7-2　星形网络实物图

星形网络由中心节点和其他从节点组成,中心节点可直接与从节点通信,而从节点间必须通过中心节点才能通信。在星形网络中,中心节点通常由一种称为集线器或交换机的设备充当,因此网络上的计算机之间是通过集线器或交换机来相互通信的,是目前局域网最常见的方式。

(2)总线拓扑结构(如图 7-3 所示)

总线型网络是一种比较简单的计算机网络结构,它采用一条称为公共总线的传输介质,将各计算机直接与总线连接,信息沿总线介质逐个节点广播传送。

(3)环形网络拓扑结构

环形网络将计算机连成一个环。在环形网络中,每台计算机按位置不同有一个顺序编号,见图 7-4。在环形网络中信号按计算机编号顺序以"接力"方式传输,如图 7-4 所示,若计算机 A 欲将数据传输给计算机 D 时,必须先传送给计算机 B,计算机 B 收到信号后发现不是给自己的,于是再传给计算机 C,这样直到传送到计算机 D。

在实际应用中,上述三种类型的网络经常被综合应用。

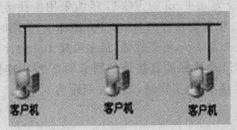
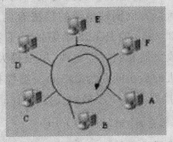

图 7-3　总线型网络　　　　　　　　　图 7-4　环形网络

3.网络传输的介质

随着计算机应用网络化进程的不断加快,计算机技术人员对网络的一些基本知识的了解,要求也越来越高,下面对网络传输介质作一些介绍。

传输介质是网络连接设备间的中间介质,也是信号传输的媒体,常用的介质有:

(1)双绞线(Twisted-Pair)

双绞线是现在最普通的传输介质,它由两条相互绝缘的铜线组成,典型直径为 1 mm。两根线绞接在一起是为了防止其电磁感应在邻近线对中产生干扰信号。现行双绞线电缆中一般包含 4 个双绞线对,双绞线接头为具有国际标准的 RJ-45 插头和插座。双绞线分为屏蔽(Shielded)双绞线 STP 和非屏蔽(Unshielded)双绞线 UTP,非屏蔽双绞线有线缆外皮作为屏蔽层,适用于网络流量不大的场合中。屏蔽式双绞线具有一个金属甲套(Sheath),对电磁干扰 EMI(Electro-magnetic Interference)具有较强的抵抗能力,适用于网络流量较大的高速网络协议应用。双绞线根据性能又可分为 5 类、6 类和 7 类,现在常用的为 5 类非屏蔽双绞线,其频率带宽为 100 MHz,能够可靠地运行 4 MB、ICME 和 16 MB 的网络系统。当运行 100 MB 以太网时,可使用屏蔽双绞线以提高网络在高速传输时的抗干扰特性。6 类、7 类双绞线分别可工作于 200 MHz 和 600 MHz 的频率带宽之上,且采用特殊设计的 RJ-45 插头(座)。值得注意的是,频率带宽(MHz)与线缆所传输的数据的传输速率(Mbps)是有区别的。Mbps 衡量的是单位时间内线路传输的二进制位的数量,MHz 衡量的则是单位时间内线路中电信号的振荡次数。双绞线最多应用于基于 CSMA/CD(Carrier Sense Multiple Access/Collision Detection,载波感应多路访问/冲突检测)技术,即 10BASE-T(10 Mbps)和 100BASE-T(100 Mbps)的以太网(Ethernet)中,具体规定有:

①一段双绞线的最大长度为 100 m,只能连接一台计算机。

②双绞线的两端需要一个 RJ-45 插件(头或座)。

③各段双绞线通过集线器(Hub 的 10BASE-T 重发器)互联,利用双绞线最多可以连接 64 个站点到重发器(Repeater)。

④10BASE-T 重发器可以利用收发器电缆连到以太网同轴电缆上。

(2)同轴电缆(Coaxial)

广泛使用的同轴电缆有两种:一种为 50 Ω(指沿电缆导体各点的电磁电压对电流之比)同轴电缆,用于数字信号的传输,即基带同轴电缆;另一种为 75 Ω 同轴电缆,用于宽带模拟信号的传输,即宽带同轴电缆。同轴电缆以单根铜导线为内芯,外裹一层绝缘材料,外覆密集网状导体,最外面是一层保护性塑料。金属屏蔽层能将磁场反射回中心导体,同时也使中心导体免受外界干扰,故同轴电缆比双绞线具有更高的带宽和更好的噪声抑制特性。

现行以太网同轴电缆的接法有两种——直径为 0.4 cm 的 RG-11 粗缆采用凿孔接头接法,直径为 0.2 cm 的 RG-58 细缆采用 T 型头接法。粗缆要符合 10BASE5 介质标准,使用时需要一个外接收发器和收发器电缆,单根最大标准长度为 500 m,可靠性强,最多可接 100 台计算机,两台计算机的最小间距为 2.5 m。细缆按 10BASE2 介质标准直接连到网卡的 T 型头连接器(即 BNC 连接器)上,单段最大长度为 185 m,最多可接 30 个工作站,最小站间距为 0.5 m。

(3)光导纤维(Fiber Optic)

光导纤维是软而细的、利用内部全反射原理来传导光束的传输介质,有单模和多模之分。单模(模即 Mode,入射角)光纤多用于通信业。多模光纤多用于网络布线系统。

光纤为圆柱状,由 3 个同心部分组成——纤芯、包层和护套,每一路光纤包括两根,一根接收,一根发送。用光纤作为网络介质的 LAN 技术主要是光纤分布式数据接口(Fiberoptic Data Distributed Interface,FDDI)。与同轴电缆比较,光纤可提供极宽的频带且功率损耗小、传输距离长(2 km 以上)、传输率高(可达数千 Mbps)、抗干扰性强(不会受到电子监听),是构建安全性网络的理想选择。

(4)微波传输和卫星传输

这两种传输方式均以空气为传输介质,以电磁波为传输载体,联网方式较为灵活。

4. 网络传输速率

数据通信中的信道传输速率单位是 bit/s,称为比特率 bps。常用标准有 56 K、512 K、1 M、2.5 M、10 M 等。单位时间内线路传输的二进制位的数量称传输速率(Mbps)。

7.1.3　计算机网络常用设备介绍

1. 网卡

网络接口卡(Network Interface Card,NIC)简称网卡,也叫网络适配器,是插在个人计算机或服务器扩展槽内的扩展卡。与网络操作系统配合工作,控制网络上的信息流。网卡与网络传输介质(双绞线、同轴电缆或光纤)相连,网络传输介质与网络中的所有网卡相连。

网卡的种类很多,但在流行的网络操作系统中(如 NetWare、Windows 2000)均支持常见的网卡。

每个网卡在制造时都有一个唯一地址。制造商们对地址范围达成协议,每个制造商只能使用许可的地址,这样可保证不重复使用地址。地址是 16 位二进制码(格式如下:00－0B－2F－15－0A－D0),地址分为六部分,前三部分为国际统一分发,后三部分为厂家自定。地址总数限制约为 70 亿。这种地址的英文名称是 MAC,和网卡的 IP 地址是不同的。

一般在组建局域网的时候都要对网卡进行一些相应的设置,使得网络中的计算机都处于同一个网段当中。下面介绍一下网卡 IP 地址的设置步骤:

假设要设置的网络当中的主机数目小于 254 台,在连接完网线之后就可以对网卡进行设置了。

操作步骤如下:

①单击右键桌面上“网上邻居”,出现“快捷菜单”,单击“属性”,弹出窗口。

②有两项内容:新建连接、本地连接。右键单击“本地连接”,出现菜单,点“属性”,弹出本地连接属性对话框。

③在“此连接使用下列选定的组件”栏中,找到“Internet　协议(TCP/IP)”,双击此项进入 Internet　协议(TCP/IP)属性对话框。

④选中“使用下面的 IP 地址”,然后在“IP 地址”中正确填入用户的 IP 地址,如 192.168.1. ×××。其中×××为 1～254 之间的任何一个数字,但是不同的计算机,该数字应当不同。

a. 在“子网掩码”中填入“255.255.255.0”。

b. 在“默认网关”中填入用户的网关 192.168.1. ×××。

c. 然后选中“使用下面的 DNS 服务器地址”,在“首选 DNS 服务器”中填入当地的 DNS 服务器的地址。

⑤单击“确定”,配置完成。

2. 集线器

集线器,英文名又称 HUB,在 OSI 模型中属于数据链路层。价格便宜是它最大的优势,但由于集线器属于共享型设备,导致了在繁重的网络中,效率变得十分低下,所以我们在中、大型的网络中看不到集线器的身影。如今的集线器普遍采用全双工模式,市场上常见的集线器传输速率普遍都为 100 Mbps。

集线器最大的特点就是采用共享型模式,就是指当一个计算机向另一个计算机发送数据时,其他计算机就处于"等待"状态。举个例子来说,其实在单位时间内 A 向 B 发送数据包时,A 是发送给 B,C,D 三个端口的(该现象即紧接下文介绍的 IP 广播),但是只有 B 接收,其他的端口在第一单位时间判断不是自己需要的数据后将不会再去接收 A 发送来的数据。直到 A 再次发送 IP 广播,在 A 再次发送 IP 广播之前的单位时间内,C,D 是闲置的。我们可以理解为集线器内部只有一条通道(即公共通道),然后在公共通道下方就连接着所有计算机。

3. 交换机

交换(Switching)是按照通信两端传输信息的需要,用人工或设备自动完成的方法,把要传输的信息送到符合要求的相应路由上的技术统称。广义的交换机(Switch)就是一种在通信系统中完成信息交换功能的设备。

交换和交换机最早起源于电话通讯系统(PSTN),我们现在还能在老电影中看到这样的场面:首长(主叫用户)拿起话筒来一阵猛摇,局端是一排插满线头的机器,戴着耳麦的话务小姐接到连接要求后,把线头插在相应的出口,为两个用户端建立起连接,直到通话结束。这个过程就是通过人工方式建立起来的交换。当然现在我们早已普及了程控交换机,交换的过程都是自动完成。

在计算机网络系统中,交换概念的提出是对于共享工作模式的改进。我们以前介绍过的 HUB 集线器就是一种共享设备,HUB 本身不能识别目的地址,当同一局域网内的 A 主机给 B 主机传输数据时,数据包在以 HUB 为架构的网络上是以广播方式传输的,由每一台终端通过验证数据包头的地址信息来确定是否接收。也就是说,在这种工作方式下,同一时刻网络上只能传输一组数据帧的通讯,如果发生碰撞还得重试。这种方式就是共享网络带宽。

交换机拥有一条很高带宽的外部总线和内部交换矩阵。交换机的所有的端口都挂接在这条外部总线上,控制电路收到数据包以后,处理端口会查找内存中的地址对照表以确定目的 MAC(网卡的硬件地址)的 NIC(网卡)挂接在哪个端口上,通过内部交换矩阵迅速将数据包传送到目的端口,目的 MAC 若不存在,才广播到所有的端口,接收端口回应后交换机会"学习"新的地址,并把它添加入内部地址表中。

使用交换机也可以把网络"分段",通过对照地址表,交换机只允许必要的网络流量通过交换机。通过交换机的过滤和转发,可以有效地隔离广播风暴,减少误包和错包的出现,避免共享冲突。

交换机在同一时刻可进行多个端口之间的数据传输。每一端口都可视为独立的网段,连接在其上的网络设备独自享有全部的带宽,无须同其他设备竞争使用。当节点 A 向节点 D 发送数据时,节点 B 可同时向节点 C 发送数据,而且这两个传输都享有网络的全部带宽,都有着自己的虚拟连接。假使这里使用的是 10 Mbps 的以太网交换机,那么该交换机这时的总流通量就等于 2×10 Mbps＝20 Mbps。而使用 10 Mbps 的共享式 HUB 时,一个 HUB 的总流通量也不会超出 10 Mbps。

总之,交换机是一种基于 MAC 地址识别,能完成封装转发数据包功能的网络设备。交换机可以"学习"MAC 地址,并把其存放在内部地址表中,通过在数据帧的始发者和目标接收者之间建立临时的交换路径,使数据帧直接由源地址到达目的地址。

4.路由器

路由器是一种连接多个网络或网段的网络设备,它能将不同网络或网段之间的数据信息进行"翻译",以使它们能够相互"读"懂对方的数据,从而构成一个更大的网络。

路由器有两大典型功能,即数据通道功能和控制功能。数据通道功能包括转发决定、输出链路调度等,一般由特定的硬件来完成;控制功能一般用软件来实现,包括与相邻路由器之间的信息交换、系统配置、系统管理等。

多少年来,路由器的发展有起有伏。20世纪90年代中期,传统路由器成为制约互联网发展的瓶颈。ATM交换机取而代之,成为IP骨干网的核心,路由器变成了配角。进入20世纪90年代末期,Internet规模进一步扩大,流量每半年翻一番,ATM网又成为瓶颈,路由器东山再起,Gbps路由交换机在1997年面世后,人们又开始以Gbps路由交换机取代ATM交换机,架构以路由器为核心的骨干网。

7.1.4　网络系统软件

网络软件系统包括网络通信协议软件、网络操作系统和网络应用软件等。

1.网络通信协议软件

网络通信协议用以支持计算机与相应网络相连,并与该网络上的其他计算机按照该协议进行通信。早期的网络协议以独立的形式出现,随着计算机网络技术的发展,目前网络协议软件大多包含于操作系统中。大量的计算机连接在网上,它们有着不同的类型、不同的操作系统、不同的通信方式,因此,要求它们在网络上进行交流时必须遵守一个统一的标准,而这个标准就是网络协议。

协议可看成是网络上的公共语言,它是网络不可缺少的内容。在Internet上采用的是TCP/IP(传输控制协议/网际协议)协议簇。TCP/IP协议代表一组协议,而TCP和IP是其中最重要的协议。TCP/IP协议本质上应用的是分组交换技术,其核心思想是把数据分割成不超过一定大小的数据包来传送。网际协议定义了分组的格式,负责将数据从一处传到另一处,而传输控制协议帮助网际协议实现可靠传递,并提供计算机程序之间的连接,保证传输的正确性,两者可以很好地协同工作。

2.网络操作系统

网络操作系统是局域网中网络软件的核心。它负责管理网上的所有硬件和软件资源,使它们都协调一致地工作。目前常用的网络系统有Novell公司的Netware、Microsoft公司的Windows 2000 Server、Windows 2003及OS/2、UNIX等。

3.网络应用软件

网络应用软件扩展了网络操作系统的功能。不同的网络应用软件,可满足用户在不同情况下的需求。例如网络数据库系统提供大容量的存储、检索、维护、加工和管理;网络函件系统让用户在网络内相互发送电子邮件等。每一种扩展的网络服务都需要相应的网络应用程序。

7.1.5　计算机网络的应用

计算机网络目前正处于高速发展的阶段,网络技术的不断发展和更新,进一步扩大了计算机网络的应用范围。下面以人们常见的网络应用作简单介绍。

1.远程登陆

所谓远程登录是指一个地点的用户与另一地点的计算机上运行的应用程序进行交互式对话。全世界的许多大学图书馆都通过 Telnet 方式对外提供联机检索服务，这是一种远程登录服务。一些政府部门、研究机构也将他们的数据库对外开放，供用户通过 Telnet 查阅。

如图 7-5 所示是清华大学的远程登陆服务器，地址为：telnet://bbs. tsinghua. edu. cn。

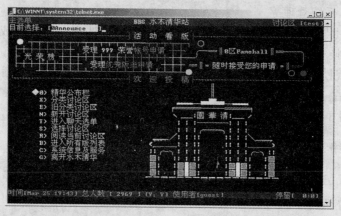

图 7-5　清华大学 telnet

2.电子邮件

计算机网络作为通信媒介，使用户可以通过计算机把电子邮件（E-mail）发送到世界各地，邮件内容可包括文字、声音、图形和图片等信息。电子邮件有传送速度快、价格低廉、可靠性高、传输方便、阅读方便等优点，因而得到了非常广泛的使用。图 7-6 是使用邮件收发软件 Outlook 来接收电子邮件。

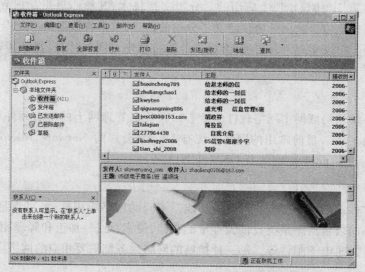

图 7-6　Outlook 窗口

3. 电子数据交换 EDI

电子数据交换是计算机网络在商业领域中一种重要的应用形式。它以共同认可的数据格式,在各贸易伙伴的计算机之间传输数据,从而代替了传统的贸易单据,节省了大量的人力和物力,提高了工作效率,图 7-7 显示了 EDI 的工作方式。

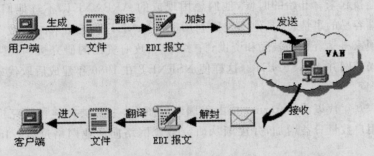

图 7-7 EDI 工作方式

4. 联机会议

利用计算机网络,人们可以通过个人计算机参加会议讨论,联机会议可提供文字、声音和图像,非常形象直观。

计算机网络的应用还有电子公告牌(BBS)服务,索引服务,商业服务等。

7.2 Internet 的基础知识

因特网(Internet 国际互联网)是当今世界上最大的连接计算机的电脑网络通信系统。它因为是全球信息资源的公共网而受到用户的广泛使用。该系统拥有成千上万个数据库,所提供的信息包括文字、数据、图像、声音等形式,信息类型有软件、图书、报纸、杂志、档案等。其门类涉及政治、经济、科学、教育、法律、军事、物理、体育、医学等社会生活的各个领域。Internet 成为无数信息资源的总称,它是一个无级网络,不为某个人或某个组织所控制。人人都可参与,人人都可以交换信息,共享网上资源。

7.2.1 Internet 是如何演变而来的

Internet 是全世界最大的计算机网络,它起源于美国国防部高级研究计划局 ARPA(Advanced Research Project Agency)于 1968 年主持研制的用于支持军事研究的计算机实验网 ARPANET。ARPANET 建网的初衷旨在帮助那些为美国军方工作的研究人员通过计算机交换信息,它的设计与实现是基于这样的一种主导思想:网络要能够经得住故障的考验而维持正常工作,当网络的一部分因受攻击而失去作用时,网络的其他部分仍能维持正常通信。最初,网络开通时只有四个站点:斯坦福研究所(SRI)、Santa Barbara 的加利福尼亚大学(UCSB)、洛杉矶的加利福尼亚大学(UCLA)和犹他大学。ARPANET 不仅能提供各站点的可靠连接,而且在部分物理部件受损的情况下,仍能保持稳定,在网络的操作中可以不费力地增删节点。与当时已经投入使用的许多通讯网络相比,这些网络中的许多运行不稳定,并且只能在相同类型的计算机之间才能可靠地工作,ARPANET 则可以在不同类型的计算机间互相通讯。

ARPANET 的两大贡献:第一,分组交换概念的提出;第二,产生了今天的 Internet,即产生了 Internet 最基本的通讯基础——传输控制协议/Internet 协议(TCP/IP)。

1985 年,美国国家科学基金会 NSF(National Science Foundation),为鼓励大学与研究机构共享他们非常昂贵的四台计算机主机,希望通过计算机网络把各大学与研究机构的计算机与这些巨型计算机连接起来。开始的时候,他们想用现成的 ARPANET,不过他们发觉与美国军方打交道不是一件容易的事情,于是他们决定利用 ARPANET 发展出来的叫做 NSFNET 的广域网。由于美国国家科学资金的鼓励和资助,许多大学、政府资助的研究机构,甚至私营的研究机构纷纷把自己局域网并入 NSFNET。这样使 NSFNET 在 1986 年建成后取代 ARPANET 成为 Internet 的主干网。

在 20 世纪 90 年代以前,Internet 是由美国政府资助,主要供大学和研究机构使用,但近年来该网络商业用户数量日益增加,并逐渐从研究教育网络向商业网络过渡。Internet 有着巨大的商业潜力:

①电子邮件:电子邮件的优势是能够实现一对多人的信息传递。

②与专家和科研人员的网上交流与合作:通过电子布告板提出问题听取专家、学者和用户各方面的建议。

③了解商业机会和发展趋势:更多的公司通过 Internet 收集、调研和销售与商贸活动有关的信息。

④远距离数据检索:查询各种商业性和专业数据库。

⑤文件传输(FTP):从生产到销售各个环节的配合与联络,如设计人员通过网络将设计方案直接传输给生产厂家。

⑥检索免费软件:目前在 Internet 的公共软件里,有许多免费软件,很多公司利用这些软件来缩短产品的开发时间。

⑦研究和出版:出版商利用 FTP 进行文稿的传递、编辑和发行,以减少出版和时间和出版费用。

7.2.2　Internet 在我国的发展历程

1986 年,北京市计算机应用技术研究所实施的国际联网项目——中国学术网(CANET,Chinese Academic Network)启动,其合作伙伴是德国卡尔斯鲁厄大学。1987 年 9 月,CANET 在北京计算机应用技术研究所内正式建成中国第一个国际互联网电子邮件结点,钱天白教授于 9 月 14 日发出了中国第一封电子邮件:"Across the Great Wall we can reach every corner in the world(越过长城,走向世界) ",揭开了中国人使用互联网的序幕。

1990 年 11 月 28 日,钱天白教授代表中国正式在 SRI-NIC(Stanford Research Institute's Network Information Center)注册登记了中国的顶级域名 CN,并且从此开通了使用中国顶级域名 CN 的国际电子邮件服务。

1994 年 4 月我国正式加入 Internet 后,发展速度相当迅速。根据 2004 年 1 月 CNNIC 发布的第 13 次《中国互联网络发展状况统计报告》,截止到 2003 年 12 月 31 日,我国共有上网计算机 3089 万台,上网用户总人数为 7950 万,CN 下注册的域名总数为 340 040 个,WWW 站点总数为 595550 个。国际出口带宽总量为 27 216 M,连接的国家有美国、加拿大、澳大利亚、英国、德国、法国、日本、韩国等,具体如下:

中国科技网(CSTNET):155 M

中国公用计算机互联网(CHINANET):16 500 M

中国教育和科研计算机网(CERNET):447 M

中国联通互联网(UNINET):1490 M

中国网通公用互联网(网通控股)(CNCNET):3 592 M

宽带中国 CHINA169 网(网通集团):4 475 M

中国国际经济贸易互联网(CIETNET):2 M

中国移动互联网(CMNET):555 M

7.2.3　域名与 IP 地址

在网络中对每一主机进行标识(IP 地址),用于区分不同主机的身份。

1. IP 地址

因特网中使用 32 位二进制数作为 IP 地址。因为 32 位的二进制数不便书写和记忆,在实际工作中使用 4 个十进制数进行表示。每个十进制数对应 8 位二进制数的数值。每十进制数用".”隔开。如"11001010011000110110000010001100"表示为"202.99.96.140"。

IP 地址的 32 位二进制数分为两部分:网络标识和主机标识。IP 地址共分为五类。常用 A、B、C 三类:

A 类:网络标识占 8 位,主机标识占 24 位,属于大型网络。第一个十进制数为 1~126。

B 类:网络标识占 16 位,主机标识占 16 位,属于中型网络。第一个十进制数为 128~191。

C 类:网络标识占 24 位,主机标识占 8 位,属于小型网络。第一个十进制数为 192~223。

2. 域名

尽管使用 4 位十进制数表示 IP 地址,但还是有所不便,因此提出了用域名来表示 IP 地址。域名使用的是字符串,如微软公司的 WEB 服务器的域名为:www. microsoft. com。这样记忆就方便多了,域名的一般格式:主机名. 子域名. 顶级域名。

3. 域名与 IP 地址关系

域名与 IP 地址有固定的对应关系。具体来说,一个域名必须和一个 IP 地址相对应,而一个 IP 地址可以和几个域名对应。也就是说几个不同的域名可以使用同一个 IP 地址。申请域名前必须获得 IP 地址,没有 IP 地址的计算机是不能申请域名的。

【例 1】　已知一主机的 IP 地址为 126.214.36.12,请问主机所在的网络地址和主机地址各是多少?

解:因为第一个数为 126,则为 A 类地址。因为 A 类地址是用第一个数表示网络地址,后三个数表示为主机地址。所以主机所在的网络号是 126,主机的地址是 214.36.12。

7.2.4　上网方式介绍

随着网络技术的发展、Internet 的普及,家庭办公正以极快的步伐进入我们的生活、工作。以前一般的网络用户大都是使用 Modem(调制解调器),以电话拨号方式上网,即使是使用 56 kbps 的 Modem,其传输速度也大受限制,经测试,只有在半夜以 FTP 方式传输资料时,才会在短时间内达到 56 kbps 的速度,平时速度大多只有十几 kbps 甚至更低。所以,调制解调器的速

度难以满足现代办公的需要。为了得到更大的带宽、更高的上网速度,近年来又有了以下一些上网方式:

1. ISDN

ISDN(Intergrated Service Digital Network),就是以传统电话线传输数字信号,而不是模拟信号。ISDN 有两个 B 信道和一个 D 信道共三个信道(channel),其好处是可以利用 64 kbps 的两个 B 信道,同时进行 Internet 数据传输,而且并不影响接电话。

ISDN 的好处是以数字信号进行通信,有不易受干扰、可以压缩、便于处理与保密等特性。对于 SOHO(小型办公及家庭办公:Small Office,Home Office)而言是不错的选择,用户不必申请好几个电话号码,就可用单一线路进行上网、传文件、通话与传真等工作,而且双向传文件时速度相当。

ISDN 可以提供 128 kbps 的基础速率服务,然而若要传送高速动态图像,并且达到"实时服务"的要求,以这样的速率是不够的。

2. DSL

不久前开发出的各类 DSL(Digital Subscriber Lines),可利用目前的双绞线电话线,将带宽提高到 6 Mbps 或 8 Mbps 的速度下载资料,使用方式与软硬件需求,与 ISDN 相似,速度却可达 ISDN 的数十倍以上。DSL 依据不同的技术可将双绞线的频宽提升到不同的程度,主要分为三种:

(1)ADSL

ADSL 就是利用现有的电话线路,如同目前一般的拨号上网用户一样,再加上 ADSL 专用调制解调器,将数字信号的传输速度提升到下传速度为 1.5～9 Mbps,上传速度达 64～640 kbps 的地步,其间的差异牵涉到所采用的调制解调器、传输方式与和传输距离(最主要因素)而定。此种上下传不对称的速度(相差近十倍),即是被称为 Asymmetrical(不对称)的原因。

(2)HDSL

利用两条绞线进行数字资料的传输,不过上下传速度对称(symmetrical),也就是等速,这是它与 ADSL 最大的不同点。在一条双绞线的状况下,HDSL 速度可达 784～1 040 kbps,如果以两条双绞线传输,则可将速度提高到 T1(1.544 Mbps)或是 E1(2.048 Mbps)的水准。

(3)VDSL

VDSL 为最高速的传输方式,仅利用一条双绞线,速度即可达到 12.9 Mbps～52.8 Mbps,甚至 60 Mbps。速度的变化主要依据线路长短不同而定,而且是双向等速的对称传输。

3. Cable Modem(线缆调制解调器)

以各地现有的有线电视台传送节目的铜轴电缆(Cable)作为传送 Internet 数字信号的线路,是另一扩大带宽的解决方案。用户先向提供此类服务的有线电视网提出申请,与 Cable 线相连后,再连接 Cable Modem(一般为租用形式)与个人计算机,即可经由 Cable 下载资料,其传输速度理论上可以提高到 30 Mbps,因此 Cable Modem 很受关注,而且是目前国内最有发展前途的宽带网解决方案。全国几乎所有的大中城市,包括一些小城市都建有有线电视网,通过改造现有有线电视网,就能实现诸如视频点播、视频会议、访问 Internet、远程数据库访问、电子购物、远程办公、社区服务等业务,将传统通信技术、计算机技术和图像技术在信息传输和网络层次上实现"三线合一"。1999 年 9 月,重庆合川宽带综合信息网开通,网络用户只通过一根有线电视电缆线即可收听收看广播电视节目、拨打网络电话和上国际互联网。目前,该网传送有 35 套电视节目,并可开展信息浏览、电子邮件、网络电话、视频点播、网上会议等服务。

在传输速度上,Cable Modem 并不是双向等速,由于上下传输的调变技术不同,下传速度基本上可达 10 Mbps 以上,而上传速度则仅在 200 kbps～2 Mbps 之间,不过此现象符合一般人的上网习惯,同时也非常适用于视频点播(VOD:Video On Demand)的节目传送。

4. 卫星直播

个人计算机的信息也可以由卫星发射后直接接收,最高可以到达 400 kbps 的下传速度,为 ISDN(128 kbps)的三倍。只要用户还有一台调制解调器并连上 ISP,当要上某个站时,先将其 URL 通过调制解调器与 ISP 传出,传到厂商的 NOC(Network Operations Center,网络操作中心)后,再由 NOC 将此站的资料送上卫星,最后由卫星传到用户家中。虽然传输速度不低,而且很适合移动办公需要,但其高昂的费用,又非一般用户所能接受。

5. 移动设备上网

为了解决移动设备如笔记本、掌上电脑和手机等的上网问题,现在一般采用以下几种解决方案:

(1)WLAN

通过无线局域网(WLAN)上网,也是我们最常说的一种无线上网方式,但是采用此种方式上网的重点就是必须要有一个与 Internet 连接的无线接入点 AP(Access Point)并且用户所处的位置要在 AP 信号的有效范围之内,也就是在这种 WLAN 网络覆盖之下。目前国内已经有一些大学院校架设了这种无线网络,在这种情况下只要电脑具备无线网卡,通过无线网卡收发信号就可以实现无线上网功能。目前很多笔记本都已经内置了无线网卡,比如采用迅驰技术的笔记本就具备了无线模块,没有内置无线网卡的笔记本可以另外购买 PCMCIA 接口或者 USB 接口的无线网卡。如果是台式机,除了可以使用 USB 接口的无线网卡,还可以购买 PCI 插槽的无线网卡。另外还有一种 GPRS＋WLAN 双模卡,不但可以实现 WLAN 无线上网,还可以进行 GPRS 无线上网。

不过不是每个学校都拥有这种无线接入点,因此在这种情况下可以购买一台小型的无线 AP。但是前提必须已经拥有一根连接 Internet 的网线,然后将网线连接至无线 AP,这样就可以和无线网卡进行无线信号接收、发送数据,就实现了电脑与 Internet 互联。不过因为网线的局限性和小型无线 AP 的信号传输距离不够远的缘故,所以这种方式的意义不大,只适合在寝室内使用。

(2)GPRS

GPRS 业务全称为 General Packet Radio Service(通用分组无线业务)是为满足移动数据市场需求而产生的旨在提高 GSM 数据传送速率的一项新技术。由于 GPRS 属于中国移动的一项增值服务,只要有中国移动信号覆盖的地方基本都能实现无线上网。想通过 GPRS 上网,目前比较常用的有以下两种方法:

①采用 PCMCIA 接口或 USB 接口的 GPRS 无线上网卡,用户只需将 SIM 卡插入 GPRS 无线上网卡的相应 SIM 插槽内,并安装驱动程序、拨号程序后,就可以像普通 Modem 一样拨号上网了。此类无线上网卡比较普遍。

②采用带有 GPRS 功能的手机与笔记本相连来上网,手机可以通过数据线、红外线或蓝牙连接。其实通俗一点说,是将带 GPRS 手机作为一个外置 Modem 来建立相应 GPRS 拨号连接。

前提是必须开通此种相应的 GPRS 上网服务,可以去当地的移动营业厅咨询,但要说明的是不是所有市面上宣称带有 GPRS 功能的手机均可以与笔记本相联的。这主要是因为部分手机生产商没有提供相应连接线或驱动程序,一般品牌的 GPRS 手机都会有这种功能。

（3）CDMA 1X

CDMA 1X 也是目前的流行的上网方式之一,CDMA 1X 无线上网目前主要是针对联通无限掌中宽带业务,CDMA 1X 网络可以作为话音业务的承载平台,也可以作为无线接入 Internet 分组数据承载平台;既可以为用户提供传统的话音业务,也可以为用户提供端对端分组传输模式的数据业务。据悉,目前 CDMA 1X 无线上网相比 GPRS 无线上网,无论是在速度还是在稳定性方面都要强,不过目前 CDMA 1X 信号的覆盖范围要逊色于 GPRS 信号。与上面提到 GPRS 上网一样,目前 CDMA 1X 无线上网的方式也不外乎于以下两种:

①采用 PCMCIA 接口或 USB 接口的 CDMA 1X 无线上网卡,将 CDMA 1X 无线上网卡插入 PCMCIA 插槽或 USB 接口,安装相应的驱动和拨号软件就可以轻松实现上网功能。

②笔记本电脑与 CDMA 1X 手机相连实现无线上网,不过前提是手机必须开通联通掌中宽带资费套餐业务功能,然后安装相应的驱动程序就可以进行拨号无线上网了。

（4）小灵通

由于价格便宜等缘故,小灵通在学生当中的普及率也相当高,小灵通又被称为 PHS,也就是(Personal Handset System)个人手持系统的缩写。小灵通目前主要是利用了固定电话系统资源,因此和固定电话一样,也可以通过 Modem 拨号上网。目前在国内通过小灵通上网的速率一般可以达到 65 kbps。

通过小灵通上网和用手机上网的方式相差不大,都是通过数据线(俗称小灵猫)将手机和笔记本连接,安装相应的驱动程序,然后再通过拨号程序直接就可以拨号上网了,方法与普通的 Modem 拨号上网类似。

这里需要注意的是,首先要确认所在地区的网络是否支持小灵通上网;另外还要看用户的小灵通是否支持上网功能,可以查看小灵通说明书。数据线可以到电信营业厅和各大电脑城购买,购买时一定要带上小灵通试试,看看接口方面是否相符。只要以上条件都具备了,就可以轻松实现小灵通上网了。

7.3　Internet 应用

Internet 是世界是最大的计算机互联网,是成千上万条信息资源的总称。这些资源以电子文件的形式,在线地分布在世界各地的数百万台计算机上。Internet 上开发了许多应用系统,供接入网上的用户使用,网上的用户可以方便地交换信息,共享资源。Internet 也可以认为是各种网络组成的网络,它是使用 TCP/IP 协议(传输控制协议/网间协议)互相通信的数据网络集体。Internet 是一个无级网络,不专门为某个个人或组织所拥有及控制,人人都可以参与。

7.3.1　Internet 提供的服务

Internet 能为用户提供的服务项目很多,主要包括电子邮件(E-mail)、远程登录(Telnet)、文件传输(FTP)以及信息查询服务。例如用户查询服务(Finger)、文档查询服务(Archie)、专题讨论(Usenet News)、查询服务(Gopher)、广域信息服务(WAIS)和万维网(WWW),这里着重介绍电子邮件、远程登录、文件传输三项基本服务内容以及信息查询服务。

1. 电子邮件(E-mail)

电子邮件是 Internet 的一个基本服务。通过电子邮件,用户可以方便快速地交换信息,查询信息。用户还可以加入有关的信息公告,讨论与交换意见,获取有关信息。用户向信息服务器上查询资料时,可以向指定的电子邮箱发送含有一系列信息查询命令的电子邮件,信息服务器将自动读取,分析收到的电子邮件中的命令,并将检索结果以电子邮件的形式发回到用户的信箱。

早期 Internet 所用的电子邮件软件是许多 Internet 主机所用 UNIX 操作系统下的程序,如 MAIL,ELM 及 PINE 等。最近出现了新一代的程序,如流行的 EUDORA 程序。不同的程序使用的命令和用法会稍有不同,但地址格式是统一的。Internet 统一使用 DNS 来编定信息的地址,因而 Internet 中所有的地址均具有同样的格式,其格式为:用户名称@主机名称。

Internet 的电子邮件系统遵循简单邮件传送协议,即 SMTP 协议标准。

2. 远程登录(Telnet)

远程登录是 Internet 上最诱人和最重要的服务工具之一,它可以超越时空的界限,让用户访问远地的计算机,当然这些计算机必须联在 Internet 上。我们把联在 Internet 上的计算机叫做 Internet 主机。远程登录能把本地计算机连接并登录到 Internet 主机上,它是一种特殊的通信方式。在 UNIX 计算机上,用 rlogin(Remote Login)命令可以达到同样的目的,所以,我们把 Telnet 称做远程登录。

利用远程登录,用户可以实时使用远地计算机上对外开放的全部资源,可以查询数据库、检索资料,或利用远程计算完成只有巨型机才能做的工作。

另外,Internet 上有许多服务是通过 Telnet 来访问的,例如 Archie、Gopher 等,这类系统通常开放公用帐号,无需输入密码。

3. 不具名的文件传输协议(Anonymous FTP)

文件传输协议 FTP(File Transfer Protocol)和前面所介绍的 E-mail、Telnet 是 Internet 提供的三项基本服务。

(1)主要功能

FTP 的主要功能是在两台联网的计算机之间传输文件。除此之外,FTP 还提供登录、目录查询、文件操作、命令执行及其他会话控制功能。

(2)工作原理

FTP 的工作原理并不复杂,它采用客户机/服务器模式。FTP 客户机是请求端,FTP 服务器为服务端。FTP 客户机根据用户需求发出文件传输请求,FTP 服务器响应请求,两者协同完成文件传输作业。

为了保护用户的资源,客户程序在请求连接时,FTP 服务器会要求用户输入用户码和通行密码。如果用户自愿将资料提供给网络上公用,则应该开放一个公用的帐号。Internet 约定,FTP 的公用帐号是 anonymous,密码是用户的 E-mail 地址。Internet 中已经有上千个使用 anonymous 公用帐号的 FTP 服务器,为网络中数以千万计的客户提供文件共享服务。我们称 Internet 提供的这种服务为不具名(Anonymous)FTP 服务。

（3）文件拷贝

通过 FTP，用户既能将文件从远地计算机拷贝到本地机上，也能将本地文件拷贝到远地计算机，前者叫下载（Down Load），后者叫上传（Up Load）。

4.万维网 WWW

万维网 WWW（World Wide Web），简称 Web，也称 3W 或 W3，是全球网络资源。Web 最初是欧洲核子物理研究中心 CERN（the European Laboratory for Particle Physics）开发的，是近年来 Internet 取得的最为激动人心的成就。Web 最主要的两项功能是读超文本（Hypertext）文件和访问 Internet 资源。

（1）基本功能

①读超文本文件。web 将全球信息资源通过关键字方式建立链接，使信息不仅可按线性方式搜索，而且可按交叉方式访问。在一个文档中选中某关键字，即可进入与该关键字链接的另一个文档，它可能与前一个文档在同一台计算机上，也可能在 Internet 的其他主机上。Windows Help 文档就是一个超文本文件，只不过 Windows 的所有 Help 文档都在同一台 PC 机上，而 Web 的超文本文件都分布在整个 Internet 上。

在超文本文件世界中，我们用超媒体（Hypermedia）一词来指非文本类型的数据文件，例如声音、图像等。Web 是一个交互式超媒体系统，它由链接方式相互连接的多媒体文件组成。用户只要选中一个链接，就可以访问相关的多媒体文件。这里需要说明的是，Web 中确实有许多超媒体文件，但到目前为止，大部分还是只能在普通终端上显示的文本文件。

②访问 Internet 资源。Web 的第二项功能是它可连接任何一种 Internet 资源、启动远程登录、浏览 Gopher、参加 Usenet 专题讨论等。例如，当 Web 连接到 Telnet，便会自动启动远程登录，用户甚至不必知道主机地址、端口号等细节。若连接到 Usenet，Web 将以简明的超文本格式让用户阅读专题文章。Web 的奇妙之处还在于资源（不论是文件还是服务工具）是自动取得的，用户无需知道这些资源究竟存放在什么地方。

总之，Web 试图将 Internet 的一切资源组织成超文本文件，然后通过链接让用户方便地访问它们。尽管离真正实现这一目标还相距甚远，但通过阅读文本文件的方式，Web 确实使用户访问到 Internet 上的许许多多资源。

（2）工作模式

同 Internet 上其他许多服务一样，Web 使用客户机/服务器模式。客户端使用的程序叫做浏览程序，这是 Web 的用户窗口。从 Web 的观点看，世界上每样东西，或者是文档，或者是链接。所以，浏览程序的基本任务就是读文档和跟随链接走。浏览程序懂得怎样访问 Internet 的资源和每一项服务。例如，怎样启动 Telnet，怎样阅读专题讨论文章等。浏览程序最重要的功能是它懂得怎样连接到 Web 服务器上，因为实际的搜索是由 Web 服务器完成的。

使用 Web 需要三项基本技巧：一是控制文本显示；二是怎样连接；三是怎样搜索。一个好的浏览程序会自动帮助用户完成这三项任务。

7.3.2 电子邮件

电子邮件是指利用计算机网络交换的电子媒体信件。通过它来传送和接收文本、图形、声像等各种信息。一般我们把电子邮件叫做 E-mail。

1. 邮箱申请

网上有许多免费的 E-mail 信箱,申请的方法和步骤基本相同,下面以如何在网易 126 邮局 (http://www.126.com)上申请一个免费邮箱为例作介绍。

操作步骤如下:

①在 IE 窗口中的地址栏里输入"http://www.126.com"。进入网易 126 邮局,在页面上单击"注册 2280 兆免费邮箱"按钮。

②进入申请界面,首先阅读用户协议,接下来填写个人资料。

③如果出现"用户名×××已被注册"的提示的话,用户就得换个名字了;如果出现"你的邮箱××××@126.com 已经申请成功,欢迎使用",立即登录邮箱。那我们就可以使用这个邮箱了。

④登录邮箱之后单击电子邮箱栏目中的"写信"按钮就可以给别人写信了。

2. 接收和发送电子邮件

(1)电子邮件地址的组成

一个完整的 Internet 邮件地址由以下两个部分组成,格式如下:loginname@full host name .domain name,即登录名@主机名.域名。中间用一个表示在(at)的符号"@"分开,符号的左边是对方的登录名,右边是完整的主机名,它由主机名与域名组成。其中,域名由几部分组成,每一部分称为一个子域(Subdomain),各子域之间用圆点"."隔开,每个子域都会告诉用户一些有关这台邮件服务器的信息。

假定用户 mail 的本地机(必须具有邮件服务器功能)为:mail.ncu.edu.cn,则其 E-mail 地址为:gblv@mail.ncu.edu.cn。它告诉我们:这台计算机在中国(cn),隶属于教育机构(edu)下的南昌大学(ncu),机器名是 mail。在@符号的左边是用户的登录名 gblv。

以上介绍的是 Internet 域名地址的使用方法。Internet 地址还有一种表示方法即纯数字的 IP 地址。例如,计算机的域名地址为:mail.ncu.edu.cn,那么一定有一个 IP 地址 202.114.200.254 与之对应。用户可以在任何地方使用这个 IP 地址,就像使用它的域名地址一样。 在输入地址时,还要注意以下几点:

①在地址中不要输入任何空格。无论是在用户名、计算机名还是在@和圆点的两侧都不要含有空格。

②不要随便使用大写字符。检查用户名和机器名中是否含有大写字符,大部分地址都是完全由小写字符组成的。

③不要漏掉分隔网络地址各部分的圆点符号。

(2)电子邮件接收和发送

电子邮件的接收和发送的有两种方法,一种是直接在网页上完成接收和发送任务,另外一种是通过专门的邮件收发软件来完成。利用专门软件来处理邮件可以避免每次登陆邮箱都要重复输入用户名和密码的麻烦,并且可以实现很多在网页中无法完成的任务。但是它只适合在个人的电脑上面使用,如果要在公共计算机上接收和发送邮件的话,使用网页还是比较方便的。下面我们以 126 邮箱为例分别介绍一下这两种邮件的接收和发送的方法。

方法一:网页方式。

操作步骤如下:

①登录信箱。在浏览器地址栏中输入"http://www.126.com"进入 126 首页,在首页中填入邮箱的用户名和密码之后单击"登录邮箱",如图 7-8 所示。

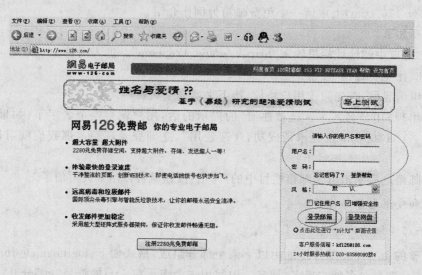

图 7-8　登录信箱

②查看邮件。进入邮箱之后,在电子邮件一栏中单击"收信",在右边的列表当中单击邮件主题就可以阅读邮件了。进入某个文件夹,单击任一需要回复的邮件,在读信页面单击上方的"回复"按钮,就会回复给该邮件的发件人,单击"全部回复"将回复接收该邮件的所有人(包括抄送、密送对象),如图 7-9 所示。

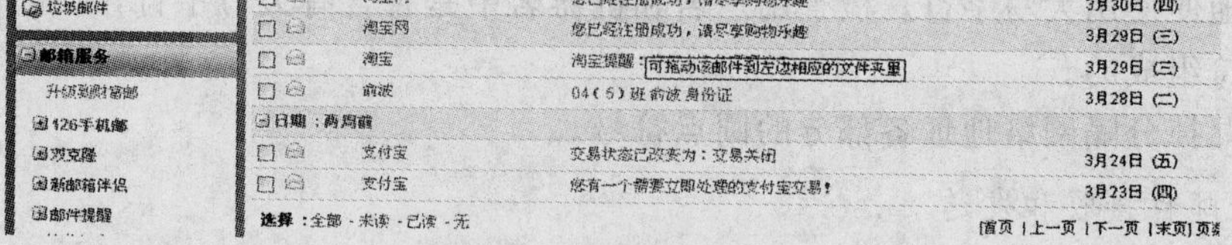

图 7-9　查看邮件

③撰写电子邮件。在电子邮件一栏单击"写信",在"发给"中填写收信人的电子邮件地址,如果收信人已经存在通讯录中,就可以单击"从通讯录添加"。在"主题"中填入邮件的主题,在下面的文本框里面输入邮件的内容,如图 7-10 所示。

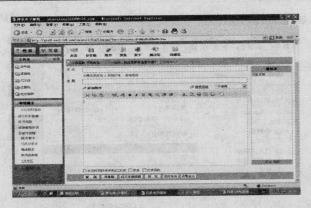

图 7-10   撰写电子邮件

④发送电子邮件。在邮件撰写完毕之后单击网页上方的"发送"就可以发送了,如图 7-11 所示。

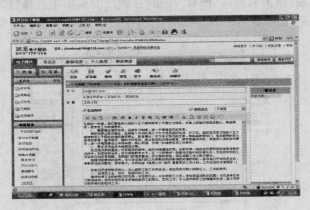

图 7-11   发送电子邮件

如果要在邮件中添加附件可以按以下步骤操作:

①单击主题字段下面的"添加附件"。

②浏览文件,单击要添加的文件的名称。

③单击"打开"。

如果要删除已添加的附件,请单击附件旁边的"删除"按钮。

方法二:使用 Outlook 来接收和发送电子邮件。

第一步,Outlook Express 设置。

①打开 Outlook Express。我们可以在"开始"菜单中找到 Outlook 的快捷方式图标,启动 Outlook,如图 7-12 所示。

②添加邮件帐户。单击窗口中的"工具"菜

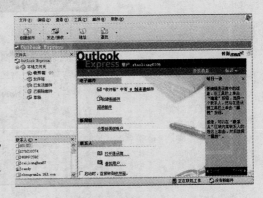

图 7-12   Outlook Express 窗口

单,选择"帐户"命令,如图7-13所示。

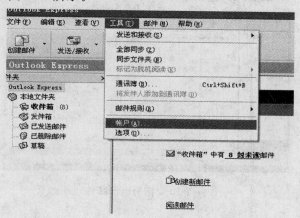

图7-13 "帐户"命令

③单击"邮件"标签,单击右侧的"添加"按钮,在弹出的菜单中选择"邮件",如图7-14所示。

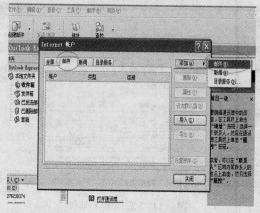

图7-14 "帐户"对话框

④在弹出的对话框中,根据提示输入用户的"显示名",如图7-15所示,然后单击"下一步"。

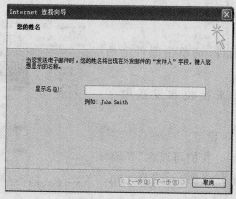

图7-15 连接向导

⑤输入用户的电子邮件地址,如图 7-16 所示,单击"下一步"。

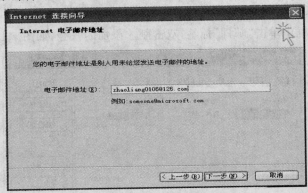

图 7-16 电子邮件地址

⑥输入用户邮箱的 POP 和 SMTP 服务器地址——pop:pop. 126. com、smtp:smtp. 126. com。再单击"下一步",如图 7-17 所示。

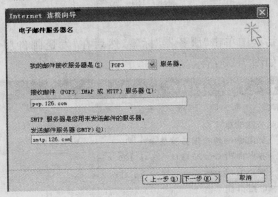

图 7-17 电子邮件服务器名

⑦输入用户的帐号及密码(此帐号为登录此邮箱时用的帐号,仅输入@前面的部分),如图 7-18 所示,再单击"下一步"。

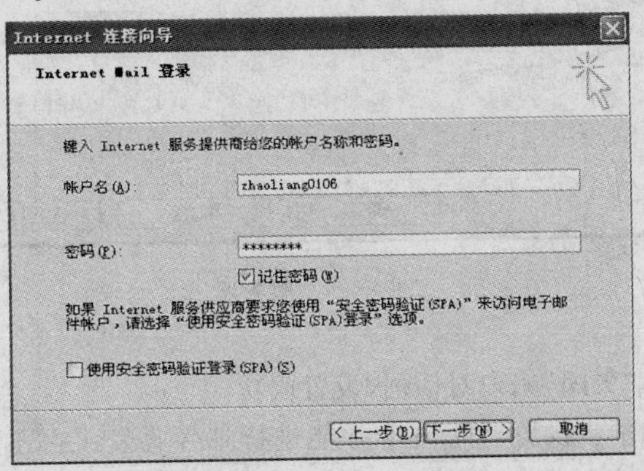

图 7-18 E-mail 登录

⑧单击"完成"按钮，保存设置。

第二步，设置 SMTP 服务器身份验证。

①在"帐户"对话框中单击"邮件"标签，双击刚才添加的帐号，如图 7-19 所示。

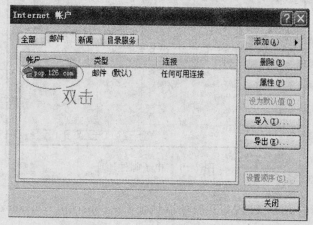

图 7-19　邮件

②在服务器属性对话框中单击"服务器"标签，然后在"发送邮件服务器"处，选中"我的服务器要求身份验证"选项，如图 7-20 所示。

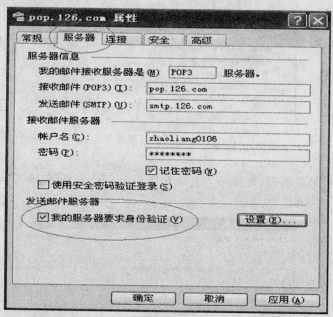

图 7-20　服务器

③单击"确定"，然后"关闭"帐户对话框，设置成功。

注：只有做了以上的两步设置，Outlook 才能进行邮件收发。它还可以管理若干邮箱，每一邮箱都要做以上的设置。

第三步，使用 Outlook 写邮件。

①在 Outlook 工具栏中单击"创建邮件"按钮。

②然后依次填入收件人,主题以及内容。

③单击主窗口中的"发送"按钮即可。

7.3.3 搜索引擎

搜索引擎为使用者查找信息提供了极大的方便,用户只需输入几个关键词,任何想要的资料都会从世界各个角落汇集到用户的电脑前。下面以国内最大的搜索引擎"百度"为例来介绍一下搜索引擎的使用方法。百度网址为:http://www.baidu.com。

1.搜索入门

(1)单关键词搜索

利用关键词搜索是搜索引擎普遍提供的功能,在百度搜索中搜索非常方便。用户只需要在搜索框内输入需要查询的内容,敲回车键,或者鼠标单击搜索框右侧的百度"搜索"按钮,就可以得到符合查询需求的网页内容。

例如,用户需要查询江西教育厅有关的信息,可以输入搜索关键词"江西教育厅",单击"百度一下",如图 7-21 所示。

图 7-21 百度搜索

搜索结果命中 696,000 篇,如图 7-22 所示。

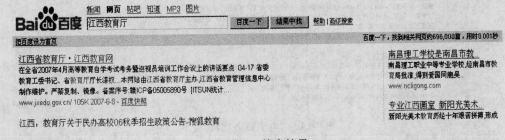

图 7-22 搜索结果

(2)多关键词搜索

使用多个关键词语搜索可以提高命中率,使得搜索的结果更加符合用户的要求。输入多个词语搜索(不同字词之间用一个空格隔开)。例如,想了解教育厅的政策相关信息,在搜索框中输入［江西教育厅　政策］获得的搜索效果会比输入［江西教育厅］得到的结果更好。如图7-23所示，在搜索结果中可以看到命中381,000篇。

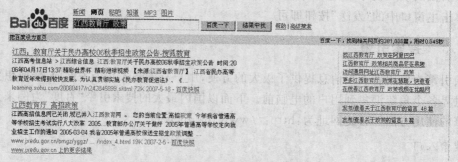

图7-23　［江西教育厅　政策］搜索结果

2.高级搜索技巧

为了进一步的提高搜索的命中率，那就需要使用到搜索语法了，和计算机其他的语法一样，搜索语法是用来描述特定搜索要求的一种格式化的语句。下面简单介绍一些常用的语法。

（1）把搜索范围限定在网页标题中——intitle

网页标题通常是对网页内容提纲挈领式的归纳。把查询内容范围限定在网页标题中，有时能获得良好的效果。使用的方式是把查询内容中特别关键的部分，用"intitle:"领起来。例如，找电子商务物流方面的内容，就可以这样查询："电子商务 intitle:物流"。

注：电子商务和intitle:之间需要用空格分开，intitle:和后面的关键词之间，不要有空格，如图7-24所示。

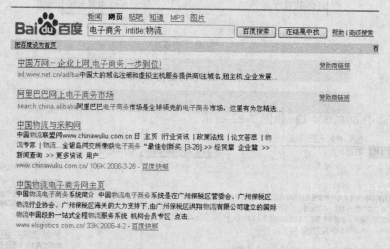

图7-24　"电子商务物流"搜索

（2）把搜索范围限定在特定站点中——site

有时候，用户如果知道某个站点中有自己需要找的东西，就可以把搜索范围限定在这个站点中，提高查询效率。使用的方式是在查询内容的后面加上"site:站点域名"。

例如，在华军软件园，下载一个Windows Media Player的播放软件就可以这样查询：

"windows media player　site:onlinedown.com"。

注:软件名称和"site:"之间要用空格分开,"site:"后面跟的站点域名,不要带"http:// ";另外,site:和站点名之间,不要带空格,如图 7-25 所示。

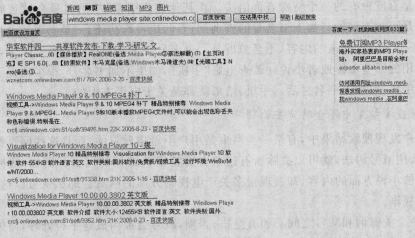

图 7-25　站点内搜索

(3)把搜索范围限定在 url 链接中——inurl

网页 url 中的某些信息,常常有某种有价值的含义。于是,用户如果对搜索结果中的 url 做某种限定,就可以获得良好的效果。实现的方式是用"inurl:",后跟需要在 url 中出现的关键词。例如,找关于 word 的使用技巧,可以这样查询:"word　inurl:jiqiao",上面这个查询串中的"word",是可以出现在网页的任何位置,而"jiqiao"则必须出现在网页 url 中。

注:inurl:语法和后面所跟的关键词,不要有空格,如图 7-26 所示。

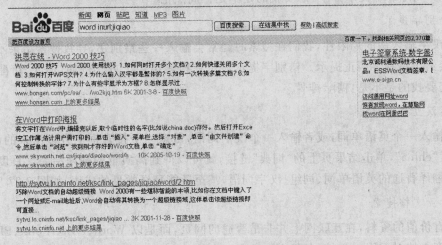

图 7-26　url 方式搜索

(4)精确匹配——双引号和书名号

如果输入的查询词很长,百度在经过分析后,给出的搜索结果中的查询词,可能是拆分的。

如果用户对这种情况不满意,可以尝试让百度不拆分查询词。给查询词加上双引号,就可以达到这种效果。例如,搜索南昌大学,如果不加双引号,搜索结果被拆分,效果不是很好,但加上双引号后,"南昌大学",获得的结果就全是符合要求的了,这里的双引号是汉字输入状态的双引号。

书名号是百度独有的一个特殊查询语法。在其他搜索引擎中,书名号会被忽略,而在百度,中文书名号是可被查询的。加上书名号的查询词,有两层特殊功能:一是书名号会出现在搜索结果中;二是被书名号扩起来的内容,不会被拆分。书名号在某些情况下特别有效,例如,查名字很通俗和常用的那些电影或者小说。若查电影"手机",如果不加书名号,很多情况下出来的是通讯工具——手机,而加上书名号后,《手机》结果就都是关于电影方面的了。

(5)要求搜索结果中不含特定查询词

如果用户发现搜索结果中,有某一类网页是用户不希望看见的,而且这些网页都包含特定的关键词,那么用减号语法,就可以去除所有这些含有特定关键词的网页。例如,搜神雕侠侣。希望是关于武侠小说方面的内容,却发现很多关于电视剧方面的网页。那么就可以这样查询:神雕侠侣——电视剧。

注:前一个关键词和减号之间必须有空格,否则,减号会被当成连字符处理,而失去减号语法功能。减号和后一个关键词之间,有无空格均可。

3. 搜索小技巧

在进行搜索的过程中会出现一些很难处理的问题,这个时候可以用一些小技巧来弥补。

(1)拼音提示

如果只知道某个词的发音,却不知道怎么写,或者嫌某个词拼写输入太麻烦,该怎么办?百度拼音提示能帮用户解决问题。只要用户输入查询词的汉语拼音,百度就能把最符合要求的对应汉字提示出来。它事实上是一个无比强大的拼音输入法。拼音提示显示在搜索结果上方。例如,输入"zhoujielun",提示如下:您要找的是不是:周杰伦。

(2)错别字提示

由于汉字输入法的局限性,我们在搜索时经常会输入一些错别字,导致搜索结果不佳。别担心,百度会给出错别字纠正提示。错别字提示显示在搜索结果上方。例如,输入"唐醋排骨",提示如下:您要找的是不是:糖醋排骨。

(3)英汉互译词典

随便输入一个英语单词,或者输入一个汉字词语,留意一下搜索框上方多出来的词典提示。例如,搜索"china",单击结果页上的"词典"链接,就可以得到高质量的翻译结果。百度的线上词典不但能翻译普通的英语单词、词组、汉字词语,甚至还能翻译常见的成语,如图7-27所示。

(4)专业文档搜索

很多有价值的资料,在互联网上并非是普通的网页,而是以 Word、PowerPoint、PDF 等格式存在。百度支持对 Office 文档(包括 Word、Excel、PowerPoint)、Adobe PDF 文档、RTF 文档进行全文搜索。要搜索这类文档,很简单,在普通的查询词后面,加一个"Filetype:"文档类型限定。"Filetype:"后可以跟以下文件格式:doc、xls、ppt、pdf、rtf、all。其中,all 表示搜索所有这些文件类型。例如,查找计算机网络基础方面的参考资料就可以输入"计算机网络基础 Filetype:doc",单击结果标题,直接下载该文档,也可以单击标题后的"HTML 版"快速查看该文档的网页格式内容,如图 7-28 所示。

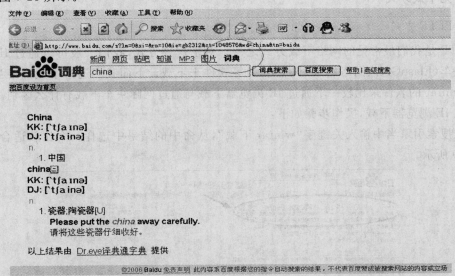

图 7-27   "百度"词曲

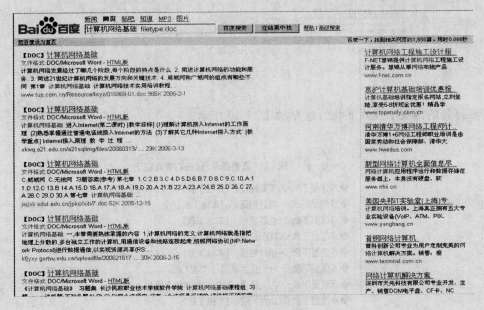

图 7-28   文件类型搜索

7.3.4   文件的下载和上传

1.什么是下载

在 Internet 中有很多各种类型的资料存放在网站服务器上,免费供大家使用。我们可以通过一定的方式从服务器中将这些文件保存到本地的计算机上,这个过程我们称为下载。

2.常见下载方式

（1）HTTP方式

HTTP是我们最常见的网络下载方式之一。对于这种方式，我们一般可以通过 IE 浏览器或网际快车（FlashGet）、网络蚂蚁（NetAnts）等软件来下载。下面我们通过下载网络当中的一个叫做 winrar 的软件来比较一下通过 IE 浏览器下载与通过网际快车下载有什么区别。

通过 IE 浏览器下载，操作步骤如下：

①在搜索引擎当中输入关键字"winrar 下载"，从命中的结果中选择一个比较适合的链接，如图 7-29 所示。

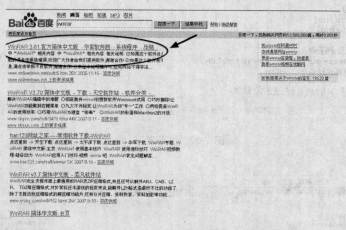

图 7-29　搜索结果

②在打开的网页中找到下载的地方，如图 7-30 所示。

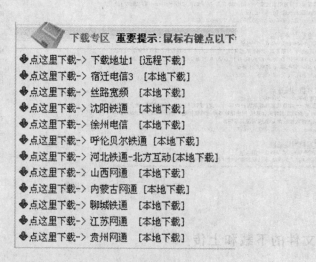

图 7-30　下载专区

③单击上图里面其中一个链接，就会出现下载保存的对话框，如图 7-31 所示，单击"保存"按钮。

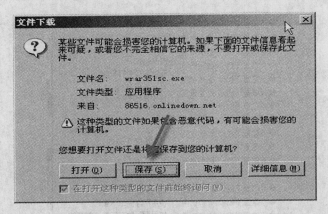

图 7-31 下载保存的对话框

④设置好文件的保存位置,如图 7-32 所示。

⑤文件开始下载,下载完毕,单击"打开文件夹"查看下载好的文件,如图 7-33 所示。

图 7-32 "另存为"对话框

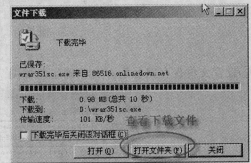

图 7-33 下载对话框

⑥查看下载好的文件,如图 7-34 所示。

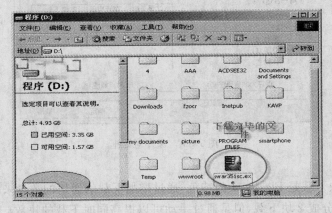

图 7-34 下载结果

利用 FlashGet 下载,操作步骤如下:

①安装 Flashget 软件。

②在下载链接上面单击右键,从快捷菜单当中选择"使用网际快车下载",如图 7-35 所示。

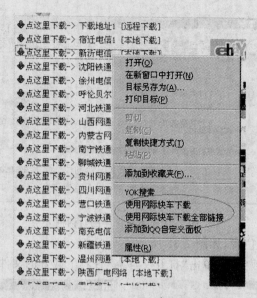

图 7-35　快捷菜单

③设置文件保存路径后,单击"确定",如图 7-36 所示。

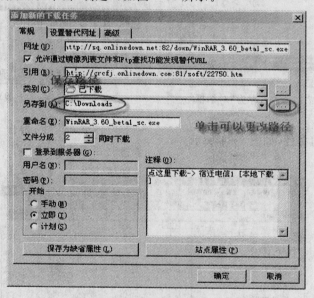

图 7-36　保存对话框

注:文件的分块下载是 FlashGet 的特色,通过增加下载的通道的数量来提高下载的速度,默认情况下是将文件分成 2 块下载,但是通过手动可以提高同时下载的块数。

(2)FTP 方式

FTP(File transfer Protocol)也是一种很常用的网络下载方式。FTP 方式具有限制下载人数、屏蔽指定 IP 地址、控制用户下载速度等优点,所以,FTP 更显示出易控制性和操作灵活性,比较适合于大文件的传输(如影片、音乐等)。

下面学习如何利用 ftp 客户端软件 CuteFTP 来下载 ftp 站点上的文件,操作步骤如下:

①安装 CuteFTP 软件并运行。

②从站点设置窗口中选择一个自己感兴趣的分类,再从分类当中找一个具体的站点,最后单击"连接"按钮,如图 7-37 所示。

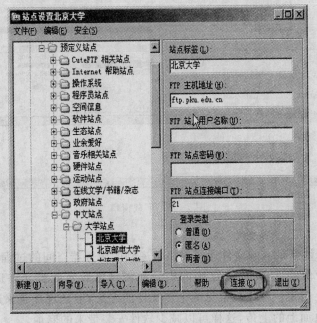

图 7-37 CuteFTP 窗口

③连接成功后在远程窗口当中会出现 FTP 服务器上的文件资源列表,如图 7-38 所示。

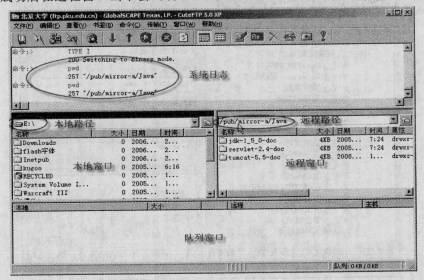

图 7-38 服务器上文件资源列表

④下载所需的文件,如图 7-39 所示。

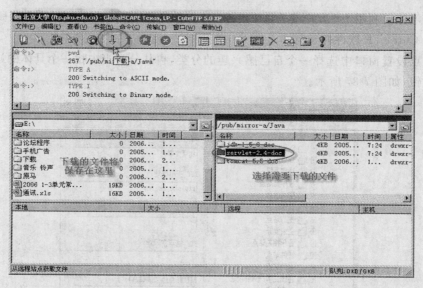

图 7-39　　下载窗口

3.什么是上传

上传就是把本地计算机上的文件通过网络传递到的服务器空间的过程。上传文件一般需要通过远程服务器的身份验证,在输入正确的帐号和密码之后才能被允许进行上传操作。通过CuteFTP 进行文件上传是一种比较常见的上传文件的方法,但是现在越来越多的网络服务器开始支持直接在 web 页面上的上传,这样可以减少软件安装带来的麻烦。

使用 CuteFTP 上传文件,操作步骤如下:

①打开 CuteFTP 软件,退出站点设置窗口,如图 7-40 所示。

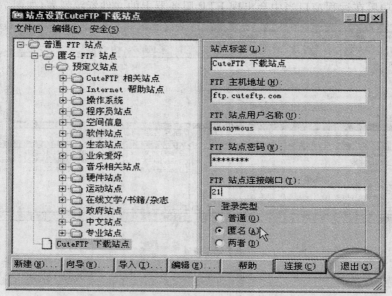

图 7-40　　CuteFTP 窗口

②在工具栏中单击"快速连接"按钮,如图 7-41 所示。

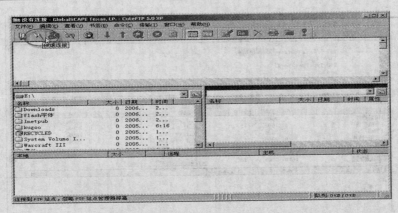

图 7-41　连接窗口

③在"主机"中输入 ftp 服务器的域名或者直接输入服务器 ip 地址,在"用户名"和"密码"中输入具有上传权限的帐号和密码,端口号为 21。最后单击"连接"按钮,如图 7-42 所示。

图 7-42　登录 FTP 服务器

④连接成功后,在日志窗口中会出现"完成",远程窗口中会出现服务器上的文件列表,如图7-43 所示。

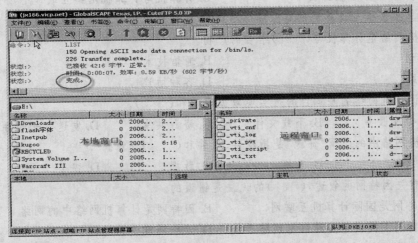

图 7-43　连接成功后窗口

⑤选择本地窗口中需要上传的文件,单击工具栏中的上传按钮,如图 7-44 所示。

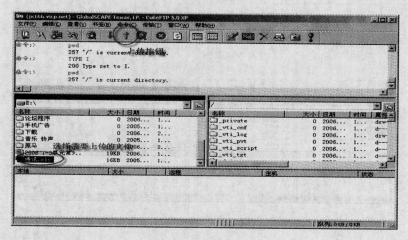

图 7-44　上传文件

⑥上传完毕后,在远程窗口的文件列表中会出现上传的文件图标。

习题七

一、选择题

1.互联网络的基本含义是(　　)。

　　A.计算机与计算机互联　　　　　　　B.计算机与计算机网络互联

　　C.计算机网络与计算机网络互联　　　D.国内计算机与国际计算机互联

2.计算机网络是计算机与(　　)结合的产物。

　　A.电话　　　　　　　　　　　　　　B.通信技术

　　C.线路　　　　　　　　　　　　　　D.各种协议

3.建立计算机网络的基本目的是实现数据通信和(　　)。

　　A.数据库服务　　　B.下载文件　　　C.资源共享　　　D.发送电子邮件

4.计算机网络中的所谓"资源"是指硬件、软件和(　　)资源。

　　A.通信　　　　　B.系统　　　　　C.数据　　　　　D.资金

5.下列有关因特网的叙述,(　　)的说法是错误的。

　　A.因特网是国际计算机互联网　　　　B.因特网是计算机网络中的网络

　　C.因特网上提供了多种信息网络系统　　D.万维网就是因特网

6.在计算机网络中,WAN 指的是(　　)。

　　A.城域网　　　　　　B.局域网　　　　　C.广域网　　　　　D.以太网

7.局域网相对于广域网来说,(　　)。

　　A.地理范围小　　　B.传输速率更高　　C.误码率较低　　D.以上都是

8.网络中各个接点互连接的形式,叫做网络的(　　)。

　　A.拓扑结构　　　　　B.协议　　　　　　C.分层结构　　　　D.分组结构

9.按拓扑结构划分,常见的局域网拓扑结构有(　　)。

A. 总线型、环形、星形　　　　　　　　B. 星形、逻辑型、层次型

C. 网状型、环形、层次型　　　　　　　D. 总线型、逻辑型、关系型

10. 常用的通信有线介质包括双绞线、同轴电缆和（　　　）。

　　A. 微波　　　　　　B. 红外线　　　　　　C. 光缆　　　　　　D. 激光

11. 下列传输介质中，抗干扰能力最强的是（　　　）。

　　A. 微波　　　　　　B. 光纤　　　　　　C. 同轴电缆　　　　　　D. 双绞线

12. 传输率的单位是 bps，其含义是（　　　）。

　　A. Bytes Per Second　　　　　　　　B. Baud Per Second

　　C. Bits Per Second　　　　　　　　　D. Billion Per Second

13. 将普通微机联入网络时，至少要在该微机内增加一块（　　　）。

　　A. 网卡　　　　　　　　　　　　　　B. 通信接口板

　　C. 驱动卡　　　　　　　　　　　　　D. 网络服务

14. 在局域网中的各个节点，计算机都应在主机扩展槽中插有网卡，网卡的正式名称是（　　　）。

　　A. 集线器　　　　　　　　　　　　　B. T 型接头（连接器）

　　C. 终端匹配器　　　　　　　　　　　D. 网络适配器

15. 每个网卡在制造时都分配了个地址，这个地址由（　　　）二进制码组成。

　　A. 4 位　　　　　　B. 8 位　　　　　　C. 16 位　　　　　　D. 32 位

16. 下面设备中，（　　　）又称为 HUB，在 OSI 中属于数据链路层。

　　A. 网卡　　　　　　B. 集线器　　　　　　C. 交换机　　　　　　D. 路由器

17. 下面设备中，（　　　）负责在通信系统中完成信息交换功能的设备。

　　A. 网卡　　　　　　B. 集线器　　　　　　C. 交换机　　　　　　D. 路由器

18. Internet 是一个覆盖全球的大型互联网络，它用于连接多个远程网和局域网的互联设备主要是（　　　）。

　　A. 网桥　　　　　　B. 防火墙　　　　　　C. 主机　　　　　　D. 路由器

19. 在计算机网络中，通常把提供并管理共享资源的计算机称为（　　　）。

　　A. 工作站　　　　　　B. 服务器　　　　　　C. 网关　　　　　　D. 网桥

20. 下面设备中，（　　　）是网络数字信号和模拟信号转换的设备。

　　A. 网卡　　　　　　B. 服务器　　　　　　C. 工作站　　　　　　D. 网桥

21. TCP/IP 协议是 Internet 中计算机之间进行通信时必须共同遵循的一种（　　　）。

　　A. 通信规则　　　　B. 信息资源　　　　C. 软件系统　　　　D. 硬件系统

22. TCP/IP 是一组（　　　）。

　　A. 局域网技术

　　B. 广域网技术

　　C. 支持同一种计算机（网络）互联的通信协议

　　D. 支持不同种计算机（网络）互联的通信协议

23. HTTP 是指（　　　）。

　　A. 域名　　　　　　　　　　　　　　B. 超文本传输协议

　　C. 超文本标识语言　　　　　　　　　D. 邮件管理协议

24. 局域网的网络软件包括(　　　)。

　　A. 网络操作系统、网络通信协议软件和网络应用软件

　　B. 服务器操作系统、网络数据库管理系统和网络应用软件

　　C. 网络数据库管理系统和工作站软件

　　D. 网络传输协议和网络应用软件

25. 一个家庭用户要办理加入 Internet 手续,应找(　　　)。

　　A. ICP　　　　　　　B. CNNIC　　　　　　C. ISP　　　　　　D. ASP

26. 为了保证全网的正确通信,Internet 为联网的每个网络和每台主机都分配了唯一的地址,该地址由 32 位二进制数组成,并每隔 8 位用小数点分隔,将它称为(　　　)。

　　A. TCP 地址　　　　　　　　　　　　B. IP 地址

　　C. WWW 服务器地址　　　　　　　　D. WWW 客户地址

27. 下列四项中,合法的 IP 地址是(　　　)。

　　A. 190. 220. 5　　　　　　　　　　B. 206. 53. 3. 78

　　C. 206. 53. 312. 78　　　　　　　　D. 123,43,82,220

28. www. sina. com. cn 不是 IP 地址,而是(　　　)。

　　A. 上网密码　　　B. 网站编号　　　C. 域名　　　D. 网站标题

29. 在 Internet 主机域名结构中,代表政府组织机构的子域名称(　　　)。

　　A. com　　　　　B. gov　　　　　C. org　　　　　D. edu

30. 互联网上一台主机的域名由(　　　)部分组成。

　　A. 3　　　　　　　B. 4　　　　　　　C. 5　　　　　D. 若干(不限)

31. 有关 IP 地址与域名的关系,下列描述正确的是(　　　)。

　　A. IP 地址与多个域名　　　　　　　B. 域名对应多个 IP 地址

　　C. IP 地址与主机的域名一一对应　　D. 1 个 IP 地址可以对应多个域名

32. 下面不属于 Internet 提供的服务是(　　　)。

　　A. 电子邮件　　　B. 远程登录　　　C. 并行计算　　　D. 匿名 FTP

33. 文件传输和远程登录都是互联网上的主要功能之一,它们都需要双方计算机之间建立起通信联系,二者的区别是(　　　)。

　　A. 文件传输只能传输计算机上已存在的文件,远程登录还可以在登录的主机上进行建立目录、建文件、删文件等其他操作。

　　B. 文件传输只能传递文件,远程登录则不能传递文件

　　C. 文件传输不必经过对方计算机的验证许可,远程登录必须经过对方计算机的验证许可

　　D. 文件传输只能传输字符文件,不能传输图像、声音文件,而远程登录则可以

34. WWW 是(　　　)的缩写,它是近些年迅速发展起来的一种服务方式。

　　A. World Wide Wait　　　　　　　B. Website of World Wide

　　C. World Wide Web　　　　　　　D. World Waits Web

35. 在 WWW 网页上有一些特殊的图形或文字,单击它们就可以看到相关内容,这类图形或文字称为(　　　)。

　　A. 超链接　　　B. 文本　　　C. 背景　　　D. 媒介

36. 用户要想在网上查询 WWW 信息,必须安装并运行一个被称为(　　　)的软件。

A. HTTP   B. YAHOO   C. 浏览器   D. 万维网

37. 如果想要连接到一个 WWW 站点,应当以(   )开头来书写统一资源定位器。

A. shttp://   B. http:s//

C. http://   D. https://

38. 下列(   )英文缩写用来表示统一资源定位器。

A. FTP   B. HTTP   C. IE   D. URL

39. 用户使用 WWW 浏览器访问 Internet 上任何 WWW 服务器所看到的第一页就是(   )。

A. 电子邮件   B. 主页   C. 文件夹   D. 文件名

40. 下面四项中,合法的电子邮件地址是(   )。

A. wang—em. hxing. com. cn   B. em. hxing. com. cn—wang

C. em. hxing. com. cn@wang   D. wang@em. hxing. com. cn

41. 在电子邮件中,声音与图像文件一般不与邮件正文内容一同显示出来,而是通过(   )来发送。

A. 标题   B. 发件人   C. 正文   D. 附件

42. Microsoft Office 2000 中自带的收发电子邮件的软件名称是(   )。

A. Foxmail   B. Access 2000

C. frontpage 2000   D. Outlook 2000

43. 利用电子邮件发出的信函是(   )。

A. 直接输送到收信人的电脑硬盘中   B. 输送到目的地主机 E-mail 信箱

C. 直接输送到收信人附近的邮局   D. 由收到的电信局直接转交给收件人

44. 在 Outlook Express 电子邮件包的"撰写邮件"窗口的"邮件头"窗格中的"收件人"文本输入框用于输入收件人的(   )。

A. 姓名   B. 单位名称   C. 电子邮箱地址   D. 家庭地址

45. 在浏览网页时,可下载的信息有(   )。

A. 文本   B. 声音和影视文件

C. 图片   D. 以上信息都可以

46. 个人计算机申请了帐号并采用 PPP 拨号方式接入 Internet 网后,该机(   )。

A. 可以有多个 IP 地址   B. 拥有固定的 IP 地址

C. 被自动分配一个 IP 地址   D. 没有自己的 IP 地址

47. OSI(开放系统互联)参考模型的最低层是(   )。

A. 传输层   B. 网络层   C. 物理层   D. 应用层

48. 开放系统互联参考模型的基本结构分为(   )层。

A. 4   B. 5   C. 6   D. 7

49. DNS 是(   )。

A. 域名服务器   B. 决定谁取得 .com、.gov 的域名的国际团体

C. Internet 上文件传输的协议   D. 电子邮箱

50. 在计算机网络中,表示数据传输可靠性的指标是(   )。

A. 传输率   B. 误码率   C. 信息容量   D. 频带利用率

二、操作题

1. 练习 Internet Explorer、Outlook Express 程序安装和设置，并用它们上网和接发电子邮件。

2. 登陆到网易网站（http://www.163.com）申请一个免费的电子邮箱，并给自己发一封含有附件的邮件，然后阅读邮件并且把该附件下载到本地计算机指定文件夹中。

3. 到百度（http://www.baidu.com）搜索 mp3 类型的音乐文件，并且使用"FlashGet"下载到本地计算机。

4. 阅读浏览一些搜索引擎的"帮助"，比较它们在使用上的区别和特点。

第八章　多媒体技术基础

多媒体技术就是把声、图、文、视频等媒体通过计算机集成在一起的技术。即通过计算机把文本、图形、图像、声音、动画和视频等多种媒体综合起来，使之建立起逻辑连接，并对它们进行采样量化、编码压缩、编辑修改、存储传输和重建显示等处理。

8.1　多媒体计算机技术

8.1.1　多媒体的概念

媒体即媒介、媒质，它是信息的载体，是指人们每天接触的新闻媒体，如报纸、电视、杂志、电影、广播等，它们以声音、图像、文字、视频信号等作为媒体，向我们提供各种信息。

在计算机技术领域中，媒体（英文是 medium）指的是信息传递和存储的最基本的技术和手段。随着计算机技术和微电子技术的发展，已经可以把媒体的信息在计算机中以数字形式来表示和处理，综合起来就形成一种全新的媒体概念——多媒体。

8.1.2　媒体的种类

媒体又分为 5 大类：感觉媒体（Perception Media）、表示媒体（Representation Media）、显示媒体（Presentation Media）、存储媒体（Storage Media）和传输媒体（Transmission Media）。

8.1.3　多媒体技术的特征

多媒体技术具有多样性、集成性、交互性、数字化、实时性等特征。

8.2　多媒体计算机系统的关键技术应用

8.2.1　多媒体计算机技术的主要组成

①信息处理技术和信息压缩技术。
②多媒体计算机技术。
③多媒体数据库技术。
④多媒体网络通信技术。

8.2.2　多媒体计算机系统的关键技术

①视频和音频数据的压缩和解压缩技术。
②多媒体计算机硬件体系结构和专用芯片技术。
③多媒体计算机系统软件技术。

④大容量信息存储技术。

⑤多媒体网络通信技术。

⑥超文本与超媒体技术。

⑦人工智能技术。

8.2.3　多媒体计算机系统的应用

①教育与培训。

②电子出版领域。

③文化娱乐。

④咨询服务领域。

⑤多媒体网络通信领域。

⑥传递公用信息。

8.3　多媒体技术的发展

1984 年,美国苹果(Apple)公司推出被认为是代表多媒体技术的 Macintosh 机。

1985 年,美国微软(Microsoft)公司研制了自己的图形化操作系统 Windows。

1986 年,荷兰飞利浦(Philips)公司和日本的索尼(Sony)公司合作,研制出 CD-I (Compact Disk Interactive)光盘系统。

1987 年,美国 RCA 公司推出了交互式数字视频系统 DVI(Digital Video Interactive)。

1990 年 11 月,由美国 Microsoft 公司会同多家厂商召开了多媒体开发者会议,会议成立了多媒体计算机市场协会,制定了多媒体个人计算机 MPC1.0 标准。

1995 年先后发布了多媒体个人计算机标准 MPC2.0 和 MPC3.0。

1996 年,Intel 公司为了适应多媒体技术发展,将多媒体扩展(Multimedia Extension,MMX)技术加入到微处理器芯片 Pentium Pro 中。

8.4　多媒体计算机系统

8.4.1　多媒体计算机系统的组成

多媒体计算机系统的组成如图 8-1、图 8-2 所示。

图 8-1　多媒体计算机系统的层次结构

多媒体硬件	计算机(MPC、工作站等)
	多媒体板卡(显示卡、音频卡、视频卡等)
	多媒体外部设备(显示器、扫描仪、触摸屏等)
多媒体软件	多媒体系统软件(多媒体驱动程序、多媒体操作系统)
	多媒体支持软件
	多媒体应用软件

图 8-2　多媒体计算机系统的层次结构

8.4.2　多媒体计算机硬件系统

多媒体计算机硬件系统包括:
①计算机主机系统。
②多媒体的接口。
③外部设备。

8.4.3　多媒体计算机主机系统

多媒体计算机主机系统有两类。

一类是专用的多媒体计算机系统,如 Philips、Apple 公司生产的专用计算机(工作站),它们面向视频、音频的采集、播放,用于图像和音频的处理等专门用途。

另一类是利用通用的计算机系统(如 PC 机),进行升级,使其成为具有多媒体功能的计算机。

8.4.4　多媒体的接口

显示卡——又称显示适配器,它是计算机主机与显示器之间的接口,用于将主机中的数字信号转换成图像信号并在显示器上显示出来。

音频卡——是实现计算机对声音处理的功能的部件,借助它,计算机可以录制、编辑、回放数字音频文件,对音频文件进行压缩和解压缩;控制各个声源的音量并加以混合和输出信号的功率放大;采用语音处理技术实现语音合成和语音识别;提供 MIDI 音乐设备数字接口等。

视频卡——是对视频信号进行处理的接口,它可以汇集视频源(电视信号)、音频源、录像机、激光视盘机、摄像机等信息,进行编辑、存储、输出等。按其功能又分有图像加速卡、视频播放卡、视频捕捉卡、电视卡等。

8.4.5　多媒体的外部设备

1.输入设备

音频输入设备有话筒(MIC)、激光唱盘和 MIDI 合成器等。

视频设备有数字输入设备和模拟输入设备两种。

①数字输入设备有扫描仪、数字录像机、数字照相机、光盘设备等。

②模拟输入设备有摄像机、录像机以及各种制式的电视视频信号源。

2. 输出设备

①音频输出播放设备有扬声器、立体声耳机(EAR)、MIDI 播放器、立体声音响设备等。

②视频输出播放设备有电视机、投影电视、显示器、家庭影院等。

③显示器是一种计算机输出显示设备,它由显示器件(如 CRT、LCD)、扫描电路、视频电路和接口转换电路组成,为了能清晰地显示出字符、汉字、图形,其分辨率和视频带宽比电视机要高出许多。

④投影仪是一种用于计算机信息的大屏幕显示设备。使用投影仪时,通常配有大尺寸的幕布,计算机送出的显示信息通过投影仪投到幕布上。

3. 存储设备

多媒体的存储设备除了通常的软磁盘、硬磁盘、磁带等以外,最主要的外存设备是光盘。

8.4.6　多媒体计算机软件系统

多媒体软件的基本特点如下:

①多媒体软件运行于多媒体操作系统平台之上。

②多媒体软件可以高度集成各种媒体信息,将之融合在一起,进行综合处理。能有效地组织图、文、声、像等多种信息。

③多媒体软件为用户提供良好的交互式界面,用户可以随意控制,使用方便灵活。多媒体软件的层次如图 8-3 所示。

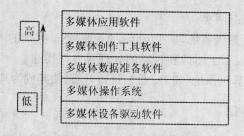

图 8-3　多媒体计算机软件系统

多媒体环境支撑软件——也就是操作系统,它是计算机软件的核心,作为多媒体的操作系统还应该解决以下的关键问题:

①对音频、视频信息必须建立具有时间参数的标准文档格式。

②解决图像和声音数据实时播放时所需要的同步控制机制,依靠软件硬件结合完成。

③对声像的数据必须通过软、硬件结合进行压缩和还原处理。

④要有标准化的对硬件透明的应用程序接口 API、图形用户接口 GUI 或 MMUI。

8.5　多媒体数据压缩编码技术

8.5.1　多媒体数据压缩方法的分类

多媒体数据压缩处理一般有两个过程:一是编码过程,即压缩过程。二是解码过程,即还原压缩数据的过程。

多媒体数据压缩方法根据不同的依据有不同的分类：

①根据质量有无损失分为：有损编码和无损编码。

②根据其作用域在空间域或频率域分为：空间方法、变换方法和混合方法。

③根据是否自适应分为：自适应编码和非适应编码。

8.5.2　编码方法介绍

1.预测编码

预测编码方法是在图像数据和语音信号数据压缩中都得到广泛应用和研究的一种压缩编码方法，是针对数据的统计冗余进行压缩的一种方法。预测编码法的理论基础是现代统计学和控制论，主要是通过减少数据的相关性来实现数据的压缩。比如当前像素的灰度或颜色信号，数值上与其相邻像素总是比较接近，除非处于边界状态。那么，当前像素的灰度或颜色信号的数值，可用前面已出现的像素的值进行预测（估计），得到一个预测值（估计值），将实际值与预测值求差，对这个差值信号进行编码、传送，这种编码方法称为预测编码方法。

2.变换编码

变换编码也是一种对统计冗余进行压缩的方法。

变换编码的思路是先对信号进行某种函数变换，把数据转换成另一种表示形式，从信号的一种表示空间变换到另一种表示空间，然后在变换后的域上，对变换后的信号进行编码。这种变换有利于实现某一特定目标，将使数据量减少，以利于数据的传输和存储。这种变换的反向进行，即反变换，就可以恢复原来的数据。

变换编码是一种失真编码方法，采用不同的变换方式，压缩的数据量和压缩速度都不同。变换编码技术比较成熟，广泛应用于各种图像数据的压缩，如单色图像、彩色图像、静止图像、运动图像，以及多媒体计算机技术中的电视视频帧内图像压缩和帧间图像压缩等。

3.哈夫曼编码

哈夫曼是对统计独立信源能达到最小平均码长的编码方法，即最佳码，它完全依据字符出现概率来构造，各码字长度严格按照所对应符号出现概率的大小逆序排列。最佳性可从理论上证明。这种码具有即时性和唯一可译性。

8.5.3　多媒体数据压缩编码的国际标准

1.JPEG 标准

1986 年国际电报电话咨询委员会（CCITI）和国际标准化协会（ISO）联合组成的一个图像专家小组。JPEG 是联合图像专家小组的英文缩写。小组成员多年来一直致力于标准化工作，于 1991 年他们开发研制出"多灰度静止图像的数字压缩编码"，它是针对连续色调、多级灰度、静止图像的数字图像压缩编码方法。这个压缩编码方法称为 JPEG 算法。JPEG 算法被确定为 JPEG 国际标准，它是国际上彩色、灰度、静止图像的第一个国际标准。JPEG 标准是一个适用范围广泛的通用标准。它不仅适于静图像的压缩，电视图像序列的帧内图像的压缩编码也常采用 JPEG 压缩标准。

2.MPEG 标准

MPEG 是指运动图像专家小组。MPEG 委员会的活动开始于 1988 年，其目标是要在 1990

年建立一个标准的草案。MPEG 和 JPEG 两个专家小组，都是在 ISO 领导下的专家小组，其小组成员也有很大的交叠。JPEG 的目标是专门集中于静止图像压缩，MPEG 的目标是针对活动图像的数据压缩，但是静止图像与活动图像之间有密切关系。一个视频序列图像，可以看作为独立编码的静止图像序列，只是以视频速率顺序地显示。

（1）MPEG-1 标准

MPEG-1 标准即多媒体运动图像和伴音的数据压缩编码标准，包括三个部分：MPEG 视频、MPEG 音频和 MPEG 系统。该标准是 1992 年正式通过的 ISO/IEC11172 号标准。包括：MPEG 系统委员会（MPEG System）、MPEG 视频委员会（MPEG Video）和 MPEG 音频委员会（MPEG Audio），这 3 个委员会分别制定出 3 个子标准：ISO/IEC 11172-1、11172-2 和 11172-3。

（2）MPEG-2 标准

MPEG-2 提供了用于专业视频及通信广播、存储媒体等完全符合 ITU-601 标准分辨率的通用活动图像编码标准，而且它是高画质数字图像存储媒体 DVD 的活动图像压缩标准，是 ATSC 的 DTV 系统和欧洲 DVB 系统选用的国际标准。

与 MPEG-1 标准相同，MPEG-2 标准分为 3 部分，即系统部分（ISO13818-1）、视频部分（ISO13818-2）和音频部分（ISO13818-3）。

（3）MPEG-4 标准

MPEG-4 就是为解决多媒体计算机技术中对数据压缩编、解码技术及其遵循标准的高需求而推出的新的国际标准。它的最主要特点是基于内容的压缩编码方法。它是将一幅图像按内容分块，进行编码处理。基于内容或物体截取的子块内信息相关性强，可以产生高压缩比的效果。因此，MPEG-4 标准具有高效压缩、基于内容的交互（操作、编辑、访问等）及基于内容的分级扩展等特点。它的服务对象不仅是数字光盘存储和数字电视，还包括通信、娱乐和信息家电等领域，并且与 Internet 的迅速发展相匹配。

（4）MPEG-7 标准

MPEG-7 作为 MPEG 家族中的一个新成员，正式名称叫做"多媒体内容描述接口"（Multimedia Content Description Interface）。它将为各种类型的多媒体信息规定一种标准化的描述，这种描述与多媒体信息的内容本身一起，支持用户对其感兴趣的各种"资料"的快速、有效地检索。它将各种类型的多媒体信息规定为一种标准化的描述，不管多媒体资料的表示格式如何，不管它采用什么压缩形式，利用 MPEG-7 标准规定的标准化描述，就可以方便地被索引和检索了。

（5）MPEG-21 标准

MPEG-21 的正式名称为多媒体框架（Multimedia Framework），是将标准集成起来支持和谐的技术以管理多媒体商务。

8.6　多媒体数据的文件格式

8.6.1　音频文件格式

WAV：也称为波形文件，是最常见的声音文件之一。WAV 是微软公司专门为 Windows 开发的一种标准数字音频文件。

MIDI 音频：是多媒体计算机产生声音（特别是音乐）的另一种方式，由于 MIDI 文件记录的不是声音本身，因此它比较节省空间。与波形文件不同的是，它并不对音乐进行采样，而是将每个音符记录为一个数字，MIDI 标准规定了各种音调的混合及发音，通过输出装置就可以将这些数字重新合成为音乐。

MP3：采用 MPEG2 Layer 3 标准对 WAVE 音频文件进行压缩而成，其特点是能以较小的比特率、较大的压缩率达到近乎完美的 CD 音质。

CD-DA：光盘数字音频文件，也就是我们俗称的 CD 音乐。其采样频率是 44.1 kHz，采样精度 16 位，是高质量的声音。

VOC：一种常见数字声音文件，主要用于 DOS 游戏。VOC 文件是 Creative 公司波形音频文件格式，也是声霸卡（sound blaster）使用的音频文件格式。

8.6.2　数字图像文件的格式

1. 静态图形与图像常见文件存储格式

①BMP 格式是 Microsoft（微软）公司为其 Windows 环境设置的标准图像格式。

②DIB 格式也是 Windows 通用的位图图像文件格式。

③GIF 格式（图形交换文件格式）是世界上最大的联机服务机构开发的，目的是便于在不同的平台上进行图像交流和传输。GIF 图像最大不能超过 64 MB，颜色最多为 256 色（8bit），是目前唯一仅使用 LZW 压缩方法的主要图像文件格式。

④TIFF 格式引进了标志域的方法，TIFF 文件格式全部都是基于标志域的。

⑤TGA 格式是 True Vision 公司为其 Targa 显示卡设计的 TIPS 软件所使用的文件格式。

⑥PCX 格式是 Zsoft 公司研制开发的，主要与商业性的 PC Paint Brush 图形、图像软件一起使用位图格式。

⑦JPG 格式是静态图像压缩文件，文件扩展名为 JPG。采用 JPEG 国际标准对图像进行压缩存储。

⑧EPS 格式是用 PostScript 语言描述的矢量图形文件，可在 Macintosh 机和 PC 机上使用。

⑨PNG 格式是 20 世纪 90 年代中期开始开发的位图图像文件存储格式，其目的是企图代替 GIF 和 TIFF 文件格式，同时增加一些 GIF 文件格式所不具备的特性。

2. 动态图形与图像常见文件存储格式

（1）动画图像文件格式

基于 MPC 系统的多媒体应用中的动画主要有 3 种格式：一是 Autodesk 公司的 FLIC 格式；二是 Macromedia 公司的 MMM 格式；三是 Macromedia 公司的 SWF 格式。

（2）数字视频文件存储格式

数字视频文件（动态视频图像文件）较动画文件要复杂些，它多与数字视频标准有关。一般数字视频文件都经过一定标准的压缩，只是压缩的情况有所不同。

①AVI 文件格式是 Video for Windows 所使用的文件标准，其扩展名为 AVI，它是有伴音的视频图像文件。

②MPEG 文件格式是最新数字视频标准文件。

　　③MOV 文件格式 Windows 环境下是 Quick　Time for Windows 的专用文件格式,也有同步声音,也使用有损压缩方法。

　　④AVS 文件,它是 Intel 和 IBM 公司共同研制的 DVI 系统动态图像文件格式。AVS 文件只能在 DVI 系统硬件的支持下才能读写。但它能提供较多的灵活性,能够支持多个数据流同时操作。

8.7　图像浏览工具 ACDSee

　　ACDSee V5.0 是一个享誉很高的图像浏览工具,支持包括 . bmp、. dcx、. gif(包括动画)、. iff、. jpg、. pcd、. pcx、. pic、. png、. psd、. tga、. tif、. ico、. xbm 和. wmf 等 20 多种图像格式,用户可以通过 ACDSee 放大、缩小以及全屏幕的方式浏览图片。幻灯片模式能够自动播放图片。此外,ACDSee 还可以用来管理和编辑图像文件、制作电子相册、作专业级素描等。ACDSee 不但功能强大,而且使用起来非常方便。ACDSee 5.0 可运行于 Windows 9X/2000/NT 操作系统下,如图 8-4 所示显示了 ACDSee 5.0 在浏览模式下界面的主要组成部分。

图 8-4　ACDSee 5.0 界面

8.7.1　手动浏览

　　在浏览图像之前,先把文件目录窗口、预览窗口和文件列表窗口调整好,以便于更好地浏览图像。

　　①在文件目录窗口里选择一个有图像文件的文件夹,则文件列表窗口里会显示此文件夹下所有文件的缩图,预览窗口则可以显示选定图像,如图 8-4 所示。

　　②在文件列表窗口里单击一个图像缩图后回车,或直接双击一个图像缩图,则 ACDSee 由浏览模式进入观看模式。

　　③用户可以通过工具或缩小或放大显示。另处,通过键盘上的"－"和"＋"控制显示比例会更方便些。

④在观看模式下,还有几个常用的快捷键:"PageUp"(上一个)、"PageDown"(下一个)、"Home"(第一个)和"End"(最后一个)。

⑤单击"查看"(View)→"全屏幕"(Full Screen)命令,将以全屏显示图像。

⑥右击图像,在弹出的快捷菜单里选中"查看"→"全屏幕"命令。

⑦直接回车,或单击工具,或按"ESC"键,都可以回到浏览模式窗口。

8.7.2 自动浏览

当图像很多(比如有几百个)时,按"PageUp"或"PageDown"键来观看图像太麻烦,可以利用幻灯片放映来实现自动浏览。其方法如下:

①执行"工具"→"幻灯片演示"命令,弹出如图 8-5 所示的对话框。

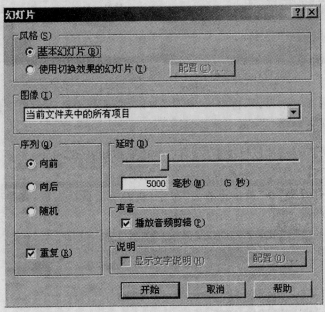

图 8-5 "幻灯片"对话框

②拖动延时(Delay)控制按钮,将每个图像停留的时间设定为(2 000 milliseconds)。其中序列(sequence)设定图像放映是向前(Forward)、向后(Reverse)还是随机(Random)方式;重复(Wrap around)设定是否循环播放。其他采用默认值即可。如果选择"使用切换效果的幻灯片"演示风格,还会有丰富的切换效果。

③完成幻灯片放映参数设置,单击"开始"按钮,就可以以幻灯片方式放映图像了。

8.7.3 管理文件

ACDSee 最突出的功能是浏览图像。然而,ACDSee 功能强大,除了浏览图像外还有其他很多功能,管理文件就是其中的一个。

1.管理文件夹

右击文件目录窗口里的一个文件夹,可以看到如图 8-6 所示的快捷菜单。用户可以选择相应命令,如重命名(Rename)、删除(Delete)、复制(Copy)等。

2. 移动、复制或删除文件

①在浏览窗口里选定一个文件。

②执行"编辑→移动到"命令，弹出如图 8-7 所示的对话框。

图 8-6　ACDSee 快捷菜单

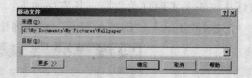

图 8-7　"移动文件"对话框

③单击"更多"选择一个目录，再单击"确定"按钮，即可把文件移到相应目录。

3. 批量修改文件名

在 ACDsee 中，可以对图片进行批量改名，这个功能弥补了 Windows 的不足。操作方法如下：

①在浏览窗口里按 Ctrl 或 Shift 键选定多个文件。

②执行"动作"→"管理"→"批量重命名"命令，或者单击鼠标右键，在弹出的快捷菜单中选择"批量重命名"命令，弹出如图 8-8 所示的对话框。

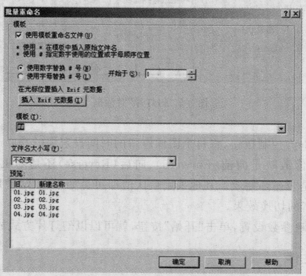

图 8-8　"批量重命名"对话框

③在"模板"（Template）框内按"前缀♯. 扩展名"的格式（如"图♯. Tmp"，其中扩展名为可选项）填入文件名模板，其中通配符♯的个数由数字序号的位数决定。如果文件数目达到了两位数，就应填入两个，即♯♯（以此类推）。另外在"开始于"（start at）框内选择起始序号（如"1"）。

④单击"确定"后所选定文件的名称全部被更改为模板指定的形式。

4.图形文件的查找

程序提供了一项在系统中查找图形文件的功能"搜索",使用该功能可以快速定位需要的任意图形文件,如图 8-9 所示。

用户可以按作者、日期等条件进行查找,当找到目标文件后,程序会自动发送到界面中的文件列表窗口中。

5.文件的排序

执行"视图(view)"→"排序(sort)"命令,可以看到如图 8-10 所示的排序菜单。

图 8-9　搜索对话框

图 8-10　排序菜单

8.7.4　编辑图像

1.转换文件格式

①选定一个图像文件,执行"工具"(Tools)→"格式转换"(Convert)命令,弹出如图 8-11 所示对话框。

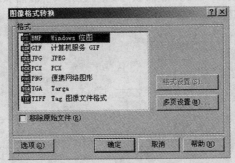

图 8-11　格式转换对话框

②在"格式"里选择目标文件格式,在"选项"里选择一个保存路径,如果选中"移去原始文件",则目标文件与原文件名称相同时就会替换原文件。

③单击"确定"按钮即可。

2.制作桌面墙纸

①选定要制作成桌面墙纸的图像文件。

②执行"工具"→"设置壁纸"命令,可以看到墙纸的三个选项:居中、平铺和还原。

③选中居中方式,ACDSee会自动将相应的文件转换为 BMP 文件,并将其设置为当前系统墙纸,如图 8-12 所示。

图 8-12   当前系统墙纸

8.7.5   截图

很多时候,我们需要进行捕捉屏幕图像的工作,虽然使用"Print Screen"键能够进行屏幕拷贝工作,但它实现的功能太单一,稍微复杂一点的工作就不能完成了,这时我们就可以利用 ACDSee 来完成屏幕捕捉功能。

①执行"文件"→"获得图像"→"屏幕捕获"命令,进入"屏幕捕获"窗口,如图 8-13 所示。

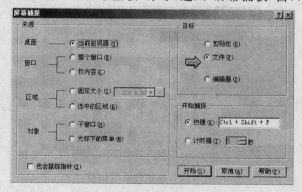

图 8-13   "屏幕捕获"对话框

②根据需要在"来源"区选择屏幕捕捉的范围,如果想在捕捉的图像中显示出鼠标指针,将

"包含鼠标指针"选项选中。

③在"目标"位置处,可以设置将捕捉到的屏幕图像文件保存到何处,如果选择"编辑器", ACDSee 会直接在编辑中打开所捕捉的屏幕图像。

④用户还可在"热键"处修改屏幕捕捉热键设置。

⑤完成设置后,点击"开始"按钮退出,这时在系统托盘区出现了一个照相机模样的图标,表明 ACDSee 的屏幕捕捉功能已经打开了。

⑥当需要进行屏幕捕捉工作时,按下在 ACDSee 中设置的屏幕捕捉热键就可完成屏幕捕捉工作。

8.8　Windows Media Player

Windows Media Player 是微软视窗操作系统的一个组件,该软件能够对多种格式的媒体进行播放,并且具有多种漂亮的外观和简单易用的特性。Windows Media Player 至今已经升级到了 11.0 版本,是微软公司基于 DirectShow 基础之上开发的媒体播放软件。它提供最广泛、最具可操作性、最方便的多媒体内容。Windows Media Player 已经发展成为一个全功能的网络多媒体播放软件,使用 Windows Media Player 可以播放和组织计算机及 Internet 上的媒体文件。此外,还可以使用此播放器收听全世界的电台广播、CD、DVD 以及将音乐或视频复制到便携设备中。

下面对该软件界面进行简单介绍:

Windows Media Player 10.0 主界面,如图 8-14 所示。

①主界面上边是功能任务栏,其中提供了程序所有功能项的切换按钮。根据需要点击不同的功能按钮,界面中间和右边分别是视频播放窗口和播放列表的显示区域。

②播放控制区各个按钮主要有:播放按钮、停止按钮、播放上一曲目按钮、播放下一曲目按钮、静音按钮、随机播放曲目按钮、切换到外观模式按钮、"后退"按钮、"前进"按钮以及音量调节滑块和播放进度滑块等,它们的功能和其他媒体播放工具类似。

③单击其中的外观模式按钮,窗口可以切换到如图 8-15 所示的外观方式。同样,单击返回完整模式按钮,将恢复到如图 8-14 所示窗口。

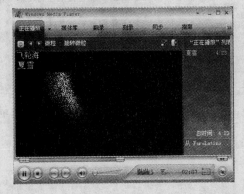

图 8-14　Windows Media Player 10.0 主界面

图 8-15　Windows Media Player 外观方式

④Windows Media Player 具有多种外观模式,类似于 Winamp 的 Skin 功能,可以点击"视图"菜

单中的"外观选择器"进行选择,如果计算机已经连接到了 Internet 上,用户还可以下载新的外观。

8.8.1　播放媒体文件

1.播放本地媒体文件

①执行菜单栏中的"文件"→"打开"命令,弹出如图 8-16 所示的"打开"对话框。

②在如图 8-16 所示的对话框中找到想要播放的媒体文件后,单击"打开"按钮,就可以播放音乐或视频文件了。

低版本的 Windows Media Player 一次只能添加一个媒体文件,新版本的则没有这个问题了,用户可以使用"Ctrl"或"Shift"键打开多个文件。

2.播放 Internet 上的文件

①执行菜单栏中"文件"→"打开 URL"命令,弹出如图 8-17 所示的"打开 URL"对话框。

②输入要播放文件的 URL 网址,单击"确定"按钮即可。

用户在大多数情况下是在浏览网页的时候,选择播放媒体文件的,由于 IE 浏览器会直接调用 Windows Media Player 来播放,用户无须使用输入 URL 地址的方式来播放,直接单击浏览器中媒体文件的链接图标即可。

3.播放 CD

①将 CD 光碟放入 CD-ROM 中,单击主窗口上方功能任务栏中"正在播放"旁边的浮动箭头,打开如图 8-18 的所示快捷菜单。

②单击其中的"唱片集"选项,Windows Media Player 将会扫描该光碟,并自动播放。

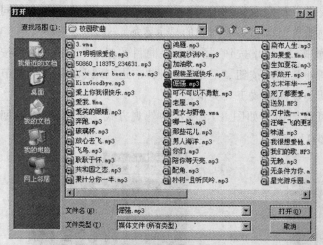

图 8-16　"打开"对话框

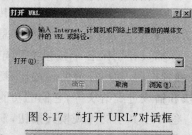

图 8-17　"打开 URL"对话框

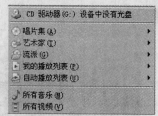

图 8-18　"正在播放"快捷菜单

8.8.2　媒体库管理

"媒体库"是用户管理计算机或网络中的媒体文件,以及指向 Internet 上媒体内容链接信息的工具,用户可以在媒体库中创建新的播放任务列表、搜索媒体文件和管理媒体文件。

点击主界面上方"媒体库"选项卡,即可打开如图 8-19 所示的窗口。

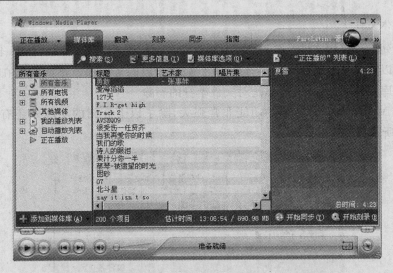

图 8-19　"媒体库"选项卡窗口

1.创建新的播放列表

①将"项目窗口"中所选中的歌曲拖放到右边的"播放列表"中。

②单击"正在播放"列表按钮,选择下拉菜单中的"将播放列表另存为"命令。弹出"另存为"对话框,为播放列表命名和选择保存路径。单击"确定"。

以后用户打开新建的播放列表就可以播放其中的媒体文件了,不必担心这些文件是分散存放的,软件会自动播放它们。

2.搜索媒体文件

①点击"添加"按钮,选择下拉菜单中的"通过搜索计算机"命令,打开如图 8-20 所示对话框。

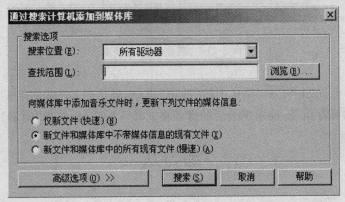

图 8-20　"通过搜索计算机"对话框

②在其中设定搜索位置和查找范围,如"所有驱动器"。

③单击按钮,即可将本地计算机中所有的媒体文件信息搜索并添加到媒体库中。

④搜索完毕后,找到的各种媒体文件信息,将在如图 8-16 所示的媒体库窗口的各个栏目中列出。

3.管理媒体文件

媒体库中列出了媒体文件的各种信息,如:标题、艺术家、唱片集、分级、长度、比特率、类型等属性。用户可以按照某一属性对文件排序、进行播放和删除等操作。不同的是在此的删除一般只是清除媒体库中该文件信息,并不是对文件本身的删除。

Windows Media Player 10.0 的功能非常强大,除了以上介绍的功能外还有 CD 翻录等功能,如图 8-21 所示。

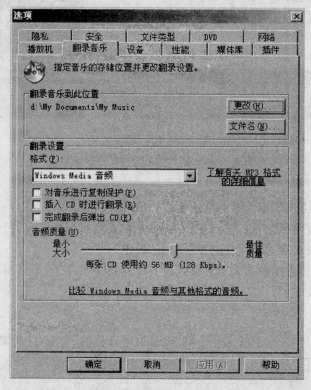

图 8-21　"翻录音乐"选项卡

插入 CD 光盘后,单击"工具"菜单中的"选项"命令,再切换到"翻录音乐"选项卡,指定翻录音乐后的文件名和保存路径,确定翻录后的音频格式和音频质量,单击"确定"即可。

练习八

一、选择题

1.多媒体的关键特性主要包括信息载体的多样性、交互性和(　　　)。

　　A.活动性　　　　　　B.可视性　　　　　　C.规划性　　　　　　D.集成行

2.以下(　　　)不是数字图形和图象的常用文字格式。

　　A..BMP　　　　　　B..TXT　　　　　　C..GIF　　　　　　D..JPG

3.在多媒体计算机系统中,内存和光盘属于(　　　)。

A. 感觉媒体　　　　B. 传输媒体　　　　C. 表现媒体　　　　D. 存储媒体

4. 所谓媒体是指（　　）。

A. 表现和传播信息的载体　　　　　　B. 各种信息的编码

C. 计算机输入与输出的信息　　　　　D. 计算机屏幕显示的信息

5. 用以下（　　）可将图片输入到计算机。

A. 绘图仪　　　　B. 数码照相机　　　　C. 键盘　　　　　　D. 鼠标

6. 目前多媒体计算机中对动态图像数据压缩常采用（　　）。

A. . JPEG　　　　B. . GIF　　　　C. . MPEG　　　　D. . BMP

7. 具有多媒体功能的个人计算机上常用 CD-ROM 作为外存储器，它是（　　）。

A. 随机存储器　　　B. 可擦写光盘　　　C. 只读光盘　　　　D. 硬盘

8. 多媒体计算机是指（　　）。

A. 能处理声音的计算机

B. 能处理图像的计算机

C. 能进行文本、声音和图像等多种媒体处理的计算机

D. 能进行通信处理的计算机

9. 在多媒体系统中，最合适存储声、图、文等多媒体信息的是（　　）。

A. 软盘　　　　　B. 硬盘　　　　C. CD-ROM　　　D. ROM

10. （　　）不是多媒体中的关键技术。

A. 光盘存储技术　　　　　　　　B. 信息传输技术

C. 视频信息处理技术　　　　　　D. 声音信息处理技术

二、操作题

1. 使用 ACDSee 将磁盘上不同文件夹中的图片复制到一个文件夹中，然后进行连续播放。

2. 使用 ACDSee 将本机中的图片设置成桌面背景。

3. 用 Windows Media Player 播放本地硬盘上的视频和音频文件。

4. 使用 Windows Media Player 对磁盘上的媒体文件进行管理。

第九章 常用工具软件

当今社会已经步入信息化和数字化的时代，日常工作早已离不开计算机的辅助。广大的计算机用户应快速而全面地掌握当前流行的各种工具软件的知识和技能。

9.1 网络工具软件——网际快车 FlashGet

Internet 上有很多资源，用户除了可以浏览各种各样的信息外，还经常下载一些免费的共享软件、电影、MP3 歌曲等。如果直接使用 IE 下载，将受到网络速度较慢的限制。FlashGet 是一款比较优秀的网络下载工具。除了具有良好的下载功能外，还能很方便地对下载的文件进行管理。

9.1.1 软件介绍

下载的最大问题是速度，其次是下载后的管理。网际快车 FlashGet(JetCar)就是为解决这两个问题所写的，通过把一个文件分成几个部分同时下载可以成倍的提高速度。网际快车可以创建不限数目的类别，每个类别指定单独的文件目录，不同的类别保存到不同的目录中去。强大的管理功能包括支持拖拽、更名、添加描述、查找和文件名重复时可自动重命名等等。而且下载前后均可轻易管理文件。

9.1.2 界面简介

网际快车主界面如图 9-1 所示，由标题栏、菜单栏、工具栏、速度窗口、目录栏、任务列表栏、文件下载信息窗口和状态栏组成。软件启动后在桌面上将同时显示一个"悬浮窗"图标，用于显示下载状态和用于拖拽方式添加下载任务。工具栏中各按钮的名称及其作用见表 9-1。

表 9-1 各类按钮说明表

按 钮	名 称	说 明
	开始	开始下载选定的文件
	暂停	暂停下载
	新建	新建一个下载任务
	删除	删除选定的下载任务
	属性	修改选定项目的属性
	目录	打开 Windows 资源管理器浏览下载文件所在目录
	查找	按名称、网址或者注释查找符合条件的内容
	连接/挂断	连接或者挂断当前的拨号网络连接
	默认	编辑默认的下载属性
	选项	更改程序的选项

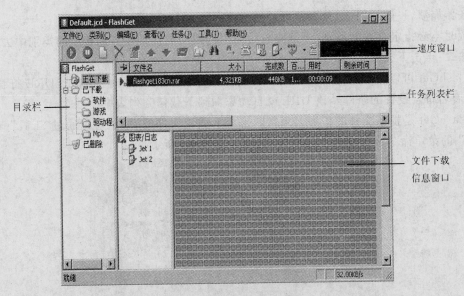

图 9-1　网际快车主界面

9.1.3　文件下载

①打开浏览器,浏览网页查找到打算下载对象的链接。

②FlashGet 提供了多种下载文件的方式,用户在浏览网页时,可以根据实际情况,选择其一。

方法一:快捷菜单启动

①在浏览网页时,用鼠标右键单击需要下载文件的链接处,弹出如图 9-2 所示的快捷菜单。

②选择其中的"使用网际快车下载"可打开如图 9-3 所示的"添加新的下载任务"对话框。

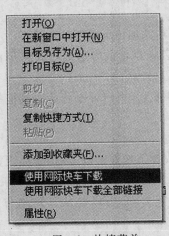

图 9-2　快捷菜单

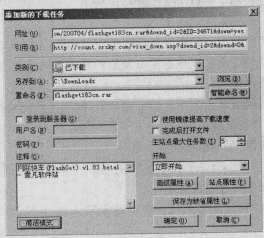

图 9-3　"添加新的下载任务"对话框

③在其中为下载的文件指定保存类别、存储路径、文件名、采用线程数和注释等信息。

FlashGet 能把一个文件分成最多 10 个线程同时下载,这样会获得几倍于单线程的速度,然而有时过多的线程数反而会使得速度下降,并且分成的块数越多,服务器的负担也越重,有可能导致服务器崩溃,一般使用 3～5 个即可。

下载时不必指定存放的类别,下载完成后使用拖拽功能移动任务到相应的类别中去。

方法二:点击下载

①FlashGet 可以监视浏览器中的每个点击动作,当点击 URL 时,如果该 URL 符合下载的要求(扩展名符合设置的条件),该 URL 就自动添加到下载任务列表中。

②FlashGet 是根据文件的扩展名来判断是否下载该文件的,用户可以通过"工具"→"选项"→"监视"的菜单命令修改多文件类型进行设置,如图 9-4 所示。

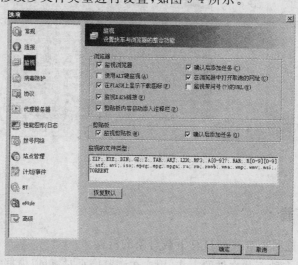

图 9-4　"文件类型设置"对话框

方法三:使用悬浮窗

①在启动 FlashGet 后,窗口中将有一悬浮窗,用户可以将打算下载的链接拖拽到该悬浮窗中。

②系统将出现如图 9-3 所示的"添加新的下载任务"窗口,添加该下载任务即可。

③这种方法必须在悬浮窗开启的情况下才能使用,开启悬浮窗的方法是选择菜单命令"查看"→"悬浮窗"。

有的网页禁止了用户的右键功能,即不能使用快捷菜单下载,用户可以将该链接拖拽到"悬浮窗"中进行下载。

方法四:手动添加任务下载

①点击 FlashGet 菜单中的"任务"→"新建下载任务",或按下快捷键"F4",即可出现如图 9-3 所示添加下载任务窗口。

②在"网址(URL)"一栏中手动输入链接的 URL,这个 URL 可以是从其他地方拷贝过来的。

9.1.4　批量下载文件

①在网页中点击鼠标右键,在弹出的如图 9-2 所示的快捷菜单中选择"使用网际快车下载全部链接"命令。

②弹出对话框,在其中列出了所有可以下载的链接(见图 9-5),用户可以点击列出的链接前

面的复选框,选择需要下载的链接。

图 9-5 "选择要下载的 URL"对话框

③点击"选择特定"按钮,弹出如图 9-6 所示的"选择连接"对话框,其中包括对站点和文件扩展名的设置选择,在此可以选择某一类型的文件进行下载,如下载扩展名为"＊.htm"的全部文件。

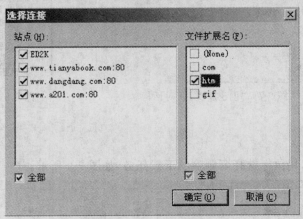

图 9-6 "选择连接"对话框

④点击"确定"按钮,弹出如图 9-3 所示的添加任务窗口。

⑤完成一个文件的添加后,软件提示其他任务是否采用相同设置,单击"确定"即可。

在浏览网页的时候不需要事先打开 FlashGet,可以通过使用快捷菜单命令的方式打开或者点击浏览器中"FlashGetBar"按钮运行软件(在安装 FlashGet 后,浏览器中就增加了该快捷图标)。

9.1.5 文件管理

1. 移动文件

①FlashGet 为已下载的文件创建"软件"、"游戏"、"驱动程序"、"音乐"、"影视"、"视频"和"图片"七个类别,如果下载文件较少就不需改变文件夹结构,将下载文件直接拖至相应的类别中管理即可。

②在移动已下载的文件到目标类别时,软件提示用户是否同时移动已下载的文件,如果选择

否，则仅仅是将该下载文件的信息移动到该类别中，文件仍旧保存在原位置。

FlashGet 中的类别不是指磁盘中的某一个固定存储路径，只是一个虚拟文件夹，下载到不同磁盘路径的文件放在同一类别中，用户在其中可以方便的查找管理它们。

2. 新增类别

①用户如果需要增加一个新的类别（如"E-Book"），右键点击"已下载"文件夹，从弹出菜单中选择"新建类别"选项。

②在出现如图 9-7 所示的"创建新类别"窗口中，根据提示填写信息。

③点击"确定"按钮，在"已下载"文件夹中就会新增添了"E-Book"虚拟文件夹，如图 9-8 所示。

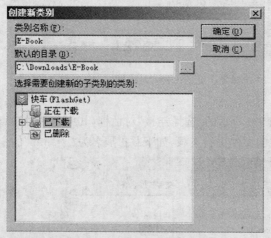

图 9-7　"创建新类别"对话框　　　　　　　图 9-8　添加结果

3. 删除文件

①在虚拟目录中，用鼠标选择要删除的下载任务，如图 9-9 所示。

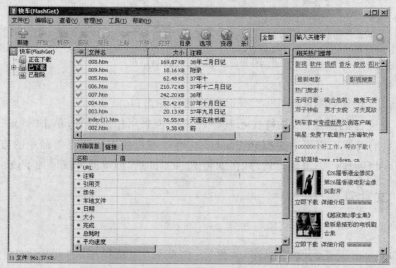

图 9-9　删除下载任务

②点击"删除"按钮，将该任务放到"已删除"虚拟文件夹中。

③点击"已删除"类别,在列表中的已删除项目上单击鼠标右键,在快捷菜单中可以恢复或彻底删除该项目,这和 Windows 的回收站的功能类似。

9.2 系统优化工具——Windows 优化大师

用户可以通过手工修改注册表的方法,来改变 Windows 系统的许多默认设置,使系统更加稳定、快速、安全和个性化。但手工操作过于麻烦,弄不好还会造成系统崩溃。使用系统优化工具可以方便地对 Windows 进行优化设置和修改。

9.2.1 软件介绍

Windows 优化大师软件的主要功能为:

①系统信息检测——详细检测系统的各种硬件、软件信息。系统检测模块分为系统信息总揽、处理器和 BIOS、视频系统信息、音频系统信息、存储系统信息、网络系统信息、其他外部设备、软件信息检测、系统性能测试等九大类。

②系统性能优化——包括磁盘缓存优化(含 Windows 内存整理)、桌面菜单优化、文件系统优化、网络系统优化、开机速度优化、系统安全优化、后台服务优化等。

③系统清理维护——包括注册表清理、垃圾文件清理、冗余动态链接库清理、Active X/COM组件清理、软件智能卸载、驱动智能备份、系统个性设置、其他优化选项、优化维护日志等。

Windows 优化大师属于共享软件,用户可以方便的从 Internet 上下载它的未注册版本,并且绝大多数功能都可以使用。只有自动优化、自动恢复以及网上升级是提供给注册用户的功能。

9.2.2 界面介绍

启动 Windows 优化大师,主界面如图 9-10 所示。窗口左侧为各个栏目按钮,共分为 3 类:系统信息检测、系统性能优化和系统清理维护;中间为显示区域;右侧为各个功能按钮,其中部分需要注册后方可使用。

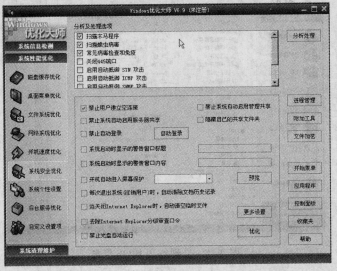

图 9-10 "系统信息总揽"对话框

由于 Windows 优化大师属于系统优化软件,使用中可能会对 Windows 系统文件进行操作,建议用户使用该软件时应关闭其他软件窗口。

9.2.3 名词解释

①磁盘缓存——是在内存或虚拟内存中开辟的一片存储区域,用于实现系统和磁盘之间的数据缓冲。合理的磁盘缓冲设置,可以减少磁盘的访问量,提高系统运行速度。

②BIOS——即计算机的基本输入输出系统(Basic Input Output System),是集成在主板上的一个 ROM 芯片,其中保存有微机系统最重要的基本输入/输出程序、系统信息设置、开机上电自检程序和系统启动自举程序。

9.2.4 操作步骤

1. 系统信息检测

①软件启动后显示"系统信息总揽",如图 9-10 所示。其中包括了计算机系统(软件方面)和计算机设备(硬件方面)的主要信息,这对于一般用户了解计算机信息就已经足够了。

②点击右侧"处理器和 BIOS"按钮,将显示如图 9-11 所示的正在测试中的提示。

图 9-11 "测试"提示框

③检测完成后,窗口显示如图 9-12 所示的处理器和 BIOS 信息,用户可以依次点击右侧的按钮,查看各个项目的系统详细信息。

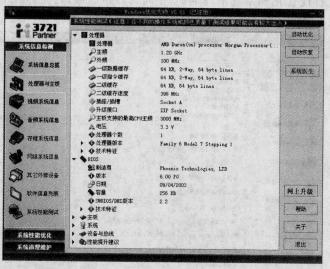

图 9-12 处理器和 BIOS 信息

④系统性能测试。点击"系统性能测试"按钮打开如图 9-13 所示的系统性能测试窗口。

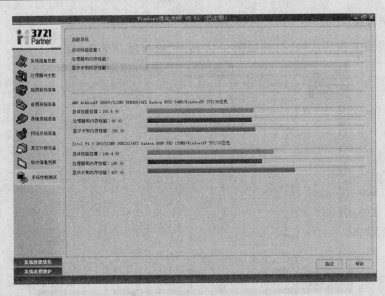

图 9-13　系统性能测试窗口

⑤点击图中按钮，Windows优化大师将对计算机系统性能进行测试评估，并进行量化打分。在测试过程中，可能会有屏幕变黑以及抖动现象。

⑥测试完毕，显示测试结果，如图9-14所示。

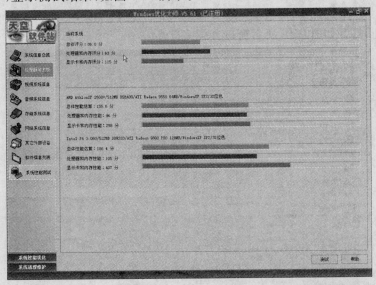

图 9-14　显示测试结果

使用Windows优化大师进行系统测试时应关闭其他应用程序（包括病毒防火墙等），以保证测试结果的准确。

2. 系统性能优化

Windows优化大师提供了全面的系统优化功能，包括磁盘缓存优化（含Windows内存整理）、桌面菜单优化、文件系统优化、网络系统优化、开机速度优化、系统安全优化、后台服务优化等。

（1）磁盘缓存优化

①点击主窗口左侧的按钮，打开如图 9-15 所示"磁盘缓存优化"窗口。

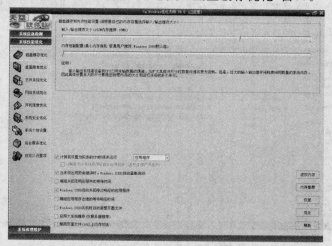

图 9-15 "磁盘缓存优化"窗口

②拖动滑动条改变磁盘缓存的设置，选择下方的各个优化复选框优化。

③在窗口中还包括内存整理软件，点击按钮对当前系统内存进行整理。

（2）桌面菜单优化

①点击按钮，打开如图 9-16 所示窗口。

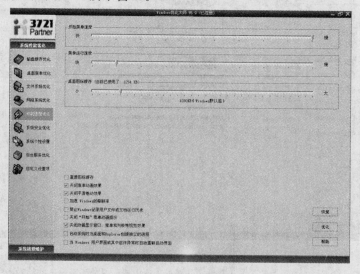

图 9-16 "桌面菜单优化"窗口

②开始菜单速度的优化可以加快开始菜单的运行速度，菜单运行速度的优化能加快所有菜单的运行速度，建议将这两项值调到最快。

③调整完成后，点击按钮完成优化。

桌面菜单优化成功后，必须重新启动计算机才能生效。

（3）文件系统优化

Windows 查找文件时要查看 FAT（文件分配表），它可以通过存储已访问的文件的路径和名字加快下一次访问速度，文件系统优化方法如下：

① 点击按钮，打开如图 9-17 所示窗口。

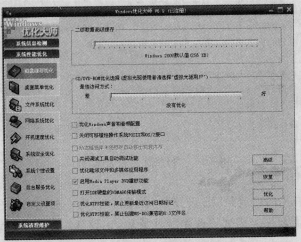

图 9-17　"文件系统优化"窗口

②拖动滑条调整二级数据高速缓存，在调整过程中软件会提示用户当前的推荐值。调整 CD/DVD-ROM 优化选择可以提高光驱的性能。点击按钮完成优化。

（4）网络系统优化

①点击按钮，弹出如图 9-18 所示窗口。

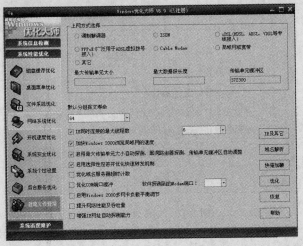

图 9-18　"网络系统优化"窗口

②窗口中右侧"上网方式"栏中列出了面前常用的所有上网方式和速率，用户根据当前计算机上网情况选择，软件将自动产生优化方案，点击按钮优化。

③Windows 优化大师集成了"快猫加鞭"软件，一步一步指导用户进行网络优化，点击按钮，

出现如图 9-19 所示对话框。用户只要按照提示去设定上网方式,即可进行网络优化。

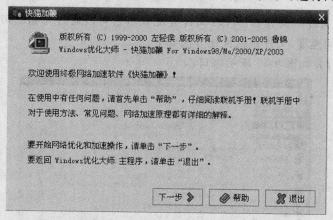

图 9-19　"网络优化和加速"窗口

　　④另外一项非常有用的功能是"IE 设置"。在上网时,有一些网站会在用户不知情的情况下更改 IE 的设置,如果需要恢复需要更改系统注册表,比较麻烦。点击按钮,弹出如图 9-20 所示的对话框。

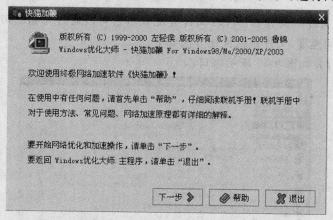

图 9-20　"IE 设置"窗口

　　⑤在其中可以对 IE 浏览器的多个项目进行个性化设置,或者直接点击按钮,恢复 IE 默认属性的设置。

　　(5)开机速度优化

　　①点击按钮,可以看到如图 9-21 所示窗口。

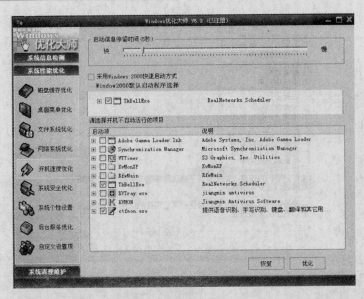

图 9-21 "开机速度优化"窗口

②在其中取消一些不必要的开机自动运行程序,可以缩短开机的时间和降低对内存的占用。

③如果对一些程序不明确,可以在程序列表中单击该程序项,Windows 优化大师会给出建议,建议关闭一些非必须运行的应用程序。最好点击按钮优化。

(6)系统安全优化

Windows 操作系统的安全问题一直是备受用户关注的问题,尽管微软公司新推出的操作系统安全性不断提高,但是随着用户的使用还是有很多安全问题暴露出来,不断推出的系统安全补丁文件就是证明。使用 Windows 优化大师,可以使操作系统的安全性得到一定的加强。对系统安全优化方法如下:

①单击系统安全优化(加入系统安全优化)按钮,显示如图 9-22 所示窗口。

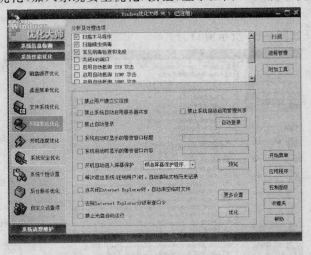

图 9-22 "系统安全优化"窗口

②在"扫描动作选择"中包括了对主要系统安全隐患的扫描项目,单击按钮进行扫描。

③扫描结果提示用户是否存在安全漏洞,如图 9-23 所示。

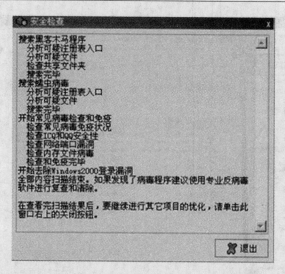

图 9-23 安全检测窗口

④另外,用户还可以单击开始菜单、应用程序、控制面板和收藏夹按钮,通过对开始菜单、应用程序、控制面板和收藏夹中一些项目的设定,隐藏影响系统安全的项目来增强安全性。

⑤最后单击按钮优化完成。

3.系统清理维护

Windows 优化大师提供了多个有效的系统清理工具,点击窗口左侧按钮,进入"系统清理维护"部分。

(1) 注册信息清理

Windows 系统注册表是一个庞大的系统注册信息数据库文件,随着软件的安装和删除,注册表中将产生大量的冗余信息。Windows 优化大师可以安全地对注册表进行清理,提高系统速度。使用方法如下:

①单击按钮,打开如图 9-24 所示窗口。

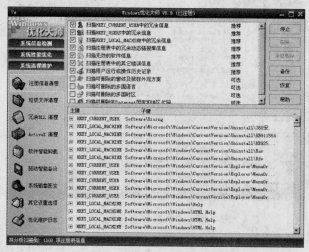

图 9-24 "注册信息清理"窗口

②在窗口上部选定要扫描的项目，单击按钮开始扫描。扫描结束后，Windows 优化大师会把冗余信息列到窗口下方。

③双击某项，弹出如图 9-25 所示对话框，列出了有关该项的详细信息。

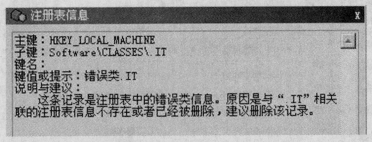

图 9-25 "注册表信息"对话框

④用户根据需要选定部分冗余信息后单击按钮清除，也可以单击按钮，将所有扫描出来的冗余信息清除。

对注册表的操作可能引起对系统的严重损害，为了安全，最好单击按钮进行注册表的备份。

(2)垃圾文件清理

随着对 Windows 系统的使用，系统会产生大量的垃圾文件，它们存储在硬盘的各个角落，占用了系统资源。使用 Windows 优化大师的垃圾文件清理将找到垃圾文件并删除。其方法如下：

①点击按钮，弹出如图 9-26 所示窗口。

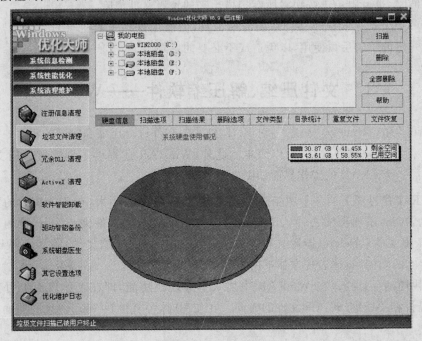

图 9-26 "垃圾文件清理"窗口

②窗口中列出了硬盘信息，选择要扫描的磁盘分区。

③点击按钮，显示如图 9-27 所示窗口，用户可对扫描选项进行深入设置。

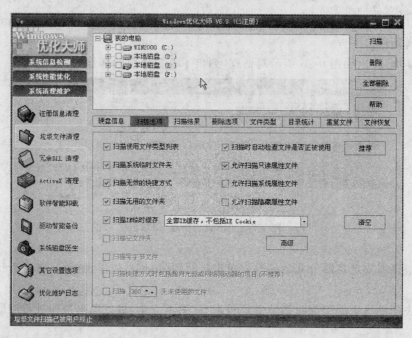

图 9-27　"扫描选项"窗口

④单击按钮,软件将会查找该驱动器上所有的垃圾文件。扫描结束后,可以选定部分垃圾文件单击按钮清除,也可以单击按钮将所有扫描出来的垃圾文件清除。

Windows 优化大师提供了多种系统清理工具,但滥用这些工具也会对系统造成伤害,请用户对此有了一定的了解后再使用,以免造成不必要的麻烦。

9.3　文件压缩、解压缩软件——WinRAR

WinRAR 是在 Windows 环境下,对 RAR 格式的文件进行压缩和管理的程序。WinRAR 的特点是压缩率大、用户界面友好、操作简单。此外,WinRAR 还提供了创建自解压文件、分卷压缩等特色功能。WinRAR 的工作界面如图 9-28 所示。

WinRAR 工作界面上的各个功能按钮其实与 WinZip 相差不大,在各个功能的实现上也差不多,分别为:Add(添加压缩文件)、Extract To(解压缩到指定文件夹)、Test(检测压缩文件)、View(显示压缩文件)、Delete(删除文件)、Repair(修复损坏的压缩文件)等。但 WinRAR 具有WinZip 所没有的功能,具体表现在如下两方面:

①方便快捷的寻址栏。在 WinRAR 中加入了寻址栏功能,即在工作界面上可直接寻找文件,节省了寻找相关压缩/解压缩文件的时间。在使用时,可直接在 WinRAR 的界面中寻找所需要的文件。

②具有智能文件损坏修复功能。在 WinRAR 中具有文件损坏修复功能,这使得用户在使用"安全系数"并不高的软盘时多了一层保护,即使文件在软盘中受到一定的损坏,WinRAR 也能进行一定的修复,最大限度地挽救数据文件。

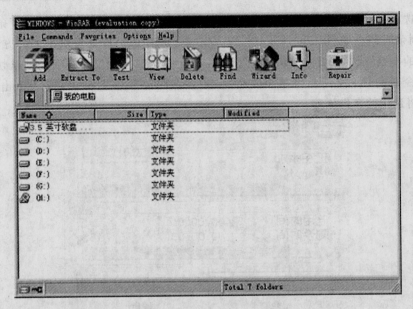

图 9-28 WinRAR 的工作界面

9.3.1 用 WinRAR 压缩文件

①在 WinRAR 中选择要压缩的文件/文件夹。

②执行"命令"→"添加文件到压缩文件中"命令,打开"压缩文件名和参数"对话框,如图 9-29 所示。

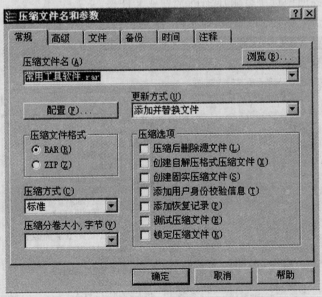

图 9-29 "压缩文件名和参数"对话框

③在"压缩文件名和参数"对话框的"常规"选项卡中的"压缩文件名"列表框中选择将压缩文件保存在何处,也可单击"浏览"按钮来做出选择。

④单击"高级"选项卡中的"设置密码"按钮可以为压缩文件添加密码。

⑤其他选项可以使用默认设置。单击"确定"按钮,屏幕上将会出现压缩进度条显示压缩进度和所用、剩余时间。如图 9-30 所示,与 WinZip 类似,WinRAR 也提供了多种方法压缩文件,例如,在"我的电脑"或"Windows 资源管理器"中右击单个或多个文件/文件夹,从快捷菜单中选择相应的命令进行压缩,或者将单个文件拖到 WinRAR 程序图标上,或者单击工具栏上的"Add"按钮将选中的文件压缩。

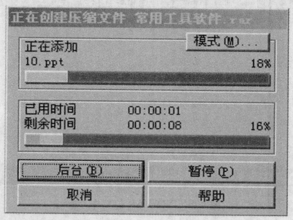

图 9-30　压缩进度条

9.3.2　用 WinRAR 解压缩文件

①在 WinRAR 界面中选中要解压缩的文件或文件夹。
②单击工具栏上的"解压到"按钮,弹出"解压路径和选项"对话框,如图 9-31 所示。

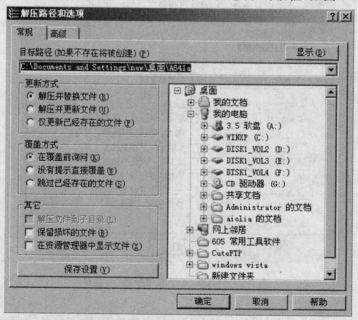

图 9-31　"解压路径和选项"对话框

③在"目标路径"框中输入解压缩路径,或者在右下窗格的树状目录中选择保存解压文件的文件夹。

④单击"确定"按钮开始解压缩,文件将被解压缩到指定目录。

除了上述方式解压缩文件,还可以右击压缩文件,从快捷菜单中选择"解压文件"命令也可以打开"解压路径和选项"对话框进行解压缩,选择"解压到×××××"命令可以直接在当前目录下创建一个与压缩文件同名的文件夹,并将压缩文件解压缩到该文件夹内。

9.3.3 创建自解压文件

WinRAR 程序能创建自解压文件,自解压文件的好处是在没有 WinRAR 程序的情况下也可以解压缩文件。创建自解压文件的方法如下:

①在"我的电脑"或"Windows 资源管理器"中选定要压缩的文件或文件夹。

②右击选定对象,从快捷菜单中选择"添加到压缩文件"命令,打开"压缩文件名和参数"对话框。

③在"常规"选项卡中,选中"创建自解压格式压缩文件"选项。此时,"压缩文件名"框中的文件名后缀由默认.rar变成.exe,如图 9-32 所示。

④单击"确定"按钮,开始创建自解压文件。

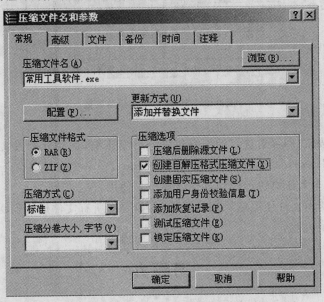

图 9-32 压缩文件名和参数框

9.3.4 用 WinRAR 分卷压缩文件

WinRAR 支持"多重分片"压缩文件,这比 WinZip 更加便利和简易。使用 WinZip 的分片压缩功能,解压缩时,WinZip 在读完第一张压缩软盘后,还要读取最后一张软盘上的信息,才能开始依次解压缩,步骤十分烦琐。而 RAR 格式的分片自解压文件,可以直接从第一张开始解压缩。这种特征还能最大限度地保证压缩包的安全。有时,一个分片压缩的 ZIP 文件,仅仅由于最后一张磁盘上的错误,就可能导致整个压缩文件作废;而对于 RAR 压缩包来说,即使部分受损,

解包的时候却是能解开多少算多少,这就给用户提供了更多的找回资料的机会。使用 WinRAR 进行分卷压缩的方法如下:

①在 WinRAR 的操作界面中选定要分割的压缩文件包。

②执行"命令"→"添加文件到压缩文件中"命令,弹出压缩对话框。

③在"压缩文件名"下拉列表中输入文件名。必要时可以单击"浏览"按钮,选择要存放的文件夹。在"压缩选项"组中选中"创建自解压格式压缩文件"和"创建固实压缩文件"复选框;在"压缩分卷大小,字节"下拉列表中选择分卷大小,例如使用3.5英寸软盘,可选"1,457,−3.5"选项,如图 9-33 所示。

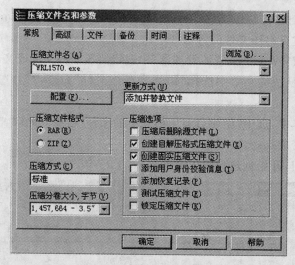

图 9-33　压缩文件名和参数框

④单击"确定"按钮,即可对选定的压缩包进行分卷压缩,达到分割大文件的目的。分割后,系统自动以 *.part1.exe, *.part2.rar, *.part3.rar,……为文件名存于硬盘上,把它们拷贝到软盘上,即可把这个大压缩包传送到其他计算机上使用。

⑤要把分割后的小文件还原成原来的压缩包,只要把所有文件拷贝到硬盘上,执行其中的可执行文件.exe 即可。

习题九

操作题

1. 使用 FlashGet 下载本章中的系统优化工具——Windows 优化大师。

2. 在 FlashGet 的"已下载"文件夹中新添加一个"小说"虚拟文件夹。

3. 使用 Windows 优化大师测试自己的计算机系统性能。

4. 使用 Windows 优化大师对自己的计算机开机速度进行优化。

5. 使用 WinRAR 对多个文件进行分卷压缩,每卷为 1 MB,并制作成自解压缩格式文件。

6. 使用 WinRAR 对文件进行压缩时设置密码。

附录　一级考试样卷

全国高等学校计算机等级考试(江西考区)
2008 年上半年一级笔试试卷 A
(本试卷答卷时间为 120 分钟,满分 100 分)

试题一、计算机基础知识(每空 1 分,共 20 分)

1. "64 位微型计算机"中的 64 指的是_____。
   A. 微机型号　　　　　　　　　　B. 内存容量
   C. 机器字长　　　　　　　　　　D. 存储单位

2. 在计算机领域中,通常用 MIPS 来描述_____。
   A. 计算机的可靠性　　　　　　　B. 计算机的运算速度
   C. 计算机的扩充性　　　　　　　D. 计算机的可运行性

3. 下列_____不能作为存储器容量单位。
   A. CD—ROM　　　　　B. Byte　　　　　C. KB　　　　　D. MB

4. 在下面的描述中,正确的是_____。
   A. 外存中的信息不可以直接被 CPU 处理
   B. 键盘是输入设备,扫描仪是输出设备
   C. 数据库管理系统是一种很重要的应用软件
   D. 计算机中使用的汉字编码和 ASII 码是一样的

5. 在下面的描述中,不正确的是_____。
   A. 一个完整的计算机系统是由硬件系统和软件系统组成
   B. 软件是程序和数据的统称
   C. 操作系统是一种应用软件
   D. 计算机的运算速度与主频有关

6. 在微机中,硬盘属于_____。
   A. 内存储器　　　　　　　　　　B. 外存储器
   C. 输入设备　　　　　　　　　　D. 输出设备

7. 下列四个不同进制的数中,其值最大的是_____。
   A. (1011001)2　　　　　B. (76)8
   C. (75)10　　　　　　　D. (4C)16

8. 在键盘上具有插入功能的键是_____。
   A. Shift　　　　　B. Insert　　　　　C. Delete　　　　　D. Caps Lock

9. 计算机中对数据进行加工与处理的部件,通常称为_____。
   A. 运算器　　　　B. 控制器　　　　C. 显示器　　　　D. 存储器

10. 飞机.火车订票系统属于_____方面的计算机应用。

　　A. 数据处理　　　　　　　　B. 过程控制

　　C. 科学计算　　　　　　　　D. 辅助设计

11. 微型计算机硬件系统中最核心的部件是_____。

　　A. 硬盘　　　　　　　　　　B. I/O 设备

　　C. 内存储器　　　　　　　　D. CPU

12. 下列各项中,不属于多媒体硬件的是_____。

　　A. 光盘驱动器　　　　　　　B. 视频卡

　　C. 音频卡　　　　　　　　　D. 加密卡

13. 下列字符中 ASCII 码值最小的是_____。

　　A. e　　　　　B. E　　　　　C. k　　　　　D. M

14. 用计算机高级语言编写的程序,通常称为_____。

　　A. 汇编程序　　　　　　　　B. 源程序

　　C. 目标程序　　　　　　　　D. 二进制代码程序

15. 在下面的描述中,正确的是_____。

　　A. 1MB＝1024B　　　　　　B. 1MB＝1000B

　　C. 1MB＝1024KB　　　　　 D. 1MB＝1000KB

16. 计算机能够直接识别和处理的语言是_____。

　　A. 自然语言　　　　　　　　B. 汇编语言

　　C. 高级语言　　　　　　　　D. 机器语言

17. 在微机中,VGA 的含义是_____。

　　A. 微机型号　　　　　　　　B. 显示模式

　　C. 键盘型号　　　　　　　　D. 显示标准

18. 微型计算机的发展是以_____的发展为特征的。

　　A. 主机　　　　　　　　　　B. 软件

　　C. 微处理器　　　　　　　　D. 控制器

19. 英文缩写 CAI 的中文意思是_____。

　　A. 计算机辅助设计　　　　　B. 计算机辅助制造

　　C. 计算机辅助教学　　　　　D. 计算机辅助管理

20. GB2312 编码字符集中的汉字,其机内码长度是_____。

　　A. 32 位　　　　　B. 24 位　　　　　C. 16 位　　　　　D. 8 位

试题二. 操作系统和 Windows 基础知识(每空 1 分,共 30 分)

21. 在操作系统中,存储管理功能完成_____。

　　A. 外存的管理　　　　　　　B. 辅助存储器的管理

　　C. 内存的管理　　　　　　　D. 内存和外存的统一管理

22. 汉字操作系统中的汉字库是用来解决_____问题的。

　　A. 输出时转换为可显示汉字或可打印汉字

　　B. 汉字字体转换计算

C. 汉字在机内的存储

D. 输入时的键位编码

23. 在 Windows 2000 中,一个文件的扩展名通常表示_____。

A. 文件的版本 　　　　　　　B. 文件的属性

C. 文件的大小 　　　　　　　D. 文件的类型

24. Windows 2000 Professional 是一种_____操作系统。

A. 单用户单任务 　　　　　　B. 多用户单任务

C. 单用户多任务 　　　　　　D. 多用户多任务

25. 在 Windows 2000 中,双击窗口左上角的"控制菜单按钮",会_____该窗口。

A. 放大 　　　B. 缩小 　　　C. 移动 　　　D. 关闭

26. Windows 2000 的任务栏不能设置为_____。

A. 时钟显示 　　　　　　　　B. 总在底部

C. 自动隐藏 　　　　　　　　D. 总在最前

27. 在 Windows 2000 中,单击窗口"标题栏"右边的 ⊡ 按钮,可以_____。

A. 打开该窗口 　　　　　　　B. 把该窗口最大化

C. 关闭该窗口 　　　　　　　D. 把该窗口最小化

28. 在 Windows 2000 中,对话框外形和窗口差不多,但对话框不能_____。

A. 最大化. 最小化 　　　　　　B. 移动

C. 打开 　　　　　　　　　　　D. 关闭

29. 在 Windows 2000 中,单击对话框中的"确定"按钮与按_____键的作用是一样的。

A. [Esc] 　　　B. [Enter] 　　　C. [F1] 　　　D. [F2]

30. 在 Windows 2000 中,下面_____操作将立即删除选中的文件或文件夹,而不会将它们放入回收站。

A. 按[Del]键

B. 按[Shift]+[Del]组合键

C. 打开快捷菜单,选择"删除"命令

D. 在"文件"菜单选择"删除"命令

31. 在 Windows 2000 中,若要安装新的中文输入方法,可以在_____窗口中进行。

A. 写字板 　　　　　　　　　B. 回收站

C. 记事本 　　　　　　　　　D. 控制面板

32. 在 Windows 2000 中,用户如果想要把文档中已经选取的一段内容移动到其他位置上,则应当先执行"编辑"菜单中的_____命令。

A. "复制" 　　　B. "粘贴" 　　　C. "剪切" 　　　D. "清除"

33. 在 Windows 2000 中,下面_____是不合法的文件名。

A. 12345_6 　　　　　　　　B. map＞txt

C. map8—90 　　　　　　　　D. 456@

34. 在 Windows 2000 中,设置硬盘共享的具体步骤如下:首先在"我的电脑"窗口中,右击被格式化为 NTFS 卷的磁盘驱动器,然后从弹出的快捷菜单中选择_____命令。

A. "共享" 　　　　　　　　　B. "打开"

  C. "搜索"   D. "重命名"

35. 在 Windows 2000 中,通过"控制面板"中的"区域选项",可以更改显示_____.货币.大数字和带小数点数字的方式。

  A. 文件夹   B. 日期.时间

  C. 文件夹属性   D. 以上均可

36. 在 Windows 2000 中,桌面上的"我的电脑"图标是_____。

  A. 无法更改的

  B. 可以在二个图标中选一个

  C. 可以选择它,右键单击,再单击其属性来修改

  D. 可以在桌面空白处右键单击,再单击其属性来修改

37. 安装 Windows 2000 后,光盘的盘符一定是_____。

  A. D: B. E: C. 不确定   D. F:

38. Windows 2000 中的"写字板"程序能编辑_____。

  A. .TXT 以外的文件   B. .TXT 和.DOC 文件

  C. 任一种格式的文件   D. 多种格式文件

39. 在 Windows 2000 中"画图"程序所建立的文件扩展名是_____。

  A. .bmp   B. .doc   C. .gif   D. .avi

40. 在 Windows 2000 中进行文本输入时,全角/半角切换可用_____。

  A. Ctrl+Shift   B. Ctrl+空格键

  C. Shift+空格键   D. 均不对

41. 在 Windows 2000 中,通常情况下,鼠标在屏幕上产生的标记符号变为一个"沙漏"状时,表明_____。

  A. 执行的程序出错,中止其执行

  B. 正在执行某一处理任务,请用户稍等

  C. 提示用户注意某个事项,并不影响计算机继续工作

  D. 等待用户键入 Y 或 N,以便继续工作

42. 在 Windows 2000 中,当启动(运行)一个程序时就打开一个该程序自己的窗口,把运行程序的窗口最小化,就是_____。

  A. 该程序的运行转入后台继续工作

  B. 结束该程序的运行

  C. 中断该程序的运行,而且用户不能加以恢复

  D. 暂时中断该程序的运行,但随时可以由用户加以恢复

43. 在 Windows 2000 的"资源管理器"窗口右部,若已单击了第一个文件,又按住 Ctrl 键并单击了第三个文件,则有_____个文件被选中。

  A. 0   B. 1   C. 2   D. 3

44. 在 Windows 2000 中,某个文件路径名为:c:\>3.TXT,其中 93.TXT 是一个_____。

  A. 文件夹   B. 根文件夹

  C. 文件   D. 文本文件

45. 在 Windows 2000 中,不能启用"资源管理器"的操作是_____。

A. 用鼠标右键单击"开始"按钮,在其弹出的快捷菜单中用鼠标左键单击"资源管理器"项

B. 用鼠标左键单击"开始"按钮,在其弹出的"程序"子菜单中用鼠标左键单击"资源管理器"项

C. 用鼠标右键单击"我的电脑",在其弹出的快捷菜单中用鼠标左键单击"资源管理器"项

D. 在"我的电脑"窗口中双击"资源管理器"

46. Windows 2000 中的"回收站"是_____的一个区域。

    A. 硬盘上 　　　　　B. 内存中 　　　　　C. 软盘上 　　　　　D. 高速缓存中

47. 在 Windows 2000 中,如果只记得某个文件夹或文件的名称,忘记了它的位置,那么要打开它的最简便方法是_____。

    A. 在"我的电脑"或"资源管理器"窗口中去浏览

    B. 使用"开始"菜单中的"搜索"命令项

    C. 使用"开始"菜单中的"运行"命令项

    D. 使用"开始"菜单中的"文档"命令项

48. 在下面的描述中,_____不是 Windows 2000 的功能特点。

    A. 一切操作都通过图形用户界面,不能执行 DOS 命令

    B. 可以用鼠标操作来代替许多繁琐的键盘操作

    C. 提供了多任务环境

    D. 不再依赖 DOS,因而也就突破了 DOS 只能直接管理 640KB 内存的限制

49. 在 Windows 2000 中,在下拉菜单里的各个操作命令项中,有一类命令项的右边标有省略号(…),这类命令项的执行特点是_____。

    A. 被选中执行时会要求用户加以确认

    B. 被选中执行时会弹出菜单

    C. 被选中执行时会弹出对话框

    D. 当前情况下不能执行

50. 在 Windows 2000 中,用鼠标左键单击"任务栏"中的一个按钮时,将会_____。

    A. 使一个应用程序处于"前台执行"状态

    B. 使一个应用程序开始执行

    C. 使一个应用程序结束运行

    D. 删除一个应用程序的图标

试题三. 文字编辑软件 Word 2000 基础知识(每空 1 分,共 20 分)

51. 下面关于查找.替换功能描述的叙述中,正确的是_____。

    A. 不可以指定查找文字的格式,只可以指定替换文字的格式

    B. 可以指定查找文字的格式,但不可以指定替换文字的格式

    C. 可以按指定文字的格式进行查找及替换

    D. 不可以按指定文字的格式进行查找及替换

52. 进行改变段落的缩进方式.调整左右边界等操作,最直观.快速的方法是利用_____。

    A. 菜单栏 　　　　　B. 标尺 　　　　　C. 工具栏 　　　　　D. 格式栏

53. 下列_____字体是最大的。

　　A. 一号　　　　　　　　B. 五号　　　　　　　　C. 10 榜　　　　　　　　D. 20 榜

54. 选择了整个表格,并执行表格菜单中的"删除行"命令,则_____。

　　A. 表格中的一行被删除　　　　　　B. 整个表格被删除

　　C. 表格中一列被删除　　　　　　　D. 表格中没有内容被删除

55. 如果要输入数学符号"∑",那么需要使用的菜单是_____。

　　A. "编辑"　　　　　　　B. "插入"　　　　　　　C. "工具"　　　　　　　D. "格式"

56. 要显示"绘图"工具栏,应当使用的菜单是_____。

　　A. "视图"　　　　　　　B. "插入"　　　　　　　C. "工具"　　　　　　　D. "格式"

57. 若要同时查看同一个文档的两个部分,可以采用_____方法。

　　A. 单击"格式"→"分栏",选择相应的栏数单击"确定"

　　B. 单击"窗口"→"分栏",选择相应的栏数单击"确定"

　　C. 单击"格式"→"拆分",并将其拖放到屏幕的某个位置

　　D. 单击"窗口"→"拆分",并将其拖放到屏幕的某个位置

58. 若要改变字体的颜色,应选择的操作是_____。

　　A. 单击"格式"→"中文版式"

　　B. 单击"格式"→"字体"

　　C. 单击"格式"→"样式"

　　D. 单击"格式"→"段落"

59. 下列选项中,不属于分隔符类型的是_____。

　　A. 分页符　　　　　　　B. 分栏符　　　　　　　C. 下一页　　　　　　　D. 换行符

60. 页面设置对话框中不能设置_____。

　　A. 纸型　　　　　　　　　　B. 文字横排或竖排

　　C. 版式　　　　　　　　　　D. 页码范围

61. 下列选项中,_____不在 Word 的状态栏中显示。

　　A. 字体大小　　　　　　　　B. 页号. 节号

　　C. 语言　　　　　　　　　　D. 页数. 总页数

62. 下列选项中,_____方式不是首字下沉的位置。

　　A. 无　　　　　　　　　B. 下沉　　　　　　　　C. 悬挂　　　　　　　　D. 缩进

63. "粘贴"命令在_____菜单中。

　　A. "文件"　　　　　　　B. "编辑"　　　　　　　C. "格式"　　　　　　　D. "工具"

64. Word 2000 是一种_____软件。

　　A. 不具有文字. 图形混合排版功能的文字处理

　　B. 具有文字. 图形混合排版功能的文字处理

　　C. 图形处理

　　D. 表格处理

65. 为了选定一段文字,可先把光标定位在起始位置,然后按住_____键,并用鼠标左键单击结束位置。

　　A. Ctrl　　　　　　　　B. Esc　　　　　　　　C. Alt　　　　　　　　D. Shift

66.文档实行修改后,既要保存修改后的内容,又不能改变原文档的内容,此时应当使用_____。

　　A.“文件”菜单中的“另存为”命令

　　B.“文件”菜单中的“保存”命令

　　C.“文件”菜单中的“新建”命令

　　D.“插入”菜单中的命令

67.Word中左右页边距是指_____。

　　A.正文到纸的左右两边之间的距离

　　B.屏幕上显示的左右两边的距离

　　C.正文和显示的左右之间的距离

　　D.正文和Word左右边框之间的距离

68.在Word 2000中,共有_____种视图模式。

　　A.2　　　　　　　B.3　　　　　　　C.4　　　　　　　D.5

69.当前文档中的字体全是华文楷体,选择了一段文字使之成反显示状后,先设定了楷体,又设定了隶书,则_____。

　　A.文档全文都是华文楷体　　　　B.被选择的内容变为楷体

　　C.被选择的内容变为隶书　　　　D.文档的全部文字的字体不变

70.查找和替换对话框中不包含_____功能。

　　A.替换　　　　　B.设备　　　　　C.定位　　　　　D.查找

试题四.Excel和PowerPoint软件的基本知识(每空1分,共15分)

71.在Excel 2000工作表中,复制单元格数据的快捷键为_____。

　　A.Ctrl+X　　　　　　　　　B.Ctrl+Y

　　C.Ctrl+C　　　　　　　　　D.Ctrl+V

72.在Excel 2000工作表中,若要在某单元格内输入数值111,不正确的输入形式是_____。

　　A.111　　　　B.+111　　　　C.=111　　　　D.＊111

73.新建一个Excel工作簿后,第一张工作表的默认名称是_____。

　　A.Excel1　　　　B.Sheet1　　　　C.Book1　　　　D.表1

74.在Excel 2000的A1单元格,使用自定义格式,0.00％,若在A1中输入0,则A1单元格显示的是_____。

　　A.0.00％　　　　B.0.00　　　　C.0　　　　D.空白

75.在Excel 2000中,下列_____操作不能实现对数据表排序。

　　A.单击数据区任一单元格,然后单击工具栏中的“升序”或“降序”按钮

　　B.选定要排序的数据区域,然后单击工具栏中的“升序”或“降序”按钮

　　C.选定要排序的数据区域,然后使用“编辑”菜单中的“排序”命令

　　D.选定要排序的数据区域,然后使用“数据”菜单的“排序”命令

76.在Excel 2000工作表中,若要使表格大标题对表格居中显示,正确的操作方法是_____。

A. 在标题行处于表格宽度居中位置的单元格输入表格标题

B. 在标题行任一单元格输入表格标题,然后单击"居中"工具按钮

C. 在标题行任一单元格输入表格标题,然后单击"合并及居中"工具按钮

D. 在标题行处于表格宽度范围内的任一单元格输入标题,然后选定标题行处于表格宽度范围内的所有单元格,再单击"合并及居中"工具按钮

77. 已知 Excel 2000 工作表 B3 单元格与 B4 单元格的值分别为"中国"."北京",要在 C4 单元格中显示"中国北京",正确的公式为_____。

    A. ＝B3＋B4   B. ＝B3,B4   C. ＝B3&B4   D. ＝B3;B4

78. 在 Excel 2000 中,某一单元格显示的内容是"＃NUM!",表示_____。

    A. 在公式中引用了无效的数据

    B. 在公式中使用了错误的参数

    C. 公式的数字有问题

    D. 使用了错误的名称

79. 若在 Excel 2000 工作表的 A1. A2. A3 单元格中分别输入 5. 10. 15,则 SUM(A1:A3)的结果是_____。

    A. 5   B. 15   C. 20   D. 30

80. PowerPoint 2000 工作窗口的组成部分不包括_____。

    A. 标题栏   B. 菜单栏   C. 工具栏   D. 数据编辑区

81. 在 PowerPoint 2000 中,"预设动画"功能在_____菜单中。

    A. "工具"   B. "格式"

    C. "视图"   D. "幻灯片放映"

82. 在 PowerPoint 2000 的幻灯片浏览视图下,不可以_____。

    A. 插入幻灯片   B. 改变幻灯片的顺序

    C. 删除幻灯片   D. 编辑幻灯片中的文字

83. 在 PowerPoint 2000 中,设置超级链接时,可以选择_____命令。

    A. "格式"菜单中"超级链接"

    B. "幻灯片放映"菜单中"超级链接"

    C. "幻灯片放映"菜单中"动作设置"

    D. "幻灯片放映"菜单中"自定义放映"

84. 在 PowerPoint 2000 中,幻灯片母版的设置可以_____。

    A. 统一整套幻灯片的风格   B. 统一标题内容

    C. 统一图片内容   D. 统一页码内容

85. 在 PowerPoint 2000 中,幻灯片的填充背景不可以是_____。

    A. 磁盘上的图片

    B. 三种以上颜色的过渡效果

    C. 调色板列表中选择的颜色

    D. 自己通过三原色或亮度.色调等调制的颜色

试题五.计算机网络及安全的基本知识(每空1分,共15分)

86.遇到有写保护功能的U盘时,预防感染病毒的有效方法是_____。

    A.给U盘加写保护

    B.定期对U盘进行格式化

    C.对U盘上的文件经常重新拷贝

    D.不把有病毒的与无病毒的U盘放在一起

87.防火墙的作用是_____。

    A.消防   B.增强网络安全性

    C.隔离网络间联系   D.加强网络间联系

88.最早出现的计算机网络是_____。

    A.Internet   B.Bitnet

    C.Arpanet   D.Ethernet

89.实现计算机网络需要硬件和软件,其中负责管理整个网络各种资源.协调各种操作的软件叫做_____。

    A.网络应用软件   B.网络操作系统

    C.OSI   D.通信协议软件

90.下列_____设备是属于微机网络所特有的。

    A.显示器   B.UPS电源

    C.服务器   D.鼠标器

91.下列用点分十进制数表示的IP地址中,错误的表示是_____。

    A.18.256.0.0   B.192.5.254.34

    C.210.39.0.35   D.166.111.9.2

92.开放系统互联参考模型(OSI)的基本结构分为_____层。

    A.4   B.5   C.6   D.7

93.如果想要连接到一个WWW站点,应当以_____开头来书写统一资源定位器。

    A.shttp://   B.http:s//

    C.http://   D.httpd://

94.计算机网络的基本分类方法主要有两种:一种是根据网络所使用的传输技术;另一种是根据_____。

    A.网络协议   B.覆盖范围与规模

    C.网络操作系统类型   D.网络服务器类型与规模

95.误码率描述了数据传输系统正常工作状态下传输的_____。

    A.效率   B.安全性

    C.延迟   D.可靠性

96.常用的通信有线介质包括双绞线.同轴电缆和_____。

    A.微波   B.红外线

    C.光缆   D.激光

97.电子邮件是_____。

A. 网络信息检索服务

B. 通过 Web 网页发布的公告信息

C. 通过网络实时交互的信息传递方式

D. 一种利用网络交换信息的非交互式服务

98. 在计算机网络中,LAN 网指的是_____。

A. 广域网　　　　　　　　　B. 局域网

C. 城域网　　　　　　　　　D. 以太网

99. 联网计算机在相互通信时必须遵循统一的_____。

A. 网络协议　　　　　　　　B. 软件规范

C. 路由算法　　　　　　　　D. 安全规范 P

100. 我国正在建设的"三金"工程指的是金桥.金关和_____。

A. 金税　　　　　　　　　　B. 金币

C. 金卡　　　　　　　　　　D. 金沙

全国高等学校计算机等级考试(江西考区)

一级上机操作测试要求

一、微型计算机系统的基本操作

1.熟悉微机硬件的各个部分:主机、显示器、键盘和打印机的连接方式。

2.学会开机和启动 Windows,进入 Word、Excel、PowerPoint 状态,工作完成后,按要求退出 Windows、Word、Excel、PowerPoint 状态并关机。

3.熟悉键盘上功能键、编辑键、字母、字符及小键盘的使用。

4.各种软盘和光盘启动。

5.打印机的操作(各开关的作用)

二、使用 Windows 98 的能力

1.了解 Windows 98 的运行环境和安装,启动和退出 Windows 98,会利用"开始"按钮和"我的电脑"对 Windows 98 进行操作。

2.利用资源管理器对文档、文件夹进行复制、改名、删除、移动、预览、保存、更名等操作。

3.对磁盘进行格式化、全盘复制和文件拷贝等。

三、使用 Word 2000 中文版的能力

1.了解 Word 的功能和特点及其运行环境,启动和退出 Word 软件,熟悉 Word 的工作界面。

2.熟悉中英文输入方法的选择,较熟练掌握一种汉字输入法输入文本。

3.掌握文档的基本操作,新建、打开和保存 Word 文档,改变文档中字体、字形,对文档进行输入、删除、插入、复制、查找、替换等,段落排版和整体排版等。

4.掌握建立、编辑表格,学会对表格的拆分、合并、表格中的文字排版及表格与文本互换等操作。

5.掌握简单的图文混排方法。

6.掌握文档的预览与打印。

四、使用 Excel 2000 中文版的能力

1.了解 Excel 的功能和特点及其运行环境,启动和退出 Excel 软件,熟悉 Excel 的工作界面。

2.掌握 Excel 的基本操作,建立工作表,输入数据,会使用公式和函数,进行数据的修改、清除、删除、复制、移动和插入、删除单元格、行、列等操作,能新建、打开和保存工作簿文件。

3.熟悉工作表的编辑和格式化操作,选取工作表,进行修改、删除、插入和重命名工作表等操作,会移动或复制工作表和拆分与冻结工作表窗口,能设置数字格式、对齐格式、字体、边框线、图案、列宽、行高。

4.了解数据列表的应用,掌握数据列表的建立,使用记录单,进行排序、筛选和分类汇总操作,能建立和编辑数据透视表。

5. 掌握图表制作的基本方法,创建和编辑图表。

6. 掌握 Excel 页面设置和打印的基本操作步骤。

五、使用 PowerPoint 2000 中文版的能力

1. 了解 PowerPoint 的功能和特点及其运行环境,启动和退出 PowerPoint 软件,熟悉 PowerPoint 的工作界面和视图方式。

2. 掌握建立、浏览和编辑、保存和打开演示文稿的基本方法。

3. 能完成幻灯片的处理:幻灯片的插入、修改、删除、复制与移动,文字的输入与格式化,幻灯片色彩的调整,超级链接。